흉기

박범신 중단편 전집 2

흉기

박범신 소설

문학동네

/
차
례
/

一

덫

친정에서 거의 팔 개월 만에 돌아왔을 때, 시어머니는 문짝이 떨어져나가 휑하니 문설주만 남은 대문간에 무릎을 세운 채 앉아 있었다.

"제가 왔어요, 어머님."

어머님은 번뜩이는 시선으로 나를 훑어보고는 이내 조금씩 땅거미가 내리기 시작하는 매봉산의 잡목 우거진 산발치께로 고개를 돌려버렸다. 팔 개월 만에 완연히 늙어버린 얼굴이었다. 허옇게 센 머리는 철사처럼 뻣뻣이 일어서고, 안면은 주먹만하게 오그라들어 검버섯이 피었으며, 목에서 *끄윽끄윽* 가래가 끓었다. 다만 눈빛만이 쨍하는, 살기 같은 걸 담고 형형하게 빛나 보이는 게 도무지 사람 같지가 않았다. 나는 순간, 내가 집을 떠나 있던 여덟 달은 그렇게, 누구나 갑자기 늙기도 하고 황폐하게 무너질 수도 있는 전쟁중이었음을 깨닫고, 노파에 대한 연민으로 짠하니 목이 메어왔다.

"그동안 고생이 많으셨지요. 아버님이랑 그인 어디 있어요?"

내가 연거푸 묻자 노파는 내 손을 붙잡아 주저앉히며, 아무 소리 말라는 듯이 입술 앞에서 두어 번 손을 흔들어대곤,

"네 시아버지가 오실 시간여."

하고 낮은 목소리로 빠르게 속삭였다. 영문을 알 수 없었으나 노파의 표정과 말투가 긴장감으로 팽팽하게 당겨진 상태였기 때문에 더이상 묻고 어쩌고 하는 게 방정맞은 듯이 생각되어 나는 입을 다물었다.

집안은 조용하였다.

해묵은 기와 사이사이로 잡초가 자라나고 용마루 일부가 무너져앉은 것을 빼곤 대체로 달라진 것은 없어 보였다. 그럼에도 불구하고 대문간에서 잠깐 들여다본 이 고가古家의 내실에서 내가 느낀 것은 뭔가 죽어가는 냄새였다. 그랬다. 건물 전체가 마치 하나의 음흉한 혼백처럼, 썩어가는 늪처럼, 정체를 알 수 없는 습하고 싸늘한 냉기 속에 서 있었다. 나는 괜히 으스스해져서 목덜미를 한차례 부르르 떨고 노파의 시선을 따라 매봉산 쪽을 바라보았다. 산은, 마을에서 후미지게 뒤로 물러나 있는 외딴

10

이 집의 대문 앞에서부터 완만한 경사를 만들어 올라가다가 불쑥 솟은 부채바위를 재빠르게 돌고, 거기서부터는 키가 낮은 잡목들을 거느리며 경사의 각도를 삼십 도쯤으로 급하게 벌려놓고 있었다. 노파의 눈길이 바로 그 부채바위에 가 있음을 나는 곧 알았다. 매봉산의 봉우리에는 핏빛 노을이 정밀하게 남아 있었지만, 부채바위는 이미 땅거미에 잡아먹혀서 그 윤곽만 완강하고 어두운 선으로 명징하게 드러나 있었다.

캥캥캥…… 멀리서 늑대인지 개인지 울부짖는 소리가 들려왔을 때 노파는,

"오신다."

하면서 파르르 떨리는 손으로 내 팔목을 붙잡았는데, 그 힘이 어찌나 강하던지 하마터면 비명을 지를 뻔하였다.

"누가요, 어머님?"

"네 시아버지 말여."

소리는 간헐적으로 끊어지곤 하면서 점점 가까워지고 있었다. 단순히 짖는다기보다도 거품을 허옇게 물고 송곳니를 갈아대는 단말마의 비명처럼 들렸다. 나는 마른침을 꼴깍 삼키고, 집을 떠날 때 대문 앞에 시아버지와 나란히 서 있다가 떠나는 나를 향해 컹컹 짖어대던 누렁이를 비로소 생각해냈다. 녀석은 아주 잘생긴 셰퍼드였다. 어찌나 우람하게 생겼는지 어린 송아지만한 앞

발을 쭉쭉 내뻗으며 달려갈 때는 야생의 늑대와 꼭같았다. 집 떠나기 두 달 전인가, 대전 방면에서 이따금 따발총 소리가 콩알 볶듯이 들려오던 저녁 무렵, 산에 올라갔던 시아버지가 덫에 치여 발목이 부러진 녀석을 끌고 들어왔다.

"난리가 터지니 짐승도 고생이다. 주인이 성하지 못하니 놈이 산속으로 떠돌아다닌 모양이야. 내가 아녔으면 지금쯤 죽었을 게다."

여러 날 굶었던지 녀석은 늑골까지 훤히 드러나 있었다. 그러나 어찌된 셈인지 녀석은 하루가 다 지나도록 송곳니만 갈며 으르렁댈 뿐 밥을 먹으려 들지 않았다.

"저놈이 생식에 맛을 들인 거예요. 보세요, 아버지!"

과연, 남편이 토끼의 날고기를 던져주자 녀석은 순식간에 먹어치우고 혀를 날름거리면서 탐욕의 눈빛을 보내는 것이었다.

"풀어서 쫓아버려요. 붙잡혀올 때도 놈의 주둥이에 피가 엉겨 붙어 있었단 말예요. 피맛을 들이면 여간해서 고치기가 쉽지 않대요."

"그러게 더 불쌍하잖냐. 그냥 놔두고 보자. 이틀은 못 넘길 게다."

시아버지의 예상은 들어맞았다. 녀석은 이틀을 넘기지 않고 밥을 먹기 시작했다. 시아버지는 정성껏 녀석의 발목까지 치료

해주었고, 한 달도 못 가 줄을 풀어놓아도 녀석은 떠날 기미를 보이지 않게 되었다.

"거봐라, 짐승이란 그저 길들이기 나름이다."

시아버지는 만족하는 눈치였으나 남편은 끝내 그러질 못했다. 걸핏하면 발길질을 하면서,

"저걸 보면 괜히 소름이 끼친단 말이야."

하고 중얼거렸다. 무언지 불길하고 음험한 예감이 남편을 사로잡고 있음에 틀림없었다. 그래서 남편과 내가 친정으로 잠시 피해 있기로 했던 날 밤에도(시부모는 한사코 집을 떠나려 하지 않았다. 젊은 너희들이 문제지, 우리 같은 늙은이야 누가 어쩌겠는가 하는 게 시아버지의 강력한 주장이었다) 남편은 뭣보다 먼저 누렁이(누런색이어서 우리집에선 자연 녀석을 이렇게 불렀다)를 산속으로 다시 쫓아 보내라고 시아버지에게 간곡히 당부하는 걸 잊지 않았다.

"걱정 마라. 너희들도 없고 마을하고도 떨어진 외딴집인데 누렁이가 그래도 힘이 될 게다."

시아버지는 누렁이가 있음으로 해서 아들만큼은 못 돼도 꽤 마음이 든든한 얼굴을 했다.

"글쎄, 그렇지가 않대도요, 아버지. 저놈한테선 어쩐지 피냄새 같은 게 난단 말예요."

남편은 그러나 끝내 시아버지를 설득하지 못했다. 내가 보기에도 남편의 조바심엔 전혀 근거가 없었다. 그 무렵의 누렁이는 처음 올 때와 달리 밥도 잘 먹고 순둥이처럼 마당 끝에서 잠자기 일쑤였고 사람들도 비교적 잘 따랐다. 특히 시아버지가 있으면 아예 그림자처럼 따라다닐 정도였다. 그러나 남편은 친정에 내려와 있으면서도 누렁이에 대한 자신의 근거 없는 불안감을 떨쳐내지 못했다.

　"나 먼저 집에 가 있을게."

　한 달 전 남편이 그런 제의를 해온 것도 누렁이에 대한 속깊은 불안감이 남편의 마음속에 질기게 도사려 있기 때문임을 알았고, 그래서 나는 남편을 붙잡지 못했다. 남편의 생각이 전혀 터무니없는 것이라고 하더라도, 어쨌든 죽창에 찔려 죽은 시체 위에 파리들이 퍼렇게 엉겨붙은 모습을 손쉽게 볼 수 있는 전쟁중이었기 때문에, 부모의 안부를 확인하려는 남편을 일방적으로 붙잡을 수만은 없었던 것이다.

　"봐라!"

　노파가 마침내 두 손바닥을 싹싹 비비면서 숨가쁘게 속삭였다.

　"시아버지가 오셨잖나?"

　막 시아버지와 남편은 어디 있느냐고, 안부를 물으려던 참이었다. 나는 그렇지만 노파의 눈빛이 범상하지 않아 얼른 그 시선을 좇아 부채바위로 미간을 모았다. 순간, 부채바위 위에 오만하게 올라서서 이편을 내려다보고 있는 커다란 개의 검은 동체가 내 시야에 잡혀들었다. 짖는 소리 때문에 나는 그것이 개라는 걸 곧 알아보았다. 커엉커엉…… 개 짖는 소리가 매봉산의 수많은 골짜기에 쩌렁쩌렁 메아리를 만들면서 자지러졌다.

그때였다. 바위 모서리에 사람의 검은 그림자 하나가 살쾡이처럼 민첩하게 올라서는 것을 나는 보았다. 그리고 거의 동시에 개는 케겡, 하고 더욱 날카롭게 울부짖으면서, 훌쩍 어둠 속으로 삽시간에 사라져버렸다. 너무도 민첩해 헛것이라도 본 듯했다.

"아니 저놈이 또…… 저놈이 또, 지 애비를……"

노파가 쇳소리를 내며 벌떡 일어서더니 비틀비틀 부채바위를 겨냥하고 내닫기 시작하였다. 나는 석상처럼 그 자리에 굳은 채, 이 짧은 순간의 모든 어둠과 만나면서, 온몸을 부들부들 떨고 있었다. 무언지 알 순 없었지만, 결국은 참혹한 파멸의 가닥가닥을 완벽하게 준비하고 수렁 같은 어둠 속에 그 정체를 감추고 있는, 운명적인 음모의 불씨를 본 것 같았다.

장마가 왔다. 참으로 지루한 장마였다.

6월을 설핏 넘기면서부터 시작된 장마는, 밤마다 험준한 매봉산의 열두 굽이를 있는 대로 다 물어뜯고, 그 기세로 황량한 암벽의 등성이와 잡목들이 빽빽한 산기슭을 타고 내려와, 이곳저곳, 풀이 자라난 이 고가의 주저앉은 용마루에서 자지러졌다. 빗물은 깨진 기왓장 사이로 흘러들어 기와 아래의 황토층을 야금야금 먹어치우고 신문지가 발린 천장에 음산한 빛깔의 무늬를 만들면서, 마침내 벽과 오래 묵은 문살과 방바닥, 그리고 유령처럼 눈빛만 살아남은 노파와, 그이의 살기 띤 표정 속에까지 눅눅한 습기로, 그 지배의 폭을 넓혀가고 있었다.

한동안 집안엔 아무 변화도 일어나지 않았다.

노파는 거의 침침한 방에서 두문불출했고, 남편은 헛간과 빗속의 부채바위를 왕래하면서 무언가 은밀히 준비하고 있는 듯 보였다. 나는 처음 며칠간은 집안 청소도 하고 노파에게 말도 붙여보면서 음울한 분위기를 깨뜨리고자 노력했으나 일주일도 지나지 않아 식사 준비 이외에는 아무것도 하지 않는 게으른 여자가 되었다. 아니 게으름이라는 표현은 옳지 않다. 나는 아무리 쓸어내고 아무리 재잘거려봐도 여전히 죽음과 같은 섬뜩한 분위기를 지니고 있는 고가와 완강하게 자신의 속살을 감추고 있는 노파, 그리고 남편에게 절망해버렸던 것이다. 그리고 또 며칠이 더 지나지 않아서, 단지 절망해버리고 만 것이 아니라, 늪 속처럼 음산하게 가라앉아 있으면서도 어딘가 모르게 비수처럼 독기를 담고 있는 집안의 분위기가, 조금씩조금씩, 내 실핏줄과 건조

16

한 피부와 곤두선 의식의 내면을 갉아먹고 있음을 어렴풋이 깨달았다.

한 마장쯤 떨어져 있는 마을도 어쩐지 예전하곤 달랐다.

꼭 두 번, 누군가 우리집의 이런, 명백히 파멸을 향한 조짐에 대해 실마리를 풀어줄까 하여 마을로 내려가봤으나 허사였다. 전쟁터에 나갔거나 피난을 갔거나, 젊은 사람은 거의 눈에 띄지 않았고, 노인과 아이들만 퇴락한 집을 지키고 있는 마을은 한마디로 죽은 동네였다. 내가 마을에서 만난 것은 차가운 침묵과, 이쪽의 머리카락 한 올까지 다 봐두겠다는 탐색의 눈초리뿐이었다.

"글쎄, 아버님은 어떻게 된 거예요?"

거의 견딜 수 없는 심정이 되어 남편에게 다그쳐 물으면, "죽었어", 그 한마디로 남편은 모든 정황의 나머지를 생략하고 돌아앉았다.

장마는 쉽게 끝날 것 같지 않았다.

낮엔 회색 구름 사이로 명도가 높은 한줄기 햇빛의 잔영이 내비쳐 보일 때도 있었으나, 밤만 되면 후지럭후지럭 바람도 없이 비가 내렸다. 집 뒤를 지나는 개울물이 현저하게 불어나서 마을로 통하는 징검다리는 위험을 무릅쓰지 않고는 건널 수조차 없게 되었다. 노파와 남편은 밥을 함께 먹지 않았다. 나는 식사 때마다 상을 두 개씩 보아야 했다. 상을 들고 노파의 방으로 가면 항상 무언지 썩어가는 악취가 코를 찔렀다.

"문을 열어놔야겠어요, 어머님."

"일없다."

노파는 이미 정상인이 아니었다. 쇠잔할 대로 쇠잔해진 육신
으로 가래만 한 요강씩 뱉어내며 종일 침침한 아랫목에 넋 달아
난 사람처럼 누워 지냈다. 그래도 밥은 잘 먹었다. 숟갈질을 하
는 품이 탐욕스럽고 무절제했다.

"밥 한 상 더 차려다고."

저녁때가 되면 노파는 쉰 소리로 말했다.

"뭐하시려고요?"

"네 시애비 갖다줄라고 그런다."

"아버님은 돌아가셨대요."

"뭐여!"

노파의 목소리가 쌩하고 당겨지면 벌써 눈빛이 달랐다. 내내
무기력하게 돌아가던 눈동자에 순간적으로 찬바람이 사금파리
처럼 서리곤 했다. 살기가 흘렀다.

"벼락 맞아 죽을 년, 금방 제 서방놈과 짜고선 시애비 밥도 안
줘? 안 돼! 암, 내 눈에 흙 들어가기 전에는 안 되고말고!"

뽀드득, 이까지 갈아붙이지만, 어느 순간 또 노파는 물 젖은
창호지같이 무너지면서, "아야, 제발 밥 한 사발만 챙겨다오. 네

신랑 몰래 얼른 갖다놓고 올란다. 생각을 해봐라, 이 빗속에 먼 길을 오셨다가 그냥 가시게 되면, 고게 어디 사람이 할 짓이냐" 하고는, 내 치맛자락에 비굴하게 매달리는 것이었다. 밥을 챙겨 주면 치마 속에 감춰 들고 아들 방을 힐끗힐끗 경계하면서 노파 는 부채바위로 갔다. 펑퍼짐한 바위 위는 노파가 갖다놓은 밥과 반찬 찌꺼기로, 매일 비에 씻겨갔음에도 불구하고 더럽기 이를 데 없었다. 악취가 풍겨나왔다.

"아가, 네가 좀 말려줘야 쓰겄다."

노파는 때때로 아플 만큼 내 팔목을 꼭 쥐고 남편이 들어가 있 는 헛간을 손가락질하면서 소곤거렸다.

"저애가 아무래도 무슨 일 저지를 애다. 네 시애비의 혼백이 건너간 누렁이를 죽이려고 환장을 한 모양여. 제발 네가 좀 말려 다오……"

정말 남편은 매일 헛간에 숨어서 덫을 다듬는 게 일이었다. 어 디서 주워모았는지 덫은 세 개나 됐다. 남편은 거기다 토끼의 피 흐르는 고깃덩이를 끼워서 부채바위 근처의 길목에 매설하는 데 온갖 정성을 다했다.

"놈을 잡아야지. 안 잡으면 종내 어머님이랑 우리 식구 모두 잡도리할 거야. 단순한 개가 아니라니까. 악귀가 씌었어."

악귀가 씐 건 개가 아니라 남편인 것 같았다. 덫을 들고 나갈 때의 남편 얼굴엔 쨍쨍한 적대감과 살기가 쪽쪽 일어서고 있었다. 피바람이 미친듯이 불고, 죽어 넘어진 세상의 모든 시체가 썩고 문드러져서 그 백골이 진토 되어야, 비로소 평안해질 것 같은 그런 표정이었다.

도대체 어떤 일이 일어났었단 말인가.

단 몇 달 동안 남편과 시어머니를 무너뜨리고, 시아버지를 잡아먹고, 이제 끝을 알 수 없는 파멸의 진구렁 속으로 우리집 전부를 서서히 끌어들이고 있는 음모의 정체는 무엇일까. 나는 처음엔 의문을, 그다음엔 절망을, 마지막으로 전율과 막연한 파멸에의 유혹을 느끼면서, 퇴락해가는 장마전선 속의 고가에서 나도 모르게 매몰되어가고 있었다. 모든 것이 죽고, 썩고, 그 어떤 것인가에 조금씩, 그러나 폭력적으로 갉아먹히고 있다고 나는 생각했다.

불안한 침묵 속에서 쥐들만이 제 세상인 듯 판을 쳤다.

마루 밑에서, 천장에서, 시렁 위에서 우당탕거리며 찌익찌익, 쥐들이 기분 나쁘게 울어댈 때마다 나는 머리카락이 한 올 한 올 일어섬을 느꼈다. 어느 때는 새끼 고양이만한 쥐가 뚫린 천장 구멍에서 툭 떨어질 때도 있었고 어느 때는 부엌의 나뭇단 뒤에서 갓 태어난 맨살의 쥐새끼가 여러 마리씩 꼬물꼬물 기어나올 때도 있었다. 집안 구석구석, 어디서든 쥐들이 울고 쥐들이 죽어 넘어지고 쥐들이 썩고 쥐들이 새끼를 낳았다. 나는 기진맥진했다. 신경은 갈라질 대로 갈라지고 입술은 터졌다. 저놈의 쥐들만 때려잡을 수 있다면, 모든 것이 안개가 걷히듯 일시에 해결될 것 같았다.

나는 알감자 한 됫박을 싸서 머리에 동여매고 허리까지 물이 찬 개울을 건넜다. 위험한 일이었지만 쥐약을 구하기 위해선 마을로 내려가지 않을 수가 없었기 때문이다. 마을 초입엔 고무신과 백지 따위를 진열해두고 막걸리까지 파는 점방이 하나 있었다. 쥐약이며, 급할 때 쓸 고약도 거기서 팔았다. 점방 안은 그러나 텅 비어 있었다. 물건도 없고 사람도 없는 듯이 보였다. 실망하여 막 돌아서려는데 얼핏 점방 너머 방문의 창호지 구멍 속에서 반짝 이쪽을 훔쳐보고 있는 앳된 눈알과 마주쳤다.

"너 왕구구나?"

방문을 열자 점방집 아들인 열 살배기 왕구가 비실비실 구석으로 피해 앉으며 경계의 눈빛을 보냈다.

"왜 그러니, 내가 무섭니?"

왕구가 고개를 끄덕거렸다. 나는 우선 녀석의 경계와 뜻 모를 두려움의 고삐를 풀어놔줘야 한다는 것을 깨달았다.

"엄만 어디 가셨어?"

"……얻으러 갔어요."

"뭘?"

"먹을 거요."

"저런! 쯔쯧, 양식이 떨어졌음 너도 배가 고프겠구나. 감자 먹어볼래?"

나는 보자기를 풀었다. 잘 여문 감자알이 떼구르르 굴러나오자 녀석이 꼴딱 마른침을 삼켰다.

"날거지만 우선 먹어봐. 괜찮아, 먹어보라니까. 어서!"

잠시 망설이는 듯했으나 이내 녀석은 무릎걸음으로 다가들어 감자 한 알을 덥석 쥐었다. 나는 기회를 놓치지 않았다.

"쥐약 있지?"

녀석이 입으로 가져가던 감자를 다시 놓으면서 비비적비비적 뒤로 물러났다.

"우리집에 하도 쥐가 많아서 말야, 쥐약 있음 한 봉지만 다오. 이 감자 너 다 줄게."

갑충류처럼 도사린 녀석의 껍질을 풀어내고 내 의도대로 끌어들이는 데는 단 오 분도 걸리지 않았다. 나는 녀석이 슬며시 밀어준 약통에서 쥐약 두 봉지를 꺼내 저고리 소매에 집어넣었다. 그때, 감자를 입안이 미어져라 먹고 있던 녀석의 한마디가 돌아서려던 내 발목을 휘감았다.

"쥐가 아니라 개를 잡으려고 그러죠?"

"개? 개 말이냐?"

"그래요, 개."

"어째서…… 그런 생각을 했니?"

나는 온몸의 솜털이 부스스 일어서는 것을 감지하면서 애써 태연한 척 물었다.

"우리 엄마가 그러는데요, 그 개는 백년 묵은 여우랬어요. 그러니까 사람 고기를 먹죠."

순간, 나는 용수철처럼 튕겨져 일어났다. 사람 고기를 먹다니. 시아버지의 육체를 탐욕스럽게 파먹고 있는 커다란 누렁이의 모습이 떠올랐다. 팔은 팔대로, 다리는 다리대로, 늑골은 늑골대로 찢어발기고, 콩팥과 심장을 끄집어내고, 그리고 여우가 애기 무덤을 파헤치듯 부릅뜬 눈알을 파먹으며 으르렁거리는 한 마리의 거대한 개.

"우리집에 끌려오기 이전부터 놈은 사람 고기에 맛을 들였던 거야."

그날 밤 집요하게 묻는 내게 남편은 마침내 말했다.

"난리통에 제 주인을 잃고 혼자 떠돌아다니자니 먹을 게 없었거든. 사람들도 배가 고파 죽을 지경인데 누가 임자 없는 개를 돌보려고 하겠어? 인민군이든 피난민이든 놈만 보면 우선 잡아먹을 궁리부터 앞섰던 거야. 자연히 놈은 사람을 두려워하게 됐지. 아냐, 좀 과장한다면 사람한테 적의를 품기 시작했는지도 모르지. 놈은 결국 굶어죽는 쪽보다 산속마다 널려 있는 시체들의 살점을 물어뜯는 쪽을 택한 거야……"

우리가 마을을 떠나고 나흘 후에 인민군이 몰려들었다고 했다. 인민군이 맨 처음 구장네 안마당으로 마을 사람들을 불러모았을 때, 사람들은 앞으로 자신들의 운명을 거머쥘 인민군 속에 낯익은 영팔이가 끼어 있음을 보았다.

그것이 잔혹한 피바람의 첫번째 조짐이었다.

영팔이는 들창코에다 곰배팔이였다. 왼팔이 새 다리처럼 앙상하게 마른 채 약간 굽은 상태에서 펴지질 않았다. 자연 걸음새도 정상이 아니었고, 게다가 위로 들린 코에서는 누런 코가 마를 새 없었다. 곁에 가면 속이 느글거리는 악취가 났다. 남편은 말했다.

"한 오 년쯤 됐을 거야. 녀석이 열댓 살 되었을까. 뻐드렁니가 난 거지꼴의 한 여자가 곰배팔이 아들 손을 잡고 마을에 첨 들어온 게. 그게 영팔이였어. 어디서 무엇을 하다가 예까지 흘러들어왔는지 그거야 뭐 알 수가 없었지. 그저 심심했던 우리들은 좋은 놀림감을 만났으니 팔매질을 하면서 우르르 따라붙을밖에……"

뻐드렁니와 곰배팔이는 이후 마을 뒤의 상엿집에서 살았다.

동네일을 돕고 밥을 얻어먹기도 하고 일거리가 없으면 다른 마을로 떠나 며칠씩 돌아오지 않을 때도 있었다. 아이들이 놀리든 말든 상관없었다. 동네 조무래기들은 매일 영팔이 모자를 놀려 먹는 게 일이었다. 영팔이는 물구나무서기를 잘했다. 아이들이 팔매질을 하면서 쫓아오면 히죽히죽 웃고는 펴지지도 않는 앙상한 왼팔과 정상적인 오른팔을 나란히 짚어 훌렁 재주를 넘듯 거꾸로 섰다. 기우뚱한 자세, 금방 부러질 것처럼 파들파들 떨리는 왼팔과 균형을 맞추기 위해 일부러 약간 굽힌 오른팔의 부조화, 튀어나올 듯이 부릅떠진 두 눈, 빨갛게 충혈된 얼굴…… 아이들은 처음엔 감탄과 신기함으로 입을 다물었고, 그다음엔 너무나 필사적으로 견디는 영팔이의 악귀 같은 표정 때문에 섬뜩섬뜩 두려워졌으며, 마지막으로 병신도 할 수 있는 걸 자신들은 못하고 있다는 질시와 자책이 뒤범벅되어 아직도 물구나무서기를 계속하고 있는 영팔이를 향해 돌을 던졌다.

그래도 영팔이는 쉽게 일어서지 않았다.

어느 땐 자신이 던진 돌팔매에 이마가 깨져 선혈이 낭자한데도 한참이나 자세를 풀지 않은 적도 있었다고 남편은 말했다. 아무튼 그런 영팔이가 동네에서 자취를 감춘 것은 난리가 나기 전해에 제 에미가 죽던 겨울이었다. 상엿집에 들렀던 시아버지가 거의 썩어 문드러진 뻐드렁니의 시체를 발견했던 것이다. 그때 이미 영팔이는 상엿집을 떠난 뒤였다.

오 년 만에, 그것도 인민군이 되어 동네에 다시 나타난 영팔이의 첫번째 작업은 자신에게 팔매질을 하던 아이들의 거취를 확인하는 일이었다. 그러나 그것은 쉽지 않았다. 그때의 아이들이 지금은 모두 청년으로 성장하여 군대에 나갔거나 재빨리 피신해 버렸기 때문이었다. 날이 갈수록 히죽히죽 웃으면서 집집마다 기웃거리고 다니는 영팔이의 눈빛이 잔혹하게 번뜩거렸다. 그리고 언제부턴지 영팔이 곁에 이제는 근육질이 늑골을 완전히 뒤덮어 탄탄해진 누렁이가 꼬리를 치며 따라붙고 있었다.

처음엔 시뻘건 토끼 고기를 던져주는 것으로, 그뒤엔 차츰 산토끼를 잡아먹게 하는 것으로 영팔이는 누렁이를 철저히 훈련시켰다. 공포에 떨면서 비칠비칠 뒷걸음질치는 토끼를 누렁이가 앞발과 주둥이로 덮칠 때면 실눈을 뜬 영팔이의 표정과 누렁이의 살기 띤 눈매가 거의 일치하였다. 영팔이는 이틀씩 사흘씩 누렁이를 굶길 때가 많았다. 며칠씩 굶고 난 누렁이의 울부짖음에선 얼음 조각보다 더 예리한 살의가 묻어났다. 그리하여 마침내 누렁이는 무모한 보복의 한마당에서 자신에게 맡겨진 배반의 춤을 거의 완전하게 추게 되었던 것이다.

"전투가 불리해져서 퇴각할 수밖에 없게 되자 영팔이 그놈은 마침내 본색을 드러냈지."

백지장처럼 질린 이마에 검푸른 그늘을 깔면서 남편은 말했다.

　"……평소에 점찍어뒀던 마을 사람들을 불러들여 인민재판 흉내를 내고 하나씩 죽창으로 찔러 죽인 거야. 산속으로 숨어든 사람들은 어김없이 누렁이가 찾아냈지. 부채바위 뒤에 피신했던 아버님도 말야. 그런데, 그런데……"

　남편은 진저리를 쳤다. 시아버지는 부채바위 뒤에서 죽창에 찔려 죽었다. 인민군이 마지막으로 퇴각할 때였다. 다음날에야 시어머니가 알고 부채바위로 달려갔을 때, 놀라운 광경을 시어머니는 보았다. 누렁이가 시아버지의 시체를 왈칵 파먹고 있더라는 것이었다. 며칠이나 굶었는지 살기 띤 눈빛으로 시체를 파먹고 있는 누렁이는 이미 개가 아니었다. 악귀였다. 시아버지의 넓적다리는 이미 거덜이 난 상태였다.

　장마는 계속되었다.

　저녁때마다 노파는 부채바위의 음식을 바꿔놓았고 남편은 덫을 갈았다. 누렁이는 여간해서 다시 오지 않았다. 아무 일도 일어나지 않는, 그러나 무언가 일어날 것 같은 뾰족한 시간들이 지나갔다. 아침엔 무기력하게 풀어헤쳐진 집안 공기가 정오를 넘기면서 한 올 한 올 매듭을 만들고, 설핏하게 날이 저물 때쯤 되면 아예 한줄기로 비비꼬이며 장대처럼 싸느랗게 곤두서곤 했다. 우리들 세 사람은 각각 다른 유형의 음모를 준비해놓고 홀연히 출현할 누렁이를 기다리고 있었다. 그러나 누렁이는 우리들의 기대를 완전하게 배반하였다. 꼭 한 번 공허하게 울부짖는 누렁이의 울음소리를 듣긴 했으나, 너무 캄캄한 밤이었기 때문에 그 형체조차 볼 수 없었다. 부채바위까지 숨 돌릴 새 없이 다녀온 남편은 이를 갈며 말했다.

"저놈이 점점 더 영악해진단 말야. 소리 없이 다가와서 제 먹을 것만 슬쩍 물고 달아나거든. 쥐약 남은 거 있지?"

"쥐약은 왜요?"

"어머니가 갖다놓은 밥을 놈이 반쯤 먹었더라구. 그러니까 낼부턴 어머니가 가져갈 밥 속에 쥐약을 섞어."

"못해요, 난……"

나는 그럴 수 없었다. 노파처럼 시아버지의 혼백이 누렁이에게 건너갔다고 믿는 건 아니었지만, 그렇다고 남편의 음모에 가담할 생각도 전혀 없었다. 시어머니가 그렇듯이 남편도 이미 제정신이 아니었다. 그것은 무모한 살육의 되풀이 이외에 아무것도 아님을 난 믿었다. 남편은 난리통의 모든 비극이 누렁이로부터 비롯되었다고 믿는 것 같았다. 그렇지만 도대체 개 한 마리가 어떻게 운명적인 모든 참혹한 불행의 원인이라고 생각하는가.

"당신은 누렁이한테서 영팔이의 환상을 보고 있는 거예요. 어머님도 마찬가지지만요."

나는 남편과 노파의 생각을 바로잡는 데 절망을 느끼면서도 이렇게 말했다. 인간이 본질적으로 가지고 있는 살상에의 잔혹한 쾌감이 남편의 혼을 유혹하고 있다고 나는 생각했다. 전쟁은 이데올로기만 개입되는 것이 아니었다. 누렁이를 죽이겠다는 것은 살인을 향한 무의식적인 충동의 보상에 불과하며, 그것은 전혀 반대의 빛깔로 나타나고 있지만, 누렁이에게 시아버지를 투영해 미화하는 노파의 약세弱勢한 보상행위와도 그 뿌리에서 은밀하게 교접해 있는 건 아닐까.

　어쨌든 사태는 이미 돌이킬 수 없는 데까지 간 듯이 보였고, 어떤 형태로든 조만간 파국을 만날 수밖에 없으리라는 초조한 예감이 나를 사로잡았다. 그리고 내 예견의 전조前兆는 그로부터 사흘이 지나지 않아 부채바위에 갔던 노파가 부들부들 떨면서 돌아오는 것에서 구체적으로 그 마각을 드러내기 시작했다.

　"천하에…… 천하에 순……"

　들고 갔던 밥그릇을 두 손에 거머쥐고 노파가 마루 끝에 서 있던 남편을 향해 이렇게 소리쳤을 때도 나는 사태의 진상을 바로 알지 못했다.

　"제 애비의 밥그릇에 쥐, 쥐약을 섞다니……"

　"아버님은 죽었어요!"

　남편의 표정이 차갑게 굳었다. 그때서야 나는 나 몰래 훔쳐낸 쥐약을 부채바위의 밥그릇까지 남편이 날랐음을, 그리고 그것을 노파가 확인했음을 알았다.

"누렁이가 죽였어요. 누렁이가 아버님을 죽였단 말예요!"

남편이 악을 썼다.

"아니다."

끌끌 가래를 끓이면서 노파가 지지 않고 맞받았다.

"······네 애비는 당신 스스로 누렁이를 불러 자신의 살점을 먹인 거여."

"그렇지가 않다니까요!"

"그렇단 말여. 한이 많아서 그냥은 눈을 못 감은 애비 맘을 니가 왜 모른단 말이냐!"

"누렁이는 악귀예요!"

"아니다, 네 애비가 환생한 거여!"

"악귀래도요, 어머니!"

"아니래도!"

"죽일 거예요. 누렁이를 기필코 죽일 거라고요."

"안 된다. 그건······"

"할 거예요, 난······"

"처, 천하에 죽일 놈!"

노파는 더 참지 못하겠다는 듯 퍼렇게 변색한 밥이 담긴 놋주

발을 발작적으로 내던졌다. 남편의 이마에서 금방 검붉은 선혈이 흘러나왔다. 그때, 추적추적 내리던 빗방울을 뚫고 아주 가까운 곳에서 누렁이의 짖는 소리가 비명처럼 가깝게 들려왔다. 아, 나는 낮게 신음하며 비틀 주저앉았다. 바로 떨어져나간 대문간에서 누렁이가 똑바로 이편을 바라보며 서 있었던 것이다. 벌써 어두워져 누렁이의 얼굴까진 또렷이 보이지 않았으나, 두 눈에서만은 푸른 인광이 뚝뚝 떨어지고 있었다.

"저놈의 개……"

남편이 식칼을 찾아든 것과 노파가 남편의 허리에 매달린 것은 순식간의 일이었다.

"보소, 얼른 도망가소. 야가 아주 미쳤응게……"

노파가 몸부림을 쳤다.

"야야, 참어라…… 제발 참어. 천륜이란…… 이렇게 끊는 게 아녀. 제발."

"놔요! 놔! 놔! 놔!"

비 젖은 흙 마당에 뱀의 허물 같은 자국을 남기면서 노파는 남편의 괴춤을 움켜잡고 질질질질 끌려갔다. 누렁이는 이미 컹컹하는 울부짖음만 쏟아놓고 부채바위 쪽의 매봉산 어둠 속으로 사라지고 없었다. 아주 순식간에 벌어진 일이었다.

서서히 7월이 지나갔다.

끈질기고 음산한 장마전선은 그 꼬리를 8월의 무더위에 걸쳐
놓으며 마지막 발악을 하고 있었다. 밤새 뇌성과 번개 때문에
잠을 설치고 나서 아침마다 나는 죽은 쥐들을 주워모으는 것으
로 하루를 시작했다. 쥐약을 버무리는 데 별다른 정성을 기울이
지 않아도 쥐들은 끊임없이 죽었다. 물이 고인 마당귀에서도 죽
고, 장독대에서도 죽고, 살강 밑이나 뒤주 뒤에서도 죽고, 천장
에서도, 마루 밑에서도 죽었다. 나는 죽은 쥐들을 주워모아 하루
한 번씩 마당 끝에서부터 쥐들의 무덤을 만들었다. 대접만큼 봉
곳하게 봉분을 만들고, 그 위에 주먹만한 돌멩이 한 개씩을 올려
놓았다. 그것은 남편과 노파 중 어느 편에도 가세하지 않겠다는,
내 핏물의 어디에선가 음흉하게 틈을 엿보고 있을지도 모르는
살의와 광기의 사악한 본질에 휩쓸리지 않겠다는, 내 최소한의
결의 표현이었다.

8월로 접어들면서부터 누렁이는 거의 매일 밤 부채바위 근처
에 나타났다.

남편은 덫을 세 개씩이나 갖다놓고도 쇠스랑까지 둘러메고 초
저녁 한때는 부채바위 근처에서 아주 살다시피 하였다. 거기에
비해 노파의 기세는 현저하게 떨어지고 있었다. 아니, 이것은 정
확한 표현이 아니다. 노파는 다만 그 무렵, 육체가 너무 쇠잔하

여 남편처럼 그 행동반경을 자유롭게 넓힐 수 없었다는 게 바른 말일 것이다. 얼굴은 더욱 말라붙고, 검버섯은 장마 속의 잡초처럼 기승을 떨며, 요강을 비우다보면 전에 없던 피가래가 한 종발씩이나 바닥에 가라앉아 있곤 하였다. 그러면서도 노파는 남편이 쇠스랑을 들고 나가면 무릎걸음으로 마루 끝에 나앉아 두 손을 합장하고 남편이 돌아올 때까지 꼼짝도 하지 않았다.

"좀 말려다오."

때때로 주름진 눈가에 눈물을 가득 담고서 내게 이렇게 애원할 때도 있었다.

"차라리 너희 내외가 멀리 떠나버리든지…… 누렁이헌테 네 시애비의…… 혼이 씌었다는 내 말을…… 너도 못 믿겠냐? 응, 못 믿겠어?"

"정신 좀 차리세요, 어머님."

나는 노파에 대한 연민으로 믿어요, 그이가 아주 미쳤다니까요, 하고 말해야 한다고 생각하면서도 번번이 이렇게 소리쳤다.

"아버님은 돌아가셨대요. 영팔이란 인민군한테요. 아시겠어요? 지금은 난리중이란 말예요. 모두 미쳤어요."

노파는 당장 눈빛에 적의와 공포를 드러내면서 돌아앉았다.

"네년도 한통속이지. 인정머리라곤 씨알만큼도 없는 년……"

나는 차츰, 지친 얼굴에 살기를 성에처럼 허옇게 묻혀 들어오는 한밤의 남편을 보면서, 어서 이곳을 떠나야 한다고 생각하게 되었다. 그러나 마음뿐이었다. 밤이 지나면 또다른 밤이 내 앞에 놓여 있었다. 밤이 나를 붙잡았다. 아아, 어느 틈엔지 나도 살상의 유혹에 조금씩조금씩 침식당하고 있었던 것일까. 그것은 기다림이었다. 어서 소름끼치는 결말이 오기를, 어서 광기와 같은 비바람이 불어 그 해묵은 고가의 대들보와 서까래와 문살을 단숨에 물어뜯기를. 그리고 나는 결국, 어느 날 갑자기 여름 내내 예비되고 내가 기다려왔던 숙명적인 결말과 조우하게 되었다.

그것은 기대와는 달리 허망한 결말이었다.

장마가 조금씩 끝나가면서 저녁녘, 처음으로 매봉산의 봉우리가 씻긴 얼굴처럼 제 모습을 내보이던 날이었다. 한밤에 나는 누렁이의 울음소리를 들었다. 여느 날과는 어딘가 좀 다른, 죽어가고 있는 듯한 통한의 울부짖음이었다. 남편을 흔들어 깨울까 하다가 누렁이가 덫에 치였든지, 그렇지 않든지, 어차피 이 어둠 속에 확인하기는 쉽지 않다는 데 생각이 미쳐 그대로 다시 눈을 감았다. 그것이 내 실수였다. 아침에 노파의 방이 비어 있음을 확인하고 나는 비로소 내 실수를 깨달았다. 불길한 예감이 왔다. 나는 부채바위를 향해 미친듯이 줄달음질쳤다. 그리고 이내, 모처럼 힘차게 내리뻗치는 아침 햇빛 아래 낱낱이 드러난 참혹한 결말과 만나면서, 휘청 주저앉았다. 누렁이가 아니라 노파가 덫에 물린 채, 피투성이가 되어 죽어 있었던 것이다. 두 손을 갈퀴처럼 사용하여 피가 배도록 땅바닥을 긁어댄 흔적만을 남기고.

나는 먼저 덫에 치인 누렁이를 풀어줄 수 있었던 노파의 그 불가사의한 힘에 대하여 오랫동안 의문을 품었다. 여러 정황으로 미루어 짐작하건대, 누렁이가 단말마의 비명을 질렀던 것은 덫에 치였기 때문이었다. 노파는 어둠 속에서도 누렁이가 자신을 부른다고 생각했을 것이다. 그 무렵 걷기도 힘들었던 노파였지만, 계속 누렁이가 울부짖고 있었으므로 노파는 기다시피 혼신의 힘을 다해 부채바위까지 갔을 것이고, 불가사의한 힘으로 누렁이를 풀어 도망치게 하고 자신이 대신 덫에 물렸을 터였다. 노파의 그 힘은 어디서 나왔을까. 그러나 그것은, 남편이 노파를 묻고 나서 홀연히 그 마을을 떠난 후 여태껏 소식이 없는 것과 함께, 내게는 앞으로도 많은 시간, 여전히 풀리지 않는 의문으로 남을 것이다.

—

청운의 꿈

열차가 서울역을 출발하였다.

나는 검은 가죽가방 하나를 안은 채 눈을 감았다. 눈을 뜨면 괴물같이 거대한 도시─우중충한 빌딩의 그늘, 먼지 낀 창, 질주하는 자동차의 아슬아슬한 교차, 충혈된 눈 부릅뜨고 어디론가 내닫는 사람들의 발소리, 신음 소리, 악쓰는 소리─그 모든 도시의 질긴 껍질이 보일 것이다.

용산, 한강교, 영등포를 지날 때까지도 나는 눈을 뜨지 않았다.

이 년 전, 저 불가사리 같은 서울을 공략하리라 상경했던 첫날 밤의 불안한 어둠이 생각났다. 자만과 투지만으로 무장한 나를 향해 날름, 혀를 내밀며 할퀴듯 다가오던 그 어둠의 표피, 법대 뒤 언덕에 서 있던 퇴락한 기와 건물의 나무 계단, 때묻은 포장으로 칸막이 된 그 독서실의 창백한 형광등, 흔들리던 정적, 닳아버린 표지의 육법전서, 그리고 덜렁 가죽가방 하나 메고 찾아온 나를 향해 킬킬거리고 돌아앉는 정도 형, 당신의 구부러진 잔등……

뭐하러 왔니?

형처럼 고시 준비나 하려고요.

근무하던 학굔?

때려치웠어요, 그깟 선생 노릇.

케네디구나, 너.

젊어, 청운의 뜻이라는 게 있어야죠.

그때 낡은 나무의자에 정물처럼 앉아 있다가 키들키들 웃어대던 당신이 떠오른다. 가슴 밑바닥에서부터 완만하게 타고 올라와 마침내 스멀스멀 터져나오는 그 끈끈하고 근질근질하고 뾰족한 웃음소리.

치워라, 인마, 치워!

돌연, 낡은 독서실의 천장이 쩡하게 울려오던 목소리와 함께 굳어진 당신의 이마가 형광등의 그늘 속에 붕 떠 보이고, 뭐요? 뭘 치워요, 형? 까닭 없이 두근거리는 가슴을 졸이며, 엉겁결에, 이토록 우둔한 반문으로 서 있던, 나의 가죽가방, 검정 빛깔의 낡은 가죽가방.

그놈의 청운의 뜻이라는 거 말이다!

아, 어찌하여 나는 그날 정도 형, 당신의 절망으로 각인된 파리한 안색의 속살을 보지 못했을까. 그렇다. 당신에 비하면 나는 다만 놀라기나 좋아하는 철모르는 한 마리 토끼 새끼처럼 못났었다. 그래서 당신의 패배가 나의 패배며, 당신의 좌절이 조금씩 나의 좌절로 변형되리라는 당신의 웃음소리를, 그저 불안한 어둠 탓으로 간주해버린 어리석은 실수를 범했던 것이다. 그러나 당신의 커다란 실수에 비하면 나의 그것은 실상 아무것도 아니었다. 나는 지금 이렇게 돌아가고 있기 때문이다. 비록 초라한 귀향일망정 처음부터 다시 시작하여 나의 실수를 보상받을 수도 있기 때문이다. 나는 입술을 깨물며 손바닥을 펴서 턱을 싸쥐었다. 열차의 진동이 경쾌하다.

손바닥으로 턱을 싸쥐는 것은 정도 형의 오랜 버릇이었다. 일주일 전, 독서실로 올라가는 어두운 골목의 층계에서 취한 채 쭈그려앉아 있을 때도 그는 그런 자세였다. 나는 순경 생활을 하다가 사직하고 경위 시험을 준비하고 있는 박이권씨와 종로에서 막걸리를 퍼마시고 자정이 가까워 돌아오다가 당신을 만났다.

형, 거기서 뭐하우?

나는 나의 질문이 빗나간 것을 금방 깨달았다.

공부한다. 이 새끼야. 민법, 형법, 상법, 민사소송법, 형사소송법……

당신은 다짜고짜 발작하듯 이렇게 소리질렀다.

헌법, 행정법이 빠졌잖우?

박이권씨가 이따위로 옹졸하게 토를 달았으나 다행히 당신은 입을 다물었다. 이때 담벼락 안쪽에서 컹컹거리고 개가 짖기 시작하였다. 공교롭게도 그곳은 우리들 독서실의 원장 '단춧구멍'의 이층 양옥을 둘러친 벽돌 담장이었다. 직사각형 꼴의 검붉은 안면에 단춧구멍처럼 작게 뚫린 눈을 지닌 사내, '단춧구멍'. 독서실에 든 가난한 고시생들의 호주머니를 수탈하여 치부한 이 사내가 이곳의 고풍스러운 이층 양옥으로 이사하여 담장을 뜯어 고친 것은 지난가을이었다. 우리들은 그 담장의 벽돌장 하나하나가 결국 우리들 시골 부모의 땀내 나는 지폐로 이룩되었다는 것과, 돈벌레라는 야유와 어쩔 수 없는 질시의 감정이 뒤죽박죽되어, 밤늦게 돌아올 때는 대개 킬킬거리면서 그 담장을 향해 오줌을 내갈기곤 했다. 그것은 참으로 초라하고 치기만만한 감정의 배설인 것을 우리 모두 알고 있었지만 깨끗한 화장실에 들어앉았으면 문득 음탕한 여인의 나신이라도 그려보고 싶은 충동적인 유혹처럼, 남몰래 거기 이끌려가 마침내 그것을 즐기곤 했던 것이다. 그날도 예외는 아니어서, 개 짖는 소리가 신호라도 되는 듯이 박이권씨와 나는 동시에 바지 단추를 열고 오줌을 갈겼다.

단춧구멍이 또 빌딩 하나 샀다던데?

빌딩요?

음, 사층짜리지만 꽤 큰 거라더군. 개놈의 새끼, 퉤!

목덜미를 부르르 떨며 박이권씨가 담벼락을 향해 침을 탁 뱉었다. 언덕의 아래위에서 여러 마리의 개들이 합세하여 짖었기 때문에, 골목은 개 짖는 소리에 완전히 함락된 듯이 보였다.

시끄러워, 개새끼들아!

정도 형이 소리를 쳤으나 놈들은 더욱 기세등등해져서 아예 필사적이었다. 금방이라도 수천 마리 개떼들이 이빨을 갈며 몰려들 것 같았다. 우리들은 어깨동무를 하고 서둘러 그곳을 떠났다. 저 아래 법대 캠퍼스의 수은등이 애잔하고, 법률연구소란 간판이 걸린 독서실 정문의 희미한 외등이, 3월의 바람 속에 적막하였다.

형, 전보 받고 나갔다면서?

그래, 인마!

시골집에서 왔수?

그래, 인마!

뭐라고 왔수?

그래, 인마!

뭐라고 왔냐니까?

그래, 이 새끼야!

정도 형은 골목이 쩌렁 울리도록 악을 썼다. 우리들은 비틀거리며 불 꺼진 사무실을 힐끔거리고 이층으로 올라가는 나무 층계를 찾았다.

아니, 이게 뭐야?

뒤에 처진 박이권씨의 한마디가 앞장선 나를 붙들었다. 층계 옆의 게시판에 다른 벽보들을 뒤덮고 내걸린 게시문 하나가 우리들 덜미를 움켜잡았다. 전년도 사법·행정고시의 문제들, 간통죄에 관하여 논하라—안 해봐서 논할 수 없다 따위의 낙서. 금년도 총무처 주관의 공무원 임용에 관한 고지문. 10월호 『고시계』를 구합니다, 빌려주시면 후사하겠음, 이층 S실 5호석, 하는 사설 광고 문안. 그런 것들을 뒤덮고 사절지 크기로 붙여진 문제의 게시물은 청운의 가족들에게 고함, 하고 시작하여 한참 동안 유류 파동과 물가지수의 함수 관계를 설명하고 결국 이렇게 끝을 맺고 있었다.

따라서 우리 청운법률연구소도 부득이 다음과 같이 실비室費와 식대를 인상하지 않을 수 없게 되었습니다.

실비 : 사천오백 원(종전 삼천오백 원)

식대 : 백이십 원(식권 한 장당 종전 구십오 원)

　마지막에 청운법률연구소장 백, 하고 쓴 다음 피리어드를 딱 찍어놓은 게 내겐 참담한 아픔으로 전해져왔다.

　형, 저런 덴 피리어드를 찍는 게 아니잖우?

　그래, 네 말이 맞다!

　정도 형이 돌연 그 게시문을 북북 찢어버렸다. 그것이 그날 밤 싸움의 발단이 되었다. 단춧구멍은 자정을 기하여 그것을 써붙이고 관리인 기태에게 어두운 사무실에서 망을 보게 했던 모양이었다. 현관에 불이 켜지며 관리인 기태가 정도 형의 앞에 떡 버티고 섰다.

　누가 써붙였어, 이거?

　정도 형은 기태 앞으로 찢어진 게시문을 불쑥 내밀었다.

　내가 써붙였소, 왜?

　자네가? 자네, 코란과 바이블의 차이 아나?

　정도 형은 굉장히 재미있는 질문을 던져놓고 뜸을 들이는 시골 초등학교 선생 같은 표정으로 잠시 빙글빙글 웃었다. 기태의 얼굴이 수치와 노여움으로 벌겋게 달아올랐다. 그것도 모르는 놈들이 왜 중동전 핑계를 대는 거야? 시나이 반도가 전쟁으로 불탈망정 그게 우리 밥값하고 무슨 상관이야? 갑자기 한 옥타브 올

라가 퇴락한 독서실의 구석구석에 울리던 정도 형의 목소리. 이
곳저곳에서 삽시간에 실생室生들이 모여들어 사무실을 에워싸고
정도 형을 거들었다. 기태 혼자만이 궁지에 몰린 채 사면초가였
다. 그러나 그런 분위기는 문제를 해결하기보다 오히려 싸움을
더욱 결정적인 단계로까지 부채질하였다.

기태의 입에서 '낙방거자'란 말이 나왔다.

마침내 정도 형이 참지 못하고 기태의 따귀를 후려갈겼다. 여
덟 번씩이나 사법고시에 실패한 정도 형의 아픈 자리를 낙방거
자란 말로 기태가 헐뜯고 나섰기 때문이었다.

왜 때려? 개놈의 낙방거자!

기태가 눈을 부릅떴다.

정도 형의 주먹이 다시 한번 기태의 얼굴로 날아드는 순간 비
명을 지르고 주저앉은 것은 기태 쪽이 아니라 정도 형 자신이었
다. 기태가 당신의 주먹을 피하며 옆에 세워놓은 연탄집게로 머
리를 내리쳤기 때문이었다.

영등포 발차를 알리는 차내 방송의 느린 목소리가 들릴 때쯤
나는 아리아리하니 가슴이 아파오기 시작했다. 한동안 턱을 싸
쥔 채 나는 입술을 잘근잘근 씹었다.

낙방거자, 그것은 정도 형 당신의 별호였다.

당신은 법률연구소라고 간판이 붙은 독서실 생활이 칠 년째였다. 일류 법대를 나오고 곧장 담요 한 장과 함께 그곳에 묻힌 게 칠 년 전이었다. 칸막이 된 좁은 공간, 희미한 불빛과 딱딱한 나무의자, 통풍 장치라곤 전혀 안 된 탁한 실내에서 유령처럼 생활해온 당신의 칠 년. 고향 가까운 L시의 중고교 육 년을 수석으로 일관하고 대학 입시에서도 최고 득점의 영광을 누려, 고향에서 당신은 아직도 전설적인 인물로 남아 있다. 누구든지, 당신이 처음 고시에 응시했을 때 곧 합격하리라 믿었던 것도, 그런 화려한 경력을 감안했기 때문이다. 그런데 당신은 법대 3학년 때 시작한 사법고시를 여덟 번이나 낙방하여 그 모든 기대를 무너뜨렸다. 대학 시절엔 당신의 그늘에 묻혀 있던 숱한 동료와 후배들이 행정계, 법조계에서 눈부시게 성장해가는 것을 보면서도, 당신은 언제나 낡은 책상의 침침한 독서실에서 낙방거자로 남아 있었다. 그러나 독서실의 우리들은 아무도 당신의 숱한 패배를 비웃거나 과소평가하지 않았다. 당신이 독서실 내에서 가장 고참이었다는 물리적인 사실 때문이 아니라, 우리는 당신의 진정한 실력을 믿고 있기 때문이었다. 고시 합격의 영광이란 실력만으로 되는 것이 아니라 행운의 여신이 한쪽 눈을 찡긋 감고 미소 지어주는 신비의 알파가 보태져야 하는 것. 말하자면 당신은 남다른 실력을 갖춘 노력가였으나 행운의 여신에게서 버림받은 것으로 독서실의 우리들은 이해하고 있었다.

괜한 집념으로 오히려 형의 능력을 무한정 소모시킨다고 생각해본 일 없수?

아홉번째로 2차 고시에 응시하고 오던 열흘 전, 자정이 가까운 법대 캠퍼스의 벤치에서 나의 이 돌연하고 생경한 질문에 대한 오돌오돌 떨린 당신의 고백을 나는 기억하고 있다.

아냐, 이젠 집념 같은 게 아냐. 내 나이 서른다섯, 다만 어쩔 수 없는 거지. 출세하는 것에 대한 집념에 불타던 시절은 그나마 구제의 가망이 남아 있었을 때였지. 떨어지는 것도 두렵지만 다른 일을 시작한다는 건 더 두려워. 내가 지금 뭘 할 수 있겠니? 그저 끝없이 패배하는 것뿐. 차라리 단춧구멍이 나보다 훨씬 앞서 인생을 깨달았던 거야. 돈을 벌자, 하고 출발한 때부터 놈은 여태껏 승승장구거든……

제기랄, 이제 나는 당신의 그 어찌할 수 없었던 절망에 눈뜨고 있다.

그것은 돌아갈 수 없는 자의 절망, 다시는 새로 시작하지 못하는 기권한 마라토너의 쓰라린 회한이다. 서른다섯 해를 투자하고도 단 한 치짜리 붕어 한 마리 낚아올리지 못한 당신의 깊은 절망을 설명하기 위해, 당신은 역시 고시 공부로 시작했으나 지금은 독서실 원장이 된 단춧구멍을 끌어다가 대비시키고 고개를 떨구었다. 그것이야말로 당신의 패배를 가장 참혹한 빛깔로 마무리지었다. 아울러 나의 조그마한 패배도 명확하게 부각시켰으며, 그래서 우리는 목을 움츠린 채 침묵하였다. 단춧구멍이 우리를 침묵시킨 셈이었다.

단춧구멍은 우선 담배 한 개비씩을 죽 돌리고 라이터를 켜댔다. 체구가 작고 단단해 뵈는 이 사내는 한동안 병걸군이 건넨 종이쪽지를 들여다보며 숙고하는 듯이 보였다. 법대 지붕이 환히 내려다보이는 그의 화려한 응접실에서였다.

첫째, 실비와 식대의 인상은 부당하다. 오히려 지난가을, 겨울 연료비 핑계로 오백 원을 인상했으니 봄이 됐으므로 당연히 오백 원 인하해야 한다.
둘째, 독서실, 식당 등의 제반 환경을 개선하고 부식의 질을 높여달라.
셋째, 황정도 형에 대한 관리인의 구타는 불법적인 폭력이다. 치료비 일체를 부담하고 공개 사과해야 한다.

단춧구멍이 들고 있는 종이쪽지엔 세 가지 우리들의 결의 사항이 적혀 있었다.

정도 형이 연탄집게로 뒤통수를 얻어맞은 다음날 아침에 청운 법률연구소라는 간판이 붙은 독서실의 실원 전체 회의가 중앙의 Q실에서 열렸던 것이다. 독서실 전체 식구의 삼분의 이쯤에 해당되는 사십여 명이 참가한 이 회의에서는, 2차 고시 발표를 며칠 앞두고 실원들이 초조해 있을 때 기습적으로 인상한 실비, 식대 문제와 정도 형의 구타 사건으로 처음부터 열띤 성토가 벌어졌다. 어두운 조명과 창이 작아 답답한 독서실의 환경, 공부하는 곳과 침실 겸 휴게실이 한통속으로 뒤범벅되어 있는 비문화적인 방의 구조, 앉아서 손을 들면 천장의 서까래가 그대로 만져지는 싸느란 지붕 밑 방, 식사 시간마다 식권을 들고 줄을 서야 하는 좁은 식당방, 콩나물국, 단무지, 무말랭이로 이어지는 한결같은 메뉴, 냄새나는 낡은 변소에 대해 우리는 말했다.

　우리들의 불만과 성토는 끝이 없었다.

　결국, 위의 세 가지 사항이 결의되었고, 실원 대표에 법대 4학년 재학중인 병걸군을 뽑았으며, 각 실마다 연락책 한 명을 추가하여 우리들의 의사를 전달토록 하였다. 스님처럼 머리와 눈썹까지 밀어버린 맹렬 행정고시생 창진군, 이번 2차 사법고시를 치르고 정도 형과 함께 결과를 기다리는 임지훈씨, 박이권씨, 그리고 내가 각 실의 대표자로 선출되어 높은 담장에 둘러싸인 단춧구멍의 응접실까지 쳐들어온 것이었다.

자, 우선 한잔 나누며 천천히 얘기합시다.

이윽고 단춧구멍은 굳은 표정을 풀고 양주 한 병을 꺼내들었다. 마치 너희들의 결의 사항은 빤하고 하찮은 것이라는 그런 자만과 여유가 엿보였다.

여기 박형이 먼저 한잔하시죠.

싫습니다. 우리는 소장님의 명확한 답변을 듣기 위해 왔습니다. 박이권씨는 고개를 저으며 딱딱하게 말했다. 단춧구멍은 빙그레 웃었다. 아직 어리군, 그의 표정엔 의연함이 은밀하게 떠 있었다. 차례로 권했으나 우리들 모두 고개를 흔들자 그는 할 수 없다는 얼굴로 자기 혼자 홀짝 첫 잔을 비웠다.

섭섭하군요. 인연 있는 사람끼리 한잔 나누자는 것인데……

별로 섭섭한 표정도 아니면서 그는 이렇게 서두를 떼었다.

그게 그래요. 사실 나는 연구소 운영을 때려치우고 싶어요. 하지만 우리 연구소의 오랜 전통과 여러분의 열의 있는 노력이 아까워서요.

우리는 일제히 고개를 세우고 선전포고하듯 시작한 그의 대답을 기다렸다.

이번 실비와 식대를 인상하기로 하면서 나도 마음이 아팠어요. 그렇다고 어떻게 하겠습니까? 아시다시피 전기료, 수도료, 오물세는 물론이고 콩나물 한 가닥도 배로 인상된 형편이에요.

말하자면 이건 최저한도의 비용이에요. 나는 장삿속으로 연구소를 하고 있는 게 아닙니다. 장삿속이라면 저걸 처분하여 다른 데 투자해야 합니다. 남는 게 없으니까요. 또 환경 개선을 해달라는 여러분의 요구도 나로서는 억울합니다. 다른 연구소를 가보세요. 우린 그래도 모든 시설이 남부끄럽지 않게 되어 있습니다. 좀 낡았다는 게 흠이긴 하지만, 그것은 오히려 선배들의 손때 묻은 전통으로 인식되어 여러분에게 좋은 자극제가 되는 거 아닙니까? 우리 연구소만큼 고시 합격생을 많이 내는 곳이 없잖아요? 바로 그겁니다. 그거 하나만으로도 연구소에 쏟는 내 애정이 명확히 증명된 거 아닙니까?

단춧구멍은 단숨에 쏟아놓고 다시 양주 한 잔을 홀짝 마셨다.

외양과는 판이하게 달변이었다. 말투는 빨랐지만 어떻게나 절실하게 울리는지 하마터면 나까지도 감동할 뻔하였다. 우리는 모두 입을 다물었다. 일단, 그의 유창한 변설에 압도당한 듯이 보였다.

우리 독서실이 합격생을 많이 낸다는 그의 말은 사실이었다.

그의 말대로 그것은 일종의 전통이었고, 그 전통은 더 많은 고시파들을 이곳에 불러모았다. 합격자 발표가 끝나면 으레 파티가 열렸다. 실원 전체에게 막걸리잔을 돌리는 하찮은 투자지만 단춧구멍의 의도는 단순히 합격자를 축하해준다는 순수한 호의에 있는 게 아니었다. 이젠 사회적 지도 인물로 성장해갈 합격생들의 마음을 붙들어매두자는 면밀한 계산뿐 아니라, 이만큼이나 고시 합격생을 많이 냈다는 선전의 효과를 노리는 파티였다. 어떤 명분이든 투자에 대한 소득의 정확한 산출 근거가 없는 한 단 한 푼도 낭비하지 않는다는 게 그의 생활신조였다.

그리고 정도 형 문제는……

한참 만에 단춧구멍의 말은 다시 이어져나갔다. 우리의 결의 사항 세번째 항목에 대한 답변이었다.

……나도 미안하게 생각합니다. 그러나 기태도 어젯밤 여러분의 소란으로 좀 다쳤어요. 요 아래 박외과에서 전치 일주일의 진단이 나왔으니까요. 그렇다고 그걸 문제삼을 생각은 없습니다. 정도 형은 개인적으론 존경하는 내 선배도 되고, 또 그럴 분도 아니니까요.

그러니까 우리 결의 사항은 전혀 고려할 수 없다, 그 말입니까?

병걸군이 마침내 단춧구멍의 일방적인 말을 자르고 정면 도전했다. 비로소 우린 잠에서 깨어난 듯이 항변하기 시작하였다. 그러나 단춧구멍은 용의주도하고 요지부동이었다.

어쩔 수 없습니다. 나는 한 말을 또 하지 않는 성미예요.

이것으로 협상은 완전히 결렬되었다. 우리는 빤질빤질 닳아빠진 단춧구멍의 건조한 입술에서 절망을 느꼈다. 실원들은 비분강개했으나 이 싸움을 승리로 이끌 묘책은 발견되지 않았다. 심사숙고한 끝에 우선 근처의 다른 개인집에서 백 원에 식사를 만들어 팔 사람이 있는지 찾아보기로 하였다. 그런 집이 있어 식사만이라도 밖에서 하면 단춧구멍에게 압력도 되고 우리들의 투쟁도 구체성을 띠어 조금은 효과를 거둘 것으로 기대되었기 때문이다.

가방이나 내려놓으렴.
정도 형, 당신의 부드러운 말씨가 들리는 것 같다.
몇 년 전, 내가 육군사관학교를 이 년 만에 쫓겨나고 당신의 자취방을 찾아갔을 때, 당신은 문지방에 서 있던 나를 향해 그렇게 다독다독 말했다. 그때 나의 절망은 돈에 대한 울분이었고, 또한 못 가진 자로서의 애조 띤 자탄에 닿아 있었다. 본래 나는 무당인 홀어머니 밑에서 자랐다. 나는 표면상 등록금 때문에 육사를 선택했으나 내면에는 굿이나 해서 거둬들이는 치사한 돈으로 대학까지 마치진 않겠다는 나 혼자만의 상처 입은 자존심이 도사리고 있었다. 떳떳하게 돌아갈 수 없는 고향, 원색으로 그려진 무슨무슨 신령님, 미친 듯 돌아가는 살기 띤 어머니의 눈매, 술만 먹으면 고래고래 악을 쓰는 형을 나는 기억했다.

육사에서 퇴교당하고 나는 하사관으로 자원입대하여 월남엘 갔다.

정글의 타오르는 열기는 이 년 동안 나의 그 모든 좌절과 자탄의 거죽을 씻어내렸다. 나는 제대한 뒤 대학에 편입했고 월남에서 받아 모은 목숨값으로 간신히 대학을 졸업했다. 고향 가까운 L시의 삼류 지방대학을 졸업하던 날, 나도 이제 세상을 향해 새출발한다는 신선한 감격에 젖었다. 정글을 내달리는 군화 소리, 타오르는 태양, 우뚝 선 선인장의 비정한 의지, 베트남의 정글을 목숨 걸고 누볐던 열정만 가지면, 뭔가 내 앞날도 새로 트일 것이라는 무모한 배짱이었다.

그러나 그것은 얼마나 어리석은 자만이었던가.

나는 결국 아무것도 이룩해내지 못했다. 마치 무기를 잃고 혼자 정글 속에 버려진 꼴이었다. 육사 퇴교, 하사관 출신의 지방대학 졸업이라는 가난한 이력은 육 개월도 못 되어 졸업 때 내가 가졌던 감격에 재를 뿌렸다. 장구를 쳐줄 사람, 저절로 어머니의 사지를 흔들어 작두날 위에서 춤추게 하는 굿 마당의 장구 소리, 그게 없었던 셈이었다. 북소리, 장구 소리가 울려줘야 비로소 활개치고 춤출 수 있는 사회구조를 나는 그때야 깨달았다. 나는 시골 중학교 강사 자리를 하나 얻었는데, 그나마 무자격 강사여서 앞날에 대해 아무런 희망도 가질 수 없었다. 그래서 나는 마지막

결의를 가지고, 무자격 시골 학교 강사 자리를 버렸다. 늦었지만, 고시 준비를 하자고 나는 생각했다. 낡은 법률 서적에 묻혀 밤새 매달리고 있던 정도 형, 당신의 의지, 자기 소망에 대한 그 성실성을 나는 생각했다. 단지 고향 선배일 뿐이지만, 그런 당신에 대한 선망이 기진맥진한 나 자신을 일으켜세우는 실마리가 되었다고 할 수 있었다.

열차가 철교 위를 통과하는 울림이 들린다.

나는 가죽가방을 아직까지 무릎에 안고 있었다. 눈을 떴다. 진회색의 우중충한 하늘, 그 하늘이 내려와 있는 빈 들녘의 한 점을 열차는 빠른 속도로 내닫고 있었다. 나는 가방을 선반 위에 올려놓고 다시 의자의 등받이에 깊숙이 기대고 눈을 감았다. 추위에 웅크리고 앉아서 단춧구멍의 이야기로 자신의 본질적인 패배를 인정하던 어느 날의 정도 형, 당신이 생각난다. 그것은 북을 치자, 장구를 두드리자, 그리하여 활개 펴고 도시 속에서 춤추겠다는 내 도전에 대한 명백한 자멸의 선고도 되었다.

단춧구멍은 법대로 보면 정도 형 당신보다 이 년 후배였다고 했다.

대학 졸업 후 그도 당신과 함께 삼 년 동안 사법고시에서 내리 낙방하였다. 한동안 낙담한 그는 매일 술만 퍼마시고 성격적으로 파탄해가는 듯이 보였다. 그런 그가 낡은 기와 건물을 사들이고 '청운법률연구소'라고 간판을 내건 것은 행방불명되었다가 여섯 달 만에 나타나서였다.

그때부터 급격히 달라져가더라.

당신은 말했다.

돈벌레가 된 거였어. 어떤 수단이든 동원해, 한푼이라도 더 긁어들이려고 혈안이었어. 우리들은 처음, 삼 년 만에 뜻을 꺾어버린 나약한 그를 비웃었지. 그러나 놈은 눈 하나 깜짝하지 않더군. 그깟 판검사는 너희들이나 다 해먹어라. 나는 돈으로써 네 놈들과 승부를 걸겠다, 이런 배짱이었지. 과연 놈은 돈을 벌었어. 가난한 우리들의 호주머니를 넘나들며, 콩나물값, 전기값을 아껴 요술처럼 돈을 키우는 거야. 번 돈으로는 다시 이자놀음도 하고. 이젠 수천만 원 될 걸, 부동산 투자도 상당한 모양이니까……

어두운 골목의 층계에서, 대학가의 애잔한 수은등을 내려다보며, 옛날이야기 하는 할머니처럼 낮은 목소리로 당신은 쓸쓸하게 말하고 있었다.

놈은 우리보다 훨씬 앞질러 인생을 깨달았던 거야. 놈은 이긴 거지. 우리 나이면 누구나 그걸 느끼게 돼. 이미 승부는 나버리고, 돌이킬 수 없는 회한으로 떨면서, 놈의 현명했던 결단과 방법을 느끼는 거야.

어찌하여 당신은 그렇게 쉽게 자신의 패배를 인정했던가.

불과 여덟 번의 사법고시 실패만 가지고 우리들 모두의 패배로도 바뀔 수 있는 그따위 나약한 결론을 내리다니. 싸움은 끝나지 않았다. 아홉번째, 열번째도 남아 있으니까! 나는 당신이 이렇게 큰소리쳐주길 바랐다. 비록 진실이 아니더라도 그렇게 버티기를 바랐던 것은 당신을 위해서만이 아니었다. 당신이 쓰러지면 나 또한 패배를 조만간 인정하지 않을 수 없으리라는, 두려운 예감 때문이었다.

단춧구멍과 우리 실원들 간에 불붙은 싸움은 쉽게 끝장날 것 같지 않았다.

이틀 만에 박이권씨는 독서실보다 백여 미터 올라간 언덕바지의 낡은 블록 건물 주인으로부터 한 상 백 원짜리 식사를 해주겠다는 허락을 받아왔다. 우리들은 떼 지어 백 원짜리를 들고 언덕 위로 몰려갔다. 그때까지 기태와 싸운 다음날 아침 독서실을 나간 정도 형은 행방불명이었다. 단춧구멍과 기태도 거의 사무실에 보이지 않았고, 다만 밥해주던 수원댁 아줌마 모녀만이 무슨 난리냐는 얼굴로 자신들의 한가함을 오히려 불안해하고 있었다.

블록 건물에서의 식사는 처음부터 순조롭지 않았다.

너무 갑작스러운 일이어서 그릇과 수저까지도 모자라는 형편이었고, 방의 수용 능력도 독서실만 못해 추운 마루에 앉아 한참씩 기다리지 않으면 안 되었다. 단춧구멍은 아무런 반응도 보이지 않았다. 그는 끈질기게 숨어서 기다리는 사냥꾼 같았다. 날씨는 춥고 블록 건물로 올라가는 언덕엔 바람이 언제나 쌩쌩 불었다. 하루이틀 지나면서, 차츰 실원들은 흘깃흘깃 서로의 눈치를 보며 조금씩 불편한 식사에 대해 불평을 하기 시작했다.

정도 형, 당신이 독서실로 돌아온 것은 얼마 후 저녁이었다.

훨씬 더 초췌한 몰골로 방에 돌아와 누운 그는 넋 나간 사람처럼 눈만 크게 뜨고 미동도 하지 않았다. 어디에 다녀왔느냐고 물어도 묵묵부답이었고 책을 펴고 보는 것도 아니었다. 갑자기 배를 움켜잡고 뒤틀기 시작한 것은 당신, 형이 독서실로 돌아온 다음날 밤의 일이었다.

왜 그래요, 형?

배가 아파. 독서실 책상 서랍에서 진통제 두 알만 꺼내줄래?

나는 삐걱거리는 나무 계단을 서둘러 내려왔다. 앙상하게 말라버린 당신의 어깨가 마음에 걸렸다. 본래는 기골이 장대하고 건장하던 당신이었으나 독서실 생활 칠 년 동안의 나쁜 환경, 무절제한 생활이 당신의 건강을 야금야금 먹어치웠다. 소화가 안되어 아침식사는 매일 거르다시피 했고 술을 마시면 이따금 갑작스러운 복통으로 괴로운 밤을 보낸 적도 여러 번 있었다.

책상 서랍엔 진통제만 있는 게 아니었다.

독서실, 그의 서랍에서 바랄긴 두 알을 찾아들었을 때, 나는 한 장의 전보용지를 발견했다. 당신이 기태와 유독 시끄럽게 싸운 일이며, 사흘 동안이나 자취를 감추었다가 초췌해져 돌아온 까닭이 일목요연하게 담겨 있는 전보였다.

모친사망급래.

흰 네모 칸 속에 띄어 쓰지 않고 간결히 채워진 여섯 글자를 나는 읽었다. 고향 마을의 골목길을 말없이 돌아가던 정도 형 어머니의 굽은 뒷모습이 순간, 뱅글 도는 것 같았다. 당신 때문에 수없이 가슴을 쳐서 가슴앓이가 생겼다던 그 어머니. 정도 형의 부친은 농사를 지었지만 완고한 사람이었다. 그는 아들의 거듭되는 불합격과 바꾸지 않는 생활 태도를 용서하지 않았다. 그리하여 삼 년 전, 정도 형이 마지막 고향에 내려왔던 밤에 부자로서의 모든 관계는 막을 내리고 말았다. L시에 마련된 취직자리를 정도 형이 거절했기 때문이었다. 정도 형은 그날 밤 우리집 내 작은 골방에 쫓겨와 밤새 앉았다가 새벽에 마을을 떠났다. 그게 당신이 고향을 찾은 마지막이었다.

이후, 당신에게 최소한의 비용을 보내주는 것은 군청에 다니는 형이었다. 어머니의 절실한 애소 덕분이었다. 지난가을, 정도 형의 어머니가 독서실을 찾아온 적이 있었다. 정도 형은 어머니가 떠난 서울역의 빈 플랫폼에서, 불쑥 백통전 한 움큼을 내게 보여주며 말했다. 어머니가 기차를 타기 전에 형의 주머니에 넣어준 돈이었다.

봐라, 쉰 개야. 이 오천 원을 모아 날 주기 위해 얼마나 많은 시간 우리 어머닌 아버지와 형의 눈치를 보며 전전긍긍하셨을까. 나는 알고 있어. 너도 봤지, 아까 어머니의 눈빛? 어머닌 아직도 내게 기대를 걸고 있는 거야. 내가 아직도 합격하고 싶다면 그건 어머니 때문일 거야……

정도 형은 고개를 떨구었다.

그에겐 어머니가 최후의 명분이고 희망이었다. 그런데 그 어머니가 마침내 죽었던가보았다. 그사이 당신은 어머니의 장례식에 다녀온 것일까. 바랄긴 두 알을 먹고도 한동안 정도 형은 복통으로 괴로워하였다. 나는 차가운 냉방의 때문은 요 위에 누워 그저 그의 고통이 끝나기만을 기다렸다. 천장의 서까래가 유독 낮아 보였다. 침실은 군 내무반보다 하나도 더 나을 게 없었다. 이따금 푸슬푸슬 흙먼지까지 떨어져 자주 잠자다가도 눈을 비비고 일어나 앉지 않을 수 없는, 열다섯 명의 이 좁은 침실.

형, 나 전보 봤어. 집에 다녀왔수?

엎드린 정도 형이 돌아누우며 눈을 감았다.

갔었지만 그냥 왔다.

장례식에 참석 안 하고?

음, 정거장에 내렸다가 그냥……

나는 입을 다물었다. 그의 파리한 두 볼에 또르르 굴러내리던 눈물방울이 보였다.

실비와 식대 인상으로 시작된 투쟁의 승부는 차츰 우리들의 패배로 기울었다. 반란자가 생겨났기 때문이다. 블록 건물에서의 식사가 불편했다는 것이 직접적인 이유가 되었다. 백여 미터의 거리를 끼니때마다 차가운 바람을 맞으며 올라다녀야 하는 괴로움이, 공부하는 일 이외엔 대부분 게으른 성격의 실원들에게 귀찮았던 게 문제였다. 거기다 용의주도한 단춧구멍은 실원들 중의 만만한 자를 저녁에 집으로 초대하여 회유하고 며칠 후, 식사대만을 백이십 원 인상액에서 백십 원으로 후퇴한다고 선언하여 결정타를 놓았다. 비굴하고 허약한 이기주의자들이라고 병걸군이 실원들을 향해 욕지거리를 해붙이고 짐을 챙겨 떠남으로써, 이 일주일에 걸친 싸움은 끝이 났다. 병걸군을 떠나보내고 박이권씨와 나는 명륜동 골목집에서 자정까지 막걸리를 퍼마셨다.

나도 내일 떠나야겠어.

경위의 큰 꿈은 어떡하시고?

그깟 놈의 경위, 마누라하고 바꿀 수 있나? 우리 마누란 지금

내 뒷돈 대느라고 손톱 밑이 다 빠질 지경이야.

남편 출세를 위해 그 얼마나 갸륵하우?

아니야. 살아간다는 게 그게 아닌 것 같아. 함께 들어앉아 날품팔이라도 해서 오순도순 사는 거지.

순경 시절, 총기 사고로 날아갔다는 새끼손가락의 흉터를 긁적거리며 박이권씨는 갑자기 모든 것을 초탈한 듯한 낯빛을 지었다. 우리는 그의 마누라 손톱 밑이 빠진 돈으로 셈을 치르고 대학가의 한적한 외등 밑을 지나왔다. 거리는 발그레한 명암으로 조용히 비어 있었다. 언제나 그렇듯이, 취해 돌아오는 길에 우리는 단춧구멍의 대문간에 대고 오줌을 갈겼다. 그 아래, 법대의 낡은 건물이 어둠 속에서 얼굴을 붉혔다. 부끄럽단 말이지. 야만스럽단 말이지, 제기랄.

그맘때의 동숭동 서울대학은 유달리 평화롭게 보였다.

잘 가꾸어진 정원수와 수은등의 부드러운 빛 때문인지도 몰랐다. 그러나 그것은 허위의, 가짜 평화였다. 개똥 같은 평화, 하면서 나는 웃었다. 담장의 이끼로 장식된 하찮은 전통, 늙은 마로니에 몇 그루로 위장한 지성, 배운 대로 실행하지 못한 부끄러움 어쩌고 하면서도 손등이나 비비고 마는 그 비겁한 젊음 따위가 다 그러했다. 그래, 참으로 개똥 같은 평화다. 사 년 동안 그 평화에 길든 사람이면 누구나 그것의 공허한 내면을 쉽게 꿰뚫어 볼 것이다. 나는 쓰러질 것 같은 박이권씨를 부축해 안으며 개똥 같은 평화, 개똥 같은 평화, 하고 중얼거렸다.

독서실의 간판이 보일 만큼 골목을 거의 다 올라왔을 때 나는 다급하게 뛰어올라오는 발소리를 들었다. 창진군이었다.

저, 정도 형이 말입니다!

숨이 가빠서 그는 여기서 잠시 말을 멈추었다.

배가 너무 심하게 아파, 몇 사람이 저 아래 김내과로 옮겼는데 위험하다는데요!

일시에 술이 깼다. 개똥 같은 평화도, 불안하게 일어서는 어둠도 보이지 않았다. 박이권씨를 밀어뜨리고 언덕 아래 김내과를 향해 달음질치는데, 어디선지 컹컹 개가 짖는 것 같았다. 그것이 끝이었다. 내가 병실로 뛰어들어갔을 때 진찰대에 누운 당신 얼굴 위엔 이미 하얀 홑이불이 덮여 있었다. 믿을 수 없을 만큼 허망하고 찰나적인 죽음이었다. 2차 사법고시 발표일을 하루 앞두고 당신은 아홉번째의 패배를 유보시킨 채 홑이불 뒤로 숨어버린 셈이었다.

위 천공이라구요, 위의 막이 터져버린 거예요. 위궤양도 심했고, 암튼 독한 술에 자극을 받아 일시에 넓게 터져서 수술해볼 여유도 없었어요.

의사는 이렇게 사무적이고 간결한 어조로 말했다.

그러나 나는 단춧구멍이, 단춧구멍 뒤에 숨은 또다른 수많은 단춧구멍이, 그 수많은 단춧구멍을 만들어내는 눈에 안 보이는 괴물 같은 도시의 속성과 그 구조가 당신을 조금씩조금씩 죽여왔다고 생각한다. 당신처럼 머리 좋은 사람이 위장이 터져서 죽다니, 어떻게 그걸 받아들일 수 있겠는가. 대체 당신은 무얼 위해 고시에 매달려왔단 말인가. 저 괴물 같은 세상의 더러운 구조에 편입하려고?

아, 춥고 분하고 눈물겨운 우리들의 1970년대.

사회학의 이론에 따르면 계층에서 계층으로 뛰어오르는 수직 이동의 밑거름은 일반적으로 교육과 유산이라고 했다. 우린 유산도, 백줄도 신통찮으니까 기대할 건 교육뿐이거든. 대학도 졸업했으니 남은 건 그저 스스로 두더지처럼 책 속으로 파고드는 거야, 출세의 엘리베이터를 타고 싶다면. 그렇게 설명하던 당신. 그 명철한 이성, 또렷한 수직 이동의 의지도 어쨌든 이제, 당신에겐 쓸모없는 것이 되었다. 왜냐하면 당신은 승부 없는 세계에서 살게 되었기 때문이다. 그 죽음으로 스스로 아프게 느낄 수밖에 없었던 나의 패배, 이 부끄러운 귀향을 명백히 하고, 도시 너머 어디론가 훌쩍 출발해 간 당신.

—

호우주의보

어둡다. 질퍽거린다. 습기 찬 어둠만을 사려 안고 골목은 깊은 동굴처럼 가라앉아 있다. 팔이 잘려나간 자리가 가려워지는 게, 아무래도 또 비가 내릴 모양이다.

징글징글한 놈의 장마······

석은 담벼락에 어깨를 기대고 잠시 차오르는 호흡을 가다듬었다.

"중앙 관상대는 오늘밤 자정을 기하여 서울과 중부지방에 호우주의보를 내렸습니다." 어둠을 뚫고 담장 안쪽에서 라디오 소리가 들려왔다. 담벼락이 따뜻했다. 건조해진 불에 신선하게 차오르는 벽돌장의 온기가 기분좋았다. "이 시간 현재 한강 수위는 경계수위를 이십 센티나 넘어서고 있으며 경찰은 비상경계령을

호우주의보　69

내려 만일의 사태에 대비하고 있습니다."

석은 담벼락을 떠났다.

골목을 돌아서자 물소리가 들려왔다. 희뿌옇게 뒤집힌 물줄기
가 좁은 개천에서 아우성을 쳤다. 아니 개천이라기보다 차라리
하수도라고 말하는 게 옳지 않을까. 본래는 꽤 넓은 개천이었으
나 주택지가 되면서 이 미터 정도로 폭이 좁혀져 정비된 하수도,
그 좌우에 도열하듯 서 있는 이층 양옥의 불빛이 휘황했다.

이 D동은 작년만 해도 황량하게 트인 빈터였다.

그랬던 것이 H동으로 이어지는 도로가 생기며 급격히 호화로
운 주택이 들어차기 시작했다. 건축 자재를 적재한 트럭이 밀리
고 목수, 미장이, 칠장이 등의 막벌이 노동자들이 몰려들었다.
눈치 빠른 사람들은 하수도가 된 개천 위에 위태롭게 판잣집을
짓고 술이며 밥을 팔았다. 석이네가 마장동에서 D동으로 이사를
한 것은 마장동 판잣집이 불타버린 탓이기도 하지만 목수인 외
삼촌의 권고를 따라서였다.

'오야지' 격인 외삼촌의 덕인지 몰라도 술이랑 밥이 제법 잘
팔렸다.

그러나 가난한 밥장사도 순풍에 돛단 듯이 그렇게 되는 것은
아니었다. 파출소에서 나오고 '노랑머리'(구청 직원)가 으르렁거
렸다. 노랑머리들이 당장 철거시키겠다고 판잣집의 베니어판 한

쪽이라도 잡아젖히면, 어머니 논산댁은 이천 원이고 삼천 원이고 주머니를 털었다. 배보다 배꼽이 더 클 지경이었다.

"한 많은 대동강아 변함없이 자알 있느냐아……"

애조 띤 가락이 비닐로 씌워진 좁은 창을 타넘어와 어둠 속으로 자지러들었다. 건너편 판잣집은 지붕도 출입구도 어둠에 가려 보이지 않는다. 그저 시커멓게 잘린 판잣집의 동체만이 성난 하수도의 물줄기 위에 외로운 섬처럼 떠 있었다.

문득, 석은 멈추어 섰다.

저만큼 자신의 판잣집 앞에 빙 둘러 서 있는 사람들의 모습이 눈에 들어왔다. 맨 처음 확실히 보인 것은 스피츠 한 마리를 안고 서 있는 여대생의 모습이었다. 석이네와 대문이 마주선, 섬세하게 축조된 이층 양옥에서 밤이면 요술처럼 들려주는 피아노 소리의 주인이었다. 그녀는 매일 아침 알맞게 배가 불러 품위 있는 그녀의 아버지와 나란히 자가용에 탔다. 아버지의 팔을 끼고 이층 베란다에 나와 있는 자기 어머니를 향해 하늘하늘 손을 흔드는 그녀의 모습은 판잣집에 사는 사람들에겐 손끝에 자르르 통증을 느낄 만큼 눈부신 데가 있었다.

한 달쯤 전이었다.

동생 정순이의 도움을 받아가며 구청 직원들이 뜯고 간 문을 고치는데 그녀가 돌아왔다. 어쩐 일인지 그녀는 자기 집 대문에 등을 기대고 서서 석이 남매를 빤히 바라보았다. 장난기 서린 미소가 그녀의 잘생긴 입술 끝에 걸려 있었다.

석은 등을 폈다. 그리고 마주보았다.

반짝, H대학 배지가 그녀의 앞가슴에서 빛나는 듯이 보였다. 아, H대학. 손끝이 저렸다. 그것은 몇 년 전 석이 자신의 가슴에도 자랑스럽게 매달려 있던 배지가 아니던가. 이 년 동안 구석구석을 누비고 다녔던 H대학의 짙푸른 캠퍼스가 선명하게 되살아왔다. 창이 넓은 강의실. 은행나무들이 그림처럼 내려다뵈던 도서관. 울창한 숲속의 언덕과 그린 빛깔의 나무 벤치들이 떠올랐다.

잠시 후였다.

철제 쪽문을 소리나게 닫고 들어가며 그녀가 깔깔대고 웃었다. 왜 웃는지 모를 웃음이었다. 석은 그녀의 웃음소리에 순간적으로 모멸감을 느꼈다. 입술을 깨물었다. H대학의 모습이 한꺼번에 빙글빙글 춤추며 돌아가고 있었다. 강의실과 도서관, 은행나무 잎새 사이로 깔깔깔…… 그녀의 웃음소리가 들려오는 것 같았다. 그녀는 그날 이후로도 이따금 그렇게 대문간에 서서 이편을 바라보곤 했다. 석은 그녀의 시선과 만날 때마다 등을 사렸다. 그녀 웃음소리가 언제나 들리는 느낌이었다.

정말, 웃음소리가 들렸다.

여대생은 스피츠와 함께 빨간 대학 노트를 안고 짧게 웃고 있었다. 희미한 불빛 속이었으나 연노랑의 원피스와 그 빨간 대학 노트는 눈이 시릴 만큼 선명했다.

"우리 쪼코는 말이에요……"

그녀는 어린애를 달래듯이 스피츠를 두어 번 주억거리며 투명하게 말했다.

"요즈음 소화불량이라 죽을 먹인단 말이에요. 그런 불결한 걸 함부로 먹이다니, 잘못하여 몹쓸 병이라도 앓게 되면 어쩔 셈이죠?"

냄비를 든 논산댁은 그녀의 앙칼진 말에 송구스러운 표정이 되었다.

"미안혀유, 아가씨. 이것도 사실은 깨끗혀유. 손님들이 먹다 냉긴 거지만유."

"어머! 깨끗하다고요?"

그녀의 목소리가 한 옥타브 높게 튕겨져 나왔다. 논산댁은 금방 풀이 죽었다. 석은 불쾌감을 참고 있어 딱딱하게 굳은 어깨를 펴고 사람들 사이를 헤집고 들어갔다.

"아이고 석아, 왜 인자 오냐?"

논산댁이 하나밖에 없는 석의 팔목을 붙잡았다. 사람들이 한 발자국 뒤로 물러서고 여대생은 스피츠를 어르며 혀를 찼다. 의

식적으로 석의 존재를 무시하려는 투가 역력해 보였다. 석은 어머니에게서 냄비를 빼앗아 들었다. 그것은 오징어볶음의 찌꺼기였다. 개가 대문을 벗어나와 다가오자 손님들이 먹다 남긴 그것을 어머니가 개에게 먹인 모양이었다.

"여보슈 아가씨, 이건 오징어를 볶은 거요. 무슨 일인지는 잘 모르지만 그렇게 놀라실 정도로 불결한 건 아닌 것 같소."

되도록 부드럽게 말하려고 애를 썼기 때문에 석의 말씨는 가늘게 떨려 나왔다.

"흐흥, 그래서요?"

그녀는 가볍게 웃었다. 신경을 바지직 긁어 죄는, 끝이 뾰족한 웃음이었다.

"사람을 너무 함부로 대하는 게 아니야."

"반쪽만 혀를 가지셨나보죠?"

"반말이 기분 나쁜가? 누구든 상대편 인격을 존중해주지 않는 말투는 마찬가지로 귀에 거슬리는 거야."

"소화불량인 우리 쪼코에게 댁의 어머니가 저 더러운 찌꺼기를 먹였단 말이에요. 살살 꼬여내가지고……"

"더러운? 그래, 이것이 네 눈에는 개에게 먹여도 안 될 만큼 더럽게밖에 안 보이니?"

석은 들고 있던 냄비를 우악스럽게 그녀의 턱밑으로 내밀었다. 가슴이 콩콩 뛰고 있었다. 논산댁이 석의 허리를 붙들고 늘어졌다.

"별꼴이야. 가자, 쪼코. 앞으론 남이 주는 건 냄새도 맡으면 안돼……"

"야, 네 눈에는 사람이 개만도 못해 보이니?"

"어머, 뭐 저런 게 다 있어? 그 주제에 그래도 남자라고……"

그녀는 눈꼬리를 가늘게 치켜뜨고 두꺼운 철제 쪽문을 소리나게 닫으며 사라졌다.

"빌어먹을……"

석은 냄비를 함정 같은 하수도에 내던지고 삐걱거리는 판자문을 밀쳤다. 논산댁이 허둥지둥 연탄집게로 떠내려가는 냄비를 건져내고 있었다.

오늘따라 술청은 동그란 나무의자들이 모로 쓰러진 채 더욱 휑뎅그렁하였다. 술청이라야 밑으로 흐르는 하수도 물이 빤히 보일 만큼 군데군데 구멍 뚫린 마루판자 위에 몇 개의 의자, 몇 개의 목로가 놓인 게 전부였다.

전기는 물론 들어오지 않았다.

침침한 남폿불빛이 바람에 흔들렸다. 목로 안쪽이 부엌인 셈이고 그보다 더 안쪽으로 조금 높여 휘장을 둘러친 곳이 이 집의 유일한 침실이었다. 폭 이 미터쯤 되는 개천 겸 하수도 위에 각목을 가로로 걸쳐놓고 그 위에 일자형으로 얼기설기 지은 가건물로서 집 짓는 인부들을 상대로 술과 밥을 파는 목로와 부엌, 그리고 휘장으로 구분된 방을 다 합해봐도 불과 대여섯 평 될까 말까 한 집이었다. 물론 무허가였다. 개천 좌우엔 요즘 하루가 다르게 번듯한 이층 양옥들이 들어서고 있었다.

석은 나무의자에 아무렇게나 주저앉아 고개를 묻었다.

좔좔좔…… 부엌 저쪽에서 누군가 하수도에 소변을 보는 모양이었다. 사실, 이 집에서 소변을 보는 일은 거의 부엌에서 이루어졌다. 밑으로 뚫린 구멍이 천연 수세식 변기인 셈이었다. 밤에는 곧잘 대변까지 처리되곤 했는데, 밑에는 항상 물이 흘러서 술꾼들은 '자연 수세식'이라고 불렀다.

논산댁이 아들의 눈치를 살피며 저녁상을 차렸다.

울고 있는지 앞치마 자락을 자주 눈으로 가져갔다. 저수지 물줄기에 남편을 떠내려보내고 이십여 년, 오직 석이 자신만을 위하여 살아온 어머니였다. 미친듯이 바동대어 자신을 대학에 입학시켰을 때 해진 치맛자락 여미며 정화수 떠놓고 밤새 빌던 어머니를 석은 기억하고 있었다. 그런 어머니에게 석은 하루아침에 팔 없는 병신이 되어 돌아왔다. 그해 4월, 경무대 앞에서 경찰이 쏜 총탄이 팔꿈치를 관통해 지나갔기 때문이었다. 처음에는 이곳저곳에서 제법 위문품도 보내오고, 대학에서도 성의를 보였다. 그러나 석은 2학년도 제대로 못 마치고 대학을 그만두었다. 등록금을 댈 처지도 못 됐고, 팔 하나 없는 장애인을 보는 학우들의 눈초리도 마음에 늘 걸렸다. 세상으로부터 혼자 버려진 기분이었다. 매일 술만 퍼마시고 이따금 찔끔찔끔 우는 버릇도 생겼다. 논산댁의 가슴엔 못이 박히고 석은 또 그것이 죄스러워 술을 마셨다.

요즈음 들어서 조금씩 석은 달라지고 있었다.

뭔가 손에 붙들고 일하고 싶었다. 자기 연민에 빠져서 살 겨를도 없다고 그는 생각했다. 맹목적일망정, 어머니 논산댁이 가지고 있는 삶에 대한 끈질긴 의지, 잡초처럼 질긴 그 생명력이 어느 날 홀연 석의 가슴을 치고 왔기 때문이었다. 하지만 마음뿐이었다. 일하고 싶어도 일할 자리가 없었다. 성한 사람도 일자리가 없는 판에 팔 하나를 쓰지 못하니, 일자리가 쉽게 찾아질 리 만무했다. 그저 무능한 두 다리, 잘린 팔 한쪽만 뼈에 사무쳤다. 게다가 여동생 정순이까지 말썽이었다.

벌써 일주일 전이다.

방직 공장에서마저 내쫓겨 집에 와 있던 동생 정순이가 잘 모르고 추근대는 술손님의 손을 뿌리치며 휑하니 집을 나갔다. 제 깟 것이 어디를 가랴 싶어 내버려둔 것이 일주일이나 되었다. 징징거리며 아침마다 자신만을 바라보는 어머니 논산댁의 짓무른 눈 가장자리를 생각하면 가슴이 시렸다. 혹시 정순이는 고향 마을로 내려간 것일까. 늙은 외조부모 내외가 살고 있을 뿐인 남루한 고향이지만 그나마 정순이가 갔을 만한 곳은 거기뿐이었다. 여비와 고기 한 근 값은 필요했다. 그러나 어머니의 우습게 크기만 한 앞치마의 호주머니는 오늘따라 텅 빈 채였다. 새벽같이 몰려와서 한바탕 난리를 피우고 간 구청 직원에게 준다는 이유로 통장 이씨가 판잣집마다 삼천 원씩 거둬갔기 때문이었다.

망설이다가 H대학 이 년을 함께 보낸 창구를 떠올렸다.

찬바람 잘 타는 청계천변의 자취방에서 북풍이 모진 밤엔 서로 부둥켜안고 체온으로 지새우던 그런 친구였다. 왼팔을 잃어버린 것도 그와의 의리 때문이 아니었던가. 경무대 앞에까지 밀려갔을 때였다. 데모대의 맑은 함성으로 1960년 4월의 하늘은 더욱더 푸르게 빛나고 있었다. 탕, 탕 하는 소리가 들린 건 경무대가 저만큼 보일 때였다. 총이다! 사람들이 소리쳤다. 무차별 사격이었다. 데모대는 무질서하게 무너져가고 저만큼 앞서가던 창구의 뒷모습이 풀썩 고꾸라졌다. 석은 총알이 빗발치는 아스팔트를 뛰었다. 아무것도 두렵지 않았다. 허벅다리를 움켜쥔 창구의 창백한 머리를 쓸어안았을 때였다. 석은 왼편 팔꿈치에 강렬한 통증을 느끼고 창구와 함께 나뒹굴었다. 4월의 태양이 비정하게 내리쬐고 있었다.

창구는 석의 잘린 팔을 볼 때마다 눈물을 글썽했다.

내 팔을 줘야 한다. 이까짓 허벅다리의 흉터 때문에 네가 팔을 잘리다니, 나 때문에……라고. 창구는 말하곤 했다. 입대하기 전날 밤에도 창구는 술에 취해 울었다. 허벅지에 관통상을 입었지만 그는 장애를 면했고, 석은 팔 하나를 절단했다. 창구는 그것을 두고두고 마음의 빚으로 느끼는 눈치였다.

제대를 한 뒤 녀석은 엉뚱하게 청계천에 고물상을 차렸다고 했다.

찾아가지는 않았어도 녀석의 집이 이 근처여서 간간이 동네에서 마주칠 때가 있었다. 녀석은 언제나 바빠 죽겠다는 말투로 석을 맞아들여 변변히 술 한잔 나누지 못했다. 그런 창구가 모처럼 찾아간 석을 대하는 얼굴이 영 딴판이었다. 자주 웃긴 했지만 무언가 경계하는 듯한, 빨리 너와의 시간에서 놓여나고 싶다는 눈치가 살찐 녀석의 얼굴에 환하게 뜨고 있었다. 자취방에서 현실의 옳고 그름을 비판하던 진실에 찬 모습이나 절단된 팔을 붙들고 소담하게 울어대던 그런 창구를 기대했던 것은 아니었다. 어차피 현실은 한 인간을 손쉽게 변질시킨다는 걸 석이도 알고 있었다. 그러나 역시 씁쓸하고 허전했다. 돈 이야기는 꺼내볼 수도 없었다. 반소매뿐인 왼팔이 일없이 부끄러웠다. 그래서 몇천 원

의 여비는 고사하고, 마려운 오줌을 참고 있는 듯한 천박한 불안
감 때문에 집으로 한번 들르겠다는 녀석의 말을 도리질하며, 서
둘러 작별하고 돌아온 것이었다.

술청 안은 여전히 어슴푸레하였다.

논산댁은 아직도 목이 메는지 팽하니 코를 풀며 끓는 찌개를
목로 위에 올려놓았다.

"야, 밥 좀 먹어야지……"

석은 여전히 고개를 목로에 묻은 채 움직이지 않았다.

"사내가 그깟 일로 맘 상혀허는 게 아녀. 저녁 한술 뜨고 파출
소나 좀 나가봐."

"왜 또 오랍디까?"

"누가 아녀. 그저 소장님의 특별 명령이라고……"

"가보죠."

"저녁 한술 허고 가야지……"

"생각 없어요."

"그럼 일찍 와라. 나도 시장 다녀와야 허니께. 빌어묵을 놈의
날씨가 매일 이러니 장사가 되어야지."

밖으로 나서자 그예 후드득거리며 빗방울이 떨어졌다. 벌써
보름이 넘도록 지루하게 계속되는 장마였다. 흥청거리던 공사판
도 시들해지고 외상값 딸린 칠장이, 미장이들이 뿔뿔이 흩어져

제 갈 데로 가버렸다. 하루 오십여 상이 넘게 팔리던 칠십 원짜리 식사도 요즘은 불과 두서너 상이 고작이고 막걸리 한 말이 술독에 남아서 초처럼 시었다. 마음 같아선 통나무 몇 개를 하수도 바닥에 박아 세우고 그 위 각목을 걸쳐 엮은 넝마쪽 같은 판잣집에 속시원히 불이라도 처지르고 싶지만 당장 갈 곳이 막연했다.

서울은 장마전선에 포위당해 있었다.

'무엇을 도와드릴까요'. 석은 이윽고 파출소 건물의 이마에 붙여진 글자를 읽으면서 두꺼운 유리문을 안으로 밀쳤다.

"뭐요? 아, 당신이군."

빼빼하게 마른 김순경이 알은체를 했다.

"비를 맞으셨네……"

그는 속삭이듯 말하며 안쪽 회전의자에 앉아 있는 뚱뚱한 사내에게 석을 안내하였다. 파출소는 그 두 사람뿐으로 텅 비어 있었다.

"그 서류 있지, 김순경? 가져와."

파출소장은 힐끗 눈을 치켜뜨고 불편한 자세로 서 있는 김순경을 향해 한마디했다. 그는 콧구멍이 약간 위로 들린 것을 빼면, 흔히 무슨 텝포인가 하는 약 광고에서 자주 만나는 모델 같은 정력적인 얼굴을 하고 있었다. 어디선지 우르릉 하고 천둥소리가 지나갔다.

"이거 도장 찍으라고……"

소장은 담배를 꺼내 물며 김순경이 갖다놓은 종이를 내밀었다. 그것은 이달 25일까지 판잣집을 자진 철거하겠으며, 그렇지 않으면 강제 철거에 어떠한 방해도 하지 않겠다는 한 통의 각서였다.

"오라고 한 게 언젠데 인제 나타나? 도대체 파출소를 뭐로 아는 거야? 어쨌든 어서 도장 찍으라고. 구청에서 위임받은 일이긴 하지만 우리도 더 봐줄 수가 없어. 구청의 협조 요청에 대한 특별 지시도 있고 말이야. 알아듣겠나?"

소장은 담배 연기를 뿜아올리며 시선을 돌렸다.

빗발이 후드득 파출소의 창을 때렸다. 석은 엉뚱한 상념으로 돌연 가슴이 두근거려왔다. 아무래도 오늘밤 한강이 위험하겠는걸. 석은 생각했다. 소용돌이치는 한강이 넘쳐나서 인도교와 철교와 도도하게 서 있던 아파트들까지 산산이 부서져 떠내려가는 것이 금방 파출소의 검은 창문에 떠오르는 것 같았다.

어린 시절, 논산에서 십여 리 떨어진 석의 마을은 바다처럼 넓은 저수지의 제방 아래 있었다. 저수지는 그 무렵 동심의 요람, 발가숭이로 물장난도 치고 겨울에는 온종일 탄약 상자 뚜껑으로 된 스케이트를 탔다. 그러나 석에게 가장 즐거웠던 것은 정순이랑 영지랑 저수지의 마른 모래밭을 누비던 소꿉장난이었다. 서울에서 석의 이웃으로 이사해 온 영지를 아이들은 서울 가시내라 불렀다. 영지는 멋쟁이였다. 말씨도 예쁘고 어떻게나 투명한지 그녀의 긴 목에는 구름이라도 동동 떠갈 듯하였다.

영지는 엄마, 석이는 아빠, 정순이는 아기였다.

소꿉장난은 모래를 쌓아 집을 짓는 것부터 시작되었다. 영지는 양옥을 원했고 정순이는 기와집이 꿈이었다. 그리하여 허물고 다시 쌓고, 결국 양옥도 기와집도 아닌 엉뚱한 집이 세워지면 담장을 쌓았다. 꽃밭도 만들고 대문도 만들고, 영지가 솜씨를 부려 자동차도 만들고, 마지막으로 석이가 장독대를 쌓고 나면, 행복한 세 식구가 살게 될 보금자리가 완성되었다. 그런데 그때쯤 언제나 아이들을 거느리고 당당히 나타나던 게 노참봉네 손자 동구였다. 동구는 자신을 대장으로 섬기지 않는다는 한 가지 이유를 들어 신발 두 짝에 물을 담아 완성된 집의 뒷담에 쏟도록 아이들에게 명령하는 것이었다. 순식간에 허물어지고 떠내려가던 장독대, 꽃밭, 자동차…… 분노 때문에 가슴이 뛰지만, 석은 소작의 주인이며 세도가였던 노참봉 노인의 호령이 두려워서 다만 주먹을 불끈 쥐고 집과 대문을 무너뜨리는 검은 물줄기를 노려보았다. 너무도 거대한 홍수여서 아무리 견고한 건물도 그 물줄기를 지탱할 수는 없을 것 같았다.

"도장을 찍으라니까 뭘 생각해?"

갑자기 소장이 책상을 탁 치며 어깨를 앞으로 숙여왔기 때문에 석은 깜짝 놀랐다.

"저어, 사실은……"

악에 받쳐 소리지르고 나가던 정순이의 뒷머리가 확 떠올랐다. 거기 어머니 논산댁의 짓무른 눈두덩이 겹쳐왔다. 참자. 조금만 더 사정해보자. 지금까지도 버티어왔지 않는가. 석은 침을 삼켰다.

"젊은 친구가 왜 그 모양이야? 자네, 그런 꼴로 한림기업 김사장의 사위라도 되고 싶었나?"

"……네?"

"뭘 우물쭈물해? 조금 전 전화가 왔었단 말이야. 자네가 김사장의 외동딸을 놀려댔다며? 스피츠를 뺏고."

눈부시게 잘 손질된 스피츠 한 마리를 안고 선 여대생의 모습이 순간 석의 시야에서 춤을 추었다.

"도대체 왜들 말썽이야? 자네 주위 사람들이 판잣집을 철거시키라고 얼마나 항의하고 진정해오는지 아나? 불결하다, 시끄럽다, 아이들 교육에 지장이 많다. 이렇게 되면 직무상 우리도 더이상 봐줄 수만은 없어. 김사장 댁에선 스피츠를 훔쳐가려 했다지만 자넬 믿고 더이상 얘기 안 하겠어. 알아듣겠나? 알아들었으면 빨리 도장을 찍고 돌아가게. 없으면 지장도 괜찮아."

책상을 치며 흥분하던 소장은 이야기가 다 끝났다는 얼굴로 의자 등받이로 몸을 젖혔다. 석은 마침내 조용하고 정확하게 각서에 엄지손가락을 눌렀다. 빨갛게 살덩이가 묻어나는 것 같았다.

"꼴에 여자는 알아가지고……"

이죽거리는 김순경의 말을 등뒤로 느끼고 석은 거칠게 비가 뿌려지는 도로로 나섰다. 가로수로 심어놓은 깡마른 버드나무가 윙윙대며 허공을 붙잡고 울었다.

"이 더러운 놈의 장마야."

한 사내가 버드나무를 붙잡고 고래고래 소리치고 있었다.

"어쩌란 말이냐, 이 징글징글한 장마야!"

술 취한 사내는 풀썩 주저앉으며 오열하였다. 자동차의 헤드라이트가 번뜩이며 부서지고 있었다. 석은 숨이 가빠왔다. 사정없이 떨고 서 있는 버드나무의 다른 줄기를 힘껏 껴안았다. 추워, 추워, 춥단 말야. 버드나무는 소리질렀다. 한강은 오늘밤 위태로울걸. 검게 뒤집힌 강줄기가 사람들을 잡아먹고, 인도교를, 철교를, 아파트를 휩쓸어갈걸. 석은 제2한강교로 통하는 넓은 길을 미친듯이 뛰기 시작했다.

"여러분, 오늘밤 서울 지방에는 호우주의보가 내려져 있습니다. 만일의 사태에 대비하여 다시 한번 살펴봅시다. 다시 한번 살펴봅시다."

검은 뚜껑의 경찰 지프차가 석이와 엇갈려 달려가며 떠들고 있었다.

오늘처럼 악착스럽게 폭우가 몰아치던 밤이었다. 저수지의 성난 물소리가 마을 전체를 할퀴듯이 밀려왔다. 저 혼자 껌벅이며, 어른들이 몰려나간 방안을 지키던 등잔불이 꺼지자 방안은 온통 암흑 속에 침몰되었다. 오빠, 무서워, 무서워. 정순이가 가슴속으로 파고들었다. 이불 속도 추웠다. 마당 좌우에 심어놓은 미루나무가 찢어지는 소리, 그리고 뇌성에 섞인 사람들의 비명 소리가 어디선가 참혹하게 들려왔다. 마지막, 마지막 밤이라고 석은 생각했다. 모든 것이 할딱이고 무너지고…… 그때, 문이 열렸다. 어둠이 왈칵 곤두섰다. 어머니였다.

엄마!

정순이가 비 젖은 어머니의 앞자락을 부둥켜안고 울음을 터뜨렸다.

후딱 옷들을 입어라. 에민 몇 가지래도 짐을 꾸릴 팅게, 먼저 흔들바위가 있는 산으로 올라가라. 저수지가 터진다!

어머니도 숨이 찼다.

싫어, 싫어. 무서워 죽겠단 말여……

안 가면 죽어. 저수지만 터져봐. 이까짓 게딱지만헌 집이 성헐

줄 알어?

바람이 매서웠다. 자꾸 자빠지는 정순이를 일으켜세우며 골목을 뛰었다. 아이들도, 어른들도, 온 마을 사람들이 허겁지겁 흔들바위를 향해 기어올랐다. 산마루에 아우성치며 부딪고 가는 미친 비바람의 소리가 등덜미를 찍어 눌렀다. 산마루에 올랐다. 바람이 미친 듯 불고 있었다. 아버지가 보이지 않았다. 영지네도 찾아볼 수 없었다.

저수지 수문을 지키고 있었는디⋯⋯

어머니는 실성한 사람처럼 '석이 아버지'를 불러댔다. 이빨을 갈며 몸부림치는 저수지가 빤히 내려다보였다. 이미 저수지 물은 둑을 가파르게 넘기 시작했다. 성난 저수지 물에 비하면 그 아래 엎드린 마을의 집들은 장난감 같았다. 저것은 터질 것이다. 터져서 마을을 삼키고 도도하게 밀려갈 것이다. 아무리 힘있는 집도 담장도 소용없을 것이다. 눈물이 났다.

울지 마, 오빠. 둑이 터지면 뭐든지 다 떠내려갈까?

그럼 바보야, 엄마가 사다준 네 뿔나팔도 떠내려간단 말여. 집도 떠내려가고 마을이 전부 없어진단 말여.

싫어, 오빠. 집은 새로 지으면 되지만 내 뿔나팔이 떠내려가는 건 싫단 말여.

돈이 어디서 나서 집을 지어. 논도 밭도 못 쓰게 될 건데⋯⋯

그깟 돈 없어도, 아부진 어른이니까, 동구네처럼 기와집을 지어달랠 거여. 꽃밭도 만들고 영지 언니랑 함께 가꿀 거란 말여……

이 멍충아, 아부지가 아직 안 뵈잖아. 영지도 없어. 저수지가 터지면 아부지도 영지도 모두 떠내려간단 말이야.

마침내 둑의 한쪽이 무너지기 시작하였다.

허옇게 자빠진 물이 쏜살같이 어두운 마을로 몰려갔다. 하나 둘, 마을 사람들이 질펀하게 주저앉아 목을 놓았다. 흔들바위를 할퀴는 물소리가 칠흑처럼 어두운 하늘에서 몸서리치는, 그곳은 세상의 끝이었다. 저수지 물은 거대한 짐승처럼 단숨에 마을을 향해 달려내려왔다. 석은 공포에 질려 어머니 치마 속에 얼굴을 묻고 눈을 감았다. 성난 물줄기는 식식대면서 마을과 들판을 단번에 잡아먹고, 쫙 벌린 아가리로, 이곳 흔들바위까지 점령해버릴 것 같았다.

"야, 석이 아냐?"

누군가 어깨를 탁 쳤다.

석은 문득 정신을 가다듬고 자신을 바라보고 있는 박쥐우산 속의 한 사내를 보았다. 창구였다. 파출소 부근의 전봇대 밑에 서서 멍하니 비를 맞고 있는 석을 지나던 창구가 보았던 모양이었다.

"왜 이러고 서 있니? 술이나 한잔하자. 으스스할 땐 그저 술이 제일이거든."

그를 따라 들어간 술집은 잔뜩 무르익어 있었다. 목로주점이었다. 연탄불이 이글거리는 동그란 시멘트 목로를 둘러싸고 벌겋게 달아오른 사내들이 이곳저곳에서 소리지르고 웃으며, 왁자지껄했다.

"여기 빈대떡하고 특주 하나."

창구의 목소리도 술집의 분위기와 알맞게 기운찼다.

찐득거리는 무더위가 짜릿한 특주를 넘기는 석의 목덜미로 차악 감겨들었다.

"파출소에 갔다던데 무슨 기분 나쁜 일이라도 있었나보군. 낮에 왔을 때 미안했네. 너무 바빠서."

창구는 그러나 조금도 미안한 얼굴이 아니었다. 석은 말없이 두 주전자째의 특주를 비웠다. 온몸이 후끈하게 더워지고 있었다.

"자네 집을 다녀오는 참이었어. 낮에 자네를 보내고 나서, 마음에 걸리더라고. 무슨 일이 있구나 생각도 되고. 정순이가 와 있더라. 그동안 외가에 있었대……"

창구의 달아오른 얼굴이 가을날의 홍시처럼 대롱대롱 떠 보였다.

술청은 조금씩 조용해지고 있었다. 사람들은 막걸리 한잔에 울분과 무기력을 털어내고 통행금지 시간에 쫓겨 서둘러 돌아가고 있었다.

"상점을 확장하고 보니까, 경리 봐줄 여자애가 하나 필요해졌어. 주위에서 추천해오는 사람이 많긴 하지만, 정순이가 어떨까 하고."

"나를 돕겠단 말이군."

"물론 서로 도와야지. 경리 일이라야 별건 없지만 세금이 문제야. 그게 골치거든. 장부가 잘 맞아야 하니까 말이야. 말하자면 이중장부 같은 것."

"혹시 이중장부가 이중인간과 맞먹는 말 아닌가?"

석은 쏘아붙였다. 녀석은 지금 자신을 도와준다는 아량과 선심으로 얼굴을 가리고 값싼 인력을 얻고자 머리를 쓰고 있었다. 허겁지겁, 부디 정순이를 써달라고 간청하기를 녀석은 기다리고 있었다. 창구는 입술 끝을 잡아당겨 묘하게 웃으면서 말했다.

"석이 자넨 아직도 순수한 데가 있단 말이야……"

너는 애송이야, 녀석이 그렇게 말하는 것 같았다.

"아직도, 아직도란 말이지?"

석은 중얼거렸다. 굴욕감으로 손끝이 후들후들 떨려왔다.

"어쨌든 석이, 자네 일자리도 내 알아봤어. 대학 때 야구 선수였던 민원식이라고 알지? 그놈이 지금 자기 아버지 사업을 물려 받아 회사를 하나 갖고 있는데, 내가 자네 이야기를 좀 했었지. 그랬더니……"

"팔 병신은 곤란하단 결론을 둘이서 얻었겠군."

"그건 또 무슨 말인가, 허허허……"

깜짝 놀랄 만큼 창구는 큰 소리로 웃었다.

순간, 책상을 치며 흥분하던 파출소장의 얼굴이 창구의 안면에 클로즈업되며 떠올랐다. 그리고 빈들빈들 웃고 섰던 김순경. 스피츠를 안고 선 여대생의 앙칼진 소프라노. 뛰쳐나가던 정순이와 어머니의 끈적끈적한 눈물도 떠올랐다. 석은 어지러웠다. 그때, 고개를 떨군 석의 어깨를 잡으며 창구가 알맞게 허세가 섞인 처연한 목소리로 중얼거렸다.

"빌어먹을, 그놈의 4·19만 없었더라면 자네가 이렇지는 않을 건데……"

오. 석은 신음하였다. 어디선지 도도하게 함성이 들리는 것 같았다. 햇빛 넘쳐나던 4월의 아스팔트가 눈앞에서 맴돌고 있었다. 맑은 순수와 오염되지 않은 정열로 가득찬 거리의 햇빛을 석은 가슴 뻐근히 떠올리고 있었다. 불타던 경무대 앞, 중앙청, 의사당 거리. 아스팔트를 튕겨오르는 금속성, 총소리가 돌연 들렸다. 모든 것을 갈가리 찢어놓는 총소리였다. 빌어먹을 4·19라니.

"야아, 더러운 새끼들아!"

창구가 석에게 매달려온 것과, 석이 울부짖으며 한 손으로 목로를 쓸어 던진 것은 거의 동시였다. 와장창, 동그란 쇠의자들과 주전자 술잔이 맞부딪치며 나가떨어졌다. 사람들이 일제히 석을 돌아다보았다.

"뭘 봐? 팔 병신, 첨 봐?"

석은 소리쳤다.

"도망칠 만큼 영리하지도 못하고, 뒈져버릴 만큼 운수가 사납지도 못해서 팔 한 짝만 내주고 단돈 오백 원짜리 노동자도 못하는, 씨팔 것, 나는 병신이다! 내 팔은 민주주의 제단 앞에 바쳐진 것이 아니다! 개가 물어갔다! 뜨거운 아스팔트에서 개한테 물어뜯겼다!"

창구의 억센 팔에 이끌려 나오면서도 석은 몸부림을 쳤다.

"개가…… 개가 물어갔다……"

마침내 버드나무의 마른 줄기를 한 팔로 껴안으며 석은 울음을 터뜨렸다.

어둡다. 질퍽거린다. 습기 찬 어둠만을 사려 안고 골목은 다만 깊은 동굴처럼 가라앉아 있다. 큰길 쪽에서 들리는 소음이 아득하다. 석은 담벼락에 어깨를 기대고 머리를 감싸쥐었다. 비는 계속 억수같이 내리고 있었다. 외롭다.

"이 시간 현재 한강은 위험수위를 돌파하여 급격히 불어나고 있으며 하류의 S동 주민 백여 세대가 완전히 물속에 고립되어 경찰은 군의 협조를 얻어 그 구조 작업을 서두르고 있습니다."

어디선지 라디오 소리가 들려왔다.

한강이 위험한걸. 소용돌이치는 강물이 서울을 통째로 잡아먹는 환영이 눈앞을 스치고 지나갔다. 석은 담벼락을 짚고 걸었다. 골목이 끝나자 초저녁보다 더욱더 거세진 하수도의 물줄기를 만났다. 그 위에 적당한 간격을 두고 일렬종대로 늘어선 판잣집이 폭풍 속의 고도처럼 위태로워 보였다. 오늘밤을 못 넘기고 판잣집들이 거센 물줄기에 휩쓸려 떠오를 것 같았다.

석은 비틀거리며 자신의 집을 향해 나아가다가 멈칫 섰다.

플래시 불빛들이 이곳저곳에서 어른거리고 있었다. 대체 무슨 일이 생긴 것일까. 물은 벌써 하수도 위로 넘쳐 좌우의 길로 흘러들고 있었다. 아우성치는 소리가 들렸다. 아우성이 검은 판잣집들을 에워싸고 있었다. 석의 전신에서 술기가 싸악 빠져나갔다. 그는 질척이는 길을 뛰기 시작했다.

"아이고, 석아……"

"오빠!"

집안에서 보퉁이와 양은솥과 이것저것 가재도구를 끌어내어 판잣집보다도 커 보이는 이층 양옥의 대문간에 쌓고 있던 논산댁과 정순이가 동시에 석의 팔을 붙잡았다.

"아, 자네 어디서 인제 오나?"

김순경이었다.

그는 비닐 우의를 입고서 긴 철봉대를 손에 쥔 채 다른 낯선 사내들과 석을 돌아보았다. 쇠막대는 소용돌이치는 하수도의 물줄기를 뚫고 그나마 마지막 판잣집을 받치고 선 통나무에 지렛대가 되어 걸려 있었다. 석은, 이미 판잣집이 옆으로 기울기 시작한 것을 노려보았다.

"보다시피 판잣집을 받치고 선 요 통나무들이 하수도 한가운데 박혀 있어 물이 잘 안 빠진다고 주민들이 진정을 해왔어. 이대로 두면 오늘밤 안으로 모두 침수되네. 원래부터 이 근방도 침수 예상 지역이거든. D초등학교로 짐을 옮기도록 하게."

"그걸 빼면 우리 세 식구가 몸담을 요거나마 금시 무너질 턴디."

김순경의 말끝을 물고 논산댁이 발을 굴렀다.

개천 겸 하수구 중앙에 판잣집을 받치기 위해 세운 여러 개의 통나무가 물길을 가로막고 있다는 것이었는데, 그보다 어차피 침수될 것, 그 핑계로 판잣집들을 모조리 쓸어내자는 셈 빠른 계산이 담겨 있었다. 통나무가 집이 얹어진 각목에서 조금씩 분리돼 나오자 기우뚱하고 판잣집 전체가 격류에 약간 밀려나는 듯했다.

"아이고, 우리집 넘어가네, 우리집……"

마침내 논산댁이 물에 잠긴 길바닥에 털썩 주저앉으며 허공을 휘저었다.

이때였다. 철봉대로 통나무의 한쪽을 쓰러뜨리던 다른 사내가 김순경을 향해 소곤대는 귓속말이 석의 목덜미에 칼날처럼 파고들었다.

"김순경님, 골치 썩이던 판잣집이 이렇게 쉽게 철거되다니 인제 한시름 놓겠습니다."

왈칵 한 움큼의 돌개바람이 석의 온몸을 순식간에 핥고 지나갔다. 계획된 음모라는 것이 이제 확실해졌다. 현기증이 몰려들었다. 석은 휘청, 열려 있는 출입구에 주저앉았다. 몽롱한 시야 속에 잡혀드는 삼촌의 연장 그릇이 보였다. 석은 손잡이가 긴 망치를 움켜쥐고 순간 벌떡 일어섰다.

"개새끼들!"

"오빠!"

놀라 엎어지는 김순경을 향해 석이 소리친 것과, 정순이가 석의 허리에 매달린 것은 거의 함께였다. 비는 장대같이 쏟아지고 있었다.

"차라리 우리가…… 죽어버려요, 오빠. 이까짓…… 더러운…… 판잣집도 지키지 못하고 살 바에야…… 흐흑흑……"

이를 악물었지만 전신이 펄펄 끓었다.

창구가, 파출소장이, 옆의 양옥에 사는 한림기업 풍채 좋은 김 사장이 하나의 동그라미 속에 어울려 있는 게 선연하게 떠올랐다. 그것들은 일종의 카르텔을 형성하고 있었다. 돈과 권력의 구조화된 카르텔로서 가난한 개인은 누구도 그걸 가로막을 수 없었다. 말하자면 그것은 광란하는 물줄기였다. 둑을 허물고 꽃밭과 집과 장독대를 휩쓸어간 뒤집힌 격류. 그리하여 결국 모두가 더불어 인간답게 살 수 있는 마지막 방어선인 수평적 제방을 물어뜯고 따뜻한 집과 온기 서린 솥, 빨간 뿔나팔, 그리고 4·19 아침의 그 순수한 햇살까지 휩쓸어버리고 잡아먹을 짐승 같은 거대한 홍수……

석은 몸부림치는 정순이의 등을 겨누고 망치를 서서히 추켜세웠다.

순간, 어디서인지 투명한 피아노 소리가 요술처럼 석의 귓전을 때리고 왔다. 그것은 음 하나하나가 명확히 떨어져서 황량한 판잣집 주위에 뾰족한 음색으로 날아와 박혔다. 한림기업 외동딸이 치는 피아노 소리였다. 거친 빗소리도 그 피아노 소리를 가로막을 순 없었다.

석은 정순이를 떠밀며 홱 돌아섰다.

우람하게 막아서 있는 철제 쪽문을 몸 전체로 밀어붙였다. 의외로 쉽게 벌어지는 쪽문 너머, 놀라 굳어지는 김사장의 운전수가 보였다. 석은 운전수를 떠밀고 현관을 지났으며, 단숨에 융단이 깔린 거실을 통과, 이층으로 이어진 층계를 뛰어올랐다. 마치 포화 속을 달리는 용감한 전사 같은 질주였다.

"어머낫!"

피아노 소리가 뚝 잘렸다.

하늘하늘한 붉은 잠옷 차림인 여대생이 피아노 앞에서 비명을 지르며 자지러들었다. 석은 피아노를 향해 또박또박 확실한 걸음으로 걸어갔다. 사람들이 우르르 몰려오는 소리가 층계 쪽에서 나고 있었다. 반지르르 빛나는 희고 검은 피아노의 건반을 그는 한 번 쓸어보았다. 그것은 아름답지도 환상적이지도 않았다. 추악한 괴물 같았다. 석은 여자가 앉았던 의자에 주저앉으며 건반의 한가운데를 힘껏 찍었다. 문 앞까지 몰려온 사람들이 왈칵 놀라며 한 발 뒤로 물러섰다.

천둥소리에 섞여 피아노의 불협화음이 밤으로 잦아드는 비 내리는 D동의 자정. 백지장처럼 창백해진 얼굴로 점점 빠르게 피아노 건반을 내리치며 석은 마침내 비통하게 울부짖었다.

"야아, 이 더럽게 끈질긴 장마야, 개에게나 물려가라. 개나 물어가라……"

—

안개 속 보행

오늘따라 유달리 골목이 길게 느껴졌다.

혁주는 허둥지둥 어두운 가발 공장의 벽돌담을 끼고돌며 힐긋 뒤를 돌아다보았다. 온다, 저만큼 쥐색 잠바의 그 사내가 여전히 잰걸음으로 따라붙고 있다. 약국 앞 외등의 불빛을 등뒤로 받고 있어 사내의 전신은 거대한 괴물처럼 컴컴했다.

망할 자식, 마치 찰거머리 같군.

입술을 질끈 깨물며 혁주는 거의 뛰다시피 공장의 벽돌담을 지났다. 물소리가 들려왔다. 가발 공장이 끝나는 곳에 개천이 있고, 개천 건너편에 얇은 유지油紙 지붕의 판자촌이 시작되고 있었다. 혁주는 개천 위의 징검다리를 아슬아슬하게 건넜다. 백여 미터 왼쪽엔 난간 없는 좁은 시멘트 다리가 걸려 있었지만 오늘처럼 쫓기는 날이 아니라도 그는 대부분 이 징검다리를 이용하였다. 다리로 돌아가는 것보다 가깝기도 했지만 징검다리를 지날 때만은 언제나 그림 같은 고향 생각이 나기 때문이다. 어린 시절의 전부를 보낸 혁주의 고향은 대둔산 줄기를 품에 안은 물 빛깔 좋은 곳에 있었다. 마을 입구엔 징검다리가 놓였고, 징검다리를 건너면 소나무가 군데군데 서 있는 자갈밭이었다. 그 자갈밭과 징검다리, 그리고 차갑고 투명하던 냇물이 혁주에게는 언제나 편안하고 아득한 요람 같았다.

그러나 오늘, 혁주는 고향 생각 따위에 묻혀 있을 계제가 아니었다.

아슬아슬하게 징검다리를 건너고 뒤돌아보자 쥐색 잠바도 역시 징검다리를 향해 내려오고 있었다. 어느 틈에 담배까지 피워 물었다. 망할 자식, 여유만만이구나. 혁주는 완만하게 경사진 둑 위로 허우적거리며 기어올랐다. 구멍가게에서 창유리를 통해 나온 불빛이 개천 바닥까지 닿고 있었으나 경사진 면은 그늘이 진 채였다. 넘어지지 않으려고 발부리에 힘을 주고 허리를 앞으로 바싹 당겼다. 하지만 둑 위로 마지막 한 발을 내뻗으며 혁주는 털썩 엉덩방아를 찧었다. 발끝에서 분뇨 냄새가 났다.

"저런!"

구멍가게 가평댁이 출입구를 열며 혀를 찼다.

"개똥이 있더니만 고걸 밟으셨구만."

쥐색 잠바는 이때, 징검다리의 한가운데를 힘차게 뛰고 있었다. 혁주는 가평댁의 말엔 대꾸도 안 하고 휭하니 가게 옆 골목으로 뛰어들었다. 그리고, 골목이 왼편으로 꺾여 도는 모서리의 자기 집 쪽문을 밀고 들어서서야, 그는 비로소 닫힌 쪽문에 등을 기댄 채 눈을 감았다. 가슴이 바쁘게 뛰고 숨이 찼다. 문을 열고 내다보던 아내 연산댁이 놀란 눈을 했다.

"왜 그래요? 꼭 강도한테라도 쫓겨 오는 사람처럼……"

"좀 조용히 못해!"

그는 화부터 냈다. 골목 쪽으로 귀를 밀착시켜봤으나 아무 소리도 들리지 않았다. 그는 가슴을 쓸어내리며 쪽문을 살며시 열고 고개를 뺐다. 이런, 없다! 저만큼 구멍가게의 잔영만 어슴푸레할 뿐 골목은 그저 적막하게 비어 있었다.

제기랄, 귀신에게 홀린 것 같군.

그는 털썩 문지방에 주저앉았다. 맥이 빠지는 게 도무지 힘이 없다. 손바닥이 찐득찐득했다. 그는 손바닥의 땀을 바지에 쓱 문질러 닦으며 힘줄이 불끈 솟은 왼편 팔목을 보았다. 은빛의 시계. 눈에 확 뜨이는 하얀 색깔이긴 하지만 별다른 장식이라곤 없는 단순하고 담백한 모양의 시계였다. 혁주는 그 시계와 함께 팔목 전체를 감싸쥐고, 또 눈을 감아버렸다. 차가운 금속의 감촉이

찌르르르 전해왔다.

"도대체 웬일이에요? 누가 쫓아왔어요?"

연산댁이 붙이던 봉투를 든 채 쉰 목소리로 다잡아 물었다.

"그래. 요 시계를 노리고 날치기 한 놈이 따라붙었어."

"어머! 그래서요?"

연산댁의 목청이 한 옥타브 올라섰다. 혁주는 방바닥으로 벌렁 누우며 시계를 귀에 댔다. 차칵차칵, 초침 돌아가는 소리가 바람처럼 맑았다. 72년형 롤렉스다. 사람들의 말로는 이십여 만 원이 넘는 물건이라 했다. 이렇게 평범하게 생긴 시계 하나가 이십만 원이라니! 초침 소리를 헤아리며 혁주는 새삼 가슴이 두근거림을 느꼈다.

한 달 전이었다.

해방 후 처음으로 생면부지의 이종형 한 분이 일본에서 건너왔다. 본래 집안이 번잡하지 않아 고모님을 빼면 혁주와 가장 가까운 사이였으나 혁주는 따뜻한 저녁 한번 대접하지 못하였다. 호텔에서 만난 이종형은 그의 손을 쓸어안듯이 잡고 안경 너머 눈물이 글썽했지만 그는 호텔의 부드러운 융단 바닥에 놓인 낡은 구두코에 신경을 쓰느라고 사실 헤어진 혈육을 다시 만난 감격 따위 느낄 만한 여유가 없었다. 그저 떨리고 낯설었다. 두번째로 고모님을 따라 호텔에 갔을 때도 마찬가지였다. 천장에 걸린 샹들리에, 안락하고 호화로운 응접 세트, 가라앉은 정적. 그 모든 게 이종형의 세련된 매너와 함께 그를 오히려 불안하게 만들었다. 그래서, 그보다 먼 친척까지 매일 호텔을 드나들며 법석을 떨었으나 혁주는 일주일 동안 단 두 번밖에 방문하지 못했다. 그리고 마지막 이종형을 만난 건 공항 대합실에서였다. 바람은 좀 불었으나 날씨가 화창해서 그는 연산댁의 권유대로 검정 바바리코트를 걸쳤다. 작년 가을 월부로 맞춰 입은 것을 새로 다림질까지 했기 때문에, 칼라가 형편없이 좁고 색 바랜 구식 오버보다 훨씬 나아 보였으나, 벌써 11월도 설핏 기울던 때라 버스 속에서도 혁주처럼 바바리코트를 걸친 사람은 아무도 없었다. 과연, 공항 입구에서 기다리던 고모님이 대뜸 핀잔부터 주었다.

"너는 때도 없이 웬놈의 바바리냐. 없이 사는 거 꼭 티를 내는 것 같구나!"

혁주는 그대로 뒤돌아서 돌아오고 싶었다. 바바리코트를 입으라며 아침부터 세탁소까지 다녀오며 수선을 피우던 연산댁이 원망스러웠다. 그래서 친척들에게 둘러싸인 이종형과는 멀찍이 선 채 마치 남의 집 잔치에 구경 나온 사람처럼 서성거렸던 것이었다. 골고루 악수를 나눈 이종형이 사람들을 헤치고 그에게 다가왔을 때도 그는 시선을 내리깐 채 그저 손만 내밀었다. 이종형은 손가락이 아플 만큼 잡아 쥐고 흔들며 이제 자주 만나야지, 하고 중얼거렸다. 그런데 그놈의 코트 앞단추 하나가 떨어진 것은 바로 그때였다. 단추는 떨어지면서 또르르르 굴러가다가 공교롭게도 이종형의 양다리 사이에 벌렁 누워버렸다. 얼굴이 확 달아올랐다. 엉겁결에 허리를 굽히며 손을 내미는데, 이종형은 그의 어깨를 안아 일으키고 그 대신 단추를 주웠다.

"이리 주세요, 내 단추!"

저도 모르게 혁주는 낮게 악을 썼다.

코허리가 시큰해오는 게 소리라도 질러대지 않으면 꼴사납게 눈물까지 보일 것 같아서였다. 이종형의 눈가에 안타까운 빛이 흘렀다. 그래서 그랬던 것일까. 그날, 공항을 떠나기 직전 이종형은 자신이 차고 있던 시계 하나를 슬며시 풀어 그에게 채워주었다. 은빛깔의 둥근 테와 왕관 상표가 청결하게 그려진 72년형 롤렉스 시계는, 그렇게 해서 혁주에게 졸지에 생겨난 커다란 보물이 되었다. 야박하게 말하면 코트 단추를 이종형이 되돌려주지 않았으니까 맞바꿔버린 셈이 되지만, 그건 어디까지나 재일교포가 되어 삼십 년 만에 고국에 온 이종형의 정성의 표시라고 해야 옳았다. 그러나 십 년을 하루같이 프린트 사의 필생筆生으로 판잣집을 벗어나지 못하는 혁주네에게 그 시계는 거의 복권이 들어맞은 거나 다름없었다.

시계를 놓고 의견이 분분하였다.

최초의 문제는 그 시계를 어떻게 처분하느냐에서 비롯되었다. 아내의 주장은 망설일 것 없이 덜렁 팔아치우자는 것이었다. 5학년짜리 철곤이의 육성회비도 2기분이나 밀렸고 더구나 그 무렵, 연말까지 모든 무허가 판잣집을 자진 철거하라는 구청의 계고장을 받고 있는 형편이었다. 권리금 조로 약간의 보조금은 나오지만 단칸방이라도 얻어 들자면 돈 십만 원은 보태야 하지 않겠느냐는 것이 아내 연산댁의 설명이었다. 물론 옳은 말이었다. 하지만 덜렁 팔아치우는 것도 그렇게 간단한 일은 아니었다. 일 년 후 다시 오겠다던 이종형에게 무슨 면목으로 맨 손목을 보일 것인가. 단추가 떨어져 이종형의 발밑에 벌렁 배를 내밀고 나자빠지던 그 순간의 굴욕감, 그것을 또 견디지 않으면 안 될 터였다. 그리고 뭣보다도 고모님의 등쌀이 또한 문제였다. 공항에서 돌아올 때부터 고모님은 그걸 팔아 없애면 천벌을 받을 것이라고 오금을 박았다. 입을 삐죽이며, 질시의 눈초리를 보내던 다른 친척들도 마찬가지였다.

"그 시계 하나 벌려고 일부러 꾀죄죄하게 바바리나 주워 입고 단추까지 떨어뜨리더니 소원 성취했구나. 그렇게 별 지랄 다 해서 얻은 걸 어디, 얼마나 가지고 있나 좀 두고보자."

본래 심술 사납기로 유명한 고모님은 기세등등하여 이런 식으로 혁주를 몰아붙였다. 그거라도 얻어 팔아먹으려고 때도 없는 바바리코트를 입고 단추까지 떨어뜨려 동정을 샀다고 했다. 그런 시계를 팔아버린다면, 혁주는 꼼짝없이 고모님 말대로 별지랄 다 해서 시계를 얻은 것으로 취급될 게 뻔했다. 며칠을 두고 연산댁과 입씨름을 한 뒤 혁주는 마침내 급할 때는 팔망정 우선 자신이 시계를 사용하기로 결정지었다.

시계를 팔목에 걸고부터 일주일 동안 혁주는 까닭 없이 가슴이 설레고 등이 꼿꼿하게 일어서고 그랬다. 왼팔을 자주 눈으로 가져가고 안 가던 가평댁네 구멍가게에 들러 소주잔을 기울일 때도 있었다. 어, 벌써 여섯시군, 한다든가 얘, 숙자야 벽시계 저거 이 분 늦다, 하면서 사환 애한테 사무실의 고물 벽시계를 자주 가리키는 버릇이 생겼다. 이 통에 수난을 당하는 것은 5학년짜리 철곤이 녀석이었다. 혁주가 시계가 생긴 후 철곤이의 가정생활 일과표를 짜가지고 벽에 턱 붙여놨기 때문이다. 여덟시부터 삼십분까지 산수 공부, 십 분 휴식, 여덟시 사십분부터 아홉시 십분까지 국어 공부, 십오 분간 보건체조. 뭐 이런 식이었다. 그러곤 조금만 시간을 안 지켜도 혁주는 두 눈을 부릅뜨고 고래고래 악을 썼다.

"이놈으 자슥아, 시간을 지켜야 문화인인 거야. 그렇게 시간관념이 없어 뭐에 쓰냐? 시간은 황금이랬어, 황금!"

"황금이면 뭐해, 쓰지도 못하는걸? 씨, 전과 책도 안 사주면서 아빠 괜히 으스대고 폼만 잡고 있어……"

철곤이 녀석은 이렇게 혁주의 약을 올려놓고 핑하니 골목으로 내빼기가 일쑤였다. 어쨌든 말수 적고 소심하고, 험상궂은 사람과 눈길만 마주쳐도 가슴이 싸늘히 내려앉던 본래의 혁주가 아니었다.

이러한 그가 일주일쯤 후부터는 다시 한번 싹 달라지기 시작하였다. 정확히 말하면 첫눈이 내리던 날이었다. 역시 필생인 허 씨가 뒤통수에 반창고를 십자 모양으로 붙이고 출근하였다.

"나 참 재수 더러워서……"

연유를 묻는 혁주를 향해 그는 먼저 가래부터 한입 탁 뱉어내었다.

"어제 말씀야. 소주를 몇 잔 걸치고 열한시가 넘어 종점에 내렸다 말씀야. 얼큰해져서 흥얼거리며 골목을 꺾어 도는데 뭐가 뒤통수를 퍽하고 갈기잖아! 쓰러졌다가 일어나보니 손목시계가 온데간데없더라 말씀야."

"손목시계요! 어떤 놈인데요?"

"돌을 쥐고 깐 모양인데, 달아나는 뒷모습만 얼핏 봤지. 이씨도 거 뻐기지만 말고 조심하라 그 말씀야. 날치기들이 좋은 시계 찬 사람 보면 집까지 알아두고 아주 작전까지 세운다는군. 기회가 올 때까지 따라붙는다 그 말씀야."

그날부터 혁주는 거리에만 나서면 불안하고 가슴이 두근거려 주위를 휘둘러보는 묘한 버릇이 생겼다. 벽시계가 이 분 늦었네 어쩌네, 소리치지도 않았고, 가급적이면 소매를 늘어뜨려 시계가 보이지 않도록 신경을 썼다. 어두운 가발 공장 뒷담을 끼고 돌 때면 금방이라도 누군가가 뒷덜미를 치고 시계를 채갈 것만 같았다. 버스를 타도 옆 사람이 곧잘 날치기로 보였고, 자다가도 깜짝 놀라서 팔목에 감겨 있는 시계를 확인해보곤 하였다. 날이 갈수록 이런 증세는 더욱 심해져갔다.

그러던 중 그놈의 쥐색 잠바가 따라붙은 건 엊그제부터였다.

젊고 기골이 장대해서 못생긴 고릴라 인상이었다. 이삼 일 동안 놈은 퇴근길의 정류장에서 그를 기다리는 듯했다. 그가 버스에 오르면 잠바도 따라 올랐다. 힐끔힐끔 그의 손목을 훔쳐보며 쥐색 잠바는 뒷좌석에 앉거나 또는 빈자리가 있는데도 그의 옆에 척 버티고 설 때도 있었다. 그럴 때면 헉, 하고 호흡이 삼켜지고 다리까지 후들후들 떨렸다. 망할 새끼. 기회를 보겠다는 거지. 내 뒤통수를 깔 기회. 잠바 호주머니의 저 불룩한 건 돌일 거야. 아냐, 아령 같은 쇳덩어린지도 몰라.

쥐색 잠바는 항상 혁주가 내리는 곳에서 따라 내렸다.

혁주는 거의 뛰듯이 골목을 지나오곤 했다. 오늘만 해도 그가 버스에서 내리려고 하자 놈이 대뜸 버스 아래로 그를 밀어대지 않았던가. 그는 그때, 오른팔로 시계를 감싸쥐고 있었기 때문에 하마터면 넘어질 뻔했다. 넘어지면 덮치자는 수작일 테지. 솔개가 병아리를 채가듯 내 목을 딛고 시계를 채갈 셈이었다. 나쁜 자식.

"그러게 내 뭐랬어요? 팔아서 쓰자니까, 당신 주제에 그 비싼 시계가 당키나 해요?"

연산댁이 이야기를 대강 듣고 나자 당장 그를 몰아세우며 나섰다.

"시끄러워! 지나는 사람 듣겠어."

"사람은 다 어울리게 물건도 갖고 살아야지, 도대체 이십만 원짜리 시계를 찰 배짱이 어디서 생겼수?"

"아, 조용히 하라니까!"

혁주는 골목 쪽에 신경을 모았다.

놈이 아직 골목 어디선가 서성거리며 그의 집을 찾고 있을 것만 같았다.

아니, 놈은 벌써 우리집을 다 알아뒀는지도 몰랐다. 그럼, 알아두지 않았다면 어떻게 놈이 징검다리까지 따라붙었겠는가. 지금쯤 저희 패거리와 작전을 짜놓고 습격해올 준비를 하고 있을 거 같았다. 복면을 쓰고 식칼을 들고 올 수도 있었다. 혁주는 벌떡 일어났다. 바람 소리가 들려왔다. 유지로 엮어 돌로 눌러놓은 낮은 추녀 끝을 핥고 바람은 개천 쪽의 전신주 꼭대기에서 윙 하며 울고 있었다.

"이봐. 문 잘 잠갔어?"

"잠갔지만 그깟 베니어판 쪽문이야 장정들이 발길질 한번 하면 그만 아니우?"

그건 그랬다. 벽은 블록으로 엉성하게 쌓아올렸지만 문은 각목에 베니어판을 붙였을 뿐이었다. 문이 젖혀지면 그대로 부엌, 그리고 양편으로 방 두 개가 나란히 들어 있었다. 방문과 출입구 사이는 불과 이 미터 정도. 베니어판 쪽문이 열리면 신문지로 엉성하게 바른 방문은 더구나 문고리조차 없지 않은가. 생각해보니, 외부에서 침입해 들어오기는 참으로 식은 죽 먹기였다. 혁주는 다시 벌렁벌렁 가슴이 곤두박질하기 시작했다.

"이 시계, 어디 감쪽같이 숨겨둘 데 없을까?"

"너무 그리 가슴 졸이지 말아요. 설마 강도질이야 하려고?"

"사람 많은 거리에서도 등치고 빼먹는 놈들인데 고걸 못해!"

"하긴…… 정 그러면 천장밖에 더 있수?"

그렇구나. 천장 모서리에 깊숙이 찔러넣으면 쉽게 발견 안 될 거야. 혁주는 일어나서 신문지, 벽지가 불결하게 발린 천장의 한쪽에 작은 구멍을 낸 뒤 시계를 슬쩍 찔러두었다. 구멍냈던 자리를 풀로 다시 바르고 나자 표가 나지 않았다. 비로소 조금 마음이 놓였다. 어디선가 날 죽여, 차라리 죽이란 말야, 하고 악을 쓰는 여자 목소리가 들려왔다.

다음날, 그는 연산댁의 말대로 시계를 그대로 천장에 찔러둔 채 출근하였다. 하늘이 무겁게 내려와 있고 희끗희끗 눈발이 내렸다. 알고 있다는 듯 그날은 쥐색 잠바가 보이지 않았다. 그 다음날도 마찬가지였다. 그는 모처럼 편한 마음으로 징검다리를 건넜다. 징검다리의 돌 주위가 허옇게 얼어 있었다. 요 며칠 동안 날씨는 바싹 추웠다.

대둔산 발치에 그림처럼 엎디어 있을 고향 마을이 선히 떠올랐다.

겨울이면 온통 흰 눈에 덮여 있던 산자락, 얼음 사이로 흐르는 맑은 물, 밤늦게 학교에서 돌아오며 만나던 그 적막함. 얼음이 얼어 징검다리는 매양 하얗게 그믐달로 빛나곤 했다. 그런 날엔, 건너편 마을의 저녁 불빛이 옹기종기 모여 앉은 것을 보면서, 혁주는 때때로 그 징검다리 위에 오래오래 나목처럼 서 있기 일쑤였다. 대둔산에서 내려온 찬바람 속일망정 마을은 늘 작고 단단한 왕궁 같았다.

그런 고향 마을을 떠난 것은 고등학교 3학년을 채 못 마친 늦가을이었다.

혁주는 돌아가신 아버지의 가난한 유산을 대강 꾸려들고 절름
거리는 어머니를 앞세워서 황혼녘, 쓸쓸하게 그 징검다리를 넘
어왔다. 다 넘고 돌아서자 동구 밖에 모여 선 마을 사람들이 일
제히 손을 흔들었다. 마을 뒷산의 나무들은 모두 잎이 지고 하늘
은 온통 붉은 색조로 그 잎 진 나뭇가지에 내려와 있었다. 목이
메어 혁주는 미처 손 흔들 사이도 없이 돌아서버렸다. 멀리 장난
감처럼 보이는 버스가 산허리를 돌고 있었다.

혁주의 아버지는 본래 목수였다.

하지만 착실하게 살아가려는 의지보다 어쩌다가 한밑천 잡아
보겠다는 식의 허풍이 센 사람이었다. 살림은 가난했지만 그래
도 마을에선 똑똑한 사람이란 소문이 돌았고 또 사실, 군내에선
제법 안면이 넓었다. 노름판에 자주 기웃거리고, 하나뿐인 와이
셔츠에 구겨진 양복을 차려입고 면사무소나 논산 읍내로 외출을
하는 날엔 대개 술에 취해 밤늦게 돌아왔다.

"쬐매만 고생하는 기여. 오늘 읍내에서 경찰서 수사과장을 만
났는디 순경 한자리 맹길어준대. 그까짓 순경 허면 뭘 허겄냐고
배짱을 탁 팅겨뿌렸당게. 암, 배짱을 팅겨놔야제……"

혀 꼬부라진 소리로 곧잘 이렇게 허풍을 떠는 아버지의 모습
은 위풍이 당당해 보였다. 과연, 얼마 지나지 않아 그는 산림계
원이 되었다. 임시 직원으로서 주로 면내의 산을 지키는 일이었

지만 아버지는 경찰서장쯤이나 된 듯이 기세등등했다. 이때부터 혁주네 집에 불행의 씨는 싹을 틔웠다. 아버지는 매일 충혈된 눈을 가늘게 뜨고 산과 마을마다 미친개처럼 싸돌아다녔다. 누가 삭정이 한 가지만 꺾어 와도 펄펄 뛰었고 입건 조치했다. 우선 단속 실적을 많이 올려야 한다고 했다. 실적을 많이 올려서 정식 산림계원이 되고, 산림계원만 되면 그때 한밑천 긁어 잡을 수 있다는 게 그의 속셈이었다. 차츰 마을 사람들까지 아버지를 보면 고개를 돌리고 치를 떨었다. 혁주네는 외톨이가 되었으며 그럴수록 아버지의 횡포는 더하여갔다. 쥐꼬리만한 권력이지만, 본래 능력과 실력이 부족한 사람이라 그걸 놓치지 않을까 하여, 늘 두렵고 불안했기 때문에 더욱 그랬다.

결국, 아버지는 산불에 타 죽고 혁주는 고향을 등졌다.

누군가 아버지가 들어간 산자락에 불을 지른 것이었다. 바람은 거칠게 불고 바싹 말라붙은 가을 산은 이틀 동안이나 미친 듯 너울거리는 불꽃을 멈추지 않았다. 아버지의 시체는 바위 구덩이에서 꺼멓게 탄 채 발견되었다. 산림계의 정식 직원도 되어보지 못하고 시체로 돌아온 아버지를 앞에 하고 혁주는 울지도 못했다. 공문서 하나 제대로 작성 못했던 아버지의 그 초조하고 불안했던 눈자위가 생각났다. 충혈된 눈, 건조한 피부, 그리고 쥐꼬리만한 권력을 갖고 날뛰다가 만난 처참한 파멸의 아, 아버지……

징검다리 끝에 서서 얼어붙은 개천을 바라보고 혁주는 부르르 전신을 떨었다.

하늘엔 별 하나 보이지 않았으나 둑 위의 어느 집에선가 저 별은 나의 별, 별빛에 물들은…… 하면서 갈라진 목소리의 노랫소리가 들려왔다. 고향의 별빛은 참말 고왔지. 혁주는 소리내어 중얼거렸다. 이때 건너편 개천 둑 위에 사람의 검은 그림자가 나타났다. 징검다리를 향해 척 내려서는 얼굴이 가발 공장의 새어나온 불빛에 잠깐 보이는 듯하였다. 순간, 혁주는 다시 가슴이 철렁 내려앉았다. 놈이었다. 항상 쥐색 잠바 포켓에 손을 찌르고 은근히 노려보던 그놈이 이틀 만에 다시 나타난 것이었다. 혁주는 돌아서 뛰기 시작했다. 구멍가게의 유리문 속에서 가평댁이 목례를 건넸으나 그는 그냥 골목으로 뛰어들었다.

"또 따라왔어요?"

연산댁이 헐떡거리는 혁주를 향해 물었다. 그는 고개만 끄덕거리고 털썩 주저앉았다.

"어떤 놈인지 내 나가볼게요."

"관둬!"

"에이구, 사내가 어찌 그리 담이 없수?"

"흉기를 가졌을 거란 말야."

"나도 모르겠수. 시계도 이젠 집에 놔둘 수 없어요. 봉투 다 붙였으니 가지고 나가야 돈이 되지. 집 지킬 사람도 없잖아요?"

혁주는 구석에 쌓인 봉투들을 보았다. 가게에서 물건을 담아주는 봉투가 큰 것, 작은 것, 두 종류로 나뉘어 정연하게 백 장씩 묶여 있었다. 한 묶음에 갱지 작은 봉투는 육칠십 원, 큰 봉투는 백이삼십 원씩 받고, 가게마다 찾아다니며 소매를 하였다. 시장에서 폐품 처리된 잡지 따위를 관당 삼백여 원 주고 사 오면 오백 장 정도를 붙일 수 있으니까 풀값을 제외해도 이삼백 원은 남는 셈이었다. 구멍가게 가평댁의 귀띔으로 봄부터 시작한 이 장사는 우선 작업이 단순해서 순조로웠고, 그럭저럭 한 달 돈 만 원 벌이는 착실히 되었다. 그것으로 연산댁은 일 년 육 개월 만기 십만 원짜리 적금을 붓고 있었는데, 혁주에게는 비밀로 해두었다. 굳이 감추어야 할 까닭은 없었으나, 알게 되면 아무래도 소주 한 잔이라도 더 헤퍼지지 않을까, 그렇게 염려스럽기 때문이었다.

"이 기회에 그거 아주 팔아치웁시다."

혁주가 말이 없자 연산댁은 바싹 당겨 앉으며 이렇게 소근거렸다.

"떠도는 소문이 연말까진 몰라도 여기가 헐리긴 헐린답니다. 권리금 조금 받아도 어차피 돈은 더 필요할 텐데……"

혁주는 누운 채 미동도 하지 않았다. 가게 쪽에서 춥구나, 더럽게 춥구나, 하고 소리치는 한 사내의 취한 음성이 손바닥만한 창을 헤집고 총알같이 건너왔다.

이틀 후에 혁주는 다시 시계를 차고 출근하였다.
팔아치우자는 연산댁의 잔소리를 단호하게 잘라버린 건 아니지만 어쨌든 우선은 버텨봐야겠다는 생각이 들어서였다. 호랑이한테 물려가도 정신만 차리면 산다는데 마음만 다부지게 먹으면 제깟 놈의 쥐색 잠바도 어쩌랴 싶었다. 하지만 종일 잠바의 험악한 인상이 떠나지 않았다. 가슴은 여전히 불안하게 두근거리는 것 같고 바짓자락에 아무리 문질러 닦아도 손바닥엔 금방 땀이 고였다. 그래선지 이날따라 유독 철펜으로 원지를 긁어놓고 보면 오자, 탈자가 많이 나왔다.
"대체 이혁주씨 요즘, 왜 그래? 걸핏하면 놀라기나 하고, 오자투성이고…… 이래서야 어디 깨끗한 프린트물 나오겠어!"
사장은 안경 너머로 싸늘한 시선을 보내며 이맛살을 찌푸렸다.
쌍놈의 새끼, 나타나려면 나타나라지. 이제 그렇게 호락호락 당하진 않을걸. 사장의 지청구를 듣고 더 원망스러운 것은 쥐색 잠바였다. 퇴근 시간이 가까워지자 혁주는 마음을 도사려 먹고, 대형 손톱깎이에 달린 주머니칼을 오버 주머니에 집어넣었다.

해볼 테면 해보자, 하고 악이 받쳤기 때문이었다.

정류소 주변엔 저녁 안개가 보얗게 서려 있었다.

그는 주머니 속에서 주머니칼을 꽉 틀어잡고 재빨리 주위를 살폈다. 없다. 다행히 정류장 주변의 어느 구석에도 쥐색 잠바의 험상궂은 상판대기는 보이지 않았다. 그러면 그렇지. 혁주는 쾌재를 불렀다. 제 놈이라고 별수 있을라구. 안개는 점점 심해지는 것 같았다. 길 건너 구층 빌딩의 허리가 안개에 가려 있었다. 버스들이 줄을 지어 안개의 뽀얀 습기를 거느리고 나타났지만 그가 기다리는 버스는 쉽게 나타나지 않았다. 제엔장, 혁주는 다시 초조해지기 시작하였다.

이윽고 버스가 그의 발 앞에 멎었다.

그는 재빨리 올라타고 출입구 근처의 창문 쪽에 자리를 잡았다. 등을 펴고, 주머니 속의 칼을 놓으며 시선을 창밖으로 돌린 순간, 혁주는 다시 파르르하고 전신을 떨었다. 골목에서 불쑥 쥐색 잠바가 나타났던 것이었다. 이번엔 두 놈이었다. 한 놈은 거무튀튀한 콧수염까지 기르고 있었다. 놈들이 버스에 올라타자 차장이 발차, 하고 소리질렀다.

망할 년 같으니라고. 진작 발차시킬 일이지……

어깨를 숙여 시선을 내리깐 채 혁주는 차장의 뒤통수를 향해 속으로 욕지거리를 내갈겼다. 놈들은 혁주의 뒤쪽에 앉은 모양이었다. 버스가 도심지로 들어섰다. 안개 속이지만 도심은 역시 밝고 호화로웠다. 생활에 찌든 흔적은 아무데도 보이지 않았다. 그래서 혁주는 밖으로 보이는 풍경에 늘 소외감을 느꼈다. 그러나 오늘은 소외감을 느낄 감정의 여유가 없었다. 수군대며 끼득끼득 웃는 소리가 뒤쪽에서 들려왔다. 망할 새끼들. 한 놈은 바람을 잡을 셈이렷다. 까짓, 이판사판인데 걸리면 결판을 내는 거지. 입술이 깔깔하게 말라붙었고 손바닥에선 자꾸 땀이 났다.

마침내 버스가 가발 공장 입구에서 멎었다.

혁주는 주머니칼을 다부지게 잡고 자리에서 일어섰다. 얼핏 뒤돌아보는데 쥐색 잠바와 시선이 마주쳤다. 어럽쇼. 눈이 마주치자 잠바가 배시시 웃지 않는가. 가슴속이 더욱 철렁해졌다. 자식들, 연막전술까지 쓰는군.

버스에서 내리고 그는 잰걸음으로 걷기 시작했다. 약국 앞을 지나고 가발 공장의 벽돌 담장을 끼고돌았다. 어두웠다. 징검다리가 다가오고 있었다. 벽돌담 끝에서 잠깐 뒤돌아보니 약국 앞으로 들어서는 쥐색 잠바가 자신을 손가락질하는 게 약국 불빛으로 환히 보였다. 그리고 이어서 뛰어오는 두 개의 발소리가 들려왔다. 저벅저벅 어둠 속에 숨가쁘게 울리는 발소리. 혁주는 이제 거의 제정신이 아니었다. 징검다리를 두 개씩 건너뛰었다. 그런데 한순간, 뛰어내린 왼발이 쭉 미끄러지며 허공으로 떴다. 얼음이 요란하게 깨지고 그의 몸은 그대로 개천 속에 곤두박질했다. 어깨를 징검다리의 모서리에 찧으며 넘어졌기 때문에 잠시 동안 그는 배를 하늘로 향한 채 거북이처럼 허우적거렸다.

"여보세요, 아저씨!"

쥐색 잠바가 징검다리를 향해 뛰어내리며 소리쳤다.

그는 전신을 개천 속으로 재빨리 뒹굴리며 간신히 일어서서 획 돌아섰다. 가죽잠바와 콧수염의 사내가 한 발 징검다리에 내딛다가 혁주의 살기 어린 시선에 그대로 멈춰 섰다. 어느새 혁주는 주머니칼까지 빼들고 있었다. 두 눈을 부릅뜨고 칼을 빼든 채 꼿꼿이 서 있는 혁주의 모습에선 쨍하니 비정한 쇳소리가 나는 것 같았다.

"왜 따라붙어?"

목줄기를 빳빳하게 세우며 혁주가 울부짖었다.

"어림없다! 네깐 놈들에게 시계를 빼앗길 줄 알아? 차라리 너 죽고 나 죽자. 야, 개뼈다귀들아, 어서 덤벼!"

구멍가게에서 흘러나온 불빛이 칼날에 떨어져내리며 차갑게 쪼개지고 있었다. 혁주가 오히려 한 발 다가섰고, 쥐색 잠바가 한 발 물러섰다. 이때, 개천 둑 위에서부터 가게 주인 가평댁이 뒹굴듯이 둑의 경사를 타내려왔다.

"이게 어쩐 일이우, 이씨?"

그녀는 혁주의 앞을 가리고 서서 떨며 말했다.

"영석이 너 뭘 잘못했길래, 새댁 같던 이씨가 이 지경이 됐니?"

칼을 쥔 혁주에게 부둥켜안듯이 매달려오며 가평댁은 쥐색 잠바를 향해 고함을 지르고 있었다.

"아뇨. 그저 개천에 넘어지셨길래 잡아드리려고 뛰어왔을 뿐인데……"

쥐색 잠바의 목소리가 애들처럼 맑았다.

"이봐요, 이씨. 내 친정 동생인데 요즘 취직자릴 하나 얻어 올라와 있다우. 무슨 일인지는 모르지만 우선 이 칼부터 봐요. 어서요!"

혁주의 머릿속이 빙글빙글 돌기 시작했다. 너무 긴장했다가 맥이 탁 풀리자 그는 제풀에 풀썩 물속으로 주저앉았다. 그러고는 잠시 후, 더럽고 칙칙한 개천 가운데 무릎 꿇고 앉아서 혁주는 미친 듯이 웃어대었다. 컥컥컥, 킬킬킬 웃는 건지 우는 건지 구별할 수가 없었다. 그저 끝없이 터져나오는 그 을씨년스러운 웃음을 혁주는 이제 어떤 방법으로든 억제할 수 없는 듯이 보였다.

둑 위, 구멍가게 앞엔 달려나온 연산댁이 쭈그려앉아 훌쩍거리고, 개천은 짙은 안개로 차서 함정처럼 깊었다. 아무것도 보이

지 않았으나, 다만 수면을 치며 자지러지는 혁주의 웃음소리에,
겨울의 차디찬 어둠만이 음산하게 뒤집히는 것 같았다.

정직한 변신

학교 선생이라는 직업은 3월에 가장 바쁘다.

새로 배정된 담임 반의 환경 정리도 해야 하고, 연간 진도표 작성, 지도안 쓰기, 분담된 부서의 연중행사 계획, 생활기록부 정리, 특별 활동반 편성 등 수많은 잡무에 시달려야 하고, 뭣보다도 먼저 배정된 자기 학급 칠십 명에 대한 신상 파악과 아울러, 일 년 동안의 교육 성패(그것이 교육의 내실보다도 어떤 실적 위주의 행정적인 면이 훨씬 두드러지는 게 요즘의 형편이지만)를 가름하는 학급 분위기 조성에 신경을 써야 하기 때문이다.

담임이 의도하는 바람직한 분위기 조성을 위해선 우선 반장, 부반장을 비롯한 임원 구성이 아이들이 보기에 충분히 납득할 수 있도록 객관적이고 또한 적절하게 이루어져야 한다는 게 평소 나의 생각이다. 임원은 교사가 임명하도록 제도화되어 있으므로, 임원 구성은 곧 아이들에게 실질적인 담임선생의 '첫인상'이 될 뿐 아니라, 열 명도 채 안 되는 그애들—예컨대 반장, 부반장, 봉사부장, 학습부장, 규율부장, 총무부장, 미화부장, 보건부장, 새마을부장—이 앞으로 학급 학생 전체에게 미치는 영향이란 꽤 폭넓은 것이기 때문이다. 그래서 나는 전 학년도 학급 석차 십오 등 이내의 학생들을 새 학년 첫 주에 개별 면담, 전년도 담임 의견, 환경조사서, 생활기록부 등을 종합하여 정확하게 파악하는 일에 남다른 정성을 쏟았다. 그중 아홉 명을 골라내어 적소에 배치해서 첫 주를 넘기지 않고 임원진 구성을 마무리하기 위해서이다.

신진경이라는 아이가 구체적으로 내 주의를 끌기 시작한 것은 바로 임원 구성을 위한 개별 면담 때부터였다. 그애는 전년도 학급 석차가 십일 등이었다. 나는 방과 후 열다섯 명의 아이들을 남겨놓고 하나씩 하나씩 자료실의 구석자리로 불러들였다. 여중학교 2학년 학생이란 선생 앞에 불려 섰을 때, 그것도 새 학년 첫 주에 불려왔을 때, 대개 공통된 자세와 표정을 드러내게 마련이다. 눈을 내리깔고, 손은 앞으로 모아 잡고, 그리고 바싹 긴장하면서도 뭔가 선생에게 잘 보여야 되겠다는 강박관념으로, 혹은 당돌하고, 혹은 새침하고, 혹은 판결을 기다리는 죄수 같은 표정이 되는 것이다.

그애도 그 점에선 마찬가지였다. 아니 그것이 좀 심했다고 할까. 허리를 잔뜩 구부리고 고개는 한껏 옆으로 돌린 채, 그애는 거의 핏기가 가신 얼굴로 내 앞에 서 있었다.

"떨리니?"

그애의 긴장을 풀어주기 위해서 나는 맨 처음 그렇게 물었다. 물론 예상대로 그앤 내 물음에 대답하지 않았다.

"선생님 앞이라고 조금도 떨 건 없어. 잘못한 일이 있어서 오라고 한 게 아니니까. 아빠는 뭐하시니?"

나는 기본적인 몇 가지 질문을 던지기 시작했다. 환경조사서엔 청부업이라고 쓰여 있었다.

"청부업인 건 여기 쓰여 있어 보면 알겠는데, 구체적으로 무슨 청부업이니?"

"……"

"괜찮아, 선생님은 어차피 그런 걸 다 알아야 할 사람인걸 뭐."

그래도 그앤 대답하지 않았다. 나는 더이상 그 점에 대해선 묻지 않기로 하였다. 여중학교 2학년 학생이란 누구보다도 사회 보편적 현상에 민감해서 조금이라도 근사하지 못한 직업이다 싶으면 곧잘 부모의 직업에 대해서 완강하게 입을 다물어버리기 일쑤였다.

"좋아. 형제가 셋이구나. 위로 오빠만 둘……"

나는 환경조사서만 내려다보면서 중얼거리듯 말했다.

"큰오빠 몇 살이니?"

"……"

"총각이니?"

그애가 힘겹게 고개를 끄덕거렸다. 그때서야 나는 그애한테서 남다른 한두 가지 점을 발견했다. 첫째는 앞으로 마주잡은 그애의 손이 지나치게 떨린다는 점이었고, 둘째는 내가 말할 때마다 고개를 약간 더 옆으로 젖히며 입술을 볼 쪽으로 잡아당기는, 뭔가 못마땅해서 혼자 중얼거리는 듯한 동작을 반복한다는 것이었고, 셋째는 그애가 '뛰어나게'까지라곤 할 수 없어도 얼핏 본 인상보다도 훨씬 더 깨끗하고 예쁘다는 것이었다.

"진경이 참 예쁘게 생겼구나."

나는 너무 지나치게 그애가 떨고 있어서 안타까운 마음에 불쑥 이렇게 말했다. 예외 없이 그애가 입술 한쪽을 움찔 잡아당기며 잇새로 바람이 새는 것 같은 소리를 내었다. 얼른 듣기엔 '아이 씨……' 하는 것 같았다.

"뭐라고 그랬니, 방금?"

대답 대신 또 바람 소리를 냈다. 아니, 바람 소리라기보다는 그애가 뭔가 짧게, 혼잣말처럼 중얼거리고 있음을 나는 그때야 알았다.

"어디 성적 좀 볼까?"

나는 덜덜덜 손등을 떨고 섰는 그애를 향해 차마 더 뭐라고 추궁할 수가 없어 생활기록부를 꺼내들며 딴청을 부렸다. 성적은 비교적 고른 좋은 수준이었으나 체육, 무용과 가사 점수가 특히 안 좋았다.

"건강은 괜찮니?"

"……"

"체육과 점수가 안 좋구나?"

"……"

"어디 건강기록부도 좀 볼까?"

건강기록부엔 '양호함'이라는 판정이 있었지만 생활기록부 종합란엔 '지극히 내성적이며 심장이 약하고 졸도한 일이 있음'이라고 쓰여 있었다. 그 순간, 내 눈에 번쩍 뜨인 것은 '146'이라는 아라비아 숫자였다. 그것은 지능검사 결과였는데, 그 정도의 IQ는 전교에서 두셋이 될까 말까 한 수준이었기 때문에 나는 담배를 빼 물고 딱딱한 표정이 되었다.

"넌 지금보다도 공부를 더 잘해야 돼!"

그애가 또 '픽……' 하고 바람 빠지는 소리를 내면서 입술을 달싹달싹했다. 역시 '아이 씨……' 하는 것 같았다.

"아이 씨라니?"

내 목소리가 약간 팽팽히 당겨졌다.

"선생님이 묻는 건 대답도 안 하고 아이 씨가 뭐니?"

"……"

"응?"

그애가 단번에 애원하는 듯한 표정을 지으며 고개를 흔들었다. 하얗게 표백된 이마에 땀방울이 송골송골 묻어났다. 나는 '심장이 약하고……'라는 생활기록부의 한마디를 떠올리고 일단 그애를 내게서 풀어줘야 한다고 생각했다.

"학교에서 널 만나지 않았음 선생님은 벙어리 소녀인 줄 알았을 게다. 내성적인 성격은 어쩔 수 없지만 사람과 서로 얘길 나누는 건 소중한 일이야. 그 점 명심하고 스스로 노력해보아라. 다음 기회엔 똑똑하게 선생님 묻는 말에 대답해야 한다. 그만 돌아가!"

그애가 고개를 꾸벅하고 나갔다. 비틀거리지는 않았지만 똑바로 걸어나가는 게 용하다 싶을 정도로 그애의 뒷모습은 불안정해 보였다.

3월은 금방 갔다. 나는 그애를 임원 구성에서 뺐기 때문에 그애에 대해 막연히 한번 얘기해볼 기회를 만들어야지 하는 생각을 이따금 했을 뿐, 거의 잊어버리다시피 지냈다. 하루 오류 교시의 수업에다가 수많은 잡무에 시달리느라, 필요에 의해서 부딪치는 임원 아이를 빼면, 담임이라도 반 학생들과 일일이 개별 접촉할 기회가 많지 않아서였다. 더구나 그앤 적어도 겉으로 아무런 말썽도 부리지 않았고, 질문을 하는 일도 없었으며, 규율 검사나 노트 정리 등에 걸리는 경우도 전무했다.

4월 초에 첫번째 월중고사를 치렀다. 성적 통계를 내면서 보니까 그애의 석차는 이십육 등으로 내려앉고 있었다. 아차 하는 후회가 내 가슴을 때렸다. IQ 146에다 십일 등이라는 것만 해도 충분히 문제성이 있었던 것을 바쁘다는 것만으로 전혀 마음 쓰지 못했던 게 은근히 그애에게 미안하기까지 했다. 당장 그애를 불렀다. 그앤 3월의 첫번째 면담 때와 마찬가지로 핼쑥하게 질린 얼굴로 내 질문엔 묵묵부답이었다.

"난 진경이와 친하고 싶다. 네 떨어진 성적을 꾸중하자는 게 아니야. 왜, 어느 모로 보나 공부를 잘해야 할 진경이가 중간 석차밖에 못했는지 그걸 알아보고 싶을 뿐이다. 선생님 말, 알아듣겠니?"

그애의 입술이 어김없이 당겨 올라갔다.

"너도 성적 떨어지는 건 걱정되지?"

그애가 고개를 끄덕거렸다.

"이번 시험 때는 공부를 했니?"

"……"

"했어?"

무심코 내 언성이 한 옥타브 탁 튕겨 올라갔다.

"얼만큼?"

"……"

"1학년 때만큼은 했다고 생각하니?"

"네……"

간신히 그애가 네, 하고 대답했다.

"그런데 성적이 이렇게 떨어졌어!"

내가 성적표를 볼펜으로 탁탁 쳤다.

"말해봐!"

"……"

"말 안 하려면 거기 꿇어앉아라."

그애의 입술이 더욱 심하게 당겨지더니 '아이 씨' 하고 바람 소릴 냈다.

"씨가 뭐야, 인석아!"

나는 더 참지 못하고 그애의 볼을 쥐어박았다. 여자애들이란 걸핏하면 입 다물고 말보다 눈물이 먼저 글썽거리게 마련이지만 이런 '지독한 놈'은 내게도 처음이었다.

"어서 꿇어앉아!"

"서, 선생님……"

뜻밖에, 그애가 말문을 열었다.

"말해봐!"

"저, 저는 여, 열심히 했지만 시, 시험지를 바, 받아 드, 드니까 아, 아무것도……"

"생각나질 않더라 그 말이지?"

"……네."

"그럼 아이 씨, 그건 무슨 말버릇이야?"

"……아, 아, 아니에요, 선생님……"

그제야 나는 그애가 말을 더듬는 '말더듬이'라는 사실을 깨달았다. 뭔가 실마리가 조금씩 풀려가는 기분이었다.

그날은 그쯤해서 그애를 돌려보냈다.

그 며칠 후던가, 아이들끼리 종례 전에 오락 시간을 가졌던 모양이었다. 성적표를 쓰느라 좀 늦게 교실에 들어갔더니 그애가 교실 뒤에서 혼자 울고 있었다.

"진경이 왜 저러니?"

나는 반장한테 무심코 물었다.

"몰라요……"

반장은 말했다. 가방을 챙겨놓고도 선생인 내가 들어오지 않자 오락부장이 나와서 아이들에게 부른 사람이 지명권을 갖는 그런 형태로 노래를 시켰다는 것이었다. 옆자리의 짝이었던 민혜가 노래를 한 뒤 그애를 지명한 것이 화근이었다. 그앤 오락부장이 이름을 여러 차례 부르고 민혜가 옆에서 밀어내도 도무지일어나지조차 않았다고 했다.

"얘 얘, 그만 빼라."

"너 때문에 전체 분위기가 깨지잖니?"

"빨리 나가. 자기가 무슨 가수니?"

아이들의 야유와 질타가 고조되자, 그애가 두어 번 입술을 씰룩거리며 앞으로 나갔다. 반강제로 교단까지 나간 게 오히려 문제였다. 그앤 교단 앞에 모로 서서 한참 뜸을 들이더니 노래를 시작할 듯 입술을 벌리려다가, 그만 털썩 주저앉아 울기 시작했다.

"처음부터 강력하게 안 한다고 했음 될 텐데 토옹 말이 없잖아요? 앞으로 나왔을 때만 해도 노래를 할 기세였었어요."

오락부장은 반장의 말꼬리를 붙잡아 부연 설명했다.

나는 더이상 아무 말도 안 하고 종례를 마친 뒤 그애의 짝인민혜를 교무실로 불렀다.

"네가 보기에 진경이가 어떠니?"

"그냥 말이 없고 그래요."

"전혀?"

"아뇨. 대답은 하지만요."

"네가 친절히 안 했던 모양이지?"

나는 슬쩍 옆구리를 찔렀다.

"안 그래요, 선생님!"

봉사부장인 민혜는 공부도 잘할 뿐만 아니라 성격도 상냥하고 외향적이어서 애들 간에는 비교적 인기가 좋은 애였다.

"전 처음, 속으로 그애하고 짝이 됐음 했었어요. 애가 똑똑해 뵈고 깨끗하잖아요? 그래서 그애 옆에 앉게 됐을 때 얼마나 기뻤다고요. 근데 그앤 그게 아니었나봐요. 제가 이것저것 말을 걸고 그래도 고작 대답해주는 것 정도였어요. 얼마 전부터는 아예 대답도 안 하고요. 제가 말을 걸면 그냥 질린 얼굴이었어요."

"질린 얼굴이라니?"

"모르겠어요. 그저…… 무언가 막 무서워하는 그런 표정 있잖아요?"

"진경이가 널 두려워한다는 거니?"

"글쎄요. 하나도 그럴 리가 없으니까 제가 잘못 느꼈는지도 모르지만……어쩐지 그런 것처럼 보일 때가 있어요."

나는 진경이 부모를 한번 만나볼 필요를 느꼈다. 그냥 내성적이라고만 하기엔 그애의 행동이 지나쳤다. 여기엔 필히 곡절이 있을 것이다. 그 곡절을 밝혀 지금 고쳐주지 않으면 그앤 아마 영 '삶'이라는 현장에서 낙오자가 될 것이라고, 나는 거의 단정을 내리고 있었다. 진경이에게 두 번인가 일러 보냈지만 그애의 부모는 쉽게 나타나지 않았다. 한번 가정방문을 해야지, 하고 생각은 하면서도 차일피일 미루는 하루하루가 갔다.

그러다가 그 일이 터졌다.

새 학년이 되면 반에 따라 곧잘 도난 사고가 생겼다. 한두 번 있고 흐지부지되는 경우도 없지 않지만 대개는 한번 시작되면 계속 꼬리를 물었다. 내가 맡은 반도 바로 그런 경우였다. 처음엔 청소 시간이나 교실을 비우게 되는 체육 시간 같은 때, 혼란을 틈타 주머니를 뒤져가는 것으로 일이 벌어졌다. 도난 사고처럼 담임교사에게 난감한 일은 없었다. 현장을 목격하기 전엔 용의자 색출조차 어려울 뿐만 아니라, 설령 용의자가 있다 해도 본인이 완강히 잡아떼면 어쩔 도리가 없는 일이었다. 매질이나 위협적인 언동으로 자백하게 한다는 건 만일 정말 안 가져갔을 경우, 학생이 입어야 되는 마음의 상처를 고려해야 되는 게 교사의 입장이었다.

나는 우선 아이들 전체에게 눈을 감게 한 뒤,

"물론 우리 반에 그런 나쁜 학생이 있다고는 상상할 수 없지만 만약, 있다면……"

하는 식으로 한바탕 자성自省을 유도하는 연설을 했고,

"스스로 반성이 되거든 선생님한테 찾아와도 좋고 어색하면 편지를 내도 좋다. 누구에게나 한때의 잘못은 있는 것이니까. 그렇게만 해준다면 선생님은 기꺼이 용서할 것이고 또한 비밀에 부치겠다. 그러나 그렇지 않고 이후 사고를 또 내면 기어코 색출해서 교칙에 의해 퇴학시키겠다."

하면서, 회유하고 엄포를 놓는 것으로 사건이 더이상 생기지 않기를 바랐다.

한동안 잠잠하였다. 4월 초 월중고사가 실시될 때까지만 해도 그랬다. 그러나 고사가 끝나면서부터 다시 도난 사고가 생겨나기 시작했고, 아이들에게 스스로 자기 물건을 잘 챙기도록 매일같이 타이르는 내 '잔소리'를 비웃듯 날로 빈번해졌다. 나는 속수무책인 가운데 적어도 도둑은 잡을 수 없더라도, 어떤 형태로든 쐐기만이라도 박아놔야겠다고 마음을 굳히기에 이르렀다.

나는 체육 시간을 이용하여, 최근에 지갑을 도난당한 네 아이를 교실로 불러들였다. 교실엔 주번 한 사람뿐, 아이들이 벗어놓고 나간 교복이 책상 위에 놓인 채 조용히 비어 있었다. 나는 주번까지 포함한 다섯 아이들에게 앞줄부터 소지품을 철저히 검사할 것을 지시하였다.

"지갑 속에 돈이 있음 다 꺼내서 교탁 위로 가져다놔라."

나는 사실 그런 방법으로 도둑을 잡을 수 있으리라곤 생각하지 않았다. 훔쳐간 지갑을 그대로 몸에 지니고 다닐 바보도 없을 것이고, 또한 훔친 돈이라고 뭐 특별한 표시가 있는 것도 아니니까. 다만 나는 담임교사가 이렇게 도둑을 잡아내고자 하는 결의가 굳어 있음을 아이들 모두에게 알려서, 그 파급효과를 얻자는 속셈이었다.

과연, 도난당한 지갑이나 물건은 어디에서도 발견되지 않았다. 그런데 이상한 것은 체육 시간이 끝난 다음에, 교탁 위에 꺼내 모아놓았던 돈을 아이들이 모두 찾아가고도 여전히 표딱지만하게 접힌 오백 원 권 한 장이 그대로 남아 있다는 사실이었다.

"이 돈 임자 없니?"

두 번 세 번 물었지만 자기 돈이라고 나서는 사람이 없자, 나는 소지품 검사를 한 다섯 명에게 주의를 돌렸다. 다행히도 주번이었던 아이가 그 돈을 알아보았다. 신진경, 그애의 교복 안주머니에서 자신이 꺼낸 게 틀림없다고 했다.

"틀림없어요. 너무 깊이 들어 있어서 꺼내는 데 힘들었기 때문에 기억하고 있는 거예요."

주번인 미희는 말했다. 그러나 불려 나온 진경이는 절대 아니라며 완강히 고개를 가로저었다.

"저, 저는 그, 그런 돈이 없었어요."

말은 그뿐이었지만 아니라는 그 부정의 심도가 깊게 표정에 나타나고 있었다. 나는 두 아이만을 은밀히 자료실로 불렀다. 미희든, 진경이든, 둘 중의 한 명이 거짓말을 하고 있음에 틀림없었다.

"억울해요, 선생님. 전 분명히 진경이 호주머니에서 그 돈을 꺼냈었단 말예요."

미희는 금방 울먹울먹하기 시작했다. 하지만, 나는 진경이 쪽보다는 미희 쪽에 더 많은 혐의를 걸고 있었다. 그 아이가 진경이에 비해 평소 더 주의가 산만했고, 말썽꾸러기였고, 거짓말을 잘했기 때문이었다. 그러나 두 아이를 따로따로 떼어서 조목조목 따져 물었을 때 결과는 내 추측을 완전히 배반한 것으로 나타났다. 진경이가 마침내 더듬거리는 말로 횡설수설했던 것이다. 아니, 그건 횡설수설이라고만 표현해선 옳지 않다. 그애는 눈물을 줄줄 흘리면서, 더 심하게 더듬거리는 말투로 속사포처럼 내쏘기 시작했다.

"거, 거기 돈을 너, 넣어두, 두었던 거, 것을 깜빡…… 잊어버렸었어요. 와, 완전……하, 하, 학습 사려고 타, 탔던 건데…… 아, 아녜요…… 제가 훔, 훔……쳤어요. 그, 그것만 제, 제가…… 참, 전번에…… 미……미혜 것도 훔치고요…… 반

장 꺼랑…… 수, 순자 지, 지, 지갑이랑…… 또, 또…… 영숙
이…… 지갑도…… 제가…… 후, 훔, 훔쳤어요. ……그, 그리
고 돈, 돈을 다, 다, 사먹……었어요. 아무거나…… 사, 사, 사
먹었어요. 애, 애들이 미, 미, 미웠……어요…… 주, 죽이고
싶……도록……"

그애의 얼굴이 백랍처럼 가라앉으면서 눈에서는 푸른 인광이
쪽 일어섰다.

"……그……그리고, 무, 무서워요, 선……생님. 무, 무, 무서
워……요. 모, 모두……"

그애의 이마에서 식은땀이 주르르 흘렀다. 그리고 눈 속의 푸
른 인광이 소리 없이 죽으며, 두 손바닥으로 얼굴을 감싸쥐는가
했는데 이내 픽 쓰러졌다. 입가에 한입 거품을 빼물고 그애는 다
만 양다리만 파르르 떨고 있었다.

사흘 뒤 그애의 오빠가 학교로 찾아왔다. 오빠는 방위병으로
병무청에 근무하고 있다고 자기소개를 했다. 나는 때마침 그날
가정방문을 하려던 참이었으므로 우선 급한 대로 그애의 안부부
터 물었다.

"진경이 어떻습니까?"

"뭐 열이 좀 나는 게 감긴가봐요. 오늘도 괜찮아 보였지만 자

기가 하루 더 쉬겠다고 해서……"

"뜻하지 않은 사고 때문에 놀라셨죠?"

"사고라니요?"

"아니, 그럼……"

오빠는 전혀 사건을 모르고 있었다. 그애는 그날 학교에서 돌아와 횡설수설 헛소리를 하며 밤새 열에 시달렸고, 약국에서 조제해온 감기약을 먹여 재웠더니 다음날부턴 많이 좋아졌다는 것이었다. 그뿐이라고 했다.

"종일 고양이만 안고 누워 있는 눈치였지만, 식구들은 별로 개의치 않았어요. 평소에도 워낙 말이 없는 애였으니까요."

오빠는 그전에 학교에서 어머님을 모시고 오랬다는 얘기를 한번 들었을 뿐이라고 그날의 방문 이유를 설명했다.

"아버지는 원래 복덕방을 하셨어요. 집 장사도 겸하고요. 그래서 자주 이사를 다녔는데 요즘은 좀 규모를 크게 해서 서너 채씩 집을 한꺼번에 짓죠. 물론 복덕방은 진즉 그만두셨고 말입니다. 어머닌 전도사예요. 집안일보다도 교회 일이 더 많은 분이셔서 늘 집을 비우는 형편이죠. 그래서 저보고 선생님을 한번 찾아뵈라는 걸 그동안 틈을 낼 수가 없었어요. 연락도 못 드리고 결석을 이틀씩이나 시켜서 오늘은 일부러 짬을 냈지만요……"

"전에 남의 물건 손대거나 한 일은 없었습니까?"

"절대로 없었어요!"

오빠는 펄쩍 뛰었다. 결코 그런 애가 아니라고 했다.

"말은 언제부터 더듬었습니까?"

"말을 더듬다뇨?"

"진경이는 심한 말더듬이입니다."

"그거 이상하네요. 집에선 어쩌다 좀 머뭇거리긴 하지만 말더듬이라고까진 할 수 없는데……"

"집에선 말을 잘합니까?"

"웬걸요. 필요한 거 이외엔 거의 말이 없어서 애를 태울 때가 있죠."

"진경이는 심한 열등감과 어떤 강박관념에 사로잡혀 있어요. 그앤 우선 남과의 대화를 자신은 잘할 수 없다고 생각하고 있는데, 내가 보기엔 선천적인 성격 탓만이 아니에요."

오빠가 머뭇머뭇 담배를 꺼내더니 내게 한 대 권하고 자신도 피워 물었다.

"하긴……"

오빠는 아까보다 한결 군은 표정으로 말했다.

"진경인 첨부터 그렇게 말수가 적은 애가 아니었어요. 오히려 그 반대였죠."

초등학교 4학년 때까지 모 텔레비전의 어린이 프로그램 고정

출연자였다고 했다.

"주역을 하거나 한 일은 없었지만 방송국에서도 꽤 귀여움을 받았어요. 노래도, 말도 잘하고, 얼굴도 이쁜데다 반장까지 하면서. 애가 아주 똘망똘망했거든요. 그애가 조금씩 말수가 적어진 것은 아마 그때부터였을 거예요……"

그 무렵만 해도 진경이네는 일 년에 서너 차례씩 이사를 다녔다. 별다른 자본도 없이 남의 복덕방에 나가 눈치나 보던 아버지로선 돈을 버는 방법이 그것밖에 없었기 때문이었다. 아버진 허술한 집을 사서 도배를 새로 하고, 떨어진 문짝엔 베니어판으로 땜질을 하고, 새로 싸구려 페인트를 칠한 뒤 집을 팔아넘기는 방법을 썼다. 워낙 말재주가 남달랐던 아버지와 어머니는 한번 집을 둘러보러 온 손님에겐 온갖 감언이설을 다 동원하여 기어코 일을 성사시키곤 하였다.

"아버지나 어머닌 많이 배우지 못하셨지만 화술 하나는 기가 막힌 편이에요. 말하자면 구치□라는 게 좋았던 거죠. 어떤 때, 집 보러 온 사람에게 거짓말을 하고 있으면 우리들까지 참말처럼 느껴질 정도였어요."

담배 연기를 길게 뿜어내며 진경이 오빠는 겸연쩍은 듯 애써 웃는 체했다.

"그런데 어린 진경이만 집에 있으면 산통이 다 깨져버릴 때가 많았어요……"

진경이는 아버지 꽁무니를 졸졸 따라다니며 아버지의 근사한 거짓말을 살랑살랑 뒤집어엎어놓았다. 가령 아버지가,

"십여 년 됐다고는 하지만 새집이나 다름없어요. 이 도어를 우선 보세요. 한 번도 손대지 않았는데 이렇게 깔끔하지 않습니까?"

하고 슬쩍 회를 치면, 진경이가 쪼르르 나서서

"우리가 이사 왔을 땐 문짝 다 떨어졌었잖아!"

하면서, 빤히 아버지의 낭패한 시선을 붙잡는 것이었다. 물론 그런 날 밤엔 어김없이 아버지의 불호령이 떨어졌다. 그러나 회초리를 맞으면서도 진경이는 결코 비는 일이 없었다. 다만 훌쩍훌쩍 울면서,

"거짓말하면 죄받는다고 선생님이 그러셨어!"

하고, 야무지게 내쏘곤 했다. 그러면 어머니까지 덩달아 역정을 내시면서,

"어이쿠, 남들은 애가 열 살도 안 돼 눈치가 빠끔하게 살아서 어른 뺨치던데, 우리 자식들은 어째 이 모양일까."

어김없이 알밤이 머리 꼭대기에 들어갔다. 집 둘러보는 사람이 있을 땐 무조건 진경이부터 찾아서 업고 나가야 되는 게 오빠의 일이었다. 그럼에도 불구하고 한번은 기어코 일이 터졌다. 모

처럼 빚까지 내어 꽤 큰 집을 샀을 때였다. 수리하는 데만 보름이 넘게 걸렸다. 두 달도 지나지 않아 좋은 임자가 나섰다. 어느 대학교수인가 하는 분이었는데, 아침녘 둘러보고는 다음날 계약금을 준비해온다고 약속을 남기고 갔다. 아버지와 어머닌 싱글벙글이었다. 그 액수의 계약이라면 '드문 재미'라는 거였다.

"근데 제가 학교에서 돌아와보니까 교수가 부인과 함께 와 있는 거예요. 물론 아버지 어머닌 안 계시고 진경이 혼자 집을 지키고 있을 때였어요. 아마 미리 돈이 준비됐었던 모양인데 제가 대문간에 도착했을 땐 벌써 진경이가 일을 다 깨뜨려놓고 있었어요. 아저씨 이 집 사지 마세요. 아빤 순 엉터리예요, 하는 진경이 목소리가 대문 밖에까지 들렸으니까요."

불같이 노한 아버진 학교도 보내지 않고 진경이를 만 스물네 시간 지하실에 가뒀다. 밥도 굶긴 채였다. 그때의 충격이 심했던지, 그 이상 진경이 때문에 집 장사를 망치는 일은 생기지 않았지만, 그후부터 그애는 이상하게 말수가 좀 적어지고 무슨 일이든지 의욕이 없어 보였다.

"그러고 나서 한두 달쯤 후였을 거예요, 아마……"

오빠는 저 깊은 곳에서부터 어떤 기억을 집어내려는 듯 미간을 좁히며 말했다.

"자기 담임선생님이 돈을 훔쳤다는 거였어요. 지금도 믿어지진 않지만 이건 진경이 일기장에서 저만 우연히 봤던 일인데요. 학교가 파해서 집에 와 있다가 그만 전과를 책상 서랍 속에 놓고 온 생각이 나서 저녁때가 다 돼 저 혼자 그걸 가지러 갔었던 모양이에요. 전과를 가지고 복도를 걸어 내려오다 우연히 창밖을 보니까 자기 담임선생님이 막 후문 쪽으로 걸어나가다 엎드려 뭔가를 줍더라는 거였어요. 손바닥만한 흰 구슬 백이었대요. 속을 열어본 담임은 한번 주위를 휙 둘러보더니 양복 안주머니에 집어넣고 그냥 나갔던 거 같은데……"

다음날 학교에선 난리가 났다. 전날 어떤 어머님 한 분이 학교에 왔다가 구슬 백을 잃어버렸는데 그 속엔 상당히 큰돈이 들어 있었다는 것이었다. 교장 선생까지 직접 전교생 앞에 호소하고, 각 담임들은 담임대로 뒤늦게 귀가한 학생들을 조사하는 등 법석을 떨었지만 구슬 백은 끝내 나타나지 않았다.

"진경인 그때 담임선생님을 무척 좋아했었어요. 애들 때야 뭐 다 그렇지만 그애는 유별난 것 같았어요. 하도 선생님 얘기만 해서 '네 선생님도 사람이야, 밥 먹고 똥 싸고 그래' 하고, 제가 약을 올렸더니 울 정도였으니까요. 그래서 그 일이 지금 생각해보니까 어린 가슴에 심한 정신적 상처를 입혔던 것 같아요. 그 무렵 그애 일기장엔 온통 자기가 본 것을 교장 선생님한테 말해야 하나, 하지 말아야 하나, 그런 얘기뿐이었으니까요."

"그래서 결국 말했습니까?"

나는 어린 나이에 그애가 겪었던 그 안쓰러운 고뇌에 대해 진한 연민을 느끼며 물었다.

"잘 모르겠어요. 믿어지지도 않고, 또 제 일기장을 본 줄 알면 울고불고할 테니까 그냥 무심히 넘겼죠. 아무 일 없었던 걸 보면 그앤 결국 그 일을 저 혼자만의 비밀로 간직했던 것 같아요."

오빠는, 진경이의 도난 사고를 부모님이 알면 펄펄 뛰고 학교마저 안 보낼지도 모르므로 당분간 비밀로 해줄 것을 부탁하고, 변상해야 할 것이 있다면 자기가 하겠으며, 진경이 문제는 때를 봐서 서서히 부모님을 설득한 뒤 학교와 다시 상의하겠다는 말을 남기고 떠났다.

나는 물론 학급에서도 진경이가 결코 범인이 아니었다는 것을 누누이 설명하고 당분간 일절 불문에 부쳤다. 그러나 아이들이란 이런 일에 특히 예민하므로 내 말을 전부 믿어주리라고 기대하지 않았다. 어쨌든 진경이는 다시 학교에 나오기 시작했으며, 나는 진경이에 대해 이것저것 알아보는 중에 1학년 때 있었던 새로운 사실을 알아냈다. 1학년 때 진경이가 속해 있던 반에도 도난 사고가 자주 있어서 기어이 한 학생이 희생됐다는 사실이었다.

"어떻게 잡았어요?"

나는 나이가 서른도 채 안 된 진경이 1학년 때의 담임이었던 여선생에게 물었다.

"임원 아이들에게 함정을 만들어놓도록 일렀죠."

여선생은 웃으면서 말했다.

"함정이라뇨?"

"돈이 있음을 주위 애들에게 적당히 알려놓고 체육 시간 같은 때 자리를 비우는 거예요. 그런데 마침 부반장 애 지갑이 없어지던 날, 제일 먼저 교실에 들어온 게 진경이하고 지금은 자퇴해서 제적당한 강순이라는 애였어요. 둘을 데려다 조사를 했지요. 여러 가지 정황으로 보아 강순이가 가져간 게 틀림없는데 증거가 있어야 말이죠. 짧은 틈에 벌써 지갑을 과학관 뒤 고목나무 틈새에 감춰뒀던 거예요."

"결국 강순이라는 아이가 자백을 했나요?"

함정이라니, 나는 여선생의 안면을 한 대 쥐어박고 싶은 걸 참으며 다시 물었다.

"아뇨. 시치미 뚝 떼고 모른다고 버텨서 얼마나 애를 먹었다고요. 그래서 진경이를 다그치기 시작했죠. 틀림없이 그애가 범행을 목격했을 상황인데도 그저 묵묵부답이잖아요? 나중에 네가 말 안 하면 범인은 네가 되는 거다 하고 마구 얼렀어요. 그랬더니, 글쎄, 덜덜 떨면서 더듬더듬 한다는 소리가 얘길 하면 그앨 용서해주겠느냐는 것이었어요. 얼마나 앙큼해요, 애가. 그러마고 했죠. 그애의 비행을 절대로 아무에게도 얘기 안 할 것이고, 일절 불문에 부친다니까 그때서야 제가 본 것을 부는 거예요."

"그래, 불문에 부쳐졌나요?"

"불문에 부치긴요. 강순이란 애는 구제불능이었어요. 진경이라는 뚜렷한 증인이 나타났으니까 그걸 증거로 자백 받고 잘라버렸죠, 뭐. 선생님 반도 도난 사고가 있거든 그렇게 함정수사를 해보세요."

함정수사라는 말에 특히 악센트를 주면서 이를 드러내는 여선생을 나는 할 수만 있다면 거꾸로 매달고 볼기라도 때렸으면 싶었다.

진경이는 그럭저럭 빠지지 않고 학교에 나왔다. 조회 때나 수업 시간에 보면 잔뜩 웅크려앉은 자세로 초점 잃은 눈망울을 하고 있는 게 달라진 거라고 할 수 있었다. 그전의 진경이는 그 정도로 눈빛이 풀어져 있지는 않았던 것이다.

열흘쯤 뒤였다.

진경이의 짝인 민혜가 종례 후에 나를 찾아왔다.

"선생님, 아무래도 진경이가 좀 이상해요."

"뭐가?"

"며칠 전부터 뭐라고 혼자 막 중얼거려요."

"뭐라고 중얼거리는데?"

"소리가 작아서 잘 알아듣진 못했는데요. 그냥 친한 친구한테 이것저것 묻고 대답하고 그러는 거 같았어요. 누구하고 함께 있는 것처럼요. 그래서 오늘은 제가, 너 뭐라고 하니, 하고 물었더니요. 잔뜩 노려보면서, 네가 우리 나비보다 나은 게 뭐 있니, 하고 소리를 꽥 지르잖아요?"

"더듬지도 않고?"

"네, 하나도 안 더듬고요. 괜히 무서워요, 선생님. 자릴 좀 바꿔주세요."

나는 민혜를 요모조모 달래서 보냈다.

다음날, 진경이는 학교에 나오지 않았다. 대신 그애 오빠한테서 오후에 짧은 전화가 왔다.

"여기 병원인데요. 진경이가 어젯밤부터 발작을 했어요."

"어떻게 발작을 했단 말입니까?"

"밤새 비명을 지르다가 울다가 혼잣말을 하다가 그래요. 입원시키라는데 어떻게 해야 할지 모르겠어요. 나중에 찾아뵐게요."

전화는 거기서 끊겼다.

일주일 후 초췌한 모습으로 찾아온 오빠는 내 손을 붙잡으며 눈물부터 글썽해졌다.

"처음엔 비명을 지르면서 누군가 자기를 죽이려 든다고 울고

152

그러더니 요즘엔 많이 가라앉았어요. 하지만 완전히 고양이예요."

"고양이라뇨?"

"집에 고양이가 한 마리 있는데요. 진경인 늘 고양이만 데리고 놀았어요. 잘 때도 끌어안고 잠들 정도였으니까요. 근데 두어 주일 전쯤이던가. 늦은 시각에 잠이 깼는데 진경이 방에서 말소리가 들리잖아요. 책을 읽나보다 했는데 그게 아녔어요. 문틈으로 들여다봤더니 진경이가 고양이를 상대로 얘길 하는 것이었어요. 영락없이 제 또래들하고 재잘재잘 지껄이는 것처럼 깨득깨득 웃기도 하고, 퉁명스럽게 내쏘기도 하고, 응, 그랬어, 있잖아, 오늘 난 학교에서, 어쩌고 그러면서 그렇게 밝은 표정일 수가 없었어요. 물론 말을 더듬지 않고 말예요. 그렇게 며칠 지내는 것 같더니 기어코 발작을……"

오빠는 목이 메어 더이상 말을 잇지 못했다. 나는 그에게 담배를 권하고 한참 동안 내 가슴을 저며오는 뜻 모를 아픔을 진정시키기 위해 눈을 감았다.

"……심한 발작은 없어졌지만 하는 것이 꼭 고양이예요. 밥도 고양이처럼 먹고, 사람이 접근하면 고양이 흉내를 내며 손톱으로 할퀴고…… 밤낮 나비만 안고 지내니까, 저 자신이 고양이한테 여기저기 할퀴어서 꼴이 차마 못 볼 지경이에요."

"지금 병원에 입원중입니까?"

"문산 근처의 수도원에 가 있어요. 목사님이 그러셨대요. 고양이 마귀가 진경이한테 씌었다고요. 제가 여러 번 권하고 설득했지만 어머니는 한사코 병원에 입원시킬 수 없다는 것이었어요."

진경이 오빠를 보내고도 나는 오랫동안 자리에서 움직이지 않았다.

십여 년을 교단에서 지내온 내 삶이 마디마디 해체되어 무너져내리는 것 같았다. 이런 시대, 무엇을 믿고 또 무엇을 가르친단 말인가. 교정 저쪽의 도심에 하나둘 저녁 불이 켜지고 있었다. 거짓말로 쌓인, 허위의 도시였다. 나는 가짜 도시를 향해 걸어가며 한차례 몸서리를 쳤다. 저 불빛들은 진짜일까.

─

읍내 떡뺑이

1

읍의 중앙을 곧게 가르고 지나는 큰길을 따라 서편 끝에 이르
면 삼거리를 만난다. 똑바로 가면 이리裡里에 닿을 수 있고 왼편
으로 휘어지면 채운산을 빙 돌아 여산, 금마, 그리고 곧장 전주
까지 뛸 수가 있다. 읍내에선 이곳을 빗득거리라고 부른다. 닷새
마다 한 번씩 장이 서고(오일장을 없애기 위해 단속이 대단하지만)
장의사, 자전거포, 잡화점, 지물포, 약국 따위가 삼거리를 중심
으로 엉성하게 몰려 있다.

빗득거리에서 저전거포를 왼편으로 끼고돌면 나루터로 넘어
가는 골목이다. 농업진흥공사의 뒷담과 초가집 몇 채를 지나가

면 강둑이 있고, 둑에 올라서면 시야는 단번에 환히 열린다. 황산벌을 지나온 금강의 한 자락이 리을자 모양으로 완만하게 서해의 군산항을 겨냥하고 휘돌아가고 있다. 여름에는 황톳빛으로 뒤집혀 흐르던 금강 물이지만 겨울엔 암회색으로 얼어붙는다. 강 너머는 갯벌이다. 마른 갈대들이 제멋대로 엎어진 채 동사하고, 칼날 같은 바람이 그 갯벌을 힘껏 차면서 이쪽 편의 높은 돌산에 목을 매단다. 강변에서부터 야금야금 먹어들어간 돌산은 깎아지른 절벽의 맵시를 하고 맨살을 드러내며 강바람을 받고 있다. 일제 때 군산항 건설을 위해 쑥돌을 터뜨려 배로 실어냈다지만, 지금은 방치돼 있는 상태다. 반대편 등성이에 주택들이 밀집되어 있기 때문이다.

돌산 아래가 바로 나루터다.

나루를 건너면 세도면이고, 한산과 장항, 서천으로 통하는 도로가 놓인 길목이다. 금강에서 메기나 잉어를 낚아올리는 반 톤짜리 고깃배 몇 척, 선술집, 일제강점기에 사용하던 퇴락한 등대, 여기저기 깎아놓은 비석, 그런 것들이 시멘트 콘크리트로 새롭게 단장한 도선장을 중심으로 옹기종기 모여 있다.

이 나루터를 기점으로 돌산 주변에 떨어져 나앉은 동네가 바위꼬쟁이다. 바위꼬쟁이엔 항상 강바람이 산다. 돌산 등성이를 따라 내려오면 옛날 송시열, 김사계 선생이 글을 읽었다는 팔괘정, 임리정, 그리고 율곡, 퇴계의 위패가 모셔진 죽림서원이 아직도 의연하지만 강바람 앞에선 별수가 없다. 그래서 바위꼬쟁이의 집들은 유달리 지붕이 낮고 황폐해 보인다.

나루터에서 바위꼬쟁이를 올려다보며 빗득거리 쪽으로 오다 보면 제방 아래에 엎드려야 들어갈 만한 굴 하나를 만난다. 지척이면서도 바위꼬쟁이와 빗득거리 양편에서 모두 외지게 물러앉은 듯한 이 토굴은, 돌산의 끝자락을 천연의 지붕으로 삼고 있다. 봉곳이 올라선 지붕 위에 수없이 널려 있는 건 질그릇 조각이다. 질그릇 조각들이 빗물을 받아 밑으로 흘려보내는 것이다. 얼핏 보면 도무지 사람의 흔적이 없는 듯하지만 해가 저물면 이 토굴에도 저녁연기가 피어오른다. 강바람이 그나마 세지 않은 날엔 쭉 곧게 치솟아오른 연기가 토굴 앞에서 시작되는 갯벌의 허공으로 잦아든다.

갯벌엔 한 무더기의 버드나무가 잘 자라고 있다.

밤이 깊으면 바위꼬쟁이는 어둠 속에 꼴깍 숨게 마련이다. 퇴락한 등대에 불은 켜지지 않고 한낮에 바쁘던 발동선도 이맘때면 숨을 죽인다. 다만 군산 쪽에서 뛰어온 바람만이 돌산의 꼭대기에 왈칵 이마를 부딪치며 피를 흘린다. 버드나무는 으스스 한 기에 맨몸을 사리고, 토굴에선 불빛 하나 묻어나지 않는다. 새벽이 될 때까지 강물은 희부옇게 침잠한다.

"안 잘 겨, 할아부지?"

굴 노인이 어둠 속에서 부스럭거리자 떡뻥이가 해진 담요 속에서 고개를 든다. 잠귀 하나는 신통하게 밝다.

"담배 한 대 말아 피울라고 그려."

한 손으로 어둠 속을 더듬거리며 굴 노인이 대답했다.

"춰!"

"아, 춘게 어서 자. 몸도 션찮은 아가 워찌……"

말을 다 끝내지 못하고 굴 노인은 털썩 뒤로 넘어진다. 떡뻥이가 허리를 감아 넘어뜨렸기 때문이다.

"안어줘야지, 나 혼자 워뚷게 자?"

"말만헌 것이 혼자 잘 중도 알어야지. 맨날 안어줘야 겨우 잠드니 워뚷겨?"

"춘게 그렇지."

"이마빼기는 안 아퍼?"

"응."

"증말여?"

굴 노인의 손이 떡뻥이의 이마로 갔다. 초저녁까지 뜨끈뜨끈 열이 올랐는데 어느 틈엔지 거짓말같이 차갑게 식어 있었다. 바위꼬쟁이 영숙 아버지가 준 아스피린 두 알을 먹인 게 효과가 있는 모양이었다. 떡뻥이가 굴 노인의 손을 잡아당겨 제 가슴속으로 끌고 갔다. 말랑말랑 잡히는 게 놋대접보다 훨씬 작지만 간장종지보다는 크다. 그것 참, 굴 노인은 간장종지 같은 떡뻥이의 유방을 주무르면서 속으로 혀를 찼다. 다 늙어서 이게 웬 놈의 복덩어리인가 싶었다. 바람 소리가 들려왔다. 강심을 핥고 와 굴 앞 갯벌의 버드나무 가지 끝에서 울부짖는 소리였다.

"할아부지 요거는 워찌 맨날 요릏게 생겨먹었댜?"

버릇처럼 쪼르르 사타구니를 넘어 들어온 떡뻥이의 손이 굴 노인의 물건을 잡아 쥐었다.

"그게 워쩌서 그려?"

"히히, 맨날 주글주글혀갖고……"

"니까짓 게 뭘 안다고 지랄이여, 지랄이……"

"쳇, 성구랑은 요릏게 안 생겼단 말여."

"뭐여! 성구 걸 니가 워찌 알어?"

"만져봤응게 알지."

"만져봤어?"

"그럼, 배불뚝이 것도 만졌는데……"

"배불뚝이라니?"

"싫어. 말 안 혀."

"말혀봐, 이 작것아!"

굴 노인의 언성이 쨍하고 올라섰다.

"싫당게. 말허지 말랬어."

"누가?"

"참 내, 말 안 헌당게 그러네."

굴 노인은 그만 입을 다물었다. 좀 모자라긴 해도 고집은 황소나 다름없는 애였다. 역전 사거리 극장 주인 만상씨와 빗득거리는 자전거포 아들 성구가 떠올랐다. 그렇지만 아무려면 읍내 유지인 만상씨가 모자라고 어린 이까짓 걸 건드렸을까 싶다.

떡뻥이는 금방 잠이 들었다. 쌔록쌔록 고른 숨결 소리가 체온처럼 건너왔다. 굴 노인은 쉬 눈을 감지 못했다. 낮부터 두근거리는 가슴이 아직도 가라앉질 않았다. 삼십 년이나 살아온 집이 헐리게 되다니.

"그러니까 바로 여기서 수압을 주어야 강물을 둑 건너편으로 뽑아올릴 수 있거든요."

낮에 반장인 만석 아버지를 따라온 농업진흥공사의 젊은 기사는 굴 노인의 집 주변에 동그라미를 그려 보이며 이렇게 설명했었다. 익산 지방의 야산 개발을 뒷받침해주기 위해 강물을 뽑아올려 새로 만든 수로로 흘려보낼 공사 계획은 굴 노인도 진즉부터 알고 있었다. 실제 호남 지방의 야산마다 골고루 노깡을 묻어 수로를 만드는 작업이 시작된 건 재작년부터였고, 그동안 이 부근만 해도 여러 번 측량해간 일이 있었다. 그러나 측량해갈 때의 위치와 오늘 농업진흥공사의 직원이 그려준 동그라미의 위치가 달라졌다는 게 굴 노인은 마음에 걸렸다. 비록 가깝긴 해도 측량해갈 때의 공사 후보지는 버드나무 밭이 아니었던가.

"조금만 위치가 달라졌어도 버드나무를 잘라내는 대신 할아버지 굴이 헐릴 뻔했군요."

측량 나왔던 젊은 기사가 작년 여름, 굴 앞에 서 있던 굴 노인을 향해 이렇게 말했던 것만 봐도 그렇다. 그런데 밑도 끝도 없이 버드나무 밭에서 토굴 쪽으로 공사 위치가 둔갑을 한 상태에서 며칠 후부터 일이 착수된 것이었다. 굴 노인으로서는 그야말로 청천벽력이 아닐 수 없었다. 하지만 굴 노인은 입을 다물었다. 입을 연다고 정해진 계획이 달라질 리도 없고, 또 사실 자신의 손바닥만한 토굴보다야 이제 사 년째 자라고 있는 버드나무가 훨씬 더 소중할는지도 알 수 없었다. 내년이면 가로수로 팔려나간다고 하지 않던가. 가로수라니 얼마나 소중한 나무냐. 굴 노인은 따뜻하게 새끼줄로 칭칭 동여매놓은 읍내 거리의 어린 가로수들을 생각해냈다. 그렇게 나라에서도 소중히 여기는 가로수인데, 자신을 위해 버드나무를 베어내야 한다면 그게 오히려 황송하기 그지없는 굴 노인이었다.

"몽리 면적이 말여, 만 정보가 넘는다. 공사비만도 백칠십억이

라니 말 다 혔지 머. 하야칸에 이 공사로 살판난 사람덜 쌔고 쌨
을 거구먼."

반장까지도 위치 변경에 대해선 시치미를 뚝 떼고 말했지만
굴 노인은 물론 그 말의 뜻을 알아듣지 못했다. 그저 수많은 사
람들이 살판난 대신에 한줌도 안 되는 자신의 굴은 허물어지게
됐다는 그 사실만이 뼈저리게 가슴을 치고 왔을 뿐이었다. 무엇
보다도 떡뻥이가 문제였다. 아직도 섣달과 정월이 고스란히 남
았지 않았는가. 밥 한 그릇도 저 혼자서는 제때 얻어먹지 못하는
팔푼이다. 떼어 내보내는 거야 독하게 맘먹으면 못할 것도 없지
만 그렇게 되면 이 겨울, 얼어죽기 십상일 터였다. 그렇다고 그
것까지 옆에 달고 이 집 저 집, 헛간으로 나돌 수는 없는 일이 아
닌가.

굴 노인은 밤새 잠을 이룰 수 없었다.

새벽이 왔다. 입구에서부터 어둠이 비실비실 구석으로 물러
앉자 서너 평이나 될까 말까 한 토굴 안의 윤곽이 차갑게 드러났
다. 한쪽에 두 뼘쯤 흙을 쌓아올려 짚을 깐 자리가 방인 셈이고,
그 아래 부뚜막도 없이 덜렁 찌그러진 양은솥 하나가 걸려 있는
곳이 부엌인 셈이다. 솥 뒤엔 굴뚝 시늉을 하고 밖으로 뚫린 구
멍이 있긴 하지만 날씨가 추워지면서부터는 그것도 아예 막아
버렸다. 매일 밥을 해먹는 것도 아니기 때문에, 필요할 땐 굴 입

구에 돌멩이 서너 개 주워다놓으면 솥 하나 걸 자린 금방 생기기 때문이다.

따지고 보면 백번 힐린대도 억울할 것 하나 없는 토굴이었다.

그러나 굴 노인에겐 그렇지가 않았다. 처음 이 굴을 발견했던 것은 해방되던 해 가을이었다. 일본 군인들의 무기 창고쯤으로 쓰였던지 굴 안에 들어서자 화약 냄새가 물씬 풍겼었다. 하지만 바람막이도 안 된 다리 밑에서 거적이나 둘러쓰고 지낸 것에 비하면 얼마나 아늑했던가. 굴 노인은 그후로 삼십 년 동안 강경 읍내를 떠나지 않은 것처럼, 이 굴도 떠나지 않고 살아왔다. 때때로 뜨내기 거지들이 그를 쫓아내고자 했어도 바위꼬쟁이 맘씨 좋은 사람들은 항상 그의 편에 서서 이 굴을 지켜주었다. 성씨도 모르고 떠돌던 천한 신분 탓이긴 했지만, 읍내에서 저절로 '굴 노인'이라 불러준 것도 모두가 이 굴과의 뗄 수 없는 연분 때문이 아니었던가. 그런데 이제 닷새만 지나면 이 굴은 헐리게 된다. 이번만은 바위꼬쟁이 사람들도 굴 노인의 편에 서줄 눈치가 아니다.

"글씨 말여, 소장님이 특별히 보상비 조로 삼만 원이나 내준댜. 그냥 헐어도 말 한마디 못헐 틴디 무신 횡재여? 모레쯤 농진공으로 오랬응게 나랑 함께 가볼 생각 허고 있어."

사람 좋은 반장까지 오히려 농진공의 처사에 이렇게 박수갈채를 보내고 나서는 형편이었다. 굴 노인은 그저 고개만 끄덕거렸다. 삼만 원이라면 굴 노인에겐 큰돈이었지만 토굴과 맞바꿔야 된다면 하나도 기쁘지 않았다. 그들은 못 쓰는 토굴 하나에 삼만 원이라는 값을 매겼대서 인심이 후하다고 떠들지만, 굴 노인에게 토굴은 삼십여 년을 미운 정 고운 정 기르며 살아온 내 집이었다.

떡뻥이는 여전히 새우처럼 웅크리고 잠 속에 빠져 있었다.

좋은 꿈이라도 꾸고 있는지 두 볼에 반짝 미소가 떠올랐다. 굴 노인은 담요를 꼭꼭 여며주고 살며시 일어나 밥을 안쳤다. 떡뻥이가 아파서 이틀째나 누워 있자 엊저녁 영숙 아버지가 아스피린 몇 알하고 디밀어주고 간 쌀이었다. 땔감으로 쓰는 넝마는 습기가 차서 불이 잘 붙지 않았다. 몇 번이나 성냥을 그어대고 후후 불어대고 나서야 불이 살아났다. 목덜미에 와 닿는 강바람이 칼날 같았다. 강은 아직도 희부옇게 침잠돼 있는 듯 보였다. 발동선이 통통통 방정맞은 엔진 소리를 강안에 깔며 건너편 나루로 건너가고 있었다.

찌그러진 냄비에서 밥이 끓어오르자 굴 노인은 냄비째 소반 위에 올려놓았다. 소반이라야 여기저기 칠이 벗겨지고 다리 한 쪽까지 불에 타다 만 고물이다. 그렇지만 굴 노인은 자신이 가지고 있는 몇 가지 물건 중에 그래도 이 소반을 제일 귀히 여겼다.

지금이야 닳을 대로 닳아빠져 거의 흔적만 남았어도 십 년 전 처음 소반을 얻어왔을 땐 봉황새 두 마리가 주둥이를 맞대고 있는 자개가 선명했었다. 굴 노인은 그때 이 자개상을 머리맡에 갖다 놓고 밤새 잠을 이루지 못했다. 먹지 않아도 저절로 배가 부를 것 같았고 봉황새 꼬리가 자르르 떨리는 듯했기 때문이었다.

빗득거리 한의원 영감이 죽었을 때였지.

빳빳하게 올라선 수염을 쓸며 새벽마다 나루터를 지나 죽림서원으로 올라가던 그 영감의 단장 짚는 소리가 아직도 귀에 쟁쟁했다. 굴 노인은 바로 그 영감이 죽었을 때 유품을 태우는 자리에서 이 자개상을 집어온 것이었다.

"자자, 떡뼁아, 뭘 좀 먹어야지."

굴 노인은 소반을 올려놓으며 떡뼁이를 흔들어 깨웠다.

"싫어, 할아부지."

"얼레, 이틀이나 꼬박 굶었잖여!"

"잠 온단 말여."

떡뼁이는 막무가내로 굴 노인의 품속을 파고들었다. 엉겁결에 안고 보니까 꺾인 등만 유난히 커 보였다. 팔다리는 바싹 마른 것이 등만 불쑥 솟아올라 굴 노인은 순간 짠하게 마음이 아파왔다.

"이거 말여, 쌀밥여!"

"뭐여?"

"쌀밥이랑게."

쌀밥이라는 말에 용수철처럼 뛰어오른 떡뻥이가 냄비 뚜껑을 젖히자 뽀얀 김이 쪽 곧게 솟아올랐다.

"얼레, 워쩐 쌀밥?"

"저기, 임리정 사는 영숙 아부지가 갖꽜잖여. 너 아프당게, 걱정이랴."

서둘러 밥 한 숟갈을 입안에 밀어넣던 떡뻥이가 목이 메는지 잠시 이맛살을 찌푸렸다.

"츤츤이 먹어, 츤츤이……"

굴 노인은 찬물 종지를 떡뻥이의 입술에 대주고 등을 토닥거렸다. 그래도 떡뻥이의 숟갈질은 느려지지 않았다. 아귀아귀 먹었다. 몸이 아파서 입맛을 잃었다고만 여겼던 게 잘못이었음을 깨닫고 굴 노인은 속이 상했다. 하기야 아무리 이골이 났다고는 하지만 입맛이란 간사한 것이다. 수십 년이 되도록 찬 보리밥을 얻어먹고 살아왔어도 열이 나고 어깨라도 결리는 날이면 반지르르 윤기 나는 이밥 한 그릇이 생각나 몸서리까지 쳐대는 게 그놈의 입맛이었다.

"할아부진 안 먹어?"

"웅, 나는 저 거시기, 백제여관에 가서 은어먹을 팅게 너나 먹어."

"백제여관이 워쩠는디?"

"그 집 할머니가 어제 아침나절 죽었댜."

백제여관은 나루에서 읍내로 넘어가는 길목에 있었다. 굴 노인의 토굴과 정반대 편 바위꼬쟁이에 자리잡은 이 낡은 목조건물은 말이 여관이지 손님은 거의 들지 않았다. 양철에 페인트로 써붙인 간판도 이젠 강바람에 얼룩덜룩 벗겨져버렸고 기와지붕도 여기저기 푹 내려앉은 게 도무지 여관 같지가 않았다.

"그런 디 가면 이쁜이가 지랄허잖어?"

"이쁜이가 왜?"

"몰라, 하야칸에 오지 말랴."

"할아부지는 괭기찮어."

"할아부지가 이쁜이 이길 수 있어?"

"이기긴 이것아, 그놈 심이 장산디……"

"그렁게 가지 말란 말여. 사람 죽은 디만 가면 이쁜이가 지랄지랄헌당게."

입안에서 씹던 밥알을 툭툭 튕겨내며 떡뻥이가 도리질을 했다. 순간, 굴 노인은 하마터면 무릎을 칠 뻔했다. 떡뻥이를 이쁜이한테 줘버리면 어떨까 하는 생각이 문득 났던 것이다.

이쁜이는 대흥동 다리 밑에서 사는 거지 왕초였다.

예닐곱 명의 떼거지를 데리고 살았지만 거지답지 않게 허여멀

쑥한 얼굴이어서 읍내에선 누구나 그를 이쁜이라 불렀다. 나이가 좀 들고 때때로 성미가 난폭한 구석도 없지 않았지만, 사분사분한 말솜씨하며 깨끗한 옷차림이 보통 푼수는 넘었다.

맞어, 갸헌티 떡뻥이 년을 맽기는 거여, 내 생전 떡뻥이 년을 시집보내는 게 소원이었는디 워찌 그 생각을 못혔을꼬. 이왕지사 굴이 헐리면 이년을 보내긴 보내야 헐 틴디 말여, 이쁜이 그놈이라면 야를 얼려죽이거나 굶어죽게는 안 할 거구먼. 암, 그놈이 지 앞은 가릴 놈잉게. 떡뻥이 년만 그렇게 혀놓으면 나야 무신 한이 있었어.

굴 노인은 몇 번이나 혼자 고개를 끄덕거렸다.

놈이 혹시 떡뻥이가 꼽추라고 퇴박을 놓을지도 모르지만 농진공에서 보상비로 받게 되는 삼만 원을 얹어준다면 감지덕지할 것임에 틀림없으리라. 굴 노인은 믿었다. 시집을 보내는 것이다. 떡뻥이 년만 시집보내면, 굴이 헐리는 날 자신도 계획해둔 대로 삼십 년을 넘게 이웃하며 지낸 금강 물에 속 편히 빠져 죽을 수 있다고 그는 생각했다. 이제 살 만큼 산 인생이었다. 이 토굴에서 떠나 다른 데 또 굴을 팔 수도 없는 일이고, 새삼 양재기나 들고 한푼 줍쇼 하며 나설 처지도 못 되었다. 밥 한 그릇이라도 얻어먹으려면 꼭꼭 그만큼의 잔일이라도 도왔고, 더구나 지난 십여 년은 부지런히 넝마라도 주워 팔아서, 갖다주는 게 아니면 손

내밀지 않고 지내온 굴 노인이었다. 그래서 읍내 사람들도 굴 노인에게만은 여느 거지와는 다르게 대해왔다. 그런데 지금 늙을 대로 다 늙어빠진 주제에 삼십 년 때묻은 집까지 헐리고 가마니 쪽 뒤집어쓰고 나앉아봤자, 얼어죽기 아니면 굶어죽기가 아니겠는가. 그럴 바엔 속속들이 잘 아는 강물에 조용히 들어앉는 것이 훨씬 더 안온하다 싶은 것이었다.

"할아부지, 나 밖에 나갈 겨."

밥숟갈을 놓으며 떡뻥이가 말했다.

"아픈 애가 가긴 워딜 가?"

"깝깝혀 죽겄어."

"그려도 감기는, 그저 찬바람 안 쐬야 젤인 겨."

"인자 괭기찮당게 그러네."

떡뻥이가 선뜻 자리에서 일어섰다.

"그럼 요거나 둘르고 가거라잉."

아무리 붙잡아봤자 나가고 싶어지면 잠시도 기다리지 못하는 떡뻥이의 성깔을 잘 알기 때문에 굴 노인은 서둘러 한쪽 구석에 놔둔 목도리를 꺼내들었다. 이것 역시 임리정을 관리하며 정자 한편에 방 한 칸 들이고 사는 영숙 어머니가 내준 목도리였다. 영숙이 하나 데리고 바위꼬쟁이에서 일생을 살아온 이 늙은 부부는, 굴 노인에게는 여러모로 잊을 수 없는 사람이었다. 명절

때는 꼭꼭 떡 접시라도 내려보냈고, 굴 노인이 몸져누우면 쌀 됫
박이라도 들여놓고 간 게 한두 번이 아니었다. 영숙이가 살았으
면 이제 스물넷, 삼 년 전인가, 여학교를 졸업한 다음해 강물에
뛰어들어 이 외동딸이 죽고 난 뒤부터 영숙 아버진 거의 몸져눕
다시피 했다. 꽃같이 예쁜 애가 물귀신이 되었으니 안 그럴 부모
가 어디 있겠는가. 더구나 읍내에서 소문난 바위꼬쟁이 각시무
당이 사흘이나 강가에서 굿을 했지만 넋조차 건져내지 못했다.
딸의 혼백이 아직도 구천에서 헤맨다면 영숙이 부모가 아니라도
그렇지, 몸져눕지 않을 부모가 몇이나 되랴 싶었다. 들리는 소문
으론 조강지처 거느린 남정네하고 연애를 하다가 그 지경이 됐
다고 하지만, 영숙이네 부모는 그 점에 관해서만은 끝내 입을 다
물었다.

　목도리를 꼭꼭 여며주고 나자 이번엔 철사처럼 뻣뻣이 일어선
머리가 걸렸다. 굴 노인은 한쪽이 무너앉은 빗을 꺼내들어 천천
히 떡뻥이의 머리를 빗겨주기 시작했다.

　"내비둬!"

　"가만히 좀 있어, 지집애가 그게 아닝 겨."

　떡뻥이를 앉혀놓고 이렇게 빗질을 해줄 때가 굴 노인은 가장
행복했다. 밥 한번 제 손으로 끓이는 일 없었지만, 말년에 이거
나마 의지해 살았던 게 하늘이 내려준 복인 듯해서 굴 노인은 새

172

삼 그만 콧날이 시큰해왔다.

떡뼁이는 본래 이대째 읍내를 떠돌던 거지였다.

에미는 꼽추가 아니었지만 대신 조금 실성을 했었다. 알아들을 수 없는 소리를 중얼거리며 한때 읍내를 싸돌아다니던 떡뼁이 에미를 굴 노인은 여러 번 본 일이 있었다. 아무도 근본은 몰랐으나 전쟁통에 남편을 잃고 실성해서 읍내로 흘러들었다는 소문만 떠돌았다. 그런 여자가 어느 핸가, 소복소복 배가 불러왔다. 대체 누가 실성한 거지에게 씨를 심었는지 읍내 사람들은 날만 새면 시시덕거리며 수군대곤 했다. 온갖 사람들이 다 화제에 올랐다. 분토골 장 공장 아들이 옥녀봉 아래 서편 둑에서 개가 하듯 뒤에서 내질렀다고도 했고, 술 취한 탈영병 둘이 돌려가며 하는 것을 봤다는 사람도 나섰지만, 모든 게 근거 없는 헛소문으로 그쳤다. 소문이야 어떻든 그 여자는 결국 다리 밑에서 거적을 깔고 혼자 애를 낳았다. 안고 나온 걸 보니 계집애였다. 실성은 했지만 어린것 하나는 끔찍이 여겨 그럭저럭 죽이지 않고 길렀다. 그러던 떡뼁이 에미가 덜컥 죽어버린 것은 칠팔 년 전 겨울이었다. 나바위 쪽 수문에서 아랫도리가 홀랑 벗겨진 채 돌에 맞아 죽었다고 했다.

에미가 죽고 나서도 떡뼁인 읍내를 떠나지 않았다.

제 어미가 들고 다니던 검정 보퉁이를 소중한 듯 껴안고 집 잃

은 삽살개처럼 읍내 구석구석을 잘도 뛰어다녔다. 성미가 거칠
고 급해서 걷는 법이라곤 없었다. 언제나 터진 맨발로 팔딱팔딱
줄달음질을 쳤고 그럴 때면 섬뜩해지는 요기까지 서려 보였다.
특히 가슴에 안고 다니는 검정 보퉁이에 누가 손이라도 대는 성
싶으면 그 요기는 절정에 달했다. 눈빛은 반득거리며 타오르고
입엔 거품까지 빼물며 달려들기 때문이다. 떡뻥이가 꼽추가 된
것도 따지고 보면 이 보퉁이 때문이라 할 수 있었다. 제 에미가
죽던 해 읍내 건달 하나가 멋모르고 보퉁이에 손을 댔으며, 떡뻥
이는 셰퍼드처럼 달려들어 건달을 물어들었고, 화가 난 건달이
떡뻥이를 향해 발길질을 했는데 벌렁 나가자빠진 곳이 공교롭게
도 공사판의 철근 더미 위였다. 뾰족하게 위로 솟은 철근의 끝이
사정없이 떡뻥이의 여린 척추를 찔렀다. 여러 날 동안 꼼짝도 못
했던 떡뻥이가 읍내에 다시 모습을 나타냈을 때는 지금과 같은
꼽추의 모습이었다.

   그렇게 어렵게 지켜온 보퉁이지만 속을 들여다보면 기가 찼
다. 보자기 속엔 잘린 헝겊 쪼가리가 차곡차곡 쌓여 있었다. 비
로드, 인조견에서부터 옥양목, 나일론까지 옷감의 종류도 가지
가지였다. 수예점이나 한복집이나 양장점 쓰레기통 속에서 골라
낸 것들이었다. 화투장만한 것도 있고 손바닥만한 것도 있고 손
수건만한 것도 있었다. 에미가 모아둔 것에 떡뻥이가 대를 물려

더 주워 보태서, 알록달록한 여러 가지 색깔의 헝겊 쪼가리가 알뜰한 새색시의 반짇고리 속처럼 정갈하게 보퉁이 속에 쌓여 있었다.

"떡뻉아, 그건 뭐허는 디 쓸라고 그러는 겨?"

굴 노인이 그렇게 물은 적이 있었다. 때마침 새로 주워온 헝겊 쪼가리를 보퉁이에 싸고 있던 떡뻉이는 단번에 경계의 눈빛을 보내면서 한 발 뒤로 물러앉았다.

"아따, 그런 건 줘도 손 안 댈 겨. 걱정 말고 말이나 혀봐. 뭐 헐려고 그러는 겨? 쓸 디도 읎는 걸 왜 일구월심 모으는 겨?"

"이쁘잖여."

"그려, 이쁘다."

"엄니가 양말 떨어진 디랑 옷 떨어진 디랑, 뒀다 꿰매 입는댔어."

"뭐, 뭐여!"

굴 노인은 그저 웃고 말았다. 양말을 꿰매 신다니. 일껏 얻어다가 신겨줘도 갑갑하다고 하루도 못 신고 벗어버리는 게 떡뻉이의 성미였다. 그런데도 양말과 옷 깁는 데 쓴다고 저 말하는 것 좀 봐. 하지만 굴 노인은 고개를 끄덕거렸다. 실성하기 전엔 그래도 떡뻉이 에미가 알뜰살뜰한 구석이 있었던 여자였거니 싶었다. 그거나마 차곡차곡 모아뒀다 어린 딸 시집보낼 때가 되면 혼숫감으로 주어 보낼 작정이었는지 몰랐다.

떡삥이가 굴 노인과 인연을 맺게 된 것은 작년 겨울 눈바람이 강변에 몰아치던 자정 무렵이었다. 그 밤에 그는 대변 때문에 굴 밖에 나섰다가 나루터로 가는 길섶에서 넝마처럼 쓰러져 있는 그애를 발견했다. 어디서 두들겨맞았는지 등줄기에 피멍이 들고 입술까지 터진 흉한 몰골이었다. 굴 노인은 뻣뻣하게 얼어가고 있는 그것을 데려다가 꼬박 이틀 밤을 새웠다. 정성을 다한 보람이 있어 퍼렇게 죽었던 두 볼에 발그레 홍조가 돋아나고, 달싹달싹 입술이 움직이다가 반짝 떡삥이 년이 눈을 떴을 때, 굴 노인은 거지 신세로 일생을 지내온 자신의 찬바람 서린 세월 속에서, 처음으로 사람다운 보람으로 몸을 떨었다.

깨어난 후에도 떡삥인 굴을 떠나려고 하지 않았다.

어린애도 아니요, 늙었다고도 할 수 없는 떡삥이가 굴 노인에게 머물러 있게 되자 한동안 난처하기가 이만저만이 아니었다. 만나는 사람마다 히죽히죽 의미심장하게 웃었고, 동네 조무래기까지 굴 노인만 만나면 망측한 소리로 놀려대기 일쑤였다. 쫓아 보내려고도 해봤지만 맘대로 안 됐다. 아침에 읍내로 나갔다가도 밤만 되면 꼬박꼬박 기어드는 걸 차마 바람 센 강변으로 내몰 수만도 없었다. 길 안 들인 짐승 같지만, 지내다보니 정이 붙었다. 손주딸도 같고 마누라도 같았다. 지금이야 떡삥이 없인 단

며칠도 견디기가 어려웠다. 한 몸뚱이 풀칠도 힘든 형편에 식구 하나를 거느린다는 게 식은 죽 갓 둘러 먹기처럼 쉬운 건 아니었지만, 긴긴 동지섣달 밤 떡뺑이란 년을 품안에 안고 체온을 비비다 보면 저절로 따뜻한 기분 속에 잠들곤 하였다. 그렇지만 이제 떡뺑이도 제 갈 데로 보내야 한다. 굴 노인은 새삼 손바닥만한 토굴의 소중함이 느껴져서 괜히 코만 패앵 풀어졎혔다.

"아, 아, 아퍼!"

머리카락이 잡아 뜯겼는지 떡뺑이가 갑자기 요동을 쳤다. 빗겨준 지가 사나흘밖에 안 됐는데 벌써 빗이 제대로 들어가지가 않았다. 하긴 머리 감겨준 게 석 달 전 추석 명절 때가 아니었던가. 쇠때가 묻고 서캐가 낀 것을 빗질만으로 어떻게 해보자는 게 애당초 잘못이었다. 이쁜이한테 보내기 전에 뭣보다 먼저 머리부터 말끔히 감겨 빗겨야겠다고 굴 노인은 마음을 다졌다.

"아이쿠, 할아부지!"

"쬐매 참어."

굴 노인은 머리채를 손으로 잡고 밑에서 힘껏 빗으로 잡아 내렸다. 머리가 한 움큼 빠져나왔다.

"고만 좀 허란 말여."

"참으랑게. 지집애가 이래서는 안 되는 겨."

"싫어. 아파 죽겄는디 매급시 지랄허고 있어."

벌떡 일어선 떡뻥이가 굴 노인의 앞가슴을 홱 밀어내며 입구 쪽으로 줄행랑을 놓았다.

"저, 저런 별쭝맞을 년, 조년은 그저 되똥 맞은 저놈의 성깔이 탈이랑게."

말은 그렇게 하면서도 굴 노인의 주름진 얼굴엔 물살 같은 미소가 살포시 떠올랐다. 떡뻥이는 이미 굴 안에 남아 있지 않았다. 다만 입구를 가린 가마니쪽이 들썩했을 뿐이었다.

빗득거리까지 나온 떡뻥이는 잠시 멈춰 서서 저만큼 농업진흥공사의 정문 앞까지 달려오고 있는 마이크로버스를 바라보았다. 농진공 앞은 말라붙은 논이었고 그 너머 중학교 운동장의 미루나무가, 그리고 운동장 왼편으론 이리로 돌아 빠지는 철로가, 채운산 아랫동네 분토골을 감싸듯 구부러져 놓여 있었다.

"춘디 뭐하구 서 있냐?"

떡뻥이의 등뒤에서 자전거포 이씨가 알은체를 했다. 그는 동란 때 왼쪽 다리가 잘려나간 절름발이였다.

"아저씨, 증말 쌈질허다가 다리몽뎅이 분질러졌슈?"

불쑥 떡뻥이가 물었다. 떡뻥이는 벌써 여러 날째 이씨만 만나면 그걸 묻는 터였다.

"이런 빌어처먹다 뒈져서 부자 될 년을 봤나, 자다가 봉창 뜯

178

는 소리 또 허고 자빠졌네."

"대답 좀 혀봐유."

"허어 참……"

갑자기 이씨의 꾀죄죄한 얼굴에 음흉한 미소가 피어올랐다.

"너 말여, 그거 말혀주먼 쬐매 만지게 혀줄 겨?"

"뭘유?"

"저 말인디, 저기……"

이씨는 재빨리 읍내 쪽을 힐끗 살펴보고 말끝을 사렸다. 역전 사거리까지 다 간 마이크로버스를 지나치며 자전거 한 대가 쏜살같이 굴러오고 있었다.

"뭔디 그려유?"

"워따 씨팔, 요거 말여!"

이씨의 손가락이 쭉 뻗어 나오며 떡뺑이의 앞가슴을 찔렀다. 때 젖은 똥색 스웨터를 입고 있긴 했어도 앞가슴이 제법 봉곳한 게 육감적인 구석도 없지 않았다.

"헤헤, 난 또……"

떡뺑이의 안면에 단박 천치 같은 웃음이 피어났다. 애 같기도 하고 어른 같기도 한 도무지 나이를 종잡을 수 없는 얼굴이다. 자세히 뜯어보면 그래도 윤곽은 곱다. 굴 노인에게 가 살면서 전보다 더 깨끗해진 탓도 있지만, 두툼하게 입술이 말려 올라가 인중이 짧은 것만 빼면 단장하기에 따라 꽁무니에 사내 한둘쯤은 매달고도 남을 얼굴이었다.

"아저씨 아들도 여길 좋아허는디 워쩜 그렇게 똑같어유?"

"뭐?"

"성구 말여유. 성구도 만나면 요걸 만질라고 혀쌓잖유, 헤헤……"

"요 지집애가 눠둔 게 못허는 말이 읎어. 셧바닥을 확 빼버릴까부다……"

목덜미를 붉게 물들인 이씨가 머리채를 낚아채려 했지만 떡뻥이의 동작이 훨씬 빨랐다. 이씨의 손가락이 허공을 할퀴며 넘어졌을 때, 그녀는 벌써 쌀가게 너머 중앙약국 앞까지 달아나 있었다. 마치 도둑고양이였다.

"헤헤, 자장구 타고 쫓아와봐유."

혀를 날름 빼물며 떡뻥이는 주먹을 들어 감자를 한 개 먹였다.

다리 한쪽으로도 자전거 타는 거야 남만 못하지 않지만, 이씨는 멍하니 선 채 눈만 부릅떠 보였다. 유리문 너머에서 약국 주인이 사람 좋게 웃었다. 떡뻥이는 괜히 심통이 나서 약국 주인에게도 감자를 한 개 먹이곤 그곳을 떠났다.

희끗희끗 눈발이 뿌리기 시작했다.

회색빛 하늘이 읍내 위로 낮게 떠 있었기 때문에 그러잖아도 오래 묵은 이 소읍은 한층 더 우중충하니 가라앉아 보였다. 이발소, 지물포, 제재소, 잡화점. 그리고 '개물닌약'이라고 써붙인 한약방 앞을 지나가자, 휑한 빈터에 새로 지은 전신전화국만 덜렁서 있었다. 이곳은 본래 논이었지만 주택지로 만들기 위해 돋우고 있는 중이어서, 읍내의 쓰레기란 쓰레긴 다 모였다. 항상 퀴퀴한 냄새가 났다. 공터 건너편엔 전분 공장의 굴뚝이 아스라하게 높아 보였고, 굴뚝 위엔 채운산 봉우리의 팔각정 건물이 살짝 걸려 있었다. 눈발 때문에 팔각정은 윤곽만 보였다. 그 아래 정거장에서 목쉰 기적 소리가 들려왔다. 떡뻥이는 껑충껑충 뛰는 걸음으로 한약방 앞을 지나쳤다. 한 떼의 아이들이 공터 한편에서 말좇가이생을 하고 있다가 떡뻥이를 발견하곤 우르르 몰려들었다.

"워디 가냐, 떡뻥아?"

아이들 중에 빵모자가 말했다.

"저기……"

떡뻥이가 역전 사거리 쪽을 가리켰다.

"저기가 워디여?"

"어딘 어디겠냐, 저기가 거시기지……"

아이들이 저희들끼리 찧고 까불다가 한차례 까르르 웃음을 쏟아놓았다. 그러곤 빵모자의 지휘에 따라 일제히 손나팔을 만들었다.

얼씨구씨구 들어간다
떡뻥이 보지 곱사 보지

첫 음절인 얼과 떡 자字를 강하게 불러놓고 나머지는 타령조
로 외웠기 때문에 아이들의 목소린 구성지게 가락이 맞아떨어졌
다. 떡뻥이가 돌멩이를 주워 들고 팔매질을 했으나 한번 물러섰
던 아이들은 금방 다시 진을 쳤다.

절씨구씨구 들어간다
각설이 자지 꾸불텅 자지

경운기 한 대가 떡뻥이와 아이들 사이에 요란한 소음을 깔며
지나갔다. 아이들의 말소린 잠시 들리지 않았다.
"얼라려!"
한 놈이 경운기 소리를 내쫓기라도 하듯 악을 쓰자,
"늙다리 그지허고 붙었다네."
다른 놈이 제꺽 맞받아 넘겼다. 그리고 한번 일제히 웃고, 이
번엔 저마다 엄지와 검지로 동그라미를 만든 뒤 손가락으로 들
쑤시며 빵모자가 소리를 메기고, 다른 녀석들이 후렴을 뽑았다.

찹쌀방아 찧는다네

쿵덕쿵덕

늙은 것이 심이 읎어

쿵덕쿵덕

불상허다 우리 신랑

쿵덕쿵덕

이팔청춘 호시절에

쿵덕쿵덕

장사 소리 들었건만

쿵덕쿵덕

풀떡방아 뭔 말인고

쿵덕쿵덕

삼천갑자 동방삭이

쿵덕쿵덕

항우장사 관우 장비

쿵덕쿵덕

대신 좀 찧어주소

쿵덕쿵덕

찰딱찰딱 찧어주소

쿵덕쿵덕

떡뻥이가 기를 쓰고 팔매질을 하자 아이들도 하나둘 빗득거리 쪽으로 뒷걸음질을 쳤다. 중앙약국 건너편 장의사집 문 앞에 하얀 꽃상여 하나가 눈발 속에 놓여 있었다. 너무 하얀 꽃상여여서 마치 구천에서부터 홀연히 돋아난 것처럼 보였다.

2

읍내에서 나루터로 나가는 길은 두 갈래가 있었다.

하나는 빗득거리에서 굴 노인네 토굴 앞을 지나쳐 가는 샛길이고 다른 하나는 역전 사거리에서 곧게 치켜 올라 황산동 복판을 꿰뚫고 가는 큰길이다. 빗득거리 쪽이야 사람의 왕래가 거의 없지만, 역전 거리에서 나루터까진 자동차로 뚜르르 들어가는 대로인데다가 나루를 건너갈 선객船客들의 발걸음이 그치지 않았다. 황산초등학교 옆을 지나치면 돌산에서 옥녀봉까지 이어진 제방과 곧 만났고, 제방을 타넘으면 곧장 나루터였다. 도선장에서 상류 쪽으로 이삼 미터 물러앉은 등대 부근엔 제법 그럴싸한 밥집이 서너 군데 있고, 도선장 앞엔 승선권 매표소와 잡화점,

석재소石材所, 조선 수리소(잘해야 반 톤급 고깃배를 수리하는 정도), 그리고 몇 개의 선술집이 잇닿아 있었다. 맨 끝에 양철지붕을 해 얹은 가건물 한 채가, 널린 잡석 사이에 특히 을씨년스럽게 서 있었다. 네 귀퉁이 각목을 박고 베니어판과 슬레이트를 적당히 두른 다음, 반질반질한 함석으로 지붕을 해 얹은 이 집엔, 들창코인 까치말댁이 살았다. 빗득거리 장터에서 장바구니를 목로 삼아 사발술을 팔던 이 여자가 이곳으로 자리를 잡은 것은 지난여름부터였다. 바위꼬쟁이 사는 육손이가 몇몇 동료들의 협조로 또드락또드락, 하루 만에 이 건물을 지어줬다.

다른 집에서 이러쿵저러쿵하기도 했지만 평생을 나루터의 뱃사람으로, 목수로 살아온 육손이의 텃세가 바람막이 구실을 해줬다. 이젠 어엿하게 고깃배를 두 척이나 가지고 있는 육손이지만 원래는 막일꾼이었다. 때론 돌도 깼고 때론 배 타고 그물도 던졌고 때론 목수로 불려다니기도 했다. 워낙 눈썰미가 좋아 못하는 일이 없는 사람이었다. 더구나 천성이 무던하여 바위꼬쟁이의 궂은일이라면 모두 그가 맡아 치러냈다. 까치말댁이 그의 문간방에서 사글세를 석 달 살았는데, 그게 인연이 돼서 결국 나루터에 호구지책을 마련해줬던 것이었다.

아직 어둡지 않아서 술손님들은 모이지 않았으나 혼자 앉아 막걸리 사발을 들어올리는 게 이쁜이였다. 때늦은 남방셔츠 위에 제법 반반한 검정 코트를 걸친 맵시가, 볼품은 없어도 거지 같지는 않아 보였다.

"한 잔만 더 주슈."

막걸리 사발을 단숨에 비우고 도마질을 하고 있는 까치말댁을 향해 이쁜이가 말했다. 반짝, 금니 하나가 이쁜이의 입속에 드러났다. 통통하게 살이 오른 아래턱이 금니와 묘하게 어울렸다.

"얼레, 저놈이 환장을 혔지. 이놈아, 니놈 취헐 술이 워딨어?"

"아따, 나도 돈 주먼 될 거 아뉴."

"돈도 필요읎응게 어서 읎어져!"

"애들이 와야쥬. 근디 요 씨부랄 놈덜은 워찌 코빼기도 안 뵌 댜."

이쁜이는 건성으로 밖을 내다보면서 중얼거렸다. 비닐로 한 미닫이창엔 금강의 상류가 암회색으로 둥둥 떠 있는 것 같았다. 눈이 내리고 있었다. 강 건너편은 허옇게 얼어붙은 갯벌이고, 띄엄띄엄 포플러가 맨몸으로 떨고 섰는 사이에, 마을은 하나도 보이지 않았다. 눈발 때문이었다.

"괜시리 초상난 집 부채질혀쌓지 말어. 은어먹고 살어도 남헌티 못헐 일 시키면 죄로 가는 겨."

다시 칼질을 시작하며 까치말댁이 한결 물러앉은 목소리로 말했다. 이쁜이는 지금 근처의 백제여관에 거지떼를 보내놓고 하회를 기다리고 있었다.

"못헐 일은 무신 못헐 일?"

"초상집에 떼거지를 쫓아보내놨잖어."

"지이미, 그려놔야 쇼부칠 때 쇠푼깨나 뽑아내쥬. 우리 같은 놈덜 이럴 때 아님 원제 빳빳한 지전 만져보겠슈?"

"초상난 집마다 빼놓지 않고 찾어댕길 거 아녀? 워디 초상집 뿐인감. 회갑이다 혼사다, 쌔고 쌘 게 니놈들 같은 그지덜, 비린 생선에 똥파리 뙤듯 허는 그놈의 잔친디……"

"거, 모르면 섣불리 면장질 마슈. 겨울철은 잔치도 콩 귀먹은 자리고, 사람도 야시기 안 돼진다는 걸 알아야쥬. 지미랄 것, 매일 살 만헌 집이서 하나씩만 뙤져도 벌이가 괭기찮겠는디……"

"저, 저 말 지랄 좀 봐. 맘뽀가 그 모양인 게 맨날 그지 팔자지!"

코를 팽 풀고 앞치마에 쓱 문지르며 까치말댁이 눈을 허옇게 흘겼다. 눈이 돌아가자 콧구멍까지 빌름빌름하는 게 그러잖아도 들창코인데 가관이었다.

백제여관 할머니가 아침 잘 먹고 잠자듯 죽은 것은 어제 아침 열시쯤이었다. 젊은 시절엔 중앙동 명월관에서 날리던 기생이 었다는 거야 읍내 사람들은 다 알았다. 육십이 넘어서도 대문간 에 나설 때는 쪽을 쪄 넘겼고 노란 배자를 입었다. 참 예쁘게 늙은 노인이었다. 꽃 같다고 한다면 좀 과장일는지 몰라도, 강경읍이 호남 지방에서 항구도시로 떵떵거리던 왜정 시대, 그때의 화려했던 한 시절이 물살처럼 묻어나던 모습이었다. 하나밖에 없는 아들 천수씨도 사실은 왜놈의 씨라고 소문이 돌았었다. 지금이야 역전 사거리에서 제일 큰 제일여관, 제일식당까지 하고 있지만, 할머니는 내내, 왜정 때 지었다는 목조 기와건물 백제여관을 떠나지 않았다. 손님은 별로 없어도 맘씨가 고와 떠돌이 장꾼들이 곧잘 찾아왔다. 한번 인연을 맺으면 준다는 돈도 한사코 받지 않고 거저 재우고 거저 먹여 보내는 게 할머니의 성미였다.

"인심이 후혔웅게 죽는 것도 복 있게 죽지. 니놈도 바람에 티끌 날리듯 그렇게 죽고 싶으면 맘뽀를 비단처럼 써야 혀."

"아, 내 맘뽀가 워쩠다고 자꾸 맘뽀 맘뽀 혀쌓는댜."

"이놈아. 은어먹을라면 싸게 한 숟갈 뚝 따고 갈 일이지, 워쩌자고 떼거질 보내냐 보내길……"

까치말댁이 칼 든 손으로 삿대질을 하며 한 발 앞으로 내디뎠다.

꽃같이 곱던 노인네가 죽은 집에 거지들이 득실거릴 생각이 나서 울화가 치밀어올라왔기 때문이었다. 초상이 났든, 회갑 잔치가 있든, 읍내에서 사람 모일 일만 생기면 손님보다 먼저 이뻐 이패가 진을 쳤다. 두서너 명이 와서 한차례 먹고 가면 한 시간도 못 돼 또다른 거지들이 왔다. 때론 낯선 손님들과 시비도 붙고 주정도 했다. 그러고는 주인이 거지 등쌀에 고개를 절레절레 흔들 때쯤 이쁜이가 척 나서서 흥정을 붙였다. 거지들을 얼씬도 못하게 하는 데 얼마, 이런 식이었다. 이쁜이에게만 몇 푼 쥐여주면 물론 거지들은 얼씬도 하지 않았다. 설령 이쁜이패가 아니라도 발을 들여놓지 못했다. 이쁜이도 거지들이 얼씬 못하게 한다는 약속만은 절대로 배반하지 않았다.

때마침 거지 두 명이 깡통을 흔들거리며 출입구에 나타났다.

"야 이 새꺄, 문지방 넘지 말고 서!"

이쁜이가 소리쳤다. 한 발을 불쑥 술청 안에 들여놨던 거지가 엉거주춤 선 채 서슬이 퍼런 이쁜이의 시선을 피해 고개를 숙였다.

"짱구 이 씹새꺄. 워찌 인자 와? 니네덜만 뱃창자구 터지게 처먹고 있으면 다여!"

"그게 아뉴. 잘사는 집인게 깡 좀 팍 부려놓으라고, 성님이 그렸잖유?"

"그려서?"

"재수 옴 올랐슈."

"워찌?"

"성구가 있잖유."

"머, 성구!"

이쁜이가 이맛살을 찌푸렸다. 자전거포 이씨 아들 성구라면 일이 쉽게 풀리지 않게 생겼다. 그는 읍내에선 소문난 건달이요 악바리다. 까짓것 건달 한 놈쯤이야 겁날 거 하나도 없지만 성구는 사정이 좀 다르다. 작년만 해도 성구한테 걸렸다가 이 두 대를 날리지 않았던가. 이쁜이는 입맛이 싹 가셨다. 그렇다고 어디 선선히 손 털고 일어날 자리인가 말이다. 백제여관이라면 제일여관, 제일식당 주인 천수씨가 상주다. 읍내에선 소문난 알부자다. 이만 원까진 몰라도 만 원짜리 한 장은 따놓은 당상이라고 이쁜이가 치부를 하고 있었던 것도 그 때문이었다.

"성구고 좆이고, 다시 가봐."

마침내 이쁜이가 단안을 내렸다.

"성님 데려오래유."

짱구는 아무래도 자신이 없는 눈치였다.

"나도 갈 팅게, 니네들 먼저 가란 말여."

"안 돼유. 성님이랑 같이 오랬슈. 칠푼이도 한 방 까졌잖어유."

과연, 밤송이 머리를 하고 있는 칠푼이의 볼이 벌겋게 부어올라 있었다.

"육갑 떨고 자빠졌네. 터졌으면 이 새꺄, 그 자리서 엄살을 떨어야지 워찌 옆댕이로 새서 뻘기지냐 뻘기지길……"

이쁜이가 자리에서 일어섰다. 이렇게 되면 별수없었다. 가서 붙어볼 도리밖에.

이때, 떡뻥이가 칠푼이의 허리를 밀어젖히며 안으로 들어섰다. 어디를 쏘다녔는지 입술이 파랗게 죽고 옆구리에 낀 검정 보퉁이에도 서걱서걱 물기가 얼어 있었다.

"아이고. 떡뻥이 오냐."

까치말댁이 우르르 달려나가 떡뻥이의 손을 잡았다. 매일 들르던 애가, 무슨 일인지 지난 며칠은 코빼기도 안 보이던 터라 까치말댁의 목소리는 절로 솟아났다.

"지미랄, 나헌티는 막걸리 한 사발 주면서도 갖은 잔소리더니, 곱사 지지밴 친정 댕기러 온 큰딸 안아들이듯 허는구먼."

"그려 이놈아, 떡뻥이가 우리 큰딸이람 니놈이 워쩔 겨?"

"관두슈. 이래 봬도 나 금니 혀 박고 사는 사람이유."

"금니 같은 소리 허고 자빠졌네. 아, 빨리 못 읊어져!"

"읊어져유, 시방……"

까치말댁이야 악을 쓰건 말건, 이뻐는 여전히 빈정거리며 가래를 한번 칵 뱉곤 술청을 나섰다. 밖엔 아직도 눈바람이 불고 조금씩 어둠이 내리덮이기 시작했다. 어둠은 처음 강 끝에 있는 용두산 봉우리를 잡아먹고, 갯벌을 잡아먹고, 포플러 동체를 잡아먹고, 급기야 강의 수면까지 잡아먹었다. 발동선 소리도 들려오지 않았다.

까치말댁은 남포에 불을 붙여 걸고 나서, 시래깃국에 밥 한술을 말아 떡뺑이 앞에 밀어놓아주었다.

"아이고 이년아, 처먹을 땐 그것 좀 놔라."

껴안은 보퉁이를 빼앗으려 하자 떡뺑이는 단번에 밥숟갈을 휘두르며 발광을 떨었다.

"알았다, 알았어. 니 맘대로 혀."

까치말댁은 손을 내두르며 멀찍이 물러나 앉았다.

떡뺑이는 대개 거르지 않고 까치말댁네에 매일 들렀다. 굴도 가깝고 막걸리 사발이라도 얻어 마실 수 있는데다가, 손님들의 취흥에 맡겨 창가라도 한 곡조 뽑을라치면 웬일인지 사물사물 기분이 좋아지기 때문이었다. 떡뺑이는 뭣보다도 〈홍콩 아가씨〉를 잘 불렀다. 어디서 귀동냥을 했는지 곡조와 가사가 다 제멋대로이고 목소리 또한 고운 건 아니었지만, 떡뺑이가 그 노래를 부르면 다른 사람이 흉내내지 못하는 묘한 슬픔과 흥취가 돋아났다. 취기가 도도해져 어깨춤이라도 곁들이면 금상첨화였다. 그래서 까치말댁네를 즐겨 찾는 막일꾼들은 너나없이 떡뺑이를 곁에 앉히려 들었고, 라면 하나라도 배불리 먹이려고 마음을 썼다. 까치말댁도 무던한 성미였다. 고만고만한 아이들을 셋이나 데리고 혼자 살면서도 흔한 넋두리 한번 하는 일 없이, 늘 인정이 넘쳤다. 기분만 내키면 들창코를 벌름벌름하면서 아무한테나 서비스랍시고, 막걸리 한 되쯤 척 안기곤 하였다.

떡뺑이가 국말이밥을 다 먹고 나자 육손이와 장일이가 들어왔다.

장일이는 한 달 전쯤 이 나루터에 나타나 육손이네 배꾼이 되었다. 잠은 배의 기관실에서 자고, 밥은 까치말댁한테 와서 라면을 먹었다. 겨울에 강심에 배 띄워봐야 고작 눈먼 잉어 한두 마리 낚아올리는 게 전부였다. 낚인 잉어는 금방 현찰로 바꾸어지고 선주인 육손이와 사륙제로 분배됐다. 손등이 얼어터지도록 주낙줄을 감아봤자 하루 세 끼 라면 먹기도 어려운 형편이었다. 그래도 장일인 하소연 한마디 하지 않았다. 선비 같은 체구에 얼굴도 깨끗한 게 남모르는 사연도 있음직한데 고향을 물어봐도 항상 묵묵부답이었다. 말수가 적은 청년이었다.

"오늘은 밥을 먹어. 내, 장일이헌티 밥값은 안 받을 팅게."

시래깃국을 떠 담으며 까치말댁이 말했다.

"허어, 나도 까치말댁헌티 라면 먹으러 댕겨야지 눈꼴셔서 못 보겠는디……"

육손이가 말꼬리를 붙들었다.

"아따, 눈꼴시면 집구석에 가서 아줌니 궁뎅이나 만져주지 여긴 뭣허러 온댜."

"저, 말솜씨 허고…… 저렇게 멋대가리 읎응게 그 흔한 기둥

서방 하나 못 맹글지."

"걱정도 팔자랴. 누가 남 채독 걱정혀주랬댜?"

"그려. 까치말댁은 장일이허고 잘혀봐. 난 우리 떡뻥이허고 한
잔 걸칠 팅게……"

"그나저나 오널밤 눈이 많이 오시겄는디……"

까치말댁이 창밖에 눈을 주며 중얼거렸다. 도선장에 높이 매
단 수은등 아래, 하얗게 나불거리는 눈송이가 환히 내다보였다.
싸라기같이 내리던 눈이 어느새 대추알만큼씩이나 커지고 있었
다. 바람 소리가 한차례 들려왔다. 돌산의 꼭대기에서 곤두박질
을 치는 바람 소리였다. 남폿불이 크게 흔들렸다. 까치말댁이 심
지를 막 돋우려는데 반장인 만석 아버지와 석수石手 허씨가 나타
났다. 초상집에서 한잔씩 했는지 눈 가장자리가 검붉게 달아올
라 있었다.

"이거 봐, 육손이!"

반장이 불렀다.

"자네 과부 꽁무니에 붙어 집을 져췄으면 즌깃불도 달어줘야
헐 거 아닝게벼."

"아이고, 남폿불이라고 머 술 사발이 똥구녕으로 들어간댜!"

까치말댁이 가로막고 나섰다.

"허긴 시상에 젤 존 건 불 읎이도 상관읎지."

194

"젤 존 거라니?"

"모르는 척허면서 맵시 부리고 앉았네. 아, 홍합 속에 지겟작대기 들이대는 거 말고 존 게 워딨어?"

"어따메, 숭하기는 또……"

한동안 술 사발이 돌아갔다. 떡뻥이도 연거푸 서너 잔을 숨도 안 쉬고 낼름낼름 받아 마셨다.

"굴이 헐리면 떡뻥이 니는 워디 갈래?"

반장이 떡뻥이에게서 빈 잔을 받으며 물었다.

"가긴 워딜 가유?"

"허어, 즈 집 날라갈 쭝도 모르고 태평성대로구나."

"무신 소리여, 그게?"

육손이가 술이 묻은 턱주가리를 손바닥으로 쓸어내며 끼어들었다.

"몰랐어? 아, 야네 굴자리에다, 농진공에서 곧 양수장 공사를 시작헌댜."

"워찌 그 자리여, 양수장 자리는 버드나무 밭이라고 혔었는디?"

"글씨, 나도 여름엔 그렇게 알고 있었는디, 이번에 불러서 가봉게 이짝이다 헌다는 거여."

"야로를 부렸구면."

"빤하지 머. 내가 농진공 소장이 아닝게 그 짚은 속이사 모르 겄지만 맹꽁이배가 약을 썼겄지."

"맹꽁이배가 누군디?"

허씨가 말했다.

"극장 주인 만상씨 말여. 애기 밴 여자처럼 볼록 나온 배때지 를 디룩디룩 흔들며 다음번 국민회의 대의원이라도 혀보까 허 고, 괜시리 아는 체혀쌓는 그 사람 있잖어."

"그 사람이 워째 약을 쓴댜?"

까치말댁이 성급하게 달려들었다.

"제미랄 것, 손바닥에 올려놔줘도 못 알어듣네. 아, 버드나무 밭이 누구 거여? 사 년 전 그 맹꽁이배가 삯꾼 사서 버드나무를 거기다가 심지 않었는게비. 갯벌 사갖고 보리다 뭐다 심어도 안 된게로 머리를 쓴 거지. 버드나무 심거놓고 그동안 월매나 공을 들였어? 철따라 비료다, 붙잡어매단다, 밑천만 해도 암만이나 들 었을 거구먼. 그려갖고 이제 한두 해 지나면 팔아묵게 생겼는디, 속이 뒤집혀서라도 그거 뽑아내고 그 자리에 공사판 벌이는 걸 볼라고 허겄어?"

"개놈으 새깽이!"

육손이가 탁자를 탕 하고 내리쳤다. 극장 주인 맹꽁이배는 읍 내에선 손꼽는 부자요 유지였다. 지난번 국민회의 대의원에 나섰다가 채운산 고아원 원장한테 고배를 마셨지만, 아직 읍내에서 그의 영향력은 대단했다. 염천동에 방앗간과 연탄 공장도 하고 있고 역전 사거리 목욕탕도 그의 재산이다.

"그놈의 새깽이, 머이든 관청이랑 짜고 혀먹을 건 지 혼자 다 차지헐 배짱여. 지놈 버드나무 살리겠다고 남의 정든 집을 허물어?"

"쇠귀에 경 읽기지, 그런 사람덜이 원제 우리네 사정 알어준댜."

"알아주나 마나 말도 안 되는 일여. 낼이라도 당장 농진공으로 몰려가 따져봐야겠어."

"아서, 이미 끝장난 일인게. 공사 계획 확정이니 도지사가 와봐도 별조웂다네."

"누가 그려."

"보상비로 삼만 원 내준다니 것도 감지덕지지 머. 원래 등기 설정이 안 됐으면 보상비도 웂는 거랴. 괜히 심 빼지 말어. 맹꽁이배니 소장이니 다 한패여. 워디 두 사람뿐인감. 우리가 가서 워쩌고 시끄럽게 혀봐. 당장에 파출소서 나올 겨. 그렇게 그렇게, 눈에 뵈진 않지만 거미줄처럼 이어져 있는 걸 워디 한두 번 느끼고 살었어? 자, 술이나 허자고. 이봐, 장일이. 오널 잉어 몇 마리 낚아올렸어?"

"웬걸요. 빈 배로 들어왔슈."

"쯔쯧, 그래갖고 워찌 풀칠을 허나. 차라리 워디 공사판 잡일이라도 찾아 나서잖고?"

"겨울철에 그런 거라도 마땅히 있간듀."

침묵이 왔다. 간간이 바람 소리에 잘리며 백제여관 쪽에서 곡성이 넘어왔다. 저녁때에야 입관을 시작했는지 곡성은 오래오래 그치지 않았다.

"지미랄 것, 한번 죽으면 그만인디, 하루 벌어 하루 사는 것도 이렇게 심들어서야 원……"

"자자, 좆같은 소리덜 그만 씨부렁대고 술이나 쥑여!"

허씨가 마침내 손뼉을 딱딱 쳤다. 그러곤 핏줄이 퍼렇게 돋아난 목을 늘여 빼고 악을 썼다. 〈낙화유수〉였다. 이 강산 낙화유수 흐르는 물에 새파란 젊은 꿈을 엮은 맹세냐, 세월은 흘러 흘러 청춘도 가고 한 많은 인생살이의 고개를 넘자아……

"씨팔, 넘을 게 워디 인생살이뿐인감."

육손이가 노래 가사의 한 자락을 붙잡아 낮게 한마디했다.

"과부 담도 넘어가고……"

"사발에는 술도 넘는디."

"예편네허고 그 지랄 헐라치면 고개 하나 또 안 넘는게비."

"옛다. 우리 떡뻥이, 거 홍콩 여자 한 곡조 뽑아봐라."

반장이 술 사발을 건네며 말했다. 떡뻥이는 속없이 받아 마신 막걸리 때문에 그러잖아도 발갛게 취해 있었다. 대뜸 덩실덩실 곱사등을 움직이며 깨진 소리로 〈홍콩 아가씨〉를 쫙 뽑아올렸다.

별덜이 쏘곤쏘곤 홍콩의 바암거리
나아는 꿈을 꾸며 꽃 파는 아가씨
고 꽃만 사가면은 그리운 여영난꽃
아흐아흐 꽃잎처럼 따정한 그 사람이면
고 남자 품에 안겨 가고 싶……

노래의 끝을 늘여 빼던 떡뻥이의 목소리가 갑자기 가래 걸린 맵시를 하며 안으로 사그라들었다. 자전거포 이씨가 들어서며 떡뻥이의 머리채를 갑자기 끌어 잡았기 때문이었다.

"요런 요, 쥐새깽이 같은 년. 뭐, 자전거 타고 쫓아와봐?"

철썩, 따귀가 올라갔다.

"얼레, 불쌍헌 벵신헌티 이게 무슨 짓이랴!"

까치말댁이 이씨의 손을 붙들자 이번엔 떡뻥이가 거품을 물며 맹렬하게 달려들었다. 잠시 술청 안은 난장판이 되었다. 의자가 넘어지고 주전자가 굴렀다. 이때, 잔뜩 취한 이쁜이가 건들거리며 나타났다.

"성님, 워쪈 난리래유?"

이쁜이가 다짜고짜 이씨를 향해 한마디 참견하고 나섰다.

"뭐, 성님?"

"아따, 성님 아들 땜에 나도 오늘 헛장사혔다, 그 말여유. 이것 보슈. 단돈 삼천 원에 그지 대장 이쁜이가 요 모양 요 꼴이잖유."

이쁜이는 천 원짜리 석 장을 번쩍 들어올려 만세라도 부를 자세였다.

"성님이라니! 이놈이 술 한잔 처먹더니 아주 실성을 했구먼."

"헤헤, 나도 말유, 보슈, 금니 혀 박고 사는 사람이라구유. 성님이나 내나……"

순간, 이쁜이가 몇 발짝 뒷걸음질치는가 했더니 벌렁 술청 밖으로 나가떨어졌다. 언제 왔는지 성구의 우람한 손이 뒤에서부터 이쁜이의 목덜미를 잡아젖히고 있었다.

"아이고 성구야. 내비둬!"

"뇌요! 요놈으 새깽이가 초상집에서도 뽀작뽀작 약을 올리드니……"

막 고개를 드는 이쁜이의 턱을 향해 발길이 날았다.

"오메, 나 죽네!"

턱을 거머쥔 이쁜이가 눈밭을 데굴데굴 굴러갔다. 구둣발이 사정없이, 굴러가는 이쁜이를 밟았다. 한 번, 두 번, 세 번……

순식간에 사람들이 몰려들었지만 누구 하나 말릴 생각을 하지 않았다. 눈발을 녹이며 피 한줄기가 검게 번져나갔다. 돌산 꼭대기에서 눈바람이 한차례 몸부림치고 강은 희부옇게 침잠된 채 어둠한테 잡아먹히고 있었다.

3

극장 건물의 이마에 붙어 있는 알전구에서 불이 나갔다.

교수대의 올가미와 권총을 들고 있는 사내의 모습이 페인트로 그려진 영화 간판이 꼴깍 어둠 속에 숨자, 기다렸다는 듯 기적 소리가 들려왔다. 서울행 막차의 마지막 비명이었다. 읍의 복판을 가르고 지나는 극장 앞의 곧은 국도는 눈이 쌓인 채 텅 비어 있었다. 문을 닫은 상가들은 가로등의 명암 때문에 오히려 침침해 보이고, 어디선가 아주 먼 곳에서부터 개 짖는 소리가 건너왔다. 잣디 쪽인 것도 같고 염천동 쪽인 것도 같았다.

"우라질 놈의 개새끼들……"

성구는 후미진 골목 끝의 극장 후문 앞에 멈춰 서며 낮게 씹어 뱉었다. 철문을 열자 삐그덕 하는 금속성이 났다.

"들와!"

보퉁이를 안은 떡뻥이가 들어오자 다시 문이 닫혔다. 극장 안은 암실보다 더 어두웠다. 그러나 이 년째 이 극장의 기도를 하고 있는 성구에겐 어둠쯤이야 문제도 되지 않았다. 고장난 의자의 위치, 판자쪽이 내려앉은 무대, 숨겨진 스위치, 뭐든지 안방처럼 환히 볼 수 있었다.

이 극장은 원래 이 지방의 질 좋은 미곡을 수탈해가기 위한 전진기지로 왜놈들이 지은 건물이었다. 해방이 되고 왜놈들이 물러나고 나서야 극장으로 개조돼 비로소 문을 열었다. 지금의 주인 만상씨가 인수한 것은, 십여 년 전 아랫장터에 새 극장이 생겨 헐값으로 내려앉았을 때였다.

만상씨는 인수하자마자 한바탕 건물 단장부터 했다.

그리고 영화보다도 삼류 가수 등을 불러내어 쇼로써 한몫을 잡았다. 쇼가 열리면 극장 안은 그야말로 만원사례였다. 바람난 처녀총각들이 십여 리 안팎에서 몰려들어 북새통을 떨었다. 하지만 그것도 옛말이었다. 이제 삼류 가수 가지곤 손님이 모이지 않았다. 텔레비전에서 자주 얼굴을 익힌 일류급 가수가 와야 빈자리가 남지 않았다. 일류급 가수를 붙잡아 내리자면 돈이 많이 들었다. 만상씨는 자연 극장 쪽에 신경을 쓰지 않았다. 문어발처럼 거느린 연탄 공장, 정미소, 목욕탕, 다방, 그런 것들의 수입이 훨씬 알뜰했다.

"인마, 텔리비 땜에 인자 극장은 볼짱 다 본 겨. 사양산업이라는 말 들어보지도 못했냐."

어디서 들은 풍월인지 극장 건물을 좀 수리하자는 성구의 제언에 만상씨는 이렇게 콧방귀를 뀌었다. 그래서 페인트가 다 벗겨진 건물의 외양도 흉물스러웠고 내부 또한 마찬가지였다. 의자는 부서지고 무대 위의 마루쪽은 밑으로 내려앉았다.

성구는 무대 위로 올라서서 우선 대기실의 불을 켰다.

찬바람이 설컹설컹 기어올랐다. 대기실엔 낡은 면막과 간판과 소도구 따위가 층층이 먼지를 뒤집어쓰고 쌓여 있었다. 그는 면막을 끄집어내서 무대 위에 옮겨 깔았다. 대기실에서 흘러나오는 잔광 속이었지만 피어오르는 먼지가 부옇게 보였다. 떡뻥이가 먼지 속으로 벌렁 누웠다. 시키지 않아도 제 할 일이야 제가 잘 안다는 얼굴이었다. 아랫도리를 홀랑 까발리고 해쭉해쭉 웃기부터 했다.

"웃지 마!"

성구가 쏴붙였다. 그는 이때쯤 떡뻥이의 웃는 꼴만 보면 입맛이 싹 가셨다.

"춘게 그려."

"춥다고 웃어?"

"춥당게. 후딱 혀."

그제야 성구는 떡뻉이가 웃고 있는 게 아니라는 사실을 깨달았다. 아랫도리를 벗고 나자 한꺼번에 몰려온 추위 때문에 목을 움츠리며 이를 드러낸 채 떨고 있었던 것이다.

이때였다. 대기실에서 밖으로 통하는 쪽문이 조심스럽게 흔들리는 소리가 들려왔다. 한 번 두 번 세 번. 씨팔, 냄새 맡는 덴 세파트랑게. 성구는 바지춤을 다시 올리고 중얼거렸다.

"성님유?"

"그려, 나다."

문을 열자 극장 주인 만상씨가 들어왔다.

"워디서 봤슈?"

"이층에서 봉게 시커먼 그림자가 후문으로 들어가잖여. 위찌 그리 조심성이 읎냐. 요담부턴 떡뻉이 데리고 올 땐 시간을 더 늦춰."

"지금이 몇신듀?"

"열한시밖에 안 됐어."

대기실 문틈으로 무대 위를 들여다보던 만상씨가 침을 꼴깍 삼켰다.

"저애 윗도리 좀 벗길 수 읎냐?"

"춥대유."

"춘 거야 마찬가지지 뭐."

204

"윗도리는 뭐헐라고 벗겨유?"

"이 새꺄. 옷에서 냄새가 나서 그려."

만상씨가 허리띠를 풀었다. 기적 소리가 또 들려왔다. 아마 서울행 막차가 떠나는 모양이었다.

"빨랑 끝내슈, 성님."

"춘디 시간 끌게 생겼냐. 대기실 불 꺼라잉."

"뻔헌 걸 갖고 뭘 번번이 불을 끄라고 그려유?"

"뻔허긴 뭐가 뻔혀?"

"떡뻥이도 인자, 성님허구 허능 걸 안단 말유."

"으뚷게 알어, 그 벵신이?"

"참 내, 한두 번 아니고 벌써 대여섯번쨍데 벵신이라고 고걸 모르겠슈? 아무리 불 끄고 해봤자 본능적으로 다 아능 거유."

"짜아식, 코앞도 안 뵈는 디서 허고 나가는 걸 지까짓 게 워찌 알어? 잔소리 제치고 불이나 꺼."

"알었슈."

"그리고 너, 떡뻥이 주둥아리 잘 단속시켜. 니가 걸려도 나까지 걸리는 건 곤란헌게……"

대기실의 불이 꺼졌다. 캄캄한 가운데 무대 위로 걸어가는 만상씨의 발소리만 났다. 성구가 부르르 한번 목덜미를 떨었다. 이어 헐떡거리는 만상씨의 숨결 소리가 들려왔다.

씨부랄, 내 드러워서 원.

퉤 하고 성구는 대기실 바닥에 침을 뱉었다.

떡뻥이를 처음, 이 심야의 텅 빈 무대에 데려다 뉘게 한 건 전적으로 맹꽁이배 만상씨의 발상이었다. 여름에 극장 이층 난간에서 아래를 내려다보고 있는 만상씨가 불쑥 성구에게 물었다.

"야, 떡뻥이 저거, 누구헌티 안 멕혔으까?"

극장 아랜 떡뻥이가 겅중거리며 지나가고 있었다. 다른 때보다 머리도 가지런히 빗고 옷차림도 깨끗한데다 빨간 나비형의 리본이 뒤통수에 달려 있었다. 누가 버린 리본을 달아준 모양인데 껑충껑충 뛰어오를 때마다 나비가 반짝 날아가는 듯했다.

"저런 걸 누가 먹어유?"

"굴 노인허고 같이 산다든디?"

"굴 노인 나이가 일흔이 넘었답니다. 성님도 좀 체통을 지키슈."

"짜식, 소문만 안 나면 체통이야 말끔헌 거지 별거 있나. 니가 몰라서 그렇지 맛은 저렁 게 존 겨. 그저 먹는 거라면 음식이고 지집이고 뙤똥한 거, 유별난 거, 그게 젤이지."

"성님도 참……"

성구는 농담이려니 했다. 아무리 오입질이라면 사족을 못 쓰는 만상씨이지만 그래도 손꼽는 읍내 유지가 아니냐. 차기 국민회의 대의원 선거엔 지난번의 패배를 설욕해보겠다고 술집 작부 다루는 데도 요즘은 부쩍 점잔을 빼는 만상씨다. 그런 사람이 거지를, 그것도 읍내 명물이며 곱사며 이마엔 아직 피도 안 마른 것 같은 떡뻥이를 탐내다니.

그러나 만상씨는 거기에서 끝나지 않았다. 무릎이라도 탁 치는 표정으로,

"좋은 수가 있어!"

했던 것이다.

"저녁 상연이 끝나면 극장으로 슬쩍 데리고 오는 거여. 불 끄면 얼굴도 절대 뵈지 않고 몇 푼 쥐여줘서 다독거리면 될 팅게. 뒤가 좀 문제겠지만, 기를 좀 죽이면 저런 애들이 입은 더 무건 뱁이고……"

성구는 비윗장이 상하고 내키지 않았지만 꿀꺽 참아 넘겼다. 어차피 그의 지시를 어겨본 일도 없고 이젠 궂은일 좋은 일 하도 함께 겪어서 새삼 놀랄 것도 없는 탓이었다. 그는 어쨌거나 성구 자신의 탄탄한 밥줄이고, 사고 쳐서 개고리가 손목에 채워지는 날에도 웬만한 일이면 그의 입김으로 불기소될 수 있는, 바람막이였다. 그래서 만상씨도 가장 추악한 자신의 속살까지 성구한테만은 다 보였고, 성구 또한 그의 배경으로 읍내에서 끗발을 잡았다. 누이 좋고 매부 좋고, 그런 관계였다. 주종의 서열이 철저해서 피차 배반이 있을 수 없었고, 배반이 있다면 곧 자멸을 의

미한다는 걸 만상씨만이 아니라 성구도 잘 알고 있었다.

만상씨는 특히 여자에 대해선 그 욕망에 끝이 없었다.

선별하는 형이 아니라 우선 먹고 보자는 식이었다. 유부녀, 작부, 뜨내기로 온 다방 레지, 하다못해 중앙시장에 새로 왔다는 창녀까지도 군침을 삼켰다. 유별나게 애송이를 좋아했다. 작년에는 열다섯 살짜리 식모애까지 건드렸다가 곤욕을 치른 일도 있었다. 물론 흔적을 남기지 않는 데 많은 신경을 썼다. 그 때문에 성구는 때론 협박하는 일에, 때론 장소를 물색하는 일에, 때론 구슬려서 입을 막는 뒤처리에까지 동원되었고, 나중엔 정력에 좋다는 뱀이나 자라 피나 당나귀 신腎의 조달까지 맡았다.

"여자가 처음 하는 월경 피가 몸에 좋다는디……"

성구는 만상씨의 그 말 한 가지만 뜻을 이루어주지 못했다. 구할 도리도 없을뿐더러 그걸 먹는다는 게 실감이 나지 않아서였다. 어쨌든, 한차례 코까지 물리기는 했지만, 그 여름밤 떡뻥이는 만상씨가 즐겨 쓰는 표현대로 '개봉'이 됐고, 두어 달에 한 번쯤은 '리바이벌'을 했다.

"저거 술 처먹었구나?"

일을 끝내고 나온 만상씨가 천 원짜리 두 장을 성구에게 건네며 말했다.

"나루터에서 먹었나봐유."

"술냄새가 나서 말여. 그리고 너, 잘 단속혀야 혀. 괜시리 큰길 쪽으로 끌고 나가지 말고……"

"오늘밤도 내가 데리고 온 게 아녀유. 오다봉게 저것이 예까지 따라왔잖유."

"따라올 정도가 되면 곤란허다 이거여, 내 말은……"

만상씨가 가래를 한입 뱉어내고 어둠 속으로 사라지자 성구는 그만 떡뻥이의 옷을 주워 입혔다. 그동안 윗도리까지 벗겨놔서 떡뻥이의 알몸은 얼음장처럼 차가웠다. 옷을 입었을 때보다야 한결 육감적인 알뜰한 몸매였다. 그렇지만 만상씨가 선수를 쳐놓고 나가서 성구는 도무지 입맛이 나지 않았다.

"아이구메, 춰……"

대충 옷을 입히고 나자 목을 움츠리며 떡뻥이가 한차례 사시나무 떨듯 했다.

"떡뻥이 너 내 말 잘 들어야 혀. 할아부지헌티랑 절대로 내 얘기 혀선 안 돼야. 알었지?"

떡뻥이가 고개를 끄덕거렸다.

"만약 말허면 죽여버릴 겨. 나 무서운 거 니 알지? 아까먹새도 이쁜이 나헌터 맞는 거 봤지? 낼부텀은 내가 오라고 허기 전엔 따러오지도 말어. 말 안 들음 이쁜이같이 될 팅게로……"

성구는 대기실의 불을 껐다. 이젠 만상씨가 준 돈으로 소주 한 병과 담배 서너 갑 사주면 그만이었다. 첨엔 몇백 원 주고 다독거려놓을 생각이었는데, 가을부터 떡뻥이란 년이 담배를 원했기 때문이었다.

"우리 할아부지 줄라고 그려."

"허어, 이게 사람 웃기네. 그럼 술도 한 병 사주랴?"

"증말?"

"증말이지."

"그럼 술도 사줘. 우리 할아부지가 좋아헐 겨."

그래서 술 담배를 사주게 된 것이었다.

성구는 마룻장을 잘못 밟아 비틀거리는 떡뻥이를 붙잡아 무대를 내려왔다. 돌연 극장 출입구 쪽에서 바스락하는 소리가 들렸다. 성구가 발걸음을 멈췄다. 암실처럼 어두운 극장 안은 의자 한 개도 보이지 않았다. 순간, 정문이 왈칵 열리는 소리가 나며 검은 그림자 하나가 쏜살같이 달려나갔다.

"워떤 놈엿!"

성구가 쫓아 나왔을 때 그림자는 이미 대흥교 다리목까지 달아나고 있었다. 붙잡기에는 너무 먼 거리였다.

"떡뻥이 너 이년!"

떡뻥이의 머리채를 휘감아 대기실 바닥으로 끌고 가 태질부터 쳤다.

"누구헌터 내 말 혔어?"

"아, 안 혔어."

"안 혀?"

"안 혔당게."

"그짓말 말어. 이 씨양년아, 니가 맛 좀 봐야지……"

간판 뒤에 달린 각목을 뽑아들었다. 떡뻥이가 무릎걸음으로 대기실 구석까지 가서 머리를 처박았다. 성구는 몽둥이를 힘껏 쳐들었다가 그냥 놔버렸다. 아무려면 떡뻥이가 이 정도 완강하게 거짓말을 할 것 같지는 않았다. 도망간 놈이 잡혀준다면 요절을 내겠으나, 어느 놈인지 전혀 짐작도 안 갔다.

"도대체 짜귀, 요 새깽이는 워찌 문도 안 잠그고 갔어!"

정문을 잠그며 성구는 중얼거렸다. 만상씨에게 상의할 일이었지만 우선 혼자 담아두기로 했다. 트럭 한 대가 논산 방향에서부터 체인을 끌며 요란하게 달려들고 있었다.

4

대흥동 다리 밑에 이쁜이패가 살았다. 벽은 일부가 블록, 일부가 베니어판으로 되어 있어 겉으로 보면 그럴싸했다. 안엔 방이 두 개였다. 그중에 한 방을 이쁜이가 혼자 썼다. 이쁜이 방만은 싸구려지만 벽지까지 발려 있었다. 군데군데 달력에서 오려낸 요염한 여배우 사진이 붙었고 나무 궤짝 위엔 때묻은 장미 한 송이가 꽃병 위에 달랑 꽂혔다.

장미는 조화였다.

이쁜이는 꽃을 좋아했다. 꽃병을 골라온 것도 이쁜이고, 조화를 사다가 폼을 낸 것도 물론 이쁜이였다. 가을까진 데리고 있는 애들이 언제나 시들기 전에 코스모스라도 꺾어오곤 했었다. 꽃병이 하루라도 비게 되면 종일 이쁜이가 신경질을 내기 때문이었다. 벽의 중앙엔 서툴게 써진 글씨로 '우리의 맹세'라는 게 압정으로 눌려 있었다. 이것도 이쁜이의 생각이었다.

'우리의 맹세'

첫째로 우리넌 사나이 중으 사나이다. 그런고로 의리에 죽고 의리에 살어야 한다.

두째로 우리넌 그지다. 그런고로 야밤으 도둑질이나 숭악무도 헌 강도짓은 안 혀야 헌다.

시번째로 간첩이 있으면 젖 먹던 심을 써서라도 잡아야 헌다. 상금 백만 원은 모도 나눠 가져야 헌다.

니번째로 대장 말에넌 절대복종허야 허고 동지덜끼리 싸움질은 안 혀야 허고 단결혀서 머이든 혀야 한다.

　다섯째로 의리 웂넌 놈은 대장 명령대로 당장 복수혀야 헌다.

　대충 이런 정도였다. 이쁜이는 아침에 아이들이 나가기 전에 반드시 이열횡대로 집합시켜놓고 이 '우리의 맹세'를 큰 소리로 외도록 했다. 너나없이 까막눈이지만 달달달 암송하고 있기 때문에 글씨는 보나마나였다.

　제 방은 되도록 예쁘게 치장하려고 애를 쓰는 이쁜이지만 어쩐 일인지 밥은 꼭 깡통에 담아서 찬밥을 먹었다. 어쩌다 깡통 밑에 넝마쪽이라도 태워 데우려고 하면 당장 발길이 날아갔다.

　"새애끼덜, 괜시리 입맛만 조져놓을 셈이여? 그지는 뭐니뭐니 혀도 찬밥 먹고 한데서 자야 허능 겨."

　이쁜이는 이렇게 소리질렀다. 그 점에서는 철저한 거지 근성을 발휘했다. 아파 누워 아스피린 한 개라도 얻어다 주면 더욱 발광이었다. 거지가 약 먹는 거 어디서 봤냐, 이거였다. 그래서 벽지까지 구해다 바르면서도 바닥은 가마니쪽 아니면 기껏 다 낡은 멍석이 고작이었다. 남다른 유아성幼兒性과 철저한 거지 근성, 그리고 독특한 보스 기질이 여느 거지들하곤 달랐다.

　"성님, 또 이 나간 거 아뉴?"

　밥 한 숟갈 들다가 턱을 싸쥐고 깡통 앞에서 물러나는 이쁜이를 향해 짱구가 말했다. 볼이 퉁퉁 부어올라 있었다. 목에도 여기저기 피멍이 든 건 엊저녁 성구한테 밟힌 자리였다.

"좆같언 소리 나불대지 마, 인마. 금니 부러지는 거 봤어?"

"금니 아닝 게 더 많잖유."

"이 새끼가 그려도……"

발길질을 하려다 이쁜이는 참았다. 성구가 떠올랐다. 볼이 욱신욱신해오니까 더욱 이가 갈렸다.

"그것만 읎었으믄 오늘 텔레비를 탁 들여놓는 건디……"

요즘 이쁜이는 텔레비전 하나 갖는 게 소원이었다.

역전 사거리 전파사에 가면 십칠 인치 중고 텔레비전이 있었다. 빨강색인데다가 알록달록 구슬이 박힌 손잡이가 고왔다. 그까짓 중고 텔레비전이야 진즉 맘먹었으면 못 살 것도 없었지만, 별로 그런 생각을 안 했었는데 그놈을 보니까 애들처럼 갖고 싶어졌다. 그래서 행여 남이 먼저 사가지나 않을까 이쁜이는 그동안 하루 한 번씩은 전파사로 갔다. 진열대 속의 텔레비전이 보이면 괜히 가슴까지 울렁거렸다. 새것보다도, 큰 것보다도, 이쁜이는 꼭 그놈을 사고 싶었다. 어제 백제여관에 갈 때 전파사 앞으로 돌아간 것도 다 그런 까닭에서였다. 그동안 사만 원쯤 모아뒀으니까 초상집에서 예정대로 이만 원만 얻어냈으면 텔레비전은 지금쯤 여기에 와 있을 터였다. 하기야 초상집에서 재미를 못 봤더라도 한 댓새 애들 벌어온 걸 모으면 그깟 이만 원이야 어렵지 않을 것이지만, 그 안에 남이 그것을 사갈까, 이쁜이는 그게 불안했다.

"새끼들아, 그만 처먹고 후딱 일 나가!"

이쁜이는 기어코 밥찌끼가 남은 깡통을 걷어차고 방으로 들어와버렸다. 데굴데굴 굴러서 얼어붙은 개천에 쑤셔박히는 요란한 깡통 소리가 뒤를 따랐다.

"성님, 백제여관에 가두 돼유, 오널이 출상인디?"

"성구헌티 은어터지고 싶은 놈만 가봐."

우르릉, 머리 위에서 자동차가 지나갔다. 베니어판 벽이 다르르다르르 소리를 내며 떨었다. 이쁜이는 개나리 꽁초 한 개비를 찾아 물고 불을 붙였다. 텔레비전이 아직도 그대로 있는지 궁금했다.

"야, 짱구 밖에 있냐."

"왜유, 성님?"

"애들보고 현금을 많이 물어오라고 혀!"

"알았슈. 근디 좀 나와봐유. 손님이 찾아왔응게……"

"손님이라니?"

"그렇게 말유, 까치도 안 울었는디."

문이 열리며 들어서는 게 굴 노인이었다. 이쁜이는 벌떡 일어나 앉았다. 참 까치도 안 울었는데 별스러운 손님이 다 찾아왔다.

"웬일유?"

"저, 거시기……"

굴 노인은 엉거주춤 앉으며 찬찬히 방안을 둘러보았다. 이만하면 토굴보다도 한결 방답다. 따뜻하기야, 토굴만 못하겠지만 깔끔하게 모양을 낸 건 토굴에 비할 바가 아니다. 굴 노인은 비로소 마음이 놓였다. 이쁜이 생각을 해낸 게 백번 잘했다 싶었다.

"거시기는 귀신도 모르는 거라든디……"

"저 말여, 이쁜이."

"왜유? 나 여깄슈."

"우리 떡뺑이 말인디 여기로 데려오면 워뚷겄어?"

"자다가 봉창 뜯어유, 시방. 갑자기 떡뺑일 데려오다니."

"그려. 저 거시기, 말허자면…… 임자헌티, 시집을 보내겄다 이거여."

"뭐유, 시집유!"

"그렇당게."

"헤헤헤, 삭동방머리 쉬파리 좆만큼도 읎는 소리 그만허슈. 자기가 데리고 살면서 시집은 무신 놈의 시집유?"

"허어 참, 내사 손주딸같이……"

"일읎슈. 그런 곱사 그지허고 붙을려면 이 이쁜이 시방까지 수

216

십 명이라도 붙었을 거유. 난 저런 지집애가 존게……"

벌렁 뒤로 누우며 이쁜이는 벽에 붙은 여배우 사진을 가리켰다. 여배우는 슬립 바람으로 가슴 한쪽을 거의 드러내놓고 있었다. 굴 노인의 얼굴에 잠깐 그늘이 지나갔다.

"임자가 떡뻥이만 데려가믄 삼만 원을 얹어줄겨. 굴이 헐리게 돼서 그려."

"뭐, 삼만 원이라고 혔슈, 시방?"

"그려, 삼만 원."

"삼만 원이 워딨슈?"

"아따, 자 여기 있잖여!"

굴 노인이 품안에서 돈을 꺼내들었다. 이쁜이가 다시 벌떡 일어나 앉았다. 침을 묻혀가며 돈을 헤아렸다. 맞다. 천 원짜리로 서른 장이니 삼만 원이 틀림없었다. 이쁜이의 얼굴에 당장 활짝 웃음이 떠올랐다.

"웬 거유, 이게?"

"굴이 헐린다고 농진공에서 주대."

"이걸 다 나 줄 거유?"

"떡뻥이만 데려다 함께 살면 말여."

"살쥬. 살 팅게 데려와유."

"오널은 안 돼."

"왜유?"

"아무리 그지덜이라고 혀도 그렇지. 남녀가 신방을 꾸밀 턴디 워찌 당장 데려온댜."

"그럼 워쩌자는 거유?"

"낼 말여, 즘심때쯤 찬물 한 그릇이라도 떠놓고 맞절이라도 혀."

"그렇게 겨, 결혼식을 허자 이거유?"

"이치가 그렇지 않응게비. 돈 이리 내놔, 낼 혼례를 허고 줄 팅게⋯⋯"

"그, 그러쥬, 그럼."

굴 노인이 돈을 다시 품안에 넣고 방을 나갔다. 문에 고개를 힘껏 빼내고 이쁜이는 인사하는 것을 잊지 않았다. 텔레비전이 제일 먼저 선명하게 시선에 잡혔다. 낼이면 그놈을 제껵 사올 수 있게 된 셈이었다. 어디 그뿐이냐, 이 기회에 아주 그놈의 앵무새가 들락날락하면서 울어주는 시보당 벽에 걸린 벽시계도 하나 사버리자. 그래서 기상 시간 딱 정해놓고, 점심때 다 돼서야 어슬렁어슬렁 눈 비비고 나가는 게으른 놈들에겐 맛을 좀 보여줘야겠다. 이쁜이는 사뭇 기분이 좋아 어깨까지 으쓱으쓱해졌다.

"성님!"

어디 있었는지 짱구가 불쑥 고개를 들여놓았다.

"왜?"

"거 떡뻥이 말인디유……"

"너도 들었냐?"

"듣고 안 듣고가 문제가 아녀유. 고 떡뻥이 년이 글씨 성구허구 붙어먹었슈. 맹꽁이배 극장 쥔도 그런 것 같고……"

"뭐여, 니가 고걸 워떻게 알어!"

"봤슈."

"워디서?"

"엊저녁 늦게 극장 앞엘 오는디 성구가 떡뻥일 데리고 들어가잖유. 마침 문도 안 잠갔길래 슬쩍 들여다봤쥬."

"맹꽁이배도 있었다면서?"

"쬐매 있다 한 사람이 더 왔는디 목소리가 맹꽁이배 같었슈. 어둬서 잘 뵈진 않었지만……"

"너 이 새끼, 허깨비를 본 거 아녀?"

"허깨빌 봤음 좋게유."

"이놈으 짜식들을 그냥……"

이쁜이가 바닥을 주먹으로 쳤다. 먼지가 풀썩 솟았다. 짱구는 찔끔해서 문을 닫고 물러났다. 한동안 이쁜이는 움직이지 않았다. 뽀드득, 이 가는 소리만 났다.

떡뻥이는 토굴 앞에 쭈그려앉아 있었다.

보퉁이는 가슴과 무릎 사이에 껴안고 턱은 깍지 낀 팔 위에 올려놓은 자세였다. 돌산 위에도 사람들이 여러 명 올라서 있었다. 죽림서원이 있는 언덕바지도 마찬가지였다. 모두가 나루터를 내려다보고 있었다. 나루터엔 어제와는 달리 햇살이 투명했다. 햇살은 강안에 쌓인 눈과 강심의 수면에 부딪히며 반짝반짝 유리구슬을 만들어내었다.

백제여관 할머니의 상여가 나가고 있었다.

나루를 건널 예정이었는지 백제여관 쪽에서 곧장 내려온 상여는 잠시 도선장과 등대 사이를 머뭇거리며 왕래했다. 근래에 보기 드문 대단한 행렬이었다. 눈이 쭉 째진 방상씨方相氏가 앞장을 섰고 곡비哭婢는 없었으나 제상祭床, 교의交椅 뒤엔 빨간 명정銘旌이 불쑥 허공을 겨냥하고 올라섰으며, 등롱燈籠과 요여腰輿가 이를 문 다음, 노란 삼베로 된 공포功布가 명정하고 한 쌍으로 짝을 맞췄다. 불삽과 운삽 사이에 낀 상여는 꽃상여였다. 남색 테두리에 받쳐진 앙장仰帳 밑에서 눈송이 같은 꽃들이 일제히 하늘로 날아오르는 것 같았다. 향두香頭잡이는 육손이였다. 짤랑짤랑 요령소리를 깔며 탁 트인 목소리로 향두가를 메겼다.

만강 같은 내 집 두고 천금 같은 자식 두고

이 허이 허이 해이야

문전옥답 저버리고 십이 군정 어깨 버려

어 허이 허이 해이야

금강 청수 넘어가서 구척 광산 깊이 파고

어 허이 허이 해이야

칠성으로 요를 삼고 뗏장으로 이불 삼아

어 허이 허이 해이야

살은 썩어 물이 되고 뼈는 썩어 진토 되어

어 허이 허이 해이야

삼혼칠백 흩어지니 어늬 친구 날 찾으랴

어 허이 허이 해이야

　마침내 상여가 나룻배에 옮겨지고 둥실 강물로 떴다. 배는 보이지 않고 상여만 보였다. 도선장에 남은 빈객들이 이곳저곳에서 눈물을 닦았다. 강바람이 불었다. 앙장이 강물인 듯 출렁이자, 그 위에 내려앉은 갠 하늘 한 자락이 가볍게 비껴 앉았다. 상여는 곧장 강심을 향해 미끄러져갔다. 요령 소리는 들리지 않고 향두가만 처량하게 남았다.

　나는 간다 나는 간다 강 건너서 나는 간다

어 허이 허이 헤이야

인제 가면 언제 오나 멀고 멀은 북망산천

어 허이 허이 헤이야

서산에 지는 해는 지고 싶어 진다드냐

어 허이 허이 헤이야

창해 유수 흐른 물도 다시 오기 어렵거늘

어 허이 허이 헤이야

　육손이의 향두가마저 제대로 들리지 않더니 나중엔 아예 후렴만 건너왔다. 후렴이 강물을 건드리고, 눈 쌓인 갯벌을 뛰어넘어 미루나무의 맨살을 건드리고, 사람들의 정한情恨을 하나하나 건드려서 뽀얀 햇살의 입자로 만들어내는 것 같았다. 이름 모를 새 떼들이 상여의 앙장 위를 지나 바다처럼 드넓은 강의 하류로 날아갔다. 떡뻥이는 눈물을 손등으로 비볐다. 왜 그런지 자꾸 눈물이 났다. 서럽지도 않고 배고프지도 않은데 눈물이 나왔다.

　"떡뻥아……"

　언제 왔는지 등뒤에 굴 노인이 서 있었다.

　"할아부지!"

　"그려 그려……"

　떡뻥이는 그만 큰 소리로 울어버렸다. 굴 노인이 우는 떡뻥이

를 품에 안았다. 솟아오른 곱사등을 쓸어주다보니까 굴 노인도
괜히 목이 메었다.

"이 작것아, 니는 인자 시집갈 판여."

"그럼 할아부지허고 같이 안 살어?"

"그려. 굴이 헐린댜."

"싫어 싫어……"

떡뻥이의 울음소리가 한결 더 커졌다. 상여는 어느새 건너편
나루터로 올라가 있었다. 빈 배가 건너와 이번엔 빈객들과 만장
을 실었다. 만장이 또 강심에 두둥실 떴다. 바람에 날리니까 깃
발과 같았다.

"죽으면 워디로 가는 겨?"

"구천으로 간댜."

"구천이 워딘디?"

"땅속이지."

"할아부진 안 가봤어?"

"곧 나도 가볼 참여."

"상여 타고?"

"상여는 무신……"

"나도 상여 타고 싶어……"

"아무나 타는 게 아닌 겨. 백제여관 할머니처럼 복 받은 사람

이나 타지."

"나도 복 받으면 되지."

"암만……"

"상여가 참 고와."

"암만……"

굴 노인은 눈물을 삼키느라 더이상 말을 잇지 못했다. 그려, 원젠간 니도 복 받는 날이 와서 죽은 다음 세勢 상여라도 타야 헐 틴디. 암, 그려야 물귀신 되어 구천을 떠돌 내 한까지 맺힌 디 하나 읎이 탁 풀릴 것 아녀……

5

굴 노인은 찌그러진 양은 세숫대야 밑에 넝마를 더 주워 던졌다. 불길이 솟았다. 물 끓는 소리가 났다.

"뭘 하는 겨?"

강둑 위에 영숙 아버지가 단장을 짚고 서 있었다. 자리에서 일어서며 굴 노인은 허리를 꺾었다.

"떡뺑이란 년 머리라도 감겨 빗길려구유."

"암, 그려야지. 내 먼저 가갖고 이쁜이도 잘 단속시켜놓을 팅게, 삐낙히 건너와야 혀."

"그럼유."

"그리고 옛어, 이걸 받어!"

영숙 아버지가 보퉁이 하나를 아래로 던졌다. 엉겁결에 보퉁이를 받은 굴 노인이 더듬거리며 물었다.

"뭔디유, 이게?"

"영숙 에미가 싸줘서 잘은 모르겄는디, 아마 영숙이가 입던 옷한 벌이 들은 모양여. 머리 감기고 갈어입혀."

"고, 고마워유."

굴 노인이 다시 허리를 굽혔으나 둑 위에 영숙 아버지는 이미남아 있지 않았다. 에헴 하는 기침 소리만 둑 저편에서 건너왔다. 보퉁이를 풀었다. 속치마, 속적삼에 남색 저고리와 빨강 치마가 개어 얹히고, 흰 버선 흰 고무신 한 켤레가 정갈하게 놓여있었다. 영숙이가 입던 것이라 했지만 새것이나 다름없었다. 굴노인은 대야 밑에 넝마를 던져넣는 일도 잊어버리고 한참 동안을 그것만 들여다보고 있었다.

"저렇게 존 양반인디 워찌 영숙이를 잃었댜. 하눌님도 무심허시지. 사십 넘겨 점지혀준 고 귀한 것을 잡어가게 냐두시다니……"

오늘처럼 강도 회색, 하늘도 회색이었다. 밤낮을 가리지 않고 각시무당이 자진가락을 넘겼어도 쌀 주발 속에 머리카락은 잡혀들지 않았다. 쌀 주발 속에 머리카락이 들어와야 영숙의 넋을 건지는 것인데, 끝내 영숙이의 넋은 강물 밖으로 나오지를 않았다. 영숙 어머니는 그 사흘 동안 물 한 모금 넘기지 못했다. 딸이 벗어놓고 죽은 신발만을 가슴에 안은 채 무심한 강물만 손바닥으로 쳤다.

"원혼이 된 겨. 워떤 놈인지 고 남정네가 안 나타낭게 넋을 못 건지지······"

사람들은 혀를 찼다. 끝내 넋은 건져지지 않았다. 영험하기로 소문난 각시무당도 사흘을 넘기자 제집으로 들어가 방문을 걸어 잠갔다. 한만 남았다. 영숙이네 늙은 부부는 임리정에서 그림자처럼 살았다. 문밖에 나서지 않아도 강은 내려다뵈고, 강을 내려다보면 아직도 수심 깊은 곳에서 떠돌 딸의 혼백이 선연히 만져지는 느낌이었다. 그런 양반인데, 엊저녁 굴 노인이 찾아가 떡뻥이 얘길 하자 선뜻 주례를 맡아준다 했고, 이렇게 새색시로 단장하라 영숙이의 치마저고리까지 내준 것이었다. 복 받을 사람이었다.

"암, 그려야 허고말고. 가진 거 읎는 살림일수록 예는 갖춰야 하는 겨. 고걸 못허면 세월이 갈수록 가슴에 못이 백히는 벱여."

죽은 영숙이 생각이 나는가보았다. 일없이 헛기침을 날리며 몇 번씩이나 고개를 주억거렸다.

"떡뻥일 보내고 나서 임자는 워쩔 겨?"

"워쩌긴유."

"굴도 헐린다며?"

"지야, 머 다 산 목숨 아닙니까유."

"그려도 우선 당장 거취는 정혀야지. 갈 디 읎음 나헌티로 오소. 저짝 헛간에 누울 자리 하나 들이면 될 팅게……"

"놔두셔유. 지가 생각해보고 못 견디면 찾어올 거구먼유."

"시상이 각박혀서 말여. 아, 옛날이사 은어먹는 사람이 찾어와도 워디 문전 퇴박이 있었남. 채독 밑구녕이 빤히 뵈도 찬밥 한 술이나마 멕여 보내지. 시상이 발전한다지만 나는 알쏭달쏭혀. 반만 년이나 살어오면서 우리 백성이 죽지 않은 게 까닭이 워디 있겄어? 잘살어서가 아녀. 끼니를 굶어도 이웃끼리 서로서로 받쳐주는 그 뜨뜻헌 맘 하나로 견딘 거지. 그런디 요즘 시상은 그게 읎어. 농진공에서 공사를 벌이고, 읍에서 지붕 개량을 허라느니 새마을 공장을 져준다니 혀쌓지만, 등골 서러운 것은 옛날보다 더허니 참 조홧속이랑게. 아무래도 사람덜이 잘 모르고 있는 거 같여. 우리 백성의 심이라는 게 뜨뜻하게 써주는 맘 그거였는디, 그 맘은 뿌리 뽑아 읎애고 공사만 혀싸야 뭐허겄어? 공사야 백번을 혀도 존 일이지만 사람 맘을 다스리지 않으면 말짱 도루

묵이랑게……"

영숙 아버지는 내내 입맛만 다셨다.

평생을 바위꼬쟁이에서 살아온 사람이었다. 임리정 팔괘정을
지키고 죽림서원을 돌보며 딴맘 한번 품어보지 않았다. 서원에
딸린 논밭을 부쳐먹은 것도 오 년 전까지였다. 어찌어찌해서 논
밭까지 개인의 손으로 넘어갔어도 영숙 아버진 떠나지 않았다.
서원의 대나무 밭을 돌보고 율곡, 퇴계의 위패를 지키며 임리정,
팔괘정의 서까래 하나도 남의 손 못 타게 하는 일만 자기 직분으
로 여겼다. 그가 없었으면 아마 주인 없는 이런 건물들은 형상만
남았을지도 몰랐다. 지금이야 읍에서도 안내판까지 세우며 조금
관심을 나타내지만, 몇 년 전에는 그야말로 판자쪽이나마 뜯어
가려고 안달하는 사람들이 많았다.

물이 다 끓자 굴 노인은 싫다고 앙탈을 부리는 떡뻥이를 붙잡
아놓고 머리를 감겼다. 더운물이 모자랐지만 마침 주워다놨던
빨랫비누쪽이 남아 있어서 때는 대충 뺐다. 가르마를 타서 빗겨
넘기니까 금세 훤한 얼굴이었다. 생각 같아선 추석 때처럼 강으
로 끌고 나가 구석구석 온몸을 다 씻기고도 싶었지만 그것만은
참았다. 대신 발을 행궜다. 발바닥의 쇠때는 손도 못 댔으니 그
야말로 행군 정도밖에 안 됐다. 떡뻥이가 요동을 치는 바람에 굴
노인까지 흠뻑 젖었다.

"할아부지 말을 잘 들어야 새 옷 입혀줄 겨."

"새 옷이 워딨어?"

"저기 보퉁이에 있잖여."

"그려도 싫어. 나쁜 놈여, 할아부진……"

"예끼 순……"

굴 노인은 떡뻥이의 겨드랑이를 갈퀴손으로 긁었다. 까르르 웃음을 쏟아놓으며 떡뻥이가 데굴데굴 굴렀다. 유독 겨드랑이의 간지럼을 잘 타서 앙탈을 부릴 땐 이게 약이었다. 옷을 입혔다. 하도 발광을 떨어서 속옷은 놔둔 채 치마저고리만 입혔다. 치수가 꼭 맞았다.

"곱기도 허지……"

굴 노인은 실눈을 떴다. 영숙이만은 못해도 날아갈 듯 고와 보인다. 곱사등만 아니면 어디다 세워놔도 손색없는 새색시 모습이 아니냐. 멋모르고 좋아서 이리 뛰고 저리 뛰는 걸 보고 있자니, 굴 노인은 저절로 콧잔등이 시큰해왔다.

"이 작것아. 인자 얌전혀야 혀. 새색씨가 뜀박질허면 당장 퇴박맞기 십상이랑게."

"내가 새색씨여?"

"그려, 이쁜이헌티 시집가는겨."

"할아부지도 같이 가?"

"나는 갔다 와야지⋯⋯"

"그럼 나도 올 거여."

"안 돼야, 너는 거기서 살아야 혀."

"내가 할아부지 색씨 허면 되잖여."

"할아부지 색씨는 니가 아녀."

"누군디?"

"저기, 강이여 강!"

"강?"

"그려, 강이여!"

굴 노인은 지난밤에 차곡차곡 챙겨놓은 보퉁이 안에 떡뻥이가
벗어놓은 헌옷을 구겨넣었다. 나무 궤짝을 열고 맨 밑바닥에 두
루마기를 꺼내 위에 걸쳤다. 이것도 빗득거리 한의원 영감이 죽
었을 때 자개상과 함께 불 속에서 집어온 것이었다. 앞섶의 손바
닥만큼 탄 자리는 광목으로 듬성듬성 꿰매놓았다. 죽으러 들어
갈 때나 입을 생각이었는데 떡뻥이를 잘 입혀 차려놓으니까 자
기 자신도 떡뻥이에게 맞추자 해서 두루마기를 생각해냈다. 그
걸 입어야 구색이 맞을 것 같아서였다.

"자, 가자잉."

떡뻥이는 제 보퉁이를 가슴에 안고, 굴 노인은 다른 보퉁이 하
나를 왼손에 들고 빗득거리로 나왔다. 또 눈이 오려는지 읍내는

암회색 구름에 한껏 지붕을 낮추고 있었다.

"아이고, 떡뻥이가 워쩐 일이냐."

중앙약국 옆의 잡화점 안주인이 유리문을 열고 소리질렀다.

"나유, 시집가는 거유!"

"시집을 가?"

"그려유, 이쁘쥬?"

"그려, 곱구나. 그렇게 차려입응게 몰라보겄어, 쯔쯧……"

열대엿 발자국 앞으로 내달았다가 금방 되돌아오기도 하고, 꼭두각시 꼭두춤 추듯 건들건들 움직이기도 하고, 혀를 날름날름 빼물기도 하면서, 상점마다 고개를 빼고 한마디씩 던지는 사람들에게 떡뻥이는 일일이 대꾸를 했다. 사거리를 지나자 어디서부턴지 조무래기 한패가 쫄랑쫄랑 꼬리를 물고 따라왔다.

"떡뻥이는 좋겠네!"

조무래기들이 소리쳤다.

"시집가서 꽁떡 찧고 샛서방 봐서 찰떡 찧고……"

다른 때 같으면 돌멩이라도 주워들고 우르르 쫓아갈 떡뻥이지만 기분이 좋아져서 벌쭉벌쭉 웃기만 했다.

다리 밑 이쁜이 집에 당도하니까 제일 먼저 육손이가 뛰어나왔다. 석수장이 허씨도 반장인 만석 아버지도, 장일이도, 그리고 까치말댁과 거동이 불편한 영숙 어머니까지 와 있었다.

"어이구 이년, 초례청에 들어성게 그려도 얌전 빼는구나."

까치말댁이 떡뻉이의 엉덩이를 도닥도닥 두드렸다.

"훤허다, 훤혀……"

영숙 어머니가 맞장구를 쳤다.

"신랑보다 낫어."

"뭔 소리랴. 저기 신랑 좀 봐. 옛말 그대로 금세의 호걸이요, 진세眞世의 기奇남자 아닝게비."

육손이가 끼어들었다. 과연 이쁜이는 남루하긴 했지만 검정 양복에 꼬장꼬장 비틀려진 넥타이까지 주워 매어 신수가 멀끔했다. 신랑 치레는 육손이가 맡아 할 모양이었다.

"아따, 가락 수 맞춰 말허면 누군 못허겄어? 우리 떡뻉이가 워쩌서 그려? 연지곤지도 안 찍고 구리무 한 점 안 발렀지만 춘향이 뺨치는 맵시 아닝게비. 얼굴이 조촐허니 청강淸江에 노는 학이요, 단순호치丹脣皓齒 반개半開허니 별도 같고 옥도 같다. 물 찬 제비요, 구름 속에 달이요, 맑은 물에 연꽃이라……"

까치말댁의 사설을 자르며 육손이가 이쁜이 얼굴을 받쳐들었다.

"천정天庭이 높았으니 소년 공명할 것이요, 오악五嶽이 조귀朝歸하니 보국 충신 될 것이매, 풍채는 두목지杜牧之라 도량은 창해 같고, 문장은 이백이요 필법은 왕희지라, 하루는 방자 불러 가로

232

되······"

"혜헷, 그 대목까지 허면 워쯩게 혀. 방자는 여기 읎응게 딴 디 알어봐."

허씨가 쏴붙이자 웃음이 터져나왔다. 조무래기들이 한패, 개천의 얼어붙은 바닥까지 둘러서 있었다. 요란한 소리를 떨구며 다리 위에 버스 한 대가 지나갔다.

"우선 전안례奠雁禮를 혀야 쓰겄는디······"

두루마기 자락을 가지런히 하면서 영숙 아버지가 어흠어흠, 헛기침을 날렸다. 좌중이 조용해졌다.

"어차피 육례六禮는 고사하고 사례四禮도 못 생긴 판인게 간소허게 줄여서 잡지. 먼저 이쁜이 자네가 이짝으로 오게."

이쁜이가 멋쩍은 얼굴로 씩 웃으면서 영숙 아버지 곁으로 나섰다.

"이봐 육손이, 거 내가 맽겨놓은 거 있지? 고걸 이리 내놓게."

문 앞에 전안상奠雁床 대신 양동이가 거꾸로 놓이고 안부雁夫가 된 육손이가 나무 기러기를 내놨다. 너무 오래 묵어 손때로 반질반질한 나무 기러기였다. 낯선 물건이어서 사람들이 서로 목을 빼자 영숙 아버지가 또 헛기침을 했다.

"먼저 이쁜이가 이걸 한 번 안었다 놓게."

"이렇게유?"

이쁜이가 쭈그려앉으며 나무 기러기를 조심스럽게 안았다.

"그려, 됐어. 자, 인자 시 번 절허고 저만치 물러나서 시 번 절허고……"

"무신 놈의 절을 그렇게 많이 혀유!"

이쁜이가 퉁명스럽게 말했다.

"허능 겨! 예가 그러니."

"춰 죽겄는디, 지미랄……"

절을 하는 동안에 영숙 어머니가 얼른 나무 기러기를 떡뻥이 앞에 옮겨놓았다.

이것으로 전안례는 끝났다. 초례醮禮가 시작되었다. 신위상神位床이 없는 대신 나무 궤짝이 놓이고 정화수 한 그릇과 나무 기러기, 찹쌀 한 접시가 올려졌다. 꽃병엔 영숙 어머니가 준비해온 소나무와 대나무 가지가 꽂혔다.

"신랑 신부가 꿇어앉어 손부텀 씻는 건디, 그럴 처지가 아닝게 그냥 맞절로 상견례를 마치지. 자, 절혀!"

맞절이 이루어졌다. 절을 할 줄 모르는 떡뻥이를 억지로 주저앉히며 까치말댁이 뒤통수를 쥐어박았다. 짝짝짝, 박수가 터져나왔다. 이때, 주르르 개천 둔덕에 미끄러지며 자전거포 이씨가 나타났다.

"워쩌서 나만 쏙 빼놓고들 왔댜."

이씨의 손에 막걸리가 담긴 주전자가 들려 있었다. 이쁜이가 아랫입술을 삐죽이 내밀었다. 맘에 안 들지만 참는 눈치였다.

"냄새 맡고 왔으면 됐지, 빼놓긴 누가 빼냐?"

반장인 만석 아버지가 주전자를 받았다.

"얼레, 기껏 술 한 됫박 샀어?"

"존 일인디, 술이 젤이지 딴 게 뭐 있어?"

"술이사 까치말댁이 한 말이나 갖다놨응게 허는 말 아닝게비."

"끝난 겨?"

"끝나가, 시방……"

"초례 술은 내 걸 쓰잖고……"

이쁜이와 떡뻉이 사이에 막걸리 사발이 오고 갔다. 이쁜이가 입술만 축인 막걸리를 떡뻉이는 단숨에 바닥까지 비워버렸다.

"어이구 이년아, 새 신부가 초례청에서 술을 그렇게 처먹는 법이 시상천지 워디 있다냐."

까치말댁의 주먹이 또 한차례 떡뻉이의 뒤통수로 갔다.

"아퍼유."

"아퍼도 좋지? 암, 좋고말고……"

초례는 끝났다. 영숙 아버지가 굴 노인을 앉혀놓고, 신랑 신부가 절을 하도록 했다. 안 하려고 버티는 걸 강제로 시키다시피 육손이가 무릎을 꿇렸다. 굴 노인은 그만 눈앞이 보얗게 흐려왔다. 이제 남길 한도 없이 다 잘된 것 같은데 왜 그런지 서러움이 복받쳐올라왔다.

"손주딸을 여운 거. 춤이래도 출 자린디 워쩐 눈물바람이랴. 이쁜이 저 녀석이 보통내기가 아녀. 인자 떡뺑이는 잘살 거구먼……"

영숙 어머니까지 덩달아 눈물을 닦아내며 말했다. 까치말댁도 돌아앉았고, 잘못하다간 떡뺑이까지 앵 하고 퍼질러앉게 생겼다. 눈을 끔벅끔벅하며 굴 노인을 빤히 건너다봤다.

"자자, 존 자리에 코 빠뜨리지 말고 우리 술 한 사발씩 돌립세다."

반장이 초를 쳤다. 술 사발이 돌아갔다. 개천 바닥은 허옇게 얼어붙은 채 풀릴 기미를 보이지 않았지만 다리 밑은 한동안 흥청망청 신명이 났다.

"야, 짱구야, 니네놈은 뭐허는 놈덜엿. 아, 큰 성수 맞었응게 허다못혀서 장타령이라도 한 곡조 뽑아봐야 헐 거 아녀!"

육손이가 말했다.

"성수는유, 웃기지 말어유, 헤헤……"

"허, 요놈 주둥아리 놀리는 것 좀 봐라. 내가, 가죽이 남어서 아가릴 찢어놨간디 니덜을 웃겨?"

"떡뺑이가 무슨 성수유?"

"그려도 이놈이……"

육손이가 때릴 듯 손을 들어 보이자 이쁜이가 취기로 벌겋게 달아오른 얼굴을 번쩍 들고 쌩하니 소리쳤다.

"이, 쌔애끼덜아, 혀봐. 장타령 한 곡조 합창으로다 뽑으란 말여!"

"합창유?"

"그려. 오널 이 성님이 기분 째졌옹게 모두덜 거기 뭬 서서 깡통 두드려대며 혀봐!"

"다 잊어먹었을 낀디……"

"잊어먹어?"

"아, 아뉴. 헐게유, 성님."

예닐곱이나 되는 거지들이 두 줄로 늘어서서 장타령을 뽑기 시작했다.

얼씨구나 잘헌다

품바품바 잘헌다

작년에 왔던 각설이

죽지도 않고 또 왔네

으흐 이놈이 이래도 정승 판서 자제로

팔도 감사 마다하고 돈 한푼에 팔려서

각설이로만 나섰네
얼씨구 절씨구 잘헌다
품바품바 잘헌다

굴 노인은 옛날 생각이 났다. 일본 놈 싸전에서 일하다가 사소한 잘못으로 뭇매를 맞고 뛰쳐나왔을 때 솜리 굴다리 밑에서 몇 개월을 산 일이 있었다. 굴다리 밑엔 거지들이 많이 살았다. 특히 목청 좋기는 술 좋아하는 딸기코 영감이 으뜸이었다. 밤낮 취해 뒹굴다가도 각설이타령을 할 땐 꼿꼿하게 일어섰다. 눈을 반쯤 감고 숟가락으로 깡통을 두드리며 가락을 뽑을 때면 딴사람 같았다. 단아한 표정에 찬바람이 돌았다.

"우리가 비록 동냥질을 허지만 말여, 타령꾼이라면 그게 아닌 뱁여. 취혀서 놀다보면 찍자를 놓지만 가락을 뽑으면 풍류 아닝게비. 셧바닥 꼬부라진 소리로 불러선 안 돼야."

딸기코는 장타령을 배우러 오는 젊은 거지들한텐 늘 그렇게 일렀다. 굴 노인도 딸기코를 만나 비로소 타령을 익혔다. 흉내는 내보지만 굴 노인의 목소린 예나 이제나 돼지 멱따는 소리였다. 딸기코에게 면박도 많이 받았다. 곡조는 고사하고 가사를 외는 데도 꼬박 석 달이 넘게 걸렸던 것이다.

6

어둠이 왔다. 굴 노인은 문 앞에 쭈그려앉아 성냥을 켰다. 먼저 넝마에 붙였다. 단숨에 불꽃이 솟아올랐다. 굴 노인은 불꽃속으로 이미 챙겨놓은 물건들을 하나씩하나씩 던져넣었다. 부서진 나무 궤짝도 자개상도, 남기는 거 하나 없이 다 던져넣었다. 토시락토시락, 불은 잘도 탔다. 윤곽만 남은 자개상의 봉황새가 금방 시커멓게 그슬렸다. 짠하며 마음이 아파왔다. 다른 건 몰라도 자개상은 떡뻥이를 줘 보내고 싶었다. 그러나 이쁜이는 고개를 내둘렀다.

"그지가 싹동머리 읊이 상 놓고 밥 먹어유? 괜시리 데리고 있는 애들까지 맘뽀만 베려놓기 십상이쥬."

하긴 그 말도 옳았다. 상 앞에 앉으면 양반다리로 꽈 얹고 싶고, 양반다리를 하면 따뜻한 쌀밥에 요모조모 반찬도 챙겨놓아 광을 내보고 싶어질 터였다.

나룻배가 강심을 지나오고 있었다.

배에서 흘러나온 불빛이 수면에 부딪히며 어른어른 요사를 떨었다. 돌산 꼭대기에선 여전히 바람이 목을 매달았으나 바위꼬쟁이 지붕 낮은 집들에는 오순도순 불빛이 밝았다. 임리정의 영숙이네 집도 마찬가지였다. 헛기침을 하며 돌아누워, 바람 소리에 묻어나는 딸의 혼백을 헤아리는, 영숙 아버지의 모습이 환히 보이는 것 같았다. 저녁때 다 돼서 계란 한 꾸러미를 사들고 마지막 인사를 갔을 때도 영숙 아버진 한사코 굴 노인을 붙잡아 앉혔다. 그래서 맛도 모르고 굴 노인은 더운밥을 얻어먹었다.

"맘이 회똑회똑허지?"

"지야, 머 피붙이도 아니었고……"

"말만 그러지 그게 아닐 겨. 임자 맘 내가 다 아능구먼."

"떡뺑이 고것이 오늘밤이라도 지 승질 못 참고 우르르, 이짝으로 쫓아오지나 안 헐지, 고게 걱정이구면유."

"오널밤은 넘길 겨. 내가 감시를 잘혀서 수삼 일은 꼼짝없이 붙들어놔야 헌다고 이쁜이헌티 종주먹을 들이대며 일러놨응게로."

"그저 앞으로도 그것덜 갈 길을 잘 좀 일러주세유."

"임자가 혀야. 혹시…… 딴맘 묵고 있는 건 아니겠지?"

영숙 아버지가 빤히 굴 노인을 건너다보았다. 굴 노인은 괜히 가슴이 철렁거렸다.

"따, 딴맘이라뉴. 지덜 같은 게……"

"그려야지. 지랄 같아도 참는 겨. 오널 떡뺑이를 봉게 나도 영숙이가 간절혀지더구먼. 애비 앞에 죽은 자식이니 생각도 허기 싫지만 말여, 나일 먹으면 그저 사랑 쏟는 재미로 사는 건디, 무

자식이니 그거 쏟아낼 디가 읎어 탈이랑게. 임자나 내나 따져보면 같은 신세지……"

혼잣말처럼 영숙 아버진 그렇게 말했다. 회한이 강바람처럼 서린 어조였다.

나룻배가 완전히 건너오자 이내 도선장에 불이 꺼졌다. 내일 아침까지 강물 위에 배는 뜨지 않을 것이다. 여름이면 불 밝히고 한밤 내 고기잡이를 하는 쪽배도 많지만, 겨울엔 초저녁만 돼도 강은 침침하게 가라앉았다. 버드나무 사이를 뛰어오는 바람 소리만 들렸다. 하늘엔 별 하나 보이지 않고 이상스럽게 개 짖는 소리마저 들리지 않았다. 지척이지만 읍내에 비해 바위꼬쟁이는 이렇게 금방 밤이 깊었다. 깎아지른 듯한 돌산이 가로막혀 있기 때문이었다. 굴 노인은 마지막으로 들고 있던 냄비를 불 속으로 집어던지곤 앉았던 자리에서 일어섰다. 쩽그랑하고 발밑에 뭔가 떨어지는 소리가 났다. 놋숟갈 한 개였다. 중간이 부러지고 닳을 대로 닳아빠져 숟갈 바닥이 반도 못 남은 달챙이를 주워들고 굴 노인은 한동안 못박힌 듯 서 있었다.

완주군이던가, 감골 마을이 생각났다.

따져보면 강경 읍내를 빼곤 제일 오래 머물던 마을이었다. 머슴을 살았다. 주인은 옥진사라 불렀는데 오십을 갓 넘기고 얼굴이 붉었다. 뱀을 좋아해서 마을 사람들은 구렁이만 잡히면 옥진사에게 바치곤 했다. 껍질을 홀렁 벗겨내고 옥진사는 대부분의 뱀을 날것으로 먹었다. 한입 턱 깨물면 껍질 벗긴 허연 뱀의 꼬리가 옥진사의 뺨을 쳤다. 그래도 옥진사는 외눈 하나 꿈쩍하지 않았다. 굴 노인은 옥진사 밑에서 육 년을 살았다. 일은 많고 주는 밥은 적었지만, 지천으로 열리는 감이 좋았다. 굴 노인은 감이라면 사족을 못 썼다. 어떤 땐 앉은자리에서 반 접을 먹고 똥을 못 눠 고생한 일까지 있었다. 그때만 해도 홍시를 따먹는 건 아무도 못하게 하지 않았다. 바지랑대 긴 놈 찾아들고 고샅 한번만 돌아오면 바가지에 수북하게 홍시가 찼다. 더구나 마을 사람 대부분이 옥진사에게 땅을 부쳐먹는 처지여서 비록 머슴이지만 감나무에 매달리는 건 예사로 보아 넘겼다.

옥진사네 소작인 중에 미나리꽝 옆에 사는 똥뀔댁이 있었다.

유난히 방구를 잘 뀌어서 똥뀔댁이라 불렀는데 폐병쟁이 남편과 점순이라는 딸 하나를 데리고 살았다. 점순이 아버진 성질이 바지랑대였다. 가래 걸린 소리로 겔겔하지만, 들어보면 항상 조리가 정연했다. 결국 점순네 아버진 폐병보다 칼날같이 매운 그 성질 때문에 죽었다고들 했다. 소작료에 불만을 품었던 것이다. 육 할을 지주 앞으로 갖다 바쳤으니 종자 빼고 품삯 제하면 겨울 한철 싸라기죽 먹기도 어려웠다. 몇 번인가 동네 사람들을 들쑤셔서 옥진사 앞에 따지고 들더니 그예 옥진사 뒷담의 감나무에

목을 매달고 죽었다.

남편이 죽고 나자 어떻게 된 노릇인지 일 년을 안 넘기고 똥꿜 댁이 옥진사네 부엌데기로 왔다. 점순이까지 매달고서였다. 안 일은 모두 똥꿜댁과 점순이가 했다. 점순이는 특히 다듬잇방망 이 두드리는 솜씨가 일품이었다. 마루 끝에 앉아 방망이질을 하면 올라서는 저고리 밑에 뽀얀 맨살이 언뜻언뜻 드러났다. 젊은 굴 노인은 못 볼 것을 본 것처럼 얼굴을 붉히며 돌아서곤 했지만, 괜히 오금이 저려 선뜻 발길을 떼어놓지 못했다. 점순이가 밤중에 감춰뒀던 찐 감자나 누룽지를 슬쩍 굴 노인 방에 밀어넣어줄 때도 있었다. 굴 노인이 고개를 들면 닫히는 문틈에 소리 없이 웃고 가는 가지런한 미소만 남았다. 점순이는 또 빨래를 잘했다. 일터에서 돌아오면 구석에 쑤셔박아놓았던 바지저고리가 어느 틈엔지 깨끗하게 때를 뺀 모습으로 방 가운데 놓여 있곤 했다. 달은 휘영청 밝고, 박이 여문 지붕에 서리가 하얗게 내리고 밤 깊도록 점순이의 다듬이 소리가 청아하게 건너오는 그런 저녁이면, 굴 노인은 일쑤 잠을 이루지 못했다. 점순이의 미소가 오래오래 굴 노인의 가슴속에서 불씨같이 타오르기 때문이었다.

가을이던가, 타작마당엔 유난히 도리깨질 소리가 드높던 맑은 날씨였다.

벼 베던 논에서 점심 샛밥을 먹다가 마님의 심부름으로 빈집에 돌아온 굴 노인은 대문간에 굳은 채 넋을 잃었다. 안방 쪽에서 숨넘어가는 점순이의 낮은 비명 소리와 헐떡이는 옥진사의 숨소리가 흘러나오고 있었다. 마당엔 투명한 햇살이 살고 기와지붕 용마루엔 쪽빛 하늘이 내려앉아 있었지만, 굴 노인은 아무것도 뵈지 않았다. 뒷산 떡갈나무 밑에 와서 주저앉고 나서야 옥진사 밑에서 버르적거릴 점순이의 알몸이 떠올랐다. 일어서야지, 해도 마음뿐이었다. 세상이 그저 캄캄해 보였다. 어두워질 때까지 그렇게 앉았다가 내려오는 길로 곧장 짐을 쌌다. 나이는 삼십을 갓 넘겼을 때였지만 차라리 머슴보다야 어려서 익힌 비럭질이 훨씬 낫겠다 싶었다. 옥진사는 노발대발이었다. 다리몽댕이를 분질러 주저앉혀야 허는 건디. 그 말뿐이었다. 육 년이나 살았지만 새경은 고사하고 노자 한 푼 주지 않았다.

달이 애 터지게 밝은 밤이었다.

동구 밖까지 나오면서도 굴 노인은 뒤돌아보지 않았다. 고향이거니 하고 산 마을이 아닌가. 추수가 끝날 때면 풍장 소리 요란하고, 머슴이지만 잔치가 있으면 한 상 떡 벌어지게 받았던 곳이었다. 돌아보면 울컥 주저앉고 싶어질 것이라는 생각이 목젖에서 턱걸이를 했다. 그런데 종종걸음을 치는 발소리가 뒤를 따라왔다. 점순이었다. 이거 찐 감잔디, 하면서 내미는 보퉁이 위에 반짝 놋숟갈 한 개가 올라앉았다. 암디를 가도 숟갈 한 개는 지니고 있어야 안 굶을 거래유. 엄니가 맨날 그렸슈. 자유, 돌아가신 아부지가 쓰던 건디…… 굴 노인은 숟갈을 받아 넣었다. 동구 밖 괴목나무의 그늘이 점순이 이마에 떨어지고 있었다.

암디를 가도 숟갈 한 개는 지니고 있어야 안 굶을 거래유.

점순이의 말소리가 지금도 들리는 듯하다. 각설이타령을 외는 데도 석 달이나 걸린 굴 노인이지만 그 한마디는 사십여 년이 지났는데도 잊히지가 않으니 별일이었다. 구천에 가면 옥진사도 만나겠지. 점순이는 아직도 살아 있는지.

굴 노인은 숟갈을 그대로 가슴속에 찔러넣었다.

토굴 속에 들어와 누웠으나 잠이 오지 않았다. 새삼 떡뻥이의 체온이 그리웠다.

"할아부지, 취!"

"춘게 어서 자."

"안어줘야지 나 혼자 워뜧게 자?"

금방이라도 꼼지락꼼지락 파고드는 것 같아 굴 노인은 엉겁결에 팔을 내밀어보았다. 찬바람만 잡혔다. 굴 노인은 벌떡 일어나 앉았다. 천천히 굴 안을 휘둘러보았다. 칠흑같이 어두웠지만 벽에 솟아오른 자갈 한 개 한 개의 모습까지 환하게 보이는 듯했다.

삼십여 년을 살아온 집이었다.

그 길고 긴 세월이 오롯이 담긴, 대궐과도 바꿀 수 없는 정든

내 집이었다. 그러나 이제 오늘밤이 지나면 굴은 헐릴 것이었다. 굴 노인의 마음은 아랑곳없이 사람들은 단지 쓸모없는 '굴'이라고 생각해, 불도저 삽날을 들이대어 갈기갈기 찢어발기게 될 굴이었다. 커다란 불도저가 한입에 토굴을 잡아먹고, 사람들은 살기 좋아졌다 환호하고, 결국 금강 물을 뽑아올리는 터빈이 밤낮없이 돌아가는 기계 소리만이 이곳에 남을 것라 생각하니 온몸이 부들부들 떨렸다. 미련은 없었다. 그래서 굴 노인은 자신이 강물 속에 뛰어들 시간을 망설임 없이 해가 뜰 무렵으로 잡았다.

새벽은 아직도 먼 것 같았다.

떡뻥이란 년은 어떻게 하고 있을까. 머릿속에 떠오른 떡뻥이가 입술을 빼뚜름히 빼물고 말하는 것 같았다. "이쁜이는 싫어. 나 할아부지 색씨 될 겨"라고 말하던 그애가 눈에 선했다. "그건 안 돼. 할아부지 색씨는 강이여, 강!" 입속으로 굴 노인은 대답했다. 환청처럼 떡뻥이와 나누던 말이 환히 들렸다.

"할아부지 색씨가 강이믄, 나도 강으로 갈 겨."

"안 돼야. 강은 더 춰."

"그려도 할아부지가 있잖여?"

"이 작것아, 니는 할아부지 대신 상여를 탔댔잖여, 꽃상여 말여."

"나쁜 놈엿, 할아부진……"

"그려 그려. 할아부진 인자 심이 읎어."

"워찌 심이 읎어?"

"늙었응게."

"그럼 젊어지면 되잖여?"

"안 돼야. 니가 삼십 년쯤 일찍 오지 않고……"

"나쁜 놈이랑게, 할아부진……"

굴 노인은 더 참지 못하고 어두운 토굴 벽을 맨주먹으로 몇 번 쳤다. 아무리 생각해도 떡뻥이 년 일이 마음에 걸렸다.

"젠장맞을, 삼십 년쯤 일찍 오지 않고……"

굴 노인은 소리내서 중얼거렸다. 휘영청 달빛이 쏟아지며 저만큼 고샅을 돌아 점순이가 오고 있었다. 머리를 가지런히 빗어 넘기고 붉은 치마, 남색 저고리의 꽃같이 고운 차림새였다.

우우, 하는 떡뻥이의 비명 소리가 들려왔다. 이 구석 저 구석, 살쾡이처럼 피해 다니다 이쁜이의 손만 닿으면 떡뻥이는 비명부터 내질렀다. 베니어판 벽에 귀를 갖다대고 있던 거지패들이 서로 눈을 마주치며 캬득캬득 웃어댔다.

"성님, 살살 달래보잖고 그게 뭐유."

짱구가 너무 웃어 눈물까지 찔끔찔끔 짜내며 한마디했다.

"아가리 못 닥쳐, 이 새꺄?"

이쁜이가 벽을 쾅 때리며 소리쳤다.

"닥칠게유."

곧이어 떡뻥이의 비명 소리가 또 났다. 자동차가 지나갔다. 천장에서 울린 진동이 벽에 닿으며 파르르 떨었다. 떡뻥이는 한사코 제 보퉁이를 껴안은 채 거품을 빼물며 이쁜이의 손길을 피하고 있었다.

"야 이년아, 인자 니는 내 각시여, 내가 시키는 대로 혀야 된단 말여."

"싫어. 할아부지헌티 갈래."

"니 할아부진 벌써 딴 디로 갔을 겨. 굴이 헐링 틍게."

"그짓말!"

"이게 그려도……"

이쁜이의 손이 잽싸게 떡뻥이의 팔목을 낚아챘다. 그러나 비명을 내지른 쪽은 이번엔 이쁜이였다. 떡뻥이가 왈칵 손등을 물어뜯었기 때문이었다. 금방 손등에서 피가 배어 나왔다.

"요런 씨앙녀르 지집애……"

이쁜이의 발길이 머리로 날아들자 떡뻥이는 단숨에 방구석으로 곤두박질쳤다. 처음엔 짐승 같은 소리를 질렀으나 주먹이 가고 또 발길이 가고, 그렇게 반복되자 기진했는지 신음 소리만 잦아들었다. 머리는 헝클어지고 치마말기는 타질 대로 타져서 낮의 고왔던 모습은 흔적마저 남지 않았다.

"야, 짱구야!"

씨근덕거리면서 이쁜이가 방문을 벌컥 열었다.

"왜유."

"거기 막걸리 남은 거 있지?"

"읎어유. 다 먹었쥬, 머."

"뭐여? 그럼 이 새꺄, 나가서 쇠주 한 병이라도 사 와!"

"알았슈."

짱구가 막 다리 위로 올라가려는데 칠푼이가 손바닥에 피칠을 해가지고 들어왔다. 백지장처럼 질린 얼굴에 눈만 끄먹끄먹하고 말을 못했다.

"왜 그려, 칠푼아?"

"저 저 저, 서, 성구가······"

"뭐, 성구?"

이쁜이의 안면이 와드득 일그러졌다.

"성구가 널 깼단 말엿?"

"극장 앞을 오는디 날 자, 잡아가지고 차, 창고로 데리고 가서······"

"팼어?"

"발로 차고, 며, 면도칼로 손바닥을 긁었슈."

손바닥 한가운데가 한 마디쯤 째져서 피가 엉겨붙어 있었다.

"워쩌서, 워쩌서?"

이쁜이의 목소리가 가파른 쇳소리를 냈다.

"몰르것어유. 그, 그냥 어젯밤 극장 안에 안 들어왔었느냐고 허면서, 그짓말하지 말라고 허면서…… 우, 우리덜, 한 놈씩 차례차례 조진대유."

"알었어. 걱정 말고 느네덜 모두 꾸들짱이나 져. 후딱 들어가랑게!"

우르르 방으로 쫓겨 들어가자 짱구만 남았다. 또 지붕 위에서 자동차 지나가는 소리가 났다. 잣디 쪽에서 개 짖는 소리도 들려왔다. 뽀드득, 이쁜이가 이를 갈았다.

"짱구 너, 성구헌티 걸리더라도 몰래 봤다고 불면 안 되어."

"알었슈."

"떨 건 읎다. 너!"

"안 떨어유. 수틀리면 콱 찍고 나서 토껴버리쥬, 머."

"깝신거리지 말고 메칠만 있어봐. 이 성님도 다 속생각은 있응게."

얼음이 갈라지듯 예리한 살기가 이쁜이의 안면에 지나갔다.

짱구가 사 온 소주를 이쁜이는 혼자 앉아 단숨에 비웠다. 자정이 넘었는지 읍내는 꼴깍 죽어 있었다. 옆방의 애들은 모두 잠든 것 같았다. 그렇게 앙탈을 부리던 떡뻥이까지 모로 쓰러진 채 쌔근쌔근 숨결 소리가 가지런했다. 억지로 한 모금 입에 물린 소주 탓인지 침이 흘러 말라붙은 두 볼이 불그레하게 물들어 있었다. 이쁜이는 조심조심 떡뻥이의 옷을 벗기기 시작했다.

"워디, 성구가 조져났어도 상관읎응게 아들 하나만 낳아줘봐라. 그때부턴 예편네 대접 찍지게 혀줄 팅게……"

이쁜이는 요즘 전에 없이 아들 생각이 자주 났다.

어쩌다 나루터에 나가 앉으면 더욱 그랬다. 강 건너 한산에서 이십여 리, 노루목 동네가 빤히 뵈는 것 같았다. 노루목은 이쁜이의 고향이었다. 가난했지만 외동아들이어서 귀엽게 컸다. 열아홉엔 장가도 들었다. 신부는 이웃 동네 무당집 딸이었는데 사내처럼 탄탄한 체격에 힘이 장사였다. 말수가 적어 사근사근 정 붙일 구석이 없었다. 그래도 이 년 만에 아들을 낳았다. 에미를 닮아 거방진 얼굴에 눈이 쭉 째진 알짜배기였다.

그런데 이 무렵부터 이상하게 이쁜이는 마음이 가라앉질 않았다.

들에 나가서나 집안에 있을 때나 서성거리는 버릇이 생겼다. 마치 귀신이라도 씐 듯했다. 그예 집을 나갔다. 한두 달 떠돌다 돌아와보면 아들 녀석은 몰라보게 자라 있곤 하였다. 그래도 역시 집에 붙어 한 달을 못 넘겼다. 두 번 세 번…… 집 나가는 횟

수가 잦아질수록 돌아오는 기간도 길었다. 나가면 그저 비럭질이었다. 그게 편하고 그걸 해야 마음이 가라앉았다. 부모들은 이쁜이 때문에 숱하게 점도 쳤고, 그 바람에 뼈빠지게 농사지은 돈이 무당 밑구멍으로 다 들어갔다.

아들 녀석은 곧잘 반벙어리로 '아부지'를 불렀다.

아부지, 맘마, 아부지, 맘마. 아무리 그래도 마음은 구름이었다. 붙박여 있을 수가 없으니, 그 조홧속을 어찌 달래랴. 집에 들어오면 떠돌고 싶고, 떠돌고 흐르다보면 물같이 세월이 흘렀다. 듣지도 보지도 못했던 모진 역마살이었다. 집 나와서 삼 년 만인가, 사 년 만인가, 돌아가보니 집안은 풍비박산이 나 있었다. 화병으로 몸져누운 어머니가 죽자 아버지도 금세 뒤를 이었고 여편네는 아들 녀석을 앞세우고 마을을 떠났다고 했다.

그뿐이었다.

애당초 떠난 자식과 마누라를 찾아 나설 마음은 없었다. 이쁜이는 여편네도, 아들 녀석도 곧 잊어버렸다. 그렇게 십 몇 년을 살았다. 거리로 떠돌다보면 여자도 만났다. 살림도 몇 번 차려봤지만 여섯 달을 넘기지 못했다. 그런데 나이가 드는 것일까, 요즘엔 불쑥불쑥 그놈의 아들 녀석이 삼삼하게 떠올라 애를 태웠다. 여편네는 얼굴조차 기억에 없는데 아들 녀석은 쭉 째진 눈맵시까지 선연하게 되살아나서 속을 썩였다. 게다가 가봐야 뻔한 일인데 노루목에 가보고 싶은 생각까지 났다. 참말이지 알다가 도 모를 조홧속이었다.

떡뻉이가 팔다리를 한껏 오그려 붙이고 쩝쩝 입맛을 다셨다.

추운 모양이었다. 윗도리와 치마는 놔둔 채 속곳부터 손을 댔 다. 아랫도리 속옷을 전부 끄집어내리고 겉치마를 홀렁 뒤집자 남폿불빛에 떡뻉이의 하반신이 말쑥하게 드러났다. 통통하게 살 이 오르고 뽀얀 것이 외양과는 달랐다. 이쁜이는 꿀꺽 침을 삼켰 다. 자신의 허리춤을 풀어 내리는데 모로 누워 있던 떡뻉이가 발 랑 젖혀졌다. 아랫배로 시선이 갔다. 어라! 괴춤을 다시 잡고 이 쁜이는 얼른 남폿불을 빼들었다. 아랫배가 수상했다. 작은 소쿠 리 하나를 엎어놓은 것처럼 떡뻉이의 아랫배가 소복이 올라와 있었다. 성구와 맹꽁이배 만상씨가 이쁜이의 뇌리에 총알같이 쑤셔박혔다.

순간, 이쁜이는 자신도 모르게 떡뻉이의 허리를 힘껏 찼다.

벽에 가서 거칠게 부딪친 떡뻉이가 비명을 지르며 발딱 일어 나 앉았다. 이쁜이는 앉은 떡뻉이를 또 찼다. 소쿠리를 엎은 듯 부른 뱃속엔 분명 아기가 있을 것이었다. 만상씨의 자식인지 성 구의 핏줄인지는 알 수 없었다.

"이 쌍년아, 어디 맛 좀 봐라!"

주먹이 들어갔고 떡뻉이가 허옇게 거품을 물었다.

"그만둬유, 성님!"

놀라 일어난 짱구가 아직도 분에 못 이겨 마구 짓밟고 있는 이 쁜이의 허리를 껴안았다.

"잘못허면 죽겄슈. 저 봐유. 까무러쳤는게뷰."

"저년, 애를 뱄어!"

"애새깽이를 배유?"

"그려 인마, 당장 나루터 노인네한티 끌어다줘!"

"증말……"

짱구가 사지를 늘어뜨린 떡뻥이의 치마를 들추며 허리를 꺾었 다.

"싸게 싸게 데려다주랑게. 맹꽁이배나 성구헌티 보내라고 혀!"

"데려다 안 줘도 깨어나면 얼씨구나 좋다 허고 갈 턴듀 머. 그 나저나 통금이라도 풀려야쥬."

짱구의 말끝을 물며 개 짖는 소리가 쏜살같이 달려들었다. 처 음엔 멀리서, 나중엔 바로 개천 건너편까지 가까워지면서, 개들 은 악을 쓰고 짖어댔다. 당장이라도 송곳니를 날카롭게 세운 미 친개들이 읍내 거리 거리, 달려나오는 것 같았다.

날이 어슴푸레 밝아지자 굴 노인은 토굴 밖으로 나왔다. 꼬박 밤을 밝힌 탓인지 눈 속이 콕콕 쑤셨다. 그는 똑바로 버드나무

사이를 지나고 갯벌을 건넜다. 얼어붙은 갯벌에선 그가 밟을 때마다 철그럭철그럭 잔 얼음이 깨어지는 소리가 났다. 물가에 닿을 때까지 그는 한 번도 뒤돌아보지 않았다. 점순이를 남기고 떠나던 감골 마을 앞의 그 달 밝았던 길을 걸을 때하고 마음은 꼭 같았다.

새벽의 강은 언제 보아도 깨끗했다.

어둠은 비실비실 뒷걸음질치고 강은 암청색으로 기지개를 켜며 일어나 앉는다. 갯바닥은 탄탄히 얼어 있어도 버드나무 잔가지들은 톡톡 살아난다. 이따금 새떼도 날아간다. 돌산 꼭대기의 하늘이 서기를 띠다가 불쑥 해님 한자락 고개를 내밀면 찰랑찰랑, 수많은 황금색 비늘들이 물결의 굽이마다 일제히 소스라치는 것이다. 그것이 금강의 아침이다.

굴 노인은 강의 아침을 누구보다도 잘 알았다.

강과 잠들고, 강과 깨어 일어나던 삼십여 년이 아니었던가. 굴 노인이 군이 새벽을 택한 이유도 바로 그런 점에 있었다. 한동안 굴 노인은 얼어붙은 강가에 서서 움직이지 않았다. 하류 쪽에서 새떼가 강을 거슬러왔다. 청명하게 새떼가 울며 머리 위를 지나가자 나풀나풀 눈이 내리기 시작했다.

굴 노인이 마침내 불쑥 애들 장난처럼 강물 쪽으로 한 발을 내디뎠다.

역시 얼음은 깨지지 않았다. 대신 밑에서부터 갈라지는 소리가 찌지직 났다. 한순간 굴 노인의 고개가 뒤로 돌려졌다. 저만큼 토굴 입구가 빤히 보였다. 처진 눈뚜껑이 파르르 떨리는 것 같았다. 굴 노인은 가슴을 꽉 끌어안았다. 뻣뻣하게 놋숟갈 자루가 만져졌다.

"암디를 가도 숟갈 한 개는 있어야 안 굶는 거래유."

놋숟갈이 굴 노인의 흔들리는 마음을 다독거렸다. 편안해졌다. 몇 발짝 얼음 위를 빠르게 걸어갔다. 먼 곳에서 종소리가 났다. 강둑 너머, 벌판 한가운데 있는 나바위 성당의 새벽 종소리였다. 얼음 갈라지는 소리가 발밑에서 계속 들렸다.

이때였다. 비명처럼 질러대는 떡삥이의 외침이 굴 노인의 뒤통수를 때렸다.

"할아부지!"

버드나무 사이를 떡삥이가 뛰어오고 있었다. 굴 노인은 두 눈 부릅뜨고 떡삥일 보았다. 풀어헤쳐진 머리에 맨발이었다. 얼굴엔 온통 검붉은 핏자국이고, 발등은 얼음에 찍혀 금세 새로운 선혈이 솟고 있었다. 앞으로 고꾸라져 재주를 넘으니까 홀렁 뒤집히는 치마 속의 맨살이 그대로 굴 노인의 눈앞으로 달려들었다.

"할아부지!"

"그려, 떡삥아!"

급한 맘에 떡뻥이 쪽으로 내뻗은 왼발이 주르르 미끄러져 허공을 찼다. 엉덩방아를 찧고 주저앉은 것과 얼음장이 세 조각 난 건 동시였다. 굴 노인의 몸이 물속으로 쑥 쑤셔박혔다.

"할아부지이!"

떡뻥이가 깨지기 시작한 얼음장 위로 내달아왔다. 물속에 쑤셔박혔다가 불쑥 수면으로 솟은 굴 노인의 팔이 한차례 허공을 휘저었다. 돌아가! 팔은 그렇게 말하고 있었다. 돌아가지 않음 너도 죽을 겨! 니 신랑헌티 돌아가랑게! 그러나 떡뻥이는 돌아가지 않았다. 얼음장이 쭉 갈라지며 떡뻥이 있는 데까지 또 내려앉았다. 이번엔 떡뻥이의 빨간 치맛자락이 강물 속으로 쑥 들어갔다. 속수무책이었다. 떡뻥이의 머리가 솟아오르면 굴 노인이 가라앉았고, 굴 노인의 머리가 솟아오르면 반대로 떡뻥이가 보이지 않았다. 숨바꼭질 같았다.

할아부지, 나 애기 뱄어.

뭐여, 애를 배다니!

증말이랑게. 자, 볼록헌 내 배 좀 만져봐.

얼레, 그럼 내가 살아야 쓰겄구나, 누구 씬지 몰라도 고게 무신 상관여? 곱사 안 되게 잘 키워야지.

할아부지 손자여.

암, 손자지.

할아부지 죽으면 이애가 꽃상여 태워줄 겨.

그려 그려.

취 죽겄어. 얼렁 안어줘……

숨바꼭질하듯 서로 엇갈려 강물 위로 솟구칠 때마다 굴 노인
과 떡뻥이 사이에 그런 말들이 비명처럼 오가는 것 같았다. 그
러나 그것도 한순간 잠시 후 강물 위엔 아무것도 보이지 않았다.
나비처럼 사뿐사뿐 눈송이가 내려앉는 강심에, 다만 보퉁이 하
나가 남실남실 떠내려갔다. 떡뻥이가 안고 다니던 바로 그 보퉁
이였다. 하류 쪽으로 밀리자 물결에 차이면서 보퉁이 주위엔 살
짝살짝 낙엽 같은 게 떠올랐다. 대를 물려 떡뻥이 모녀가 주워
간직해온 헝겊 쪼가리들이었다. 빨강 노랑 남색 자주 보라 하
양…… 색깔도 가지가지였다. 돌산 꼭대기에 해는 떠오르지 않
아도 강심의 그것은 서러울 만큼 아름다웠다.

7

사흘 후, 유난히 바람이 많이 불던 날 밤늦게 만상씨가 운영하
는 극장에 불이 났다. 워낙 바람이 거칠어서 극장은 순식간에 뼈
만 남았다. 극장 안엔 성구와 만상씨가 있었지만, 불길이 밖에서

부터 먹어들어왔기 때문에 다행히 큰 화상은 입지 않았다.

그후부터 읍내에선 이쁜이의 모습이 보이지 않았다. 나루를 건너갔다고 말하는 사람도 있고 기차 타는 걸 보았다는 사람도 있었지만 떠도는 말일 뿐 종적이 묘연했다.

때마침 읍에서 새마을운동의 일환으로 페인트칠이다, 간판을 새로 단다, 읍내 미화 운동을 개시했다. 대흥동 다리 밑의 이쁜이네 집은 이 통에 철거되었다. 대장과 거취를 한꺼번에 잃은 거지들은 일주일도 못 가 뿔뿔이 흩어졌다. 대부분 읍내를 떠났으나 칠푼이만이 사거리 상점마다 기웃거리고 다녀서 사람들의 관심을 샀다.

"워쩐 일로 메칠 새에 갱갱이 명물이 다 신적을 감췄댜. 굴 노인에, 떡뻥이에, 이쁜이까지……"

다리 밑의 이쁜이 집을 철거하던 날 독려하러 나온 읍사무소 산업계장이 말했다.

"그렇게 말유. 괜시리 맘이 섭섭하구면유."

"섭섭허긴 뭐가 섭섭혀?"

산업계장은 멋모르고 한마디한 주민을 향해 힐난부터 했다.

"우리 읍이 잘될 징존 겨!"

그의 말대로 이후 읍내는 거지가 없게 되었다. 거지가 없다는 사실은 읍장의 자랑거리 중 하나였다.

—

홍기 1

그날, 중학교 국어 교사 심형섭은 밤 열시가 넘어 귀가했다. 때마침 그가 연구수업을 한 날이었으므로 과별 평가회를 마치고 한잔했던 것이다. 술이라야 소주 두 잔이면 벌겋게 취하는 그였지만 그날만은 그가 주인공이었으므로 끝까지 자리를 지킬 수밖에 없었다.

버스를 타면서부터 추적추적 그놈의 장맛비가 내리기 시작했다.

그는 종점에 내려 비닐우산과 바나나 세 개를 샀다. "아빠, 바나나 샀어?" 인실이의 투명한 목소리가 들리는 듯하여 그는 홀로 미소 지었다. 결혼하고 오 년 만에 얻은 첫딸애였다. 기다리고 기다리던 애였기 때문만은 아니지만 인실이에 대한 그의 애정은 남다른 데가 있었다. 이제 막 두 돌을 넘겼는데 네댓 살 된

애처럼 말을 잘했다. 토실토실 살찐 볼은 언제나 홍조로 가득차고 눈동자는 유리구슬이었다. 며칠 전부터 여름 감기에 시달리고는 있었지만 여전히 찡그리는 법 없이 집안 구석구석을 헤집고 다니며 귀여움을 떨었다. 계집애라 그런지 아내보다도 그를 더 따랐다.

아빠 사랑하니?

퇴근하면 우선 인실이를 부둥켜안고 그렇게 묻는 게 요즘 그의 새로운 버릇이었다.

아빠 사앙해.

뜻도 잘 모르겠지만 딸애는 그가 일러준 대로 깨륵깨륵 웃으며 앵무새처럼 대답하곤 했다. 아빠 사랑하면 어떻게 하는 거지? 아빠 사앙하며는 뽀뽀하는 거야. 그럼 뽀뽀해줘야지. 인실이는 번번이 앵두알 같은 입술을 쭉 내미는 것이었다. 난 짐 싸야겠어요. 아내는 짐짓 굳은 표정을 하고 그렇게 말했다. 짐을 싸? 질투가 나서 못 보겠는 걸 어떡해요. 하긴 당신에겐 딸도 없고.

그는 웃었다.

인실이는 그가 훈련한 대로 인실이 엄마 딸이니, 아빠 딸이니? 하고 물으면 아빠 따이. 엄마 딸은 어딨지? 엄마 따이 없어! 방실방실 웃으며 그 조갑지 같은 손을 좌우로 흔들어 보이곤 했다. 아내를 약올려보자는 그의 의도를 훤히 알기라도 하듯이 인실이의 표정은 참으로 천연덕스러운 데가 있었다.

그는 좀더 가까운 골목을 놔두고 큰길로 우회했다.

불과 사흘 전에 지금의 집으로 이사를 왔기 때문에 어두운 골목길엔 아직 익숙하지 않았다. 집이 가까워질수록 그의 발걸음은 은연중 빨라지고 있었다. 인실이가 잠들어 있을 때 그가 만나게 되는 섭섭함을 피하고 싶어서였다.

이윽고 그는 조그마한 철제 대문 앞에 섰다.

버저를 눌렀으나 잠시 아무 소리도 나지 않았다. 비닐우산을 접으며 그는 얼핏 저만큼 세워져 있는 지프를 보았다. 네모반듯한 그 차는 골목의 한가운데를 꽉 메우고 짙은 어둠으로 놓여 있었다.

"인실아, 인실아!"

괜히 불안해져서 그는 손바닥으로 대문을 쾅쾅 두들겼다.

"누, 누구세요?"

아내의 목소리가 들렸다.

"뭐하고 있어, 빨랑 문 열지 않고?"

아내가 대문을 열었다.

"왜 현관에 불도 안 켜고……"

엉거주춤 대문 안으로 한 발을 들여놓던 그의 몸이 왈칵 앞으로 당겨져서 하마터면 코방아를 찧고 넘어질 뻔하였다. 등뒤에서 철제 쪽문이 닫히며 찌익 하고 빗장을 거는 소리가 났다. 그때야 그는 집안에 침입자가 있음을 알아차렸다. 침입자는 셋이었는데 한결같이 짙은 빛깔의 우의를 머리까지 뒤집어쓰고 있어 전혀 얼굴이 보이지 않았다. 고릴라 같은 사내 둘이 그의 팔을 등뒤로 꺾어 잡고 키가 작은 다른 한 사내는 현관을 등지고 조용히 서 있었다.

"기다리고 있었습니다. 선생."

키 작은 사내가 말했다. 그는 사내 옆에 서 있는 아내를 바라보았다.

"저도…… 모르겠어요. 삼십 분쯤 전에 이분들이 찾아왔어요…… 뭘 좀 조사할 게 있다고……"

아내는 하얗게 질린 채 떨고 있었다.

"말해두지만 조용히 우리 얘기를 들어주셔야 합니다. 함께 좀 가십시다."

"도대체…… 당신들은 누굽니까?"

"우린 조직에서 나왔습니다."

키 작은 사내가 낮게 말했다. 칼끝처럼 날이 선 음색이었다.

"조직이라뇨?"

"우리 조직에 대해선 잘 아실 텐데 말이 많군요. 이후에는 묻는 말 이외에는 입을 다물고 계십시오."

"여잔 어떻게 할까요?"

등뒤에서 고릴라 같은 사내 중의 한 명이 물었다.

"여자도 데리고 가. 괜히 꼬리를 남기는 건 좋지 않으니까."

"아니, 여보세요!"

그가 떨면서 말했다.

"조사할 게 있다면 나만 데리고 가면 되잖소?"

"상부의 명령이오!"

"애가 앓아누워 있어요……"

아내가 비질비질 울기 시작했다.

"제가 꼭 가야 된다면…… 차라리 인실이를 데리고 가게 해주세요."

"그건 곤란합니다, 부인."

"그렇지만 애를……"

"잠들어 있으니까 괜찮을 겁니다. 남편께서 우리 일에 협조해주신다면 부인은 곧 보내드리기로 할 테니까요."

사내의 목소리는 조금도 침착성을 잃지 않고 있었다. 건조하고 무감각했다.

"그럴 순 없어요!"

아내가 갑자기 소리치며 집안으로 들어가려 했다. 그러나 사내의 손이 한발 더 빨랐다. 사내는 순식간에 아내를 돌려 안으며 손바닥으로 입을 틀어막았다.

"여봇!"

그가 외마디소리를 내었다. 그러자 그를 붙잡고 있던 한 사내
가 잭나이프를 그의 배에 갖다대고 쿡 찔렀다.

"조용히 해주시오. 안 그러면 그애들이 당신의 간을 꺼내놓을
거요."

키 작은 사내가 아내를 앞세우고 대문을 나갔다. 그는 사내의
발밑에서 비에 젖은 봉투가 찢겨나가며 바나나가 뭉그러지는
것을 보았다. 인실이가 누워 있을 안방 쪽에선 아무 소리도 나
지 않았다. 멀리서 천둥소리가 들려왔다. 도대체 무슨 일이 지
금 자신에게 일어나고 있는 건지 그는 알 수 없었다. 다만 그는
바나나의 나머지를 밟지 않기 위해 발걸음 새를 좀더 넓혀 대문
을 나왔다. 쾅 찰카닥, 뒤에서부터 자동으로 문이 잠기는 소리
가 들렸다.

검은 지프는 쭉 곧게 불광동을 빠져나가서 서대문 쪽으로 진
로를 잡고 있었다. 우르르 쾅, 유난히 천둥과 번개가 자주 쳤다.
그때마다 아내는 화들짝 놀라면서 어깨를 파르르 떨었다. 차들
이 제멋대로 경적을 울리면서 쏜살같이 달려가고 있었다. 마치
도시의 한쪽이 소리 없이 주저앉아서 그쪽을 향하여 어쩔 수 없
는 가속도에 당겨지면서 휩쓸려가는 듯 생각되었다. 빗줄기는

점점 더 거칠어지고 있었다.

사내들은 차를 타면서 한마디도 하지 않았다. 묵묵히 앞만 보고 있었다. 그 침묵이 더욱 그에겐 두려웠다.

"우릴…… 어디로 데려가는 겁니까?"

참을 수 없어 그가 말했다.

"묻는 말 이외엔 말하지 말라고 주의를 주지 않았소?"

"하지만……"

그는 침을 꼴딱 삼켰다.

"난 죄 없는 한 사람의 시민이에요. 내겐 보호받아야 할 기본권이라는 게 있단 말입니다."

"재갈을 물리고 눈을 감겨라."

대답 대신 키 작은 사내가 그의 곁에 앉은 다른 사내한테 명령했다. 당장 아내와 그의 입에 손바닥만한 스펀지가 물리고 검은 두건이 씌워졌다. 어둠이 그의 눈앞을 가렸다. 신호에 걸렸는지 차가 잠시 멈춰 서고 있었다.

"이쯤에서 눈을 가리는 건 예정되어 있었지만, 입을 가리는 건 내 탓이 아니오. 선생이 불필요한 말을 했기 때문이오. 우리 조직에선 필요한 말만 하도록 명령받고 있다는 걸 잘 아시잖소?"

모르겠습니다. 그는 고개를 흔들었다. 정말 아무것도 모르겠어요.

차는 끝없이 가고 있었다. 주위에 다른 찻소리도 거의 들리지 않는 것으로 보아 아마 도시를 빠져나왔거나 아니면 한적한 변두리를 지나고 있는 것으로 짐작되었다. 그는 마음을 가라앉히려고 애를 썼다.

무엇이 어떻게 되어가고 있는가.

그들은 조직이라고만 말했다. 단순한 폭력 조직은 아니었다. 경찰도 아닌 것 같았다. 어떤 비밀 결사 조직일까. 혹시, 기관원? 아니야. 그는 속으로 고개를 저었다. 기관원이 왜 소심한 국어 교사에 이런 관심을 가지겠는가.

그렇다면?

그는 이윽고 고개를 조금 끄덕거렸다. 이사 온 지가 불과 사흘밖에 안 된다는 사실에 생각이 미쳤다. 실마리가 풀리는 듯하였다. 그들은 혹시 전에 살던 사람을 찾고 있는지도 몰랐다. 그래. 그는 거의 자신의 생각에 확신을 가졌다. 계약하던 날 보았던 그 전의 집주인이 떠올랐다. 깡마르고 턱이 뾰족했으며 작은 눈에 광채가 흘렀다. 그 반뜩반뜩 빛나던 광채를 빼면 그 사람의 모습은 상당한 부분에서 그와 근사치가 있는 얼굴이었다. 게다가 그 사람은 또한 서둘러 집을 파는 기미가 역력하였다.

"다른 데 집을 샀기 때문에요. 빨리 잔금이 치러지도록 했으면 좋겠습니다."

사내는 계약할 때 그렇게 말했다.

그래서 그는 서둘러 전세를 빼냈고 예정보다 보름이나 앞당겨 이사를 했다. 시세보다도 거의 백여 만 원이나 싸게 샀다고 생각되어서 그들 부부는 그 정도의 불편은 기꺼이 감수했다.

이사하는 날 그는 잠 한숨 못 잤다.

아내도 마찬가지였다. 도무지 '내 집'을 지닐 수 있다는 게 그에겐 전혀 실감이 나지 않았다. 하기야 그 '내 집'이라는 게 어디 그의 힘으로 장만했는가. 그것은 완전히 아내가 보여준 지난 칠 년 동안의 필사적인 인내와 노력의 뼈아픈 대가였다.

대학 때부터 연애해온 그들은 아내의 부모가 한사코 반대한 것을 무릅쓰고 결혼을 했다. 반대한 표면적인 이유는 그의 건강이 별로 좋지 않다는 것이었지만(그는 그때 심한 위장병이었다) 참된 이유는 딴 데 있었다. 그가 고아나 다름없이 외로운 사람이었으며, 가난한 중학교 국어 교사였으며, 한마디로 '십 년을 살아봐도 똥데기만한 집 한 칸 마련할 희망이 전혀 없는 위인'이었기 때문이었다. 그리고 그건 사실이었다. 그는 남다르게 재주가 뛰어나지도 못했고, 요령이 좋은 것도 아니었으며, 평소엔 생각지도 못했던 유산을 물려주고 죽을 만한 재일교포 친척 할머니도 갖지 못했다. 그는 '얌전한 선생님'일 뿐이었다. 그는 그가 가르치는 어린 학생들과 모국어에 진실로 애정을 갖고 있었고, 그들에게 정직과 성실을 일러주는 데 최선을 다했고, 그리고 자신이 하는 일에 대하여 한 번도 잘못 선택했다거나 하는 회의를 품지 않았다. '십 년을 넘어도 똥데기만한 집 한 칸 지니지 못할 위인'이라는 결혼 전 장모의 발언은 그에게만은 과장도 악담도 아니었다. 그러나 그보다도 아내 편에서 오히려 장모의 한마디가 가슴에 못이 되었던 모양이었다. 아내는 결혼하고 몇 년 동안 미장원 한번 가지 않고 그 흔한 티셔츠 하나 사 입지 않는 필사적인 노력을 보였다. 어린 인실이의 옷가지까지 변변히 사 입히는 일 없이 그의 내복이나 헌 바지를 줄여 입혔다.

"엄마가 우리 인실이한테까지 너무하는 거 같다. 그치, 인실아?"

어쩌다 농담처럼 이렇게 말하면,

"집 한 채 살 때까지만이에요, 여보. 그때 되면 우리도 사람답게 살아봐요."

정말 미안해서 쩔쩔매는 게 아내였다.

아내는 근래 한 이 년, 미완성 봉제완구를 공장에서 받아다가 가공하는 것으로 그들 형편으론 상당한 수입을 올렸다. 공장에서 기계로 할 수 없는 부분, 예컨대 바느질의 마지막 부분을 마무리하고 아퀴를 짓는다든가, 예쁜 단추를 단다든가, 떨어진 고양이 귀를 달아맨다든가 하는 작업이 아내의 일이었다. 처음엔 청부 맡아온 집에서 조금씩 뜨내기로 일감을 가져다가 해줌으로써 반찬값 정도를 보태던 것을, 원래 참나무처럼 야무진 구석이 있는 아내는, 나중엔 아예 스스로 청부를 맡아와, 이웃집 주부들에게 일거리를 분배해주면서 중간 마진을 먹었다. 중학교 선생의 월급을 웃도는 수입이었다.

그렇게 장만한 집이었다.

비록 대지는 서른다섯 평에 건평이 열일곱 평인 작은 집이었지만 깨끗하고 아담한 게 그들 부부에겐 수십 평의 이층 양옥을 산 기분에 비할 바가 아니었다. 더구나 아내는 이사를 온 것과 동시에 몇 가지 새 가구까지 들여놓았다. 마루엔 아담한 응접세트가 놓였고, 부엌엔 투 도어는 아니었지만 백이십 리터의 냉장고가 들어앉았으며, 안방엔 십구 인치 텔레비전이 자리를 잡았다.

그동안에 미안했어요, 여보. 불고기 한번 제대로 못해주고……

인실이를 재워놓고 나서 냉장고에 사다 넣어둔 맥주 한 병을 따면서 아내는 말했다.

미안한 거야 오히려 내 쪽이지. 아녜요, 다른 거보다 오늘 꼭 한 가지 걸리는 게 있는데요. 걸리는 거라니? 재작년인가 왜 당신이 필요하다고 문학대사전 월부로 들여왔었잖아요? 아하, 그거…… 그때 당신한테 신경질 부린 것이 지금까지 가슴 아파요. 이젠 여보, 당신 사 보고 싶은 책 있음 뭐든지 사세요. 집도 사는 여자가 책 한 권 때문에 울긴…… 눈물이 글썽글썽한 아내의 어깨를 안으며 그도 덩달아 감동에 차서 이렇게 말했던 게 바로 엊그제였다.

자동차가 끼이익 하는 짧은 금속성을 내면서 멈추었다.

"여보……"

아내가 신음처럼 그를 불렀다.

"괜찮아, 그들이 착각한 거야."

그는 재빨리 속삭였다. 그들은 이제 곧 그들의 실수를 알아차릴 터였다. 왜 진즉 사흘 전에 새로 이사를 왔다고 말하지 않았소? 그들은 어쩌면 이렇게 그 자신을 힐난할는지도 몰랐다. 그러면 그는, 당신들이 언제 말할 틈을 줬소? 하고 반문할 작정이었다.

육중한 쇠문이 열리는 소리가 나면서 빗소리가 뚝 끊겼다.

한동안 발소리만 들려왔다. 그는 사내의 손에 이끌려가면서 저벅저벅 건물 전체를 울리는 듯한 그 음산한 발소리를 들었다. 아마 꽤 긴 복도를 지나가고 있는 것 같았다. 그다음은 층계였다. 그는 더듬더듬 철제 층계를 밟아 내려갔다.

"두건을 벗겨!"

키 작은 사내가 말했다.

그때서야 그는 비로소 자신이 서 있는 곳의 주변을 서서히 둘러보았다. 공중 높이 매달린 백열전구 하나, 온통 회색으로 얼룩진 우중충한 시멘트 벽, 자신이 좀 전에 밟고 내려온 녹슨 층계, 딱딱한 나무의자 몇 개, 그리고 붕대로 칭칭 감긴 여러 개의 야구방망이가 그의 시야에 잡혀들었다.

"우선 앉으시오."

키 작은 사내가 그에게 의자를 권했다.

"보내주세요, 어서. 인실이는 오늘 열이 삼십구 도까지 됐었어요."

아내가 발작적으로 말했다.

"부인을 잠시 옆방으로 모셔라."

아내가 두 사내에게 끌려갔다. 사방이 벽인 줄 알았는데 층계 반대편에 조그마한 쪽문이 있었다.

"여보!"

아내의 비명 소리가 쪽문 너머에서 들려왔다.

"당신들 이러고도 무사할 줄 아십니까?"

그가 처음으로 악을 썼다.

"묻는 말에만 대답하라고 했잖아!"

키 작은 사내가 지금까지의 정중하게 절제된 말씨를 툭 털어내면서 갑자기 쇳소리를 냈다. 동시에 무릎이 칼끝으로 후벼내는 것처럼 아팠다. 사내가 뾰족한 구두코로 그의 관절을 사정없이 찔렀기 때문이었다.

"애길 쉽게 끝냅시다. 선생이 독하다는 건 들어서 알고 있지만 날 우습게 알면 곤란합니다. 우선 옷을 벗으시오."

사내는 아무 일도 없었다는 듯 시치미를 뚝 뗀 느릿느릿한 목소리로 다시 말했다. 작은 눈이 거의 감긴 상태여서 그에겐 도무지 사내가 어디를 보고 있는지조차 짐작이 되지 않았다. 먼지가 허옇게 내려앉은 형광등처럼 조금도 감정이 드러나지 않는 그런 무표정한 얼굴이었다.

"옷을 벗으라 했소."

"모, 모두 말입니까."

그는 공포에 질려서 옷을 벗었다. 그리고 떨면서 말했다.

"뭔가 오해를 하고 계시는 것 같은데…… 저는…… 그 집에 사흘 전에 이살 왔습니다."

"알고 있소."

"네?"

"선생이 사흘 전에 이사를 했다는 걸 우리 조직은 이미 알고 있었소. 이제 본론으로 들어갑시다. 물건은 어디에 전했소?"

"물건이라니요?"

"빨리 부는 게 좋을 거요. 우리 조직이 거미줄보다 더 치밀하고 차갑고 질기다는 건 선생의 표현이었다고 들었는데?"

"도무지 무슨 말씀을 하고 있는지 모르겠습니다."

그는 절망적인 심정으로 고개를 흔들었다.

"준비할까요?"

아내를 옆방으로 끌고 갔던 사내 중의 한 명이 구석에 수북이 쌓여 있는 야구방망이를 들면서 물었다. 이마에 칼자국이 있는 사내였다. 키 작은 사내가 고개를 끄덕거렸다.

"한 번만 더 마지막으로 경고해두겠는데 난 선생과 이후라도 다시 만나게 될 때 서로 난처한 입장이 되고 싶지 않아요. 그러니 신사도를 지키는 가운데 매듭을 지읍시다. 물건은 어디에 전했소?"

"제발……"

그는 애원하는 눈으로 키 작은 사내를 바라보았다.

"전 뭐가 뭔지 모르겠어요. 조직이니, 물건이니……"

말이 끝나기 전에 그는 비명을 내질렀다. '칼자국'이 어느 틈엔지 야구방망이로 그의 등을 후려갈긴 것이었다. 그는 앞으로 고꾸라지면서 키 작은 사내의 무릎을 붙들었다.

"물건은 어디에 전했소?"

"무, 물건……"

"물건은 어디에 전하셨소?"

"모릅니다. 몰라요!"

"물건은 어디에 전했소?"

"정말 모른다니까요!"

키 작은 사내가 그의 앞가슴을 구둣발로 콱 밀었다.

그는 발랑 뒤로 넘어졌다. 자신을 둘러싸고 빙 둘러서서 표정 없이 서 있는 사람들의 얼굴이, 갑충류처럼 딱딱한 턱이 한눈에 올려다보였다. 하나 둘 셋…… 다섯인 것도 같고 일곱인 것도 같았다. 그들은 하나같이 똑같은 차림새로 붕대로 감긴 야구방망이를 하나씩 들고 그를 빤히 내려다보고 있었다. 그는 거의 본능적으로 엎드려 무릎을 끌어올렸다. 달달달, 어깨와 입술이 제멋대로 떨리고 있었다. 그가 폭력이라는 것과 만난 일은 그의 일생을 통해 불과 서너 차례였다. 초등학교 때 선생한테 산수 점수가 나쁘다고 손바닥을 두어 차례 맞은 일이 있었고, 대학 1학년 때 해수욕장에 갔다가 깡패들의 훅을 몇 번 얻어맞은 뒤 손목시계를 뺏긴 일이 그 두번째였으며, 군대에서 고참병한테 '이유 없이' 당한 것이 마지막이었다. 특히 고참병한테 두들겨맞았던 일은 아직까지도 선명하게 그의 뇌리에 남아 있었다.

뜨거운 여름 한낮이었다.

제대를 두 달쯤 남겨놓고 있던 그 고참병, 최병장은 중대 본부에 다녀오더니 갑자기 보충병으로 넘어온 소대의 신병 다섯 명을 막사 뒤로 집합시켰다. 최씨에다 곱슬머리에다 옥니까지 고루 갖춘 최병장은 과연 중대 내에선 독하기로 소문이 나 있었기 때문에 전입되어 온 지 한 달도 채 안 된 신참 이병들은 단박에 기가 죽었다. 최병장은 지글지글 끓어오르는 듯한 뙤약볕에 그들을 일렬종대로 세워놓고 관등성명, 출생지, 집주소, 생년월일, 가족관계 등을 줄줄이 엮어 대야 하는 '신고식'을 무려 열 번씩 반복시키는 것으로 일을 시작하였다. 그런 다음엔 PT체조를 삼십 번씩 구령 붙이며 하라는 것이었고, 쪼그려뛰기와 포복을 강요했으며, 그것도 모자라 막사 둘레를 오십 바퀴나 도는 구보를 명령했다.

신참들은 그러나 그때까지만 해도 용하게 견뎠다.

비록 비틀비틀하면서 오십 바퀴째의 구보를 할 땐 모두 제정신이 아니긴 했지만 적어도 낙오자는 없었다. 최병장은 허덕거리며 차려 자세로 서 있는 그들을 한 사람 한 사람 새삼스럽게 바싹 들여다보더니, 소리 없이 씩 웃어 보였다. 중대 본부에서 화난 일(그의 돌연한 발작을 신참들은 중대 본부에서 생긴 모종의 '재수 옴 붙은' 어떤 사건 때문이라고 단정하고 있었다)이 무엇이었는지는 모르지만, 어쨌든 그쯤에서 최병장의 마음도 훨씬 누그러진 것으로 '이병 심형섭'이었던 그는 판단했다. 하지만 그것이 실수였다.

쌔애끼덜, 땀은 되게 흘려대고 자빠졌네. 웃어봐, 인마, 웃어보라니까!

돌연, 세모눈에 광채를 가득 뿜어내며 최병장이 소리쳤다. 하얗게 시야를 가로막은 햇살의 입자들이 쪽쪽 한 줄로 늘어서며 수직으로 올라서는 것 같았다. 그들은 물론 웃었다. 말 안 듣는 턱을 애써 밑으로 잡아당기고 윗입술을 뒤집어 까며 끙끙거리고 웃었다. 이 쌔끼, 그게 웃는 거야! 최병장이 그의 앞에 딱 멈춰 선 것은 바로 그 순간이었다. 그리고 곧장 발길이 무릎으로 올라왔다.

　웃는 것처럼, 웃어보란 말이야, 인마. 누가, 네 새끼 이빨 구경하쟀어?

　그는 무릎의 예리한 통증을 참고 필사적으로 웃으려고 했다. 하지만 그럴수록 그의 모습은 마치 선생 앞에 이 검사를 받는 초등학교 학생 꼴이 되었다. 윗입술 아랫입술을 한껏 벌리고 이— 해 보이는.

　엎드려, 새꺄!

　마침내 최병장은 야전삽 자루를 움켜쥐었다.

　불과 열다섯 대를 넘기지 못하고 그는 그날 거품을 물며 자지러졌다. 워낙 심성이 착하고 얌전하기만 해서 누구에게 모질게 맞아본 일이 없었기 때문이다. 그가 유달리 폭력을 두려워하게 된 것은 바로 그 사건이 있고부터였다. 폭력 앞이라면 그저 그의 정신 자체가 바른 지 오래된 회벽처럼 푸슬푸슬 떨어지면서 아득해져버리곤 했다.

"우린 알고 있어요. 선생께서 누구에게 그 물건을 전했으며 선생의 배후가 누군지도 말이오. 다만 우린 확인하고 싶은 거요, 아시겠소?"

키 작은 사내의 말이 아주 먼 곳에서 들리는 것 같았다.

그는 아무 말도 할 수 없었다. 물건이란 무얼 말하는 것일까. 값진 밀수품일 것도 같고, 그들 조직의 어떤 중요한 서류철일 것도 같고, 아니면 백만 불의 금은보화가 숨겨진 신비한 보물섬의 지도일 것도 같았다. 그는, 그가 보았던 영화나 소설 속의 범죄 조직에 대해 열심히 생각하려고 했다. 하지만 헛된 일이었다. 십여 년을 교단에서 보낸 그에겐 고작 떠오른다는 게 스티븐슨의 『보물섬』 정도였다. 7월 어느 날 오후, 내 아들 로이드가 그린 한 장의 섬 지도를 손에 들고 나는 산이며 만의 이름들을 써넣었다. 그리고 그 지도의 오른쪽 아래 귀퉁이에 보물섬이라고 쓴 다음 아름답게 색칠을 하였다. 그 모양이 내 상상의 세계를 사로잡았다…… 자신의 작품에 대해 이렇게 회고하고 있는 스티븐슨의 말까지 떠올랐으나, 그것은 그의 상상력엔 아무 자극도 되지 못했다. 그는 스티븐슨도, 용기 있는 짐 소년도 아니었다.

"안 되겠군."

키 작은 사내가 중얼거렸다. 순간, 야구방망이가 그의 엉덩이를 강타했다. 그는 비명을 지르며 무릎걸음으로 키 작은 사내에게 다가갔다.

"제발……"

"내 탓이 아니오. 선생 탓이오."

사내가 여전히 똑같은 어조로 말했다. 두번째 방망이를 맞고 그는 태질을 쳐놓은 개구리처럼 납작 엎드렸다.

"이 새끼 얼굴 좀 봐!"

누군가 그의 머리칼을 붙잡아 왈칵 들어올렸다.

"멀쩡한 게 영화배우 같지?"

"그렇구만. 영화배우 같구만."

다른 사내가 맞장구를 쳤다.

"근데 이 새긴 영화배우가 아니란 말야."

"저런, 맞아야 되겠구만."

"암, 이런 자식은 맞아도 싸지."

이내 기다렸다는 듯 방망이가 떨어졌다. 붕대로 잘 감겨 있어서 소리는 크게 나지 않았다. 그의 다리가 파들파들 떨렸다. 셋, 넷, 다섯 대……

"이 자식 사내답게 생겼잖아?"

"암, 코가 우뚝 선 게 맥아더 인상이야."

"그러네, 이 자식이 사내답질 못하단 말이야. 보라고, 이 꼴

282

좀……"

"매가 덜해서 그런 거야."

"그럼 패야지. 이 자식 자신을 위해서도 우리 인간적인 우정을 보여줘야 돼."

또 한바탕 매질이 계속되었다. 여덟, 아홉, 열…… 한순간 그가 벌떡 일어섰다. 콧물까지 주르르 흘리며 검붉게 부풀어오른 그의 얼굴은 이미 제정신의 그것이 아니었다.

"어, 이 친구 섰네!"

칼자국이 그의 눈앞에서 씩 웃었다.

"사내답지 못하다니까 약이 오른 게지."

빙 둘러선 사내 중의 하나가 맞받았다.

"이 친군 이게 탈이야. 아무 때나 발끈하거든."

"그럼 무릎을 꿇려야지."

방망이가 이번엔 무릎 뒤로 날아왔다. 그가 외마디 비명을 지르며 왈칵 무릎을 꿇었다.

"엎드려, 새꺄. 그렇지 않음 등뼈가 부러져 꼽추 신세가 된단 말이야."

방망이의 끝이 그의 등을 꽉 찍어 눌렀다. 껙 하고 숨넘어가는 소리를 내면서 그가 납작 무너져내렸다.

"열하나, 열두울, 열세엣, 열네에엣……"

이마에 밤톨만한 혹을 매단 사내가 구성진 가락을 보태며 매질의 횟수를 헤아리고 있었다. 그는 스물을 넘기지 못하고 흰자위를 허옇게 드러내놓고 까무러쳤다.

"뻗었습니다."

"생각보다 약하구나."

여전히 눈을 반쯤 감은 채 키 작은 사내가 고개를 끄덕였다. 칼자국이 미리 준비해왔던 양동이의 찬물을 그에게 쏟아부었다. 껍질을 벗겨놓은 개구리 뒷다리처럼 떨리던 그의 양다리가 조용히 가라앉더니 잠시 후, 신음 소리가 새어나왔다.

"말하시오!"

키 작은 사내의 한마디가 그의 귀에 어렴풋이 들렸다.

"회장님은 진즉부터 조직 내의 배반자를 짐작하고 있었소. 배반자가 워낙 거물급이 돼놔서 이런 식으로 대접할 수 없어 확인을 못했던 것뿐이란 말이오. 선생께서는 물건을 전해준 자와 선생을 사주한 사람의 이름 석 자만 말하면 그것으로 끝이오. 우린 선생 정도는 대수롭지 않게 여기니까……"

칼자국이 야구방망이를 그의 목에 집어넣어 그의 머리를 위로 들었다. 입술을 깨물었는지 그의 턱 언저리는 온통 피투성이였다.

"저는……"

그는 한동안 꺽꺽 가쁜 숨을 토해내느라 말을 잇지 못했다.

"……저는……심, 심형섭입니다."

"이 사람, 심형섭이래요."

혹부리가 어깨를 으쓱해 보이며 그의 말을 반복했다.

"중학교 국어 교사고요."

"중학교 국어 선생이랍니다."

"저는…… 사흘 전에 그 집에 이사를 왔습니다."

"사흘 전에 이사 왔다는군요."

혹부리가 끼들끼들 웃었다.

"저는 다만…… 중학 국어 선생 심형섭이에요. 정말입니다."

"정말이라는데요."

"정말…… 정말이란 말입니다. 제발 좀 믿어주세요."

이윽고 그는 울기 시작했다. 죽음보다도 더 깊은 절망이 그를 사로잡았다.

"연필을 굴려라!"

키 작은 사내가 명령하고 있었다. 칼자국이 그의 검지와 장지 사이에 육각형의 볼펜을 끼웠다. 혹부리가 손가락 끝을 힘껏 틀어쥐자 칼자국이 볼펜을 서서히 옆으로 비틀었다. 참혹한 비명 소리가 새롭게 그의 입에서 터져나왔다.

"말해!"

볼펜이 잠시 제자리로 돌아올 때마다 키 작은 사내의 짧은 목소리가 창날처럼 그의 등에 쑤셔박혔다.

"말하래도!"

"아앗······"

"좋아요. 난 선생의 그 의지와 의리에 존경의 박수를 보내고 싶소. 그렇지만 이 정도는 이제 시작일 뿐이라는 그 점을 가감 계산하는 게 현명할 거요."

칼자국이 키 작은 사내에게 뭐라고 귀엣말을 하였다. 키 작은 사내가 고개를 끄덕거렸다.

"데려와!"

잠시 후 그는 자신을 부르는 아내의 경악에 찬 목소리를 들었다.

"여보. 이게 웬일이에요, 여보!"

아내가 그의 머리를 끌어안았다. 왈칵 다시 짐승처럼 그의 입에서 웃음소리가 배어나왔다.

"당신들은 도대체 누군데 사람을 이 지경으로 만들어놨어요, 당신들에겐······ 법도 없나요?"

"부인, 너무 상심하지 마십시오. 남편께선 많이 상하지 않았습니다."

"뭐라고? 나쁜 놈들!"

아내가 뽀드득 이를 갈면서 악을 썼다.

"여보, 당신 아무 소리 말아!"

그가 성급하게 아내의 입을 틀어막았다.

"남편 말씀을 들으십시오. 침착하셔야 합니다."

"침착?"

아내가 발작적으로 키 작은 사내를 향해 두어 걸음을 떼놨을 때 야구방망이가 그대로 아내의 배를 찔렀다. 헉, 목구멍이 탁 막히는 소리가 나면서 아내가 배를 움켜잡고 주저앉았다. 그에겐 이제 눈물도, 증오도 남아 있지 않았다. 목이 잠기고 혀가 굳었다. 그저 본능적으로 기어가 아내를 끌어안았을 뿐이었다.

"대답 안 하면 선생의 부인을 애들이 가만두지 않을 거요."

끼들끼들, 사내들이 음흉하게 웃고 있었다.

"말하겠소?"

그가 천치처럼 고개를 끄덕거렸다.

"좋소. 선생께서 물건을 전해준 자가 누구요?"

"……"

"누구요? 저쪽의, 허부장이었죠?"

그렇습니다. 그가 눈으로 말했다.

"그럼 선생을 사주한 인물은?"

"이, 이쪽의……"

"이쪽의?"

"이……이쪽의……"

"고재만?"

"맞, 맞습니다. 고, 고……"

"고맙소. 아침 일찍 어른께서 들르기로 했으니까 그때 한번 더 말해주시오."

"제발…… 여기서 좀 내보내주세요."

이번엔 아내가 울기 시작했다.

"아픈 앨…… 두고……"

아내는 더이상 말을 잇지 못했다. 그때야 그의 머리에 인실이의 천진한 모습이 가득차왔다. 그것은 아프고 예리한 충격이었다.

"우후후……"

그가 상처 입은 맹수처럼 소리질렀다.

"도대체 당신들은 누굽니까?"

"아침이 머지않았소!"

그의 어깨를 두어 번 가볍게 치면서 사내가 자리를 떠났다. 끝내 눈곱만큼도 감정의 폭을 드러내지 않는 건조한 목소리였다. 잠시 동안 시멘트 콘크리트로 견고하게 둘러싸인 지하실의 공간엔 사내들이 밟고 올라가는 층계의 울림으로 가득찼다. 그리고 쾅당, 철문이 육중하게 닫히는 금속성이 뒤따르더니 이내 적막이 왔다.

　아침이 왔다. 아니, 아침이 왔는지 어쨌는지 그들 부부는 알수 없었다. 완전히 외부와 격리된 지하실은 백열전등 하나로 밝혀진 그 명도 그대로였다. 그 대신 철문이 삐그덕 하고 열리는 소리가 들렸다. 그들이 아침을 묻혀 온 것이다. 그는 그렇게 생각했다. 순간, 백열전구의 불이 깜박 죽었다. 지하실은 완벽한 어둠으로 가득찼다.

　"여보!"

　아내가 공포로 떨면서 그의 가슴을 움켜잡았다. 플래시의 불빛이 한번 지하실을 훑고 가더니 또박또박 층계를 밟아 내려오는 소리가 났다. 허공에 둥 떠 있는 철제 층계였기 때문에 쾌당쾌당 하는 그 울림이 어둠을 칼질할 때마다 그들 부부는 퍼뜩퍼뜩 놀라면서 본능적으로 뒷걸음질쳤다. 금방 등에 딱딱한 물체가 닿았다.

　"벽이에요. 여보……"

　아내가 숨가쁘게 소근거렸다. 벽이었다. 그는 더이상 뒤로 물러날 수 없었다. 플래시가 그의 상반신에 떨어졌다. 그는 고개를 옆으로 돌렸다.

　"좀더 가깝게 보자."

어둠 속에서 말소리만 들려왔다. 지독하게 쉰 가래 걸린 목소리였다.

"얼굴을 돌리게 해라."

끝이 뾰족한 금속 지휘봉이 그의 볼을 쿡 찔렀다.

"얼굴을 이쪽으로 돌리시오."

그건 키 작은 사내의 음성이었다. 그는 얼굴을 돌리고 앞을 보았다. 금속 지휘봉에서 반짝 일어서는 눈부신 불빛 이외에 그의 눈엔 아무것도 보이지 않았다. 잠시 침묵이 왔다.

"자넨 누구야?"

갑자기 쉰 목소리가 물었다. 사이사이에 바람이 새는 것 같은 낮은 휘파람 소리가 섞여 있는 것으로 그는 상대편을 아주 나이를 많이 먹은, 육체적으로 불완전한 사람으로 짐작하였다.

"누구냐니까?"

"저, 저는……"

그는 두려움과 긴장으로 머뭇거리며 대답했다.

"심, 심형섭이라는 사람인데요, 중학교…… 국, 국어 교사예요."

"엊저녁에도 저렇게 헛소리를 했었습니다."

키 작은 사내가 설명했다.

"헛소리가 아니야!"

"네?"

"그의 말이 맞아. 그는 국어 선생이 틀림없어!"

쉰 소리는 낮았지만, 거역할 수 없는 팽팽한 노기를 드러내면서 단정하고 있었다.

"자넨 사람을 잘못 잡아왔어."

"그, 그럴 리가……"

"입다물어!"

금속 지휘봉이 휙 바람 소리를 내면서 키 작은 사내의 목에 떨어졌다. 아내가 흑, 신음 소리인지 울음소리인지 분간하기 힘든 소리를 깨물면서 비실비실 주저앉았다.

"그러실 게요. 얼마나 놀라고 억울하셨겠소?"

쉰 목소리가 부드럽고 조용하게 말했다. 마치 손자며느리를 위로하는 듯한 인자한 할아버지의 말투였다.

"쯧쯧, 내 이 녀석들을 혼내주겠소. 다른 사람도 아니고 교육을 맡아 하시는 선량한 시민을 이런 식으로 모시다니……"

그도 등을 벽에 기댄 채 구긴 습자지처럼 무너졌다. 쉰 목소리가 너무도 애정과 진실에 차 있어서 그는 상대편의 가슴에 어린애처럼 얼굴을 묻고 싶을 정도였다.

"치료비를 충분히 드리고 모셔다드려라!"

얼굴은 끝내 보이지 않았다. 다시 층계를 올라가는 발소리가 들렸다.

"여보. 우리 인실이…… 우리 인실이……"

아내가 소리 죽여 울었다. 그의 가슴이 두근거리며 뛰놀기 시작했다. 반짝, 백열전구에 불이 들어왔다. 키 작은 사내와 칼자국만이 그들 앞에 남아 있었다.

"안됐습니다. 선생. 불편하시겠지만 다시 두건을 씌워야겠소."

두건이 씌워졌다.

"후문으로 해서 차로 모셔라."

키 작은 사내의 목소리는 지난밤과 똑같이 무감각했다. 그는 사내의 손에 이끌려 지하실을 나왔다. 층계를 통하지 않고 옆방을 지나는 다른 통로를 이용하고 있는 것 같았다.

"아……"

자동차에 무심코 주저앉으려다가 그는 너무 심한 아픔 때문에 비틀거리며 비명 소리를 내었다. 아내가 그의 허리를 붙잡았다. 전신이 열기로 가득차면서 욱신욱신 쑤셔오기 시작했다.

"등받이를 붙잡고 쭈그려앉으시오."

칼자국이 말했다. 차가 떠났다. 눈앞이 희부옇게 밝은 것으로 그는 날이 밝았음을 알았다. 이따금 엇갈려 지나가는 차량들의 경적 소리가 들려왔다.

"이건 치료비요."

키 작은 사내의 손이 호주머니로 들어왔다.

"우리 고발할 거예요!"

아내가 표독하게 쏘아붙였다.

"검은 콩 서너 되에 파 스무 개쯤 썰어 넣고 식초에 담가 하룻밤만 재우시오……"

아내의 말에는 아무 반응도 보이지 않고 사내는 밑도 끝도 없이 그런 말을 했다.

"그다음엔 끓여가지고 헝겊에 싸서 엉덩이에 찜질을 하시오. 맞아서 생긴 독엔 아주 그만입니다."

사내에 대한 증오로 그는 한차례 몸서리를 쳤다.

자동차가 독립문을 저만큼 앞세워놓은 자리에서 키 작은 사내는 그들 부부의 두건을 벗겼다. 아직 새벽인 듯 빠른 속력으로 비켜 가는 자동차를 빼면 거리는 거의 비어 있었다. 비에 씻긴 포도와 찢어진 어린 가로수 가지, 그리고 그 가지의 잎들이 아스팔트에까지 무분별하게 흩어져 있는 것을 그는 보았다. 간밤에 폭우가 심했던 모양이다. 비는 그쳐 있었지만 하늘은 아직도 두꺼운 암회색 구름으로 완전히 가려져 있었다. 인실이가 날카로운 징으로 심장을 쑤셔박는 것처럼 그의 가슴을 치면서 떠올랐다.

아빠 사앙해.

투명한 그애의 말소리가 들렸다.

아빠 사랑하면 뽀뽀하는 거야······

종점에서 키 작은 사내가 그를 놓아주었다. 그는 재빨리 달아
나는 그 검은 지프의 차량 번호를 입속으로 읽었다.

"당신, 걸을 수 있겠어요?"

아내가 어깨 아래로 들어와 그의 허리를 꼈다. 조금씩 비가 내
리기 시작했다. 부부는 빗속을 걸으면서 피차 아무 말도 하지 못
했다. 인실이에 대한 불안한 예감이 두 사람을 사로잡고 있었다.
그들 부부는 마침내 대문 앞에 섰다. 집안에선 아무 소리도 들리
지 않았다. 대문은 탄탄하게 닫혀 있었다. 아내가 몸부림치듯 쓰
레기통 위로 올라서서 한 발을 담 위로 걸쳐놓았다.

"컥!"

눈동자가 경직되고 얼굴은 백랍처럼 하얗게 질리면서 짧게 부
러지는 아내의 비명을 그는 들었다. 그는 단숨에 아내를 밀치고
담을 뛰어넘었다. 문이 열린 채 현관은 텅 비어 있었다. 그러나
다음 순간, 대문 안쪽에 거의 벌거벗은 상태로 총 맞은 토끼 새
끼처럼 엎드려 있는 인실이를 보았다.

그앤 거품을 한입 내밀고 죽어 있었다.

경악과 열기로 경기를 했던 모양이었다. 한밤중 얼마나 폭우
속을 기어다녔는지 온몸이 깨지고 긁히고 피멍이 든 채였다. 대

문엔 여기저기 그애가 긁어낸 손톱자국이 선명하게 남아 있다.

쿵, 아내가 담 위에서부터 굴러떨어졌다.

* 사족

그날, 동네 사람들은 경찰에 신고를 했다. 그러나 그가 빠듯이 암기해낸 차량 번호는 조회 결과 허위임이 드러났다. 그런 번호를 가진 자동차는 세상에 없다고 했다.

"생각을 좀 해보십시오."

경찰은 대신 찾아간 주민들에게 말했다.

"어떻게 그런 일이 일어날 수 있단 말입니까, 요즘 세상에?"

주민들은 머리를 끄덕거렸다. 그가 진술해낸 사실이 너무 근거가 없었기 때문이었다.

—

흉기 2
—단검

횡단보도의 한끝에 나는 멈추어 섰다.

초가을 오후의 햇빛을 받으며 차들이 쏜살같이 네거리를 지나가기 시작했다. 나는 무심코 네거리 중앙에 서 있는 파란 제복의 교통순경을 바라보았다. 유별나게 젊고 씩씩해 뵈는 교통순경이었다. 쭉 곧은 키, 단정한 제복, 그리고 차들을 지휘하는 팔의 절도가 우선 그랬다.

마치 젊은 제왕 같군.

메고 있던 카메라의 앵글을 그에게 맞추려다가 나는 이내 그만두었다. 다 좋은데 한 가지, 그의 메마른 표정이 마음에 걸렸던 것이다. 제왕이 갖는 당당한 위세 대신에 그의 안면을 뒤덮고 있는 것은 피로함과 기계적인 어떤 삭막함이었다.

"어머, 무스탱 아냐!"

옆에 섰던 여대생의 탄성과 함께 갈색의 무스탱이 좌회전하자 신호가 바뀌었다. 사람들이 우르르 횡단보도를 건너가기 시작했다. 나는 나란히 가고 있는 여대생 두 명의 꽁무니에 황급히 따라붙었다.

이때였다. 검은 승용차 한 대가 신경질적으로 클랙슨을 울리며 인파를 가르고 오다가 공교롭게도 여대생들의 다리를 칠 뻔하면서 멎었다. 차체 앞에 놀란 토끼처럼 얼어붙은 여대생의 입에서 짧게 스타카토 되는 비명 소리가 났다.

승용차의 핸들을 잡고 있는 사내는 건장한 삼십대였다.

그는 잠시 이맛살을 찌푸리고 여대생들을 노려보더니 쉽게 비켜설 것 같지 않으니까 클랙슨을 몇 차례 눌렀다. 신호등이야 어쨌든 나하곤 상관없어, 빨리 비켜나지 않음 그냥 밀어뜨리고 나갈 거야. 클랙슨 소린 그렇게 말하고 있는 것 같았다. 보기 드문, 막무가내의 배짱이었다. 그러나 여대생들도 호락호락하지 않았다. 오히려 차체를 더욱 가로막아 서며,

"참, 기가 막혀!"

하고, 둘 중의 블루진 바지 차림이 혼잣말을 했다. 도로를 건너가던 사람들이 머뭇머뭇 주위로 몰려들었다. 제왕과도 같았던 젊은 교통순경이 뛰어온 것은 그때였다.

"뭐하고 있는 거요?"

"이 차가 글쎄, 신호를 무시하고 달려들어 우릴 칠 뻔했어요."

블루진 바지가 똑바로 운전석의 사내를 손가락질했다.

"알았어요. 알았으니까 모두 빨리 가시오. 그리고 차는 이쪽으로 붙이시고……"

제왕답게 교통순경은 행인과 차 양편을 향해 동시에 명령했다. '블루진 바지'가 운전선 쪽에 대고 혀를 날름 내밀어 보였다.

그 순간을 나는 놓치지 않았다.

연거푸 나는 카메라의 셔터를 눌렀다. 인파와 횡단보도의 승용차, 게다가 교통순경과 장난기 섞인 여대생이 빚어내는 일상적이면서도 어딘가 부조화한 그 장면이 사진기자로서의 내 촉각을 자극했기 때문이었다.

"당신 뭐야!"

운전사가 소리쳤다.

"난 잡지사 사진기잡니다. 거 운전 좀 잘하슈."

무심코 나는 대답했다. 그것이 내 실수였다. 말이 끝나자마자 운전사와 옆좌석에 앉아 있던 '대머리(그는 머리를 싹 밀어버려 까까중처럼 하고 있었다)'가 차 밖으로 뛰쳐나왔던 것이다. 나는 처음 그들이 교통순경에게 사죄할 참인 줄 알았다. 예상은 그러나 빗나갔다. 그들은 불문곡직, 내 팔짱을 꽉 꼈다. 팔이 아팠다.

"왜, 왜 이러는 거요?"

"차에 함께 좀 타십시다."

"함께 타다니……"

애당초부터 그들은 내 동의를 구할 작정이 아니었다. 거의 들리다시피 해서 차의 뒷좌석에 나는 쑤셔박혔다. 반백의 머리칼을 조용히 쓸어올리고 있는 남자가 그곳에 있었다. 그는 나와 시선이 마주치자 온화하게 미소를 지어 보였다.

차가 떠났다.

절박한 심정으로 나는 차의 뒤창을 바라보았다. 밖에서는 안이 들여다보이지 않았는데 안에서는 차창 밖의 모습이 환히 내다보였다. 젊은 교통순경은 아무 일 없었다는 듯 본래의 제 위치를 향해 가고 있었다.

"교통순경한테 기대를 걸진 마시오. 젊은이가 사진 찍고 있을 때 내 한마디했더니 그는 얼른 말귀를 알아듣습디다."

반백의 사내가 말했다.

조용하고 세련된 말씨, 부드러운 표정, 온화한 기품 때문에 그는 마치 따뜻하게 평생을 살아온 노교수 같았다.

"내려주시오. 이건 인권유린이오."

"좋은 말이오, 젊은이. 나도 젊은이만한 나이에 인권을 위해 피 흘리며 싸운 적이 있었소."

302

"도대체 왜 이러는 겁니까?"

"사진 찍히길 싫어하는 내 버릇을 애들이 익히 잘 알고 있어서 무례한 행동을 하게 된 것 같소만……"

대머리가 카메라에서 필름을 뽑아내고 있었다. 나는 필사적으로 그것을 움켜잡았다. 실랑이가 벌어졌다. 하지만 대머리는 완력이 장사였다. 잡힌 손목이 으스러지는 것 같았다. 나는 비명을 내질렀다.

"좀 부드럽게 대접해드려라."

여전히 유연한 미소로 무장한 '반백'이 말했다.

"난 고소할 겁니다."

"내려드릴 테니 차번호를 외웠다가 고소하시오."

"차번호는 이미 외웠어요. 그리고 내릴 생각도 없고요. 필름을 돌려주기 전엔 물러서지 않겠어요."

"거 참, 다혈질의 젊은이로군."

"세상에, 백주의 대로상에서 이럴 수 있습니까?"

반백이 머리를 끄덕거렸다.

"지금은 인권 주간입니다. 그리고……"

나는 마른침을 꼴깍 삼켰다.

"그리고 여긴 대한민국 서울이란 말입니다."

"그렇소. 옳은 소리요. 여긴 대한민국 서울이 틀림없소이다.

허헛……"

반백은 소리 내어 웃었다. 운전사와 대머리는 내가 차에 태워
지면서부터 단 한 마디도 하지 않았다. 로봇처럼 그들은 기계적
으로 행동하고 있었다. 극히 필요한 것 이외엔 입을 열지 말라는
명령을 받은 듯했다.

"정말 내리지 않겠소?"

"물론이에요. 필름을 돌려주기 전에는 내릴 수 없어요."

"나중에 후회하는 일이 생겨도 그건 그럼 젊은이 책임이오."

"적반하장이라더니……"

기가 막혀서 나는 소리쳤다.

"도대체 당신은 누굽니까?"

대머리가 갑자기 내 팔을 약간 비틀었다. 관절이 빠지는 것처
럼 아팠다.

"말을 조심히 하라고 경고를 하는 걸 거요."

창밖으로 고개를 돌린 반백이 나직하게 중얼거렸다. 나는 입
을 다물었다. 좋아, 하고 나는 생각했다. 어디 한번 끝까지 물고
따라가보자. 잘하면 엉뚱한 데서 특종을 얻게 되는지도 모르지.
인권 주간을 맞아 인권유린의 현장 사진을 특집화보로 꾸미자는
기획은 본래 내가 세운 것이었다. 데스크에 앉은 부장은 그 기획
자체를 별로 탐탁하게 여기지 않고 있었다. 사진으로 드러낼 수

있는 인권유린의 현장이란 매년 해왔던, 그래서 판에 박은 듯한 사진밖에 더 있겠냐는 게 부장의 생각이었다. 어떤 의미에서 부장의 생각은 옳았다. 마감날이 박두해도 진실로 증언이 될 수 있는 생생한 현장을 포착할 수 없었다.

거보라고. 누가 인권유린하면서 사진기자 불러놓고 한대?

부장이 빈정거렸다. 나는 초조해졌다. 오늘만 해도 초조한 기분에 고아원과 영아원을 세 군데나 들렀다가 잡지사로 돌아오는 길이었다. 고아원에선 별로 소득이 없었지만 영아원에 갔을 땐 몇 컷 쓸만한 현장을 잡을 수 있었다. 그런데 그 필름까지도 통째로 대머리의 손에 빼앗기고 만 것이다. 차가 장충단공원을 오른편에 끼고 언덕을 올라가더니 이내 한강교를 박차고 영동지구로 들어섰다. 아파트의 숲이 끝없이 차창에 떠왔다. 나는 등받이에 기대고 가급적 편안한 자세로 앉았다.

아파트의 숲을 지나고도 한참이나 간 뒤 마침내 좌우에 소나무숲이 나타났다. 한적한 외길이었다. 곧 고전적이고 우아한 대문이 전방에 나타났다. 차가 다가서자 소리 없이 문이 갈라졌다. 불란서풍의 이층 양옥은 대문에서 이백여 미터 정원을 건너뛴 곳에 있었다.

현관에 차가 멎었고, 반백이 내렸다.

"잘 가시오, 젊은이."

"가다뇨?"

"허어, 고집이 세시군. 정 가기 싫으시면 얘들하고 하룻밤 묵고 가도 괜찮소만……"

"아니, 여보세요!"

반백은 현관으로 들어서고 있는 중이었다. 손녀딸인지, 머리에 빨간 리본을 단 열대엿 살쯤 돼 보이는 소녀가 그곳에 서 있다가 반백을 향해 다가오고 있었다. 영락없이 귀여운 손녀딸과 인자한 할아버지의 모습이었다. 나는 황급히 차 밖으로 한 발을 내려놓았다.

"가만있어!"

대머리가 문을 탁 닫았다. 다리가 끊어지듯 아팠다. 차는 다시 떠나 이층 양옥을 끼고 좌회전했다. 후원 역시 넓어서 울타리가 보이지 않았다. 숲의 안쪽을 지나자 허름한 벽돌집이 한 채 있었다.

"가기 싫음 여기 지하실에서 주무셔."

대머리가 빈정거리듯 말하며 나를 끌어내렸다. 나는 속수무책이었다. 벽돌집으로 들어서자 곧장 아래로 내려가는 철제 층계가 보였다. 나는 대머리에게 끌려 철제 계단을 내려갔다. 휑뎅그렁하게 빈 지하실이 아무런 장식도 없이 먼지를 쓴 채 나를 맞았다.

"필름만 돌려주시오. 그럼 아무 말 않고 그냥 가겠소."

한풀 꺾인 목소리로 나는 말했다.

"필름은 안 된다잖았어! 회장님은 사진 찍히는 걸 제일 싫어하시거든."

"그 양반을 촬영한 게 아니오."

"그분의 차를 찍는 것도 그래. 더군다나 기자라니 회장님이 제일 안 좋아하는 요소를 당신은 골고루 갖추고 있어."

"그 사람을 만나게 해주시오."

"웃기고 앉았네, 이 자식이……"

대머리가 다짜고짜 발길질을 했다. 나는 옆구리를 차이고 바닥에 태질당한 개구리처럼 쓰러졌다. 나와 함께 팽개쳐진 카메라에서 렌즈가 박살나는 소리가 났다.

"왜, 왜들 이러는 거요?"

"왜는 뭐가 왜야? 당신이 잘난 척 뻗대니까 그렇지."

"고발하겠소, 난!"

"말이 많아, 이 친구가!"

운전사가 구둣발로 내 머리통을 콱 밟았다. 입술이 터져서 피가 흘렀다. 나는 발작적으로 일어서서 운전사를 머리로 받았다. 그러나 그는 나보다도 훨씬 빨랐다. 슬쩍 비켜서더니 달려드는 내 복부에 무릎을 들이대었다. 비명을 지르고 배를 움켜잡으며 나는 쓰러졌다.

"얘가 성깔이 대단하군."

대머리가 말했다.

"그 성깔, 죽여줘야 되겠어."

"암, 자네가 한번 고쳐줘보게나."

대머리가 팔짱을 끼고 물러섰다. 대머리는 어느새 철봉대 같은 쇠파이프를 들고 있었다. 운전사의 구둣발이 먼저 가슴으로 날아들어왔다. 나는 얼굴과 무릎을 끌어안고 본능적으로 엎드렸다. 주먹과 발길질이 옆구리, 엉덩이, 등에 무차별적으로 떨어지기 시작했다. 이런 식의 야만적인 폭력은 처음이었다. 대머리와 운전기사가 뭐라고 대거리를 하면서 킬킬거리고 있었다. 말소리는 하나도 제대로 들리지 않았다.

"새꺄, 그래도 필름 달라고 손 내밀 거야?"

"아, 아닙니다."

나는 말했다. 어디가 어떻게 깨졌는지 핏물이 눈으로 스며들어 앞이 안 보였다. 나는 나도 모르게 시멘트 바닥에 무릎을 꿇고 있었다. 잘못하면 맞아 죽을 거라는 공포감이 나를 사로잡고 있었다. 내가 기자였다는 사실이나, 차에 태워져온 횡단보도나, 인권 주간 따위는 전혀 생각나지 않았다. 그들은 능히 나의 배를 가르고 내장이라도 꺼낼 것 같았다.

"제발, 제발 보내주세요."

"진즉 그럴 일이지. 내게 맡겨져 다행인 줄 알아, 이 새꺄. 저 아저씨는 불과 몇 분 안에 네 손톱과 발톱을 모조리 뽑아낼 수 있어. 그런 사람이야. 헛, 안 그런가!"

"암, 손톱이 아니라 히힛, 목을 뽑아버릴 수도 있지!"

운전사의 말을 대머리가 받았다.

"잘못했습니다……"

나는 울면서 빌었다.

"금방 무릎 꿀 거면서 왜 까불어! 이봐, 회장님께선, 지난 십 년간 한 번도 사진을 찍어본 일이 없으신 분야. 그걸 알아야지. 오늘은 늦었으니까 여기서 주무셔야 되겠어. 밤새 반성하면 새 벽에 보내줄게."

그들은 휙휙 휘파람을 불면서 층계를 올라가더니 쾅 하고 지하실 문을 닫았다. 쇠지렛대를 밖에서 거는 비정한 금속성이 내 가슴에 비수처럼 내리꽂혔다. 아, 무엇이 어떻게 됐단 말인가. 흐르는 피를 훔쳐내면서 나는 부르짖었다. 입안에 뭔가 이물질 이 있는 것 같아 뱉어냈더니 피 묻은 어금니였다. 아침부터 날씨 가 좋았고, 사람들은 그래서 너나없이 거리로 쏟아져나왔으며, 눈이 마주치면 누구에게든 인사하고 싶은 그런 하루였다. 너무 나 평범하고 안온한 하루였다고 나는 기억했다. 그런데 도대체 무슨 일이 내게 일어났는가. 이만 부러진 게 아니라 갈비뼈도 부러졌는지 조금만 움직여도 비명이 절로 나왔다. 카메라는 박살이 난 상태였다. 나는 무력한 카메라를 바라보았다. 뜨거운 것이 목젖을 치고 올라왔다. 인권 주간이었고, 나는 기자였다는 생각이 그제야 났다.

사흘 후 저녁 무렵, 나는 대학동기이며, 신문사 사회부에 재직 중인 김기자와 만났다. 경찰서와 치안국 쪽을 출입하고 있는 김기자는 소주가 한 병이 다 비워질 때까지 내가 알아봐달라고 부탁했던 일의 결과를 화제로 꺼내지 않았다. 답답해서 참지 못하고 나는 먼저 말했다.

"어떻게 됐어, 좀 알아본 거야?"

"알아봤지."

김기자는 소주 한 잔을 재빨리 목구멍에 털어넣었다.

"어떤 사람이야, 도대체?"

"그냥……겉으론 몇 개의 기업을 거느린 예비 재벌쯤 되는 사람이던데……"

"전엔 뭐하던 사람인데……"

"모르겠어, 그건. 경찰 라인으로 알아봤는데 어물어물 대답을 피하더라고."

"대답을 피하다니?"

"낸들 아나. 그저…… 그런 거 같더라 이거지."

내 시선을 피해서 김기자가 담배를 빼물었다. 얼핏, 뭔가를 그가 숨기고 있는 것 같다는 직감이 나는 붙들었다. 김기자는 한사코 내 시선을 피하고 있었다.

"자네 혹시 나한테까지 말 못하고 있는 거 있나?"

"말 못하다니, 이 사람아. 정말 그쪽에 알아봤지만 사업하는 사람이란 것밖에 듣지 못했어. 경찰이라고 어떻게 모든 사람의 과거까지 다 알 수 있느냐 하더라고. 나로선 할말 없잖아?"

침묵이 왔다.

불완전한 침묵이었다. 나는 잔을 비우고 찌개를 한 숟갈 입에 물었다. 너무 쓰라려서 저절로 이마가 찡그려졌다. 엊그제 그 지하실에서 맞을 때 입안이 터진데다 이가 두 개나 부러졌기 때문이었다. 눈두덩은 아직껏 부어 있었고 이마는 찢어졌으며 조금만 움직여도 옆구리가 뜨끔뜨끔 결리곤 했다. 그들이 그렇게 하고자 했다면 그들의 말대로 그들은 능히 내 손톱과 발톱까지 다 뽑아냈을 터였다. 수도 서울의 대로에서 명색이 기자인 나를 불문곡직 납치해다 무차별적인 폭력을 행사해도 될 권리를 가진 사람이 있다고 믿을 수는 없었다. 명색이 그래도 민주국가 아닌가.

그날 새벽 그들이 나를 차에서 내려준 건 장충단공원이었다. 나는 절룩거리면서 경찰서로 직행하였다. 나는 내가 끌려갔던 그 집을 찾을 수도 있었다. 신고를 받으면 즉각 경찰차가 출동하리라고 나는 생각했다. 대머리와 운전사는 물론 '반백'의 노신사도 즉각 연행될 터였다. 그러나 신고를 받은 경찰은 늘어지게 하품을 했다.

"조사해보겠습니다."

담당관은 간단히 내 진술을 메모했다. 즉각 출동하지 않는 경찰이 원망스러웠으나 어쩔 도리가 없었다. 하루가 지났을 때 경찰서로 나오라는 전화가 걸려왔다. 대머리와 운전사를 이미 붙잡아온 모양이라고 나는 상상했다. 그러나 그것은 순진한 상상이었다.

"말씀해주신대로 문제의 그 집 주인에 대해 알아봤습니다만."

담당 형사는 느긋한 표정을 했다.

"뭔가, 오해가 있었나봐요. 그 집 사장님은 절대 그럴 사람이 아니었습니다. 또 선생 같은 사람은 만나본 적조차 없다고 하고 말예요. 그 시간에 외출을 한 일도 없대요. 뭐 결정적 증거가 될 만한 다른 게 있습니까?"

"이게 증거 아녜요!"

부어오른 눈두덩을 가리키며 나는 소리쳤다. 담당관이 풀썩,

웃었다.

"필요한 건 맞았다는 증거가 아닙니다. 확실히 누구에게 맞았다는 그 증거가 필요합니다. 선생이 물고 늘어진다면 저쪽에선 무고죄로 맞고소를 할 거예요. 돈을 뜯기 위해 상습적으로 시비를 거는 사람들이 많다고 그래요. 저쪽에서. 뭐 기자분이 그럴 사람이라곤 생각하지 않지만요."

"내가 적어준 차번호가 있잖소?"

"예, 말씀하신 그 번호는 맞습니다. 그 차번호를 수배해 우리도 알아본 거지요. 하지만 선생께서 말한 운전사의 인상착의는 달랐어요."

"다르다니, 어떻게 말이오?"

"우리가 만나본 운전사는 나이가 오십이 다 된 사람이었어요."

"거짓말이오!"

나는 너무나 화가 나서 책상을 쳤다.

"새로 바꾼 거요. 운전사를 말입니다."

"운전사는 바뀌지 않았습니다. 벌써 여러 해가 넘었대요."

"세상에……"

"웬만하면 그냥 돌아가시죠. 뭐 취중에 골목에서 똘마니들한테 잘못 걸렸던 게지요. 술이라는 게 참, 사람 우습게 망신시키죠."

"아니 도대체!"

나는 그러나 말문이 탁 막혔다. 담당 형사는 아예 나를 알코올 중독자로 취급하고 있었다. 송편으로라도 멱을 따고 싶은 심정이었다. 경찰을 앞세워서 진실을 파헤칠 방법은 막혀 있었다. 김기자한테 그 '반백'의 신원에 대해 알아봐달라고 부탁한 것은 그런 까닭에서였다.

"자네 혹시, 정말 취해서 사고가 난 거 아냐?"

김기자가 말했다.

"자네까지도 내 말을 못 믿는단 말인가?"

"그럴 수도 있잖아. 취중에 건달들한테 그 근처로 끌려갔다가……"

"나는 취하지 않았어. 이건 멀쩡한 백주의 대로상에서 발생한 일이야. 인권 주간 특집기사 때문에 쫓기는 판이었는데 술이라니!"

절망적인 심정이 되어 나는 술잔을 탁 하고 내려놓았다.

"어쨌든 말일세……"

김기자의 얼굴에 짙은 그늘이 떠올랐다.

"이번 일은 잊어버려. 자네 말이 설령 모두 사실이라고 하더라도 뾰족한 수가 없잖나. 그 회사 쪽에 알아봤더니 경찰 말대로 운전사는 오십대 남자가 맞아. 회장님을 워낙 오래 모셔서 이사 대우래. 이리되면 경찰에 백번 쫓아가도 세상은 자네 말보다 저쪽 말을 더 믿을 거야. 경제부 기자들 말도 일치하고 있어. 그 회장님, 기업인으로선 드물게 두루 존경받는 분이라는 거야. 소문이 다 그렇대. 언론 기피증인지 기자들 중 그 양반을 만난 사람은 없대."

"우선 그치를 직접 만나봐야 되겠어. 자네가 증인이 돼주겠지?"

"어떻게 말인가?"

"함께 좀 가주게. 부탁이야. 혼자 갔다가 또 당한다고 하더라도, 이런 식이라면 속수무책 아닌가?"

"좋아. 대신 조건이 하나 있어."

"조건?"

"만약 현장에서 어떤 증거가 발견 안 되면 자네도 깨끗이 이 일을 잊어버리는 거야."

"아, 알았어."

나는 도리 없이 고개를 끄덕거렸다. 현장에 가보면 내 말을 뒷받침해줄 만한 뭔가 남아 있을 터였다. 나는 그렇게 믿었다. 하다못해 지하실 바닥에 말라붙은 내 피나 깨어진 렌즈의 조각이라도 왜 남아 있지 않겠는가. 빨간 리본을 매고 현관에 나와 있던 앳된 소녀의 모습이 그때 떠올랐다. 옳거니. 나는 쾌재를 불렀다. 어린 손녀딸한테까지 거짓말 시키진 못할 거라고 나는 생각했다. 나는 김기자와 동행, 곧장 그 '반백'을 찾아 숲속의 이층양옥으로 찾아갔다.

"기다리십시오."

김기자의 명함을 받아든 수위가 안채에 잠시 전화 연락을 했다. 안채에 이르는 보도 좌우엔 수은등이 도열하듯 줄지어 서 있었다. 마치 중세의 고성으로 들어가는 입구에 있는 것 같았다.

"휴, 굉장하군."

김기자가 속삭였다.

"들어오시랍니다."

수위가 문을 열었다. 안으로 한 발 들어서자 엊그제는 못 보던 작은 건물이 대문 안쪽에 있었다. 밖에선 보이지 않는 건물이었다. 수위실 겸 경비실인 것 같았다.

"저, 아저씨. 말 좀 한 가지 물어보겠습니다."

수위에게 먼저 말을 붙였다.

"엊그제 저녁때 혹시 회장님 차에 함께 타고 들어간 날 보신 기억 안 납니까?"

"모르겠는뎁쇼. 엊그젠 볼일이 있어 시골에 가 있었거든요."

"그럼……"

나는 마른 입술을 혀로 핥으며 물었다.

"대머리처럼 머리를 빡빡 깎아버린 사람, 아시죠?"

"그, 글쎄요. 제가 알기론 그런 사람이 없는데……"

"경호원인 모양인데 빡빡머리, 없습니까. 그럼 운전사는 어떻습니까?"

"운전사요?"

수위가 그때 고개를 돌렸다.

"마침 저기 나오고 있네요. 저분이 회장님 차 운전사입니다만."

허리가 꾸부정한 장년의 한 사내가 수은등 불빛을 정면으로 받으며 걸어나오고 있었다. 당연히 낯선 사내였다. 나를 무차별로 두들겨 패던 운전사와는 너무도 다른 인상이었다.

"회장님 댁에 운전사가 저 사람뿐입니까?"

조급하게 나는 물었다.

"필요할 땐 저도 운전을 또 하니까요."

아무런 실마리도 잡히지 않았다. 나는 입술을 깨물며 안채를 향해 김기자를 앞질러 갔다. 회장의 운전기사가 뭐라고 했지만 내겐 들리지 않았다. 대리석을 정교하게 붙인 현관 앞으로 다가들자 저절로 불이 밝혀지면서 소리 없이 문이 열렸다. 반백의 낯익은 사내는 여전히 온화한 미소를 띠고 응접실의 호화로운 소파에 앉아 있었다.

"어서 오시오. 처음 뵙습니다."

그가 손을 내밀었다. 나는 그의 손을 잡지 않았다. 공포감과 증오심 때문에 나도 모르게 몸서리가 쳐졌다. 반백이 김기자의 명함을 건네받고 있었다.

"난 회장님이 구면입니다."

"아, 그래요. 나는 선생을 본 일이 없는데……"

"바로 엊그제 오후 회장님 차에 태워져 이곳에 왔었잖아요."

"내 차에?"

"그래요. 회장님 차, 회장님 옆 좌석에."

"무슨 말인지 난 모르겠구려. 경찰에서도 전화가 왔었다는 말, 비서를 통해 들었소만, 용건이 그런 허무맹랑한 소릴 하는 거라면 돌아가주시오."

"사실은 이 친구에게 쉽게 납득할 수 없는 이야기를 들어 왔습니다. 좀 도와주십시오."

김기자가 정중한 말투로 끼어들었다.

"난 인터뷰는 안 합니다. 그러나 젊은이들과 터놓고 대화하는 건 좋아합니다. 예까지 왔으니 이야기나 들어봅시다. 뭘 어떻게 도와주면 되겠소?"

그때 머리에 여전히 빨간 리본을 매단 소녀가 차 쟁반을 들고 들어왔다. 반백의 손녀딸인 줄 알았는데 손녀가 아니라 차 심부름 하는 여자애인 모양이었다. 어쨌든 반가운 출현이 아닐 수 없었다. 반백을 향해 다가올 때 소의 눈이 나를 훑듯이 지나갔었다고 나는 생각했다. 소녀는 나를 기억하고 있을 것이었다. 나는 조급하게 소녀를 향해 물었다.

"저기, 날 본 적이 있지?"

소녀가 깜짝 놀라는 듯했다.

"엊그제 저녁때 말이야."

"……"

"엊그제 저녁때, 회장님 차에 함께 타고 왔었잖아?"

"허허, 그앤 선천적으로 벙어리예요. 말을 알아듣지 못합니다."

찻잔을 집어들며 반백이 설명했다. 소녀는 끝내 아무 말도 안하고 응접실을 나갔다. 나는 차를 마시지 않았다.

"도대체……"

반백이 자리를 털고 일어섰다.

"도와달라는 게 뭐요, 돈입니까?"

"저쪽 뒤엔 헛간이 있다고 들었습니다. 그곳을 좀 보고자 합니다."

김기자가 말했다.

"허어 참, 영문을 알 수가 없군요. 난 젊은 기자분들이라서 잠시 만났는데 헛간을 보여달라니……"

"나중에 설명을 드리겠습니다만……"

"설명은 필요 없소. 헛간을 보시오. 그런 다음 곧장 내 집에서 나가시오!"

반백은 뒤도 안 돌아보고 안으로 사라졌다. 김기자와 나는 대문에서 만났던 수위의 안내를 받으며 바로 이틀 전에 한밤을 뜬 눈으로 새웠던 뒤뜰의 벽돌집의 지하실로 갔다. 내가 끌려 내려갔던 층계엔 누가 보아도 최근에 사람이 드나든 흔적이 없는 듯 흙먼지가 쌓여 있었다.

"하도 오래 사용하질 않아서……"

수위가 중얼거리며 자물쇠를 열었다.

"아니, 이럴 수가…… 이럴 수가……"

텅 빈 지하실을 들여다보다가 너무 놀라서 나는 벌린 입을 다물지 못했다. 몇 년 동안 그대로 방치돼 있었던 것처럼 그곳 역시 오래 묵은 먼지가 빈틈없이 쌓여 있었다. 핏자국도, 깨어진 렌즈도 물론 발견할 수 없었다. 핏자국을 씻어냈다면 씻어낸 자국이라도 있어야 할 터였다. 그러나 아무 흔적도 없었다. 바로 이틀 전에 그곳에 끌려 들어와 무자비한 폭력을 경험했던 나까지도 최근 그곳에 사람이 들어왔다고 믿을 수 없을 정도였다.

"역시 자네 착각이었어."

시내로 돌아오는 택시 안에서 김기자가 중얼거리듯 말했다.

나는 고개를 흔들었다. 아냐, 나는 몽유병 환자가 아냐. 절대로, 그렇다. 절대로 나는 승복할 수 없었다. 내 육체가, 부러진 이, 찢어진 이마, 부은 눈두덩이가 여실히 증거하고 있는 폭력이었다. 무엇인가, 정교한 트릭이 잠재해 있는 게 확실했다. 명백한 실체를 가리는, 아니 수많은 보통 사람들의 눈과 귀를 완전히 가리는 교묘한 속임수가 존재하고 있는 게 틀림없었다.

택시가 장충단공원 앞을 지나가고 있었다. 그때였다. 쭉 곧은 키, 단정한 제복의 사내, 젊은 제왕 같았던 그 교통순경이 떠올랐다.

"참, 그래!"

김기자의 손을 잡으며 나는 소리쳤다.

"교통순경이 있어. 그는 내가 그 차에 실려간 걸 보았으니 기억할 거야."

"자네……"

안타까운 표정이 되면서 김기자가 따뜻하게 내 어깨를 안았다.

"이제 보니 아직 어린애군. 만약에, 만약에 말이야. 자네 진술이 다 사실이라도 교통순경 따윈 아무 필요 없어. 헛간을 그만큼 완벽하게 재현할 정도라면 교통순경 입에는 벌써 재갈을 열 개쯤은 물릴 수 있는 사람이야. 자네한테 말할 수 없는 사실이 있어. 난 알지. ……포기하게. 자넨 상대가 안 되는 게임을 하고 있다는 걸 알아야 돼. 알겠나?"

"이건 게임이 아니잖나?"

절망적인 심정이 되면서, 그러나 무언가 지푸라기 하나라도 붙잡고 싶은 안타까움이 차면서 나는 신음하듯 말했다.

"이건…… 기본권의 문제란 말야."

"쯧, 기본권이 지켜지는 세상인 줄 알았단 말인가. 이 사람, 아무 소리 말고 가서 술이나 코 삐뚤어지게 마시자고."

수많은 차량들이 질주하고 있었다.

그러나 골목마다, 보도마다, 내장이 드러난 성긴 콘크리트마다 음험한 어둠이 칼을 갈면서 숨어 있음을 난 깨달았다. 겉으로 포장돼 있는 이 도시의 평화는 철저히 가짜였다. 어디서든, 아니 누구든 치명상을 입을 덫을 얼마든지 밟을 수 있는 세상이었다. 명색이 기자인 내가 이런데 다른 보통 사람이라면 어떻겠는가. 그렇구나, 하고 나는 고개를 끄덕거렸다. 나는 창 너머를 보았다. 도처에, 찾아낼 수도 알아볼 수도 없는 흉기들이 은밀히 우리를 겨냥하고 있는 거리에 사람들이 웃으면서 걸어가고 있었다. 울컥, 끈적끈적한 것이 목줄기를 건드리다 솟아올라왔다. 소년처럼 나는 소리 없이 눈물을 닦았다.

"김기자, 자네…… 자네도 내 말을 믿지 못하겠나?

"믿어!"

어깨를 안은 손에 힘을 주면서 김기자가 낮게 속삭였다.

"첨부터 난 자넬 믿었지. 또 첨부터 자네가 어떻게 할 수 없으리란 것도 알았고 말야."

"……"

"진짜 폭력이 필요한 세상이야."

마지막 김기자의 말은 너무 낮아서 거의 들리지 않았다.

──그날 밤늦게 나는 칼을 한 자루 샀다. 총이나 대포를 살 수 없는 게 한이었다. 내가 산 것은 겨우, 하얗게 날이 선 단검 한 자루였다.

—

흉기 3
—그들은 그렇게 잊었다

G역에 내렸을 땐 정오가 좀 지난 다음이었다.

　햇빛이 이글거리며 내리꽂히고 있었다. 나는 역 광장 한끝의 가게에서 요구르트 한 병을 집어들었다. 늙수그레한 주인 남자는 파리채를 든 채 졸다가 입맛을 쩍 다시며 눈을 떴다.

　"상공리는 어디로 가야 합니까?"

　"상공리?"

　남자가 미심쩍다는 표정을 했다.

　"걸어갈 생각이슈?"

　"차가 있습니까?"

　"하루 두 번, 마이크로가 간다우. 다섯시가 넘어야 떠날 거요. 강을 넘으면 거기가 바로 상공리지. 삼십 리가 넘는 거리라우."

땡볕 아래를 걷기엔 좀 먼 거리이긴 했으나 그렇다고 마이크
로버스를 타기 위해 기다리고 싶지는 않았다. 기다리는 데 나는
지쳐 있었다. 내가 탄 완행열차는 정거장마다 삼십 분이고 한 시
간이고 제멋대로 머물렀고 그래서 나는 새벽부터 거의 여덟 시
간 이상을 딱딱한 의자에 앉아 있어야만 했다. 승객들 중의 어느
한 사람도 열차의 지연에 대해 따져 물으려고 하지 않았다. 그들
은 따져 묻기는커녕 분노조차 느끼지 못하는 것 같았다. 표정 없
이 그저 기다리고 기다리고 또 기다릴 뿐이었다. 더이상. 나는
생각하였다. 그런 사람들 틈에 섞여 있지는 않겠다, 라고.

"어디서 오슈?"

"서울요."

"저런."

남자가 혀를 찼다.

"서울서 오려면 호남선을 타지 그랬소. J시에서 내렸음 상공
리까지 버스가 자주 있는데. 뒷문으로 들어가는 꼴이구려."

기적 소리가 그때 들려왔다. 내가 타고 온 완행열차가 뒤따라
온 특급을 앞세우고 그제야 막 G역을 떠나고 있었다.

"택시를 대절할 생각은 없소?"

가겟집 남자가 또 물었다. 파리 한 마리가 내 무릎에 앉았다.
나는 손바닥을 매미채처럼 오그려서 재빨리 놈을 덮쳤다. 손가

락 사이에 놈의 몸통이 끼였는데 힘을 주자 톡, 몸통이 터지고 액체가 흘러나왔다.

나는 가겟집 남자와 작별하고 읍 거리로 들어섰다. 내가 택시를 대절할 돈이 없다는 걸, J시 쪽으로 오지 않은 것도 J시 쪽으로 주로 오는 열차가 특급이어서 돈을 아끼기 위해서라는 걸, 그 남자가 눈치챘는지 어쨌는지는 알 수 없었다. 눈치챘다고 하더라도 할 수 없지만.

배가 고팠다.

나는 돈이 아까웠지만 네거리 근처의 중국집에서 자장면 한 그릇을 사먹었다. G읍은 오래된 소읍이었다. 날씨가 너무 더워서인지 거리는 죽은 도시처럼 비어 있었다. 나는 낡은 가죽가방을 허리까지 닿도록 어깨에 메고 절룩절룩 G읍을 지났다. 자장면을 먹었기 때문에 기차에서 내렸을 때보다 한결 힘이 났다. 부옇게 먼지가 쌓인 낮은 지붕들이 인상적이었다. 색 바랜 유리창과 찢어져 너풀대며 시멘트 벽에 붙어 있는 지난번 선거 벽보들, 함부로 칠이 벗겨진 함석 간판들, 그리고 콧등에 앉은 파리를 쫓을 생각도 안 하고 거리 모퉁이에서 잠든 늙은 수캐 앞을 나는 지나갔다.

햇빛은 여전히 이글이글 불타고 있었다.

모든 것이 햇빛 때문에 허옇게, 비듬 같은 빛깔로 죽어 넘어져 있었다. 읍내를 빠져나오자 길은 서편으로 쭉 곧게 열려 있었는데, 강은 아직 보이지 않았다. 햇빛 때문에 죽어 넘어져 있기로는 그곳도 마찬가지였다. 좌우의 땅콩밭도, 풀도 모두 흰빛이었다. 흙먼지가 내 구두코와 바짓가랑이를 덮듯이 그것들을 덮고 있었다. 참 대단한 햇빛이었다. 잘하면, 햇빛은 살인이라도 저지를 수 있을 것 같았다.

1960년, 그해 4월의 햇빛이 생각났다.

총을 맞고 아스팔트에 토끼 새끼처럼 죽어 넘어진 선배, 친구들의 피 묻은 얼굴 위에 햇빛이 꽂히고 있었다. 지금처럼 순백색의 햇빛이었지만 그러나 지금보다 더 강렬한 햇빛이었다. 그때의 햇빛은 뭐랄까, 건강한 데가 있었다. 햇빛이 닿은 자리는 더 명확해 뵈고 햇빛이 닿은 자리는 더더욱 싱싱해 보였다. 햇빛 때문에 뭐든지 떨치고 일어서리라는 생각을 그때 했다. 종로 어디였지. 내 다리에서 흘러나온 피가 복도를 적시는 걸 나는 햇빛 아래 보았다. 햇빛이 피를 더욱 붉게 했다. 피가 새벽 술처럼 싱싱해 보일 수도 있다는 것을 나는 그날 햇빛 때문에 알았다. 천지가 햇빛이었다.

그러나, 하고 나는 가방을 고쳐 메며 부옇게 먼지를 뒤집어쓰고 죽어 있는 좌우의 땅콩밭을 바라보았다. 그러나 지금 이 햇빛은 다르다. 이 햇빛은 싱싱한 것도 싱싱하지 않게 한다. 명확한 것도 명확하지 않게 한다. 힘찬 것도 힘차지 않게 한다. 이 햇빛은 사물을 마비시킨다. 그래서 오래된 분뇨통 속처럼 부글부글, 삭아 끓게 만든다. 이 햇빛은.

길은 바싹 마른 자갈밭이었다.

짧은 쪽의 발을 내디디면 발에 힘이 들어가기 때문에 풀썩, 먼지가 피어올랐다. 떡고물처럼 미세한 먼지였다. 짤뚝짤뚝, 나는 절룩이며 걸었다. 온몸이 땀으로 젖은 지 오래였다. 가도 가도 나무 그늘 하나 없는 메마른 외길이었다. 강이 보이리라. 나는 강을 생각하려고 했다. 그러나 강보다 먼저 구더기떼가 떠올랐다. 구더기떼를 삽으로 떠다가 햇빛 아래 놔본 적이 있었다. 구더기는 생각보다 오래 살았다. 시멘트 바닥이었는데, 시멘트 바닥은 부패되지 않았으므로 부패된 곳을 좋아하는 구더기는 삽시간에 죽어 넘어질 줄 알았다. 그런데 구더기는 오래 살았다. 그것들은 몸통을 바싹 오그려붙이고 시멘트 바닥이 부패되기를 기다리고 있었다. 물론 시멘트 바닥은 부패되지 않았다. 구더기는 그래서 결국 죽었다. 마지막으로 햇빛을 피하려고 꾸물꾸물 힘겹게 기어나가다가 어느 지점에선가 그것들은 희끄무레한 피부를 또르르 말고 죽어 넘어졌다.

당신 대체 무슨 짓이우?

아내가 말했다. 아내는 다행히도 그때까지 내가 햇빛 속의 시

멘트 바닥에 놓여 있는 구더기와 같다는 걸 모르고 있었다. 그것
은 다행스러운 일이었다. 아내는 비를 들고 구더기를 쓰레받기
에 쓸어 담았다. 구더기의 시체들은 부패되기 알맞은 땅, 시멘트
바닥이 아니라 쓰레기통 속으로 들어갔다. 내가 물었다. 구더기
는 다시 살아날까. 아내가 웃었다. 구더기가 예수래요, 다시 부
활을 하게.

나는 시멘트 바닥의 구더기처럼 걸었다.

강이 마침내 보였다. 아주 멀리, 강의 한 자락이 죽어 자빠진
물고기의 흰 배처럼 보였다. 나는 실망하며 잠시 걸음을 멈추었
다. 강이 보이면 강이 가까울 것이라고 생각했던 게 잘못이었다.
강은 보였지만 강은 아직 멀고 멀었다. 흰 자갈길이 곧게 나가다
가 가물가물한 서쪽 끝에서 강과 남몰래 만나고 있었다. 쌍, 하
고 나는 아직도 걸어야 할 길이 많이 남아 있는 것이 마치 햇빛
때문이라는 듯이 잔뜩 독이 올라 겁도 없이 해를 올려보았다. 순
백색 칼끝이 기다렸다는 듯 이내 두 눈을 찔렀다. 나는 비명을
내지르며 눈을 감싸쥐었다. 까불지 마. 해가 말했다, 해가.

그때였다.

나는 무슨 소리인가, 소리를 들었다. 고개를 돌려 보자 내가
떠나온 읍내 쪽의 자갈길에 금속 광채의 뭔가가 보였다. 햇빛을
정면으로 받고 그것은 기세등등 이편으로 오고 있었다. 뽀얗게

먼지 기둥이 솟아올랐다. 오토바이였다. 먼지 기둥이 죽자사자 오토바이 뒤를 따라오고 있었다. 나는 체면 불고하고 허겁지겁 길 가운데를 막아섰다. 오토바이가 삐걱, 하고 멎었고 이내 뒤따라오던 먼지 기둥이 오토바이와 나를 감싸버렸다.

"뭐요!"

쉬고 갈라진 목소리가 들렸다. 먼지 속이라 오토바이 위에 앉은 사람의 얼굴은 아직 확실히 보이지 않았다.

"좀 태워주십사 하고요. 발이 온통 부르텄어요."

"젠장할."

상대편이 투덜거렸다.

비로소 중년을 막 넘긴 듯한 한 사내의 얼굴이 보였다. 토인처럼 새카만 얼굴이었다. 눈썹과 입술과 머리는 먼지를 뒤집어써서 보얗게 탈색되어 있었고 작은 눈알만 빤질빤질했는데 그 이목구비가 제멋대로 생겨 기이한 느낌을 주었다. 아니 제멋대로 생겼다기보다는 추악하게 생겼고, 기이하다기보다는 불쾌하다고 해야 옳다는 것을 나는 이내 깨달았다. 불그죽죽한 썩은 단풍잎 하나가 사내의 왼편 볼에서부터 목까지 뒤덮고 있었다. 단풍잎에 해당되는 살은 오톨도톨하게 늘어져 있었다. 공연히 오토바이를 세웠다는 생각이 들었다.

"공짜로 탈 배짱이슈?"

"네?"

"이 오토바이를 말이오."

사내는 손잡이를 두들겼다. 그리고 사내는 웃었는데 웃자마자 그의 볼, 단풍잎이 주름살을 만들며 한쪽으로 길게 밀려났다. 파충류 같았다.

"몸도 성찮으신 모양인데, 좋수다. 대신 뱃삯이나 그쪽에서 내구려."

사내는 내가 짝짝이 다리를 가졌다는 걸 그제야 안 얼굴을 했다. 당신 얼굴의 단풍잎보단 차라리 짝짝이 다리가 낫겠소. 나는 그러나 말을 하지 않았다. 먼지를 날리며 오토바이가 다시 떠났다. 땅콩마저도 열매를 맺기엔 너무 거친 땅이라는 걸 땅주인들도 알고 있는가보았다.

땅콩은 대부분 죽어 있었다.

"꼭 붙들어!"

사내가 악을 썼다. 내가 한 손만으로 자신의 허리를 붙잡고 있는 게 사내는 별로 마음에 들지 않은 모양이었다. 오토바이는 자갈에 받쳐 함부로 들까부는 중이었다. 나는 별수없이 나머지 한 손도 사내의 허리를 향해 내밀었다.

"떨어지면 그냥 박살나는 거요."

사내가 덧붙였다. 쏜살같이 강과 두 채의 초가가 다가들었다.

기고만장하던 햇빛도 마침내 출렁출렁 움직이며 오토바이 옆으로 쓰러져 누웠다. 박살나는 햇빛. 초전 박살, 하고 친군 말했었다. 알겠나, 초전 박살? 친구는 가전제품 회사의 영업부장이었다. 누구든지 입사하면 우선 뛰어야 해. 친구는 찻집 탁자를 손가락 마디로 탁, 탁, 탁 두들겼다. 실적을 올려야 해. 요즘엔 선풍기 냉장고가 잘 나가. 두 달 만 판매 실적을 잘 올리면 그다음은 쉽지. 처음 두 달이 중요해. 이를테면 그것도 역시 초전 박살이었다. 경쟁자들을 밟고 가려면 처음의 실적이 우선 좋아야 한다. 고객을 상대할 때도 마찬가지다. 뜸들이지 말고 처음 오 분 안에 승세를 굳혀야 하는 것이다. 바야흐로 초전 박살의 세상이었다. 자네가 원한다면 육 개월 후에 내 내근으로 돌려줌세. 그러나 그 육 개월의 판매 실적이 좋아야 돼. 초전 박살을 밤마다 백 번, 오백 번씩 외게나. 나는 이미 취직을 포기하고 있었다. 친구가 나보다 더 빨리, 내가 가전제품 회사의 임시 영업사원 자리를 포기하리라는 걸 알았을 터였다. 친구는 나를 초전 박살 냈다.

요즘은 여기도 자리 얻기가 쉽지 않아.

선배도 초전 박살엔 귀신이 다 되어 있었다. 선배는 아파트 관리소장이었다. 흰 봉투를 한 주먹이나 서랍에서 끄집어내 보였다. 이게 전부 이력설세. 중령 출신도 있고 초등학교 교장을 했던 사람도 있고 한때는 사장 노릇을 했던 사람도 있어. 야간 경비라도 좋으니 입에 풀칠 좀 하자 이거야. 선배는 내가 중령 출신보다도 초등학교 교장보다도 사장보다도 훨씬 못한 일을 해왔다는 걸 알고 있었다.

나는 이십 년 가깝게 우체국 직원이었다. 임시직으로 들어가서 팔 년 만에 정식 직원이 되고 정식 직원으로 다시 구 년 만에 모가지를 내놨다. 퇴직금은 오백만 원도 되지 않았다. 선배는 끝내 퇴직금에 대해 말했다.

또 어떤 아는 사람은 말했다.

살려면 무슨 짓인들 못하나 아직도 고생을 안 해봐서 그래. 자네야 바로 말해 언제 고생한 적 있었나, 단칸 셋방에 산다고 해도 그렇지. 월급 받아서 먹기야 또박또박 먹고…… 아는 사람은 고생고생 끝에 지금은 남대문 시장에서 가죽 제품 장사를 하고 있었다. 나는 허리띠와 지갑을 장바닥에 늘어놓고 팔았다. 경비원이 내 옆구리를 구둣발로 찼다. 당신 어디서 굴러왔어? 경비원은 그래도 분이 안 풀리는지 내가 팔던 허리띠를 빙빙 돌리며 말했다. 다리 한쪽마저 없어지기 전에 꺼져, 하고. 내가 아는 사람이 가죽 제품 상점을 하는 아무개 아무개라는 말은 비춰보지 못했다. 경비원 역시 초전 박살에 능했다.

초전 박살에 능하기론 누구나 마찬가지였다.

사람도 아닌 것이 초전 박살에 능한 것도 많고 많았다. 외판상

336

도 보름간 했다. 누구세요? 사람 없는 인터폰이라는 것이 혼자 말했다. 내가 뭐라고 머뭇거리면, 안 사요, 인터폰은 역시 나를 초전 박살 냈다. 개새끼들도 그랬다. 대문이 열린 집엔 꼭 그놈의 개들이 있었다. 성한 한쪽 다리나마 개한테 물어뜯기지 않으려면 역시 나는 초전 박살 당해야 했다. 개들은 말했다. 꺼져. 꺼지지 않음 물어뜯겠어. 으르릉, 컹컹.

부르르릉.

오토바이는 햇빛과의 정면 대결에서 초전 박살의 자세였다.

햇빛은 그러나 오토바이 좌우에서만 비틀비틀 쓰러지고 있었다. 땅콩밭의 햇빛은 끄떡도 하지 않았다. 햇빛은 순백색이었다. 땀이 눈으로 들어갔다. 사내가 휙휙 휘파람을 불었다. 사내는 햇빛을 아무 생각 없이 그냥 햇빛이라고만 보는 듯했다. 1960년의 햇빛을 그가 알까. 뚱딴지같은 의문이 목젖에서 미끄럼을 탔다. 모를 테지. 나는 절망을 느꼈다. 만의 하나 안다고 하더라도 모두 잊어버렸을 터였다. 누구나 잊어버리니까. 선배도 친구도 그랬다. 그들은 현재의 햇빛과 미래의 햇빛에 대해서만 말했다. 집을 하나 장만했지. 친구는 겸손한 자세로 속삭이듯 얘기했었다. 마당이 꽤 넓어서 조그마한 연못을 팠는데 말야. 햇빛 좋은 날…… 햇빛 좋은 날, 하고 친구가 말할 때 친구의 표정은 햇빛처럼 밝았다. 햇빛 좋은 날 연못 속의 물고기들이 뭐하고 노는지 아나. 뭐하고 노느냐 하면, 글쎄 그것들이 햇빛하고 논다네. 햇빛하고 말일세.

오토바이는 벌써 강안에 닿고 있었다.

엔진이 꺼지자 적막해졌다. 울타리 없는 두 채의 초가가 마주서 있었다. 폐가나 다름없는 집이었다. 이따금 강이 넘쳐 강물이 차는가보았다. 물길 자국이 흰 벽에 나 있었다. 한 집은 점방이었고 점방엔 소주와 사이다와 오래 묵은 비스킷과 라면과 환희 담배가 먼지를 뒤집어쓴 채 진열되어 있었다. 사람의 모습은 전혀 보이지 않았다. <u>꼬꼬꼬</u>, 암탉 한 마리만이 정적을 쪼듯이 앞발로 수챗구멍을 파고 있었다. 악취가 부글부글, 괸 물이 끓어오르는 수챗구멍에서 났다. 암탉은 발부리에 걸려나오는 실지렁이를 쪼아먹는 중이었다.

"어이!"

사내가 강 건너편을 향해 손나팔을 만들어 붙이고 몇 번인가 불렀다.

강 건너편도 역시 울타리 없는 초가가 몇 채 있었고 초가들은 빈 듯이 조용했다. 돛이 없는 나룻배가 건너편 강안에 붙잡혀 있었다. 사공은 보이지 않았다. 사공은 아마 어느 집에선가 낮잠에 빠져 있는 모양이었다. 강물조차 먼지를 뒤집어쓰고 있었다. 나는 신음 소리를 냈다. 황무지나 다름없는 자갈길을 지나오면서 내가 줄곧 생각한 것은 햇빛과 강물이었다. 햇빛이 모든 걸, 대지까지를 허옇게 죽어 자빠지도록 할지라도 강만은 어쩌지 못하리라고 나는 생각하고 있었다. 강은 시퍼렇게 살아서 흐를 것이었다. 그러나 잘못된 상상이었다. 강이 죽어 있었다. 나는 처음엔 강의 표피에도 땅콩밭처럼, 내 구두처럼, 초가지붕들처럼, 부연 먼지가 쌓여 있는 줄 알았다. 먼지는 그렇지만 쌓여 있는 게 아니었다. 어떻게 된 건지 강물은 그 속까지 온통 희끄무레하게 탈색되어 있었다. 바람은 조금도 불지 않았다. 그래서 강은 아주 잔잔하였다.

"강이 왜 저래요?"

무심코 나는 사내를 향해 물었다.

"강이 어때서?"

"물이 썩은 것같이, 흐릿해서요."

"그렇군요. 언제부턴지는 나도 모르겠소. 생각해보니까 옛날에는 강물이 저렇지 않았던 것 같군. 맞아. 내가 어렸을 땐 강이 파랬었지. 잉어들을 잡던 생각이 나는군. 그땐 이 나루터도 흥청망청했었소. 색시들까지 있었으니까. 그런데 왜 강이 저 모양이지. 언제부터 저랬을까."

사내는 오히려 나한테 묻는 말투를 썼다. 내가 빤히 사내를 바라보았다.

"젠장할, 이런 건 생각해 뭐한다구. 소주 한잔 하겠소?"

"생각 없습니다."

"관두슈, 그럼."

사내가 점방에 엉덩이를 걸치고 앉았다. 그제야 점방 안쪽 문이 삐죽이 열리며 수세미 같은 백발이 먼저 나왔다. 백발이 나오고 어깨가 나오고 무릎과 발이 나왔다. 뼈만 남은 정강이엔 검버섯이 잔뜩 피어 있었다. 이가 모조리 빠진 합죽이 노파였다. 자다가 깼는지 노파는 두 눈에 누런 눈곱을 잔뜩 매달고 있었다.

"소주 한 병 주슈, 할머니."

"뭐?"

"소주요, 소주!"

사내가 벽력같이 소리를 질렀다. 노파는 귀가 어두운 모양이었다. 아장아장, 앉은걸음을 하고 소주를 꺼내들더니 사내 뒤편에 선 나와 눈길이 마주치자 웃는 듯한 표정을 했다. 웃는 듯했지만, 내겐 노파가 울지 못하는 것이 괴로워서 일부러 울려고 애를 쓰는 것처럼 보였다.

"그렇게 밤낮 잠만 자면 아들이 왔다가 도로 가도 어찌 알겠소?"

"안주 달라고?"

가랑가랑, 가래가 노파의 목구멍에서 끓고 있었다.

"아들 말예요, 할머니!"

"아들? 우리 아들?"

노파의 표정에 변화가 왔다. 눈빛이 초롱초롱해졌다.

"저어기."

사내는 웃지도 않고 노파의 귀에 대고 소리쳤다.

"아들이 와요. 내다보세요."

노파가 벌떡 일어서더니 맨발로 점방을 내려섰다. G읍으로 가는 외길은 물론 햇빛 아래 하얗게 죽은 채 비어 있었다. 사내가 낄낄낄! 하고 악마처럼 웃었다. 노파의 얼굴에 실망과 분노의 빛이 떠올랐다. 그녀는 부엌 문지방에 세워둔 싸리비를 주워들고 사내를 향해 내리쳤다. 그러나 앉아서 맞을 사내가 아니었다. 사내는 소주병을 든 채 술래잡기하는 애들처럼 킬킬거리면서, 메롱 하고 혀를 빼물고, 소주병 병나발을 불며 뒤쫓는 노파를 피해 좁은 마당을 빙빙 돌았다. 암탉이 꼬꼬댁 꼬꼬! 하고 비명을 내질렀다. 노파는 이윽고 울기 시작했다. 소리를 전혀 내지 않았으므로 나는 노파가 옷소매로 눈가를 훔치고 코를 패앵 푼 뒤 방안으로 사라진 다음에야 울었다는 것을 알아차렸다.

"아들하고 며느리하고 살았는데 돈 벌러 간다고 아들이 떠나고 벌써 몇 년 됐소. 며느리가 아마 G읍의 가방 공장에 다닐걸. 박박 얽은 게 그래도 맘씬 무던하단 말씀야. 노인네 팽개치고 도망가지 않는 걸 보면. 소주 한잔 안 하겠소?"

사내가 또 소주병을 내밀며 물었다.

나는 고개를 가로저었다. 목이 타서 차라리 사이다를 한 병 마실 생각이 났지만 뽀글뽀글, 냉장되지 않은 사이다병 속에서 작은 물거품이 올라오는 것을 보고 먹고 싶단 생각을 포기하였다. 사이다는 뜨뜻할 터였다.

"거참. 소줏값을 내가 낼 테니 마시구랴. 자기보고 소줏값 내랄 줄 알고 꼬랑지를 사리는 꼴이라니."

사내가 똥 뀌고 성내는 사람처럼 갑자기 역정을 냈다. 노파는 방안에 들어간 뒤 잠잠하였다. 내가 여전히 말대꾸를 안 하자 사내는 다시 방문에 대고 노파를 불렀다. 사내는 심심한 걸 잠시도 못 참는 성미인 것 같았다.

"할머니 며느리 말인데요, 단속 잘하셔야지 큰일나겠수다. 방 앗간의 그 꺼꾸리 놈하고 말이오……"

내가 사내의 말을 막았다. 다행히 노파는 사내의 말을 제대로 듣지 못한 듯했다.

"노인한테 너무 잔인하지 않소?"

"허헛, 오래 살다보니 별소릴 다 듣겠네. 이 김덕팔이, 인정 많고 눈물 많고 맘씨 고운 나보고 잔인하다니. 이런 억울하고 환장할 데가……"

사내의 말은 사설조의 가락을 탔다.

나는 땟국으로 얼룩진 유리잔 한 개를 주워들며 사내 앞에 앉았다. 노파를 괴롭히지 못하게 하기 위해선 내가 그를 상대할 수밖에 없었다. 나는 잔을 내밀었다.

"한잔 주십시오."

"멍석 깔아줄 땐 가만히 있더니만."

"소줏값은 내가 낼 거요."

"허허. 그 참."

사내가 쩝쩝! 공연히 입맛을 다셨다. 해는 많이 기울어져 있었다. 그러나 그 기세를 늦춘 것은 아니었다. 아직도 햇빛은 무차별로 강과, 강안의 쓰러진 갈대들과, 땅콩밭에 그 흰 칼을 내리꽂고 있었다. 갈대들도 땅콩밭도 붙잡아 손바닥에 비비면 모래처럼 부서져 마른 가루가 될 것 같았다. 사내가 단풍잎처럼 붉은 안면에 맺힌 땀을 손바닥으로 쓰윽 문질러 닦았다. 그곳은 그늘진 곳에서 보니까 붉은빛보다 검은빛이 더 진해 보였다.

"상공리 어디까지 가슈?"

"군부대가 있다고 합디다."

"있지. 나도 그쪽으로 가는 참인데. 누구 면회하러 가시는구면."

"면회가 아니고, 그 근처에 내가 존경하는 선배 한 분이 살지요."

"누구요, 그 선배가? 이름 석 자만 대면 상공리 사람은 손바닥 보듯 훤하니까."

"뜻 지 자, 구름 운 자, 임지운이라고 합니다만."

"어허, 임지운."

사내가 순간 내 어깨를 쳤으므로 들고 있던 술잔의 술이 주르르 흘러넘쳤다.

"임사장 말이구먼. 이거 반갑소이다. 나도 임사장을 찾아가는 길이오."

"그래요?"

"수술 좀 해달라고 연락이 와서."

"수술이라구요?"

"가축들 말이오. 이래 봬도 나."

사내가 자랑스럽게 자기 앞가슴을 탁 쳐 보였다.

"……의사요. 알겠소? 의사와 다름없다구요."

"그러니까 수의사란 건가요?"

"수의사는 뭐 의사가 아니랍디까?"

"원 별말씀을. 정말 좋은 일을 하십니다요……"

"좋은 일이지. 암, 좋은 일이고말고. 자자, 쭉 듭시다, 우리."

나는 사내의 다가오는 잔에 내 잔을 부딪쳤다. 건너편 강안의 나룻배는 여전히 비어 있었다. 황구 한 마리가 나루터에 나와 서서 이쪽 편을 보고 있었다. G읍의 거리 모퉁이에서 보았던 늙은 수캐의 모습이 생각났다.

"지운 형님네 가축에 병이라도 생겼나요?"

"병? 무슨 병?"

"지금 수술하러 간다잖았습니까?"

"아, 수술. 그거야 뭐, 당신도 가보면 알 텐데……"

그러면서 사내는 자기의 가방을 열고 뭔가를 잠깐 꺼내 보였다. 반지르르하게 손때로 닦인 한 뼘쯤 되는 쇠꼬챙이 같은 물건이었다. 끝이 뾰족했다. 어쩐지 나는 그 물건을 보자 등골이 서늘해왔다. 유별나게 날카롭거나 유별나게 흉측한 물건이라곤 할 수 없었는데도 불구하고 그것은 단숨에 나를 압도하였다. 반질반질, 잘 닦인 금속의 차가운 질감 때문이었을까. 사내는 그것을 엄지와 검지에 끼고 대바늘로 이불을 꿰매는 어머니들처럼 한차례 빙그르르 돌렸다.

"뭡니까, 그게?"

못 볼 것을 본 사람처럼 고개를 돌리며 나는 물었다.

"수술 도구지."

"그런 게 어떻게 수술 도구가 됩니까."

"모르면 가만히 있어. 이래 봬도 난 전문가니까. 자, 술이나 비우지."

　사내는 어느덧 간신히 붙여오던 존대 어미를 툭 잘라먹고 있었다. 나는 그러나 그것을 섭섭하게 여기진 않았다. 전문가라는 말이 나를 감동시켰다. 수의사라니, 하고 나는 생각하였다. 얼마나 근사한 직업이냐. 한때 나도 수의사를 꿈꾼 적이 있었다. 만약에 내가 대학에 갔다면 수의과를 선택했을 것이다. 짐승이라면 나는 뭐든지 좋아했다. 돼지는 돼지대로 귀엽고 순박한 데가 있어 좋았고, 개는 개대로 충직하고 영민해서 좋았고, 닭은 닭대로 소는 소대로 토끼는 토끼대로 좋았다. 내가 키워본 것은 토끼와 개뿐이었지만, 닭과 소와 돼지와 말도 나는 잘 알고 있었다. 그것들은 절대로 속이려 들지 않았다. 그것들은 절대로 초전 박살 따위에 능하지 않았다. 그것들은 그것들 세계에서만 살았다. 햇빛을 햇빛이라고만 그것들은 생각했다. 생각이 그것들에게 있다면.

　어렸을 적 나는 토끼를 기른 적이 있었다.

　잿빛 토끼 한 쌍이었는데 풀을 한창 먹다가 빤히, 그 붉은 눈으로 나를 바라보곤 했다. 아마 토끼들은 저희들과 다른 내 모습에 궁금함을 느꼈는지도 몰랐다. 개도 그랬다. 없는 살림이라서 지금은 개를 키우지 못하지만 내가 중학교에 다닐 때 우리집엔 개가 세 마리나 있었다. 셰퍼드가 한 마리, 그리고 잡종 똥개였다. 나는 중학생이 되고 나서도 개에게 먹이려고 늘 마당 한 모퉁이에 더운 똥을 쌌다. 똥개라는 친구들의 비웃음을 나는 개의치 않았다. 셰퍼드보다는 똥개가 더 좋았다. 워리. 워어리. 똥개는 언제나 달려와 아직 식지 않은 내 똥을 먹었다. 똥개는 한 번도 똥을 거부하지 않았다. 똥은 그들의 변하지 않는 식사였다. 얼마나 꼿꼿했던가. 지금도 그 개들의 곧게 치켜든 꼬리가 떠오른다. 인간에게 변하지 않는 식사법이란 없다. 인간은 늘 전에 자신이 먹던 음식을 잊어버린다. 그들은 뭐든지 잊어버린다. 1960년의 햇빛도. 내가 기르던 어린 시절의 똥개는 아마도 결코 자신이 먹던 음식을 잊어버리지 않을 것이다.

해가 설핏하니 기울고 있었다.

부옇던 강이 비로소 불그레한 홍조를 띠었다. 노파는 여전히 기적을 내지 않고 있었다. 그 대신 건너편 나루터에 사람들의 그림자가 보였다. 한 사내가 빈 배에 올라서는 것도 보였다. 컹컹컹. 혼자 쭈그려앉아 있던 개가 강을 향해 짖었다.

"어이!"

사내가 강 건너편에 대고 소리질렀다. 소리 탓은 아닐 테지만 수면이 그때 미세한 잔주름을 만들었다. 붉은 햇살이 수면의 잔주름에 걸려 넘어지며 반짝반짝 빛을 내었다. 배가 둥실 강물에 떴다.

"젠장할 놈의, 느려 빠지기는."

사내가 투덜거렸다. 소주는 벌써 바닥나고 있었다. 사내의 단풍잎이 좀더 자줏빛을 띤 것을 나는 보았다.

"다리는 언제부터 그랬소?"

사내는 짐작하건대, 내가 자기의 단풍잎을 눈여겨보고 있음을 눈치챈 모양이었다. 난데없이 내 짝짝이 다리를 끌고 나왔다.

"이십여 년 됐지요."

"한창때였겠구먼."

"고등학교 1학년 때였어요."

"어쩌다가?"

"60년 4월이었지요. 유탄에 무릎을 맞았어요."

"총에? 사냥을 갔었구먼?"

"60년 4월이었다니까요."

"엽총이었나?"

"60년……"

나는 입을 다물었다. 이자는 1960년 4월에도 돼지나 소나 말이나 개의 뒷다리에 주사질을 하고 있었을 터였다. 아니, 설령 이자가 1960년 4월에, 저 햇빛 찬란했던 광화문, 혹은 종로, 혹은 서대문, 혹은 동대문, 혹은 경교장 앞의 아스팔트 위에 있었다고 하더라도, 그렇다, 잊어버렸을 것이다. 친구들도 선배들도 모두 그날의 햇빛을 잊어버렸듯이.

지운 형님.

나는 입속으로 중얼거렸다. 1960년 4월의 햇빛을 또렷이 기억할 사람은 내가 아는 한 그분뿐이었다. 두 주일 전이던가. 수유리 4 · 19 묘지에서 나는 그를 거의 십오 년 만에 만났다. 아침녘이었다. 서민영의 묘지를 다녀오는데 밀대 모자를 쓴 한 남자가 아주 느린 걸음으로 내 곁을 지나쳤다. 하마터면 우리는 똑같은 묘지를 찾아왔으면서도 서로 알아보지 못할 뻔하였다. 지나치면서 얼핏 낯익은 얼굴이다, 라는 생각이 들었다. 나는 뒤돌아보았다. 상대편도 막 걸음을 멈추고 내 편을 향해 고개를 돌리는 중이었다. 눈썹 위의 콩알만한 사마귀가 순간, 내 시야에 줄달음질쳐왔다. 십오 년이라는 세월을 단숨에 건너뛰며 달려오는 사마귀였다.

지, 지운 형님!

상우!

내가 소리친 '지운 형님'은 비명 같았고 그의 상우! 하는 것은 신음 같았다. 우린 손을 끌어 잡았다. 서민영은 그러나 홀로 누워 있었다. 희디흰 백골로 누워 서민영은 적어도 그때 우리보다 편안해 보였다. 정갈한 아침 햇빛이 민영의 묘지 위에 내리쬐고 있었다.

자네, 하고 한참 만에 지운이 말했다.

자네, 햇빛을 기억하겠지? 그날의 햇빛도 이랬었어. 눈부시다고, 저 친구가 소리쳤었어. 눈부셔, 라고 말이야. 피를 쏟으면서 다 죽어가던 친구가 기껏 눈부셔, 라니 뭐가 그토록 눈부셨을까. 정말 햇빛 때문이었을까. 수수께끼야. 서민영, 저 친구가 살아남은 우리에게 마지막으로 남긴 수수께끼야.

　그랬지요. 형님.

　나는 고개를 끄덕거렸다. 눈부시다는 게 민영의 유언이었다. 아무것도 눈부신 게 없는데도. 종로 입구였다. 자식은 어느 빌딩 옆구리에 쓰러져 있었다. 비정한 총소리가 빌딩 너머에서 들리고, 개미떼처럼 흩어진 사람들이 쓰러진 민영을 뛰어넘어가고 있었다. 나는 무릎에 총알을 맞고, 나머지 한쪽 무릎만으로 기어나가다가 민영에게 부딪혔다. 민영. 나는 부딪히고 나서야 넝마처럼 쓰러져 있는 그가 내 친구 민영이라는 걸 알았다. 홀어머니를 고향에 남기고 1960년 4월, 그는 우리집 근처의 어느 다락방에서 자취를 하고 있었다. 우리 어머니가 엊그제 올라와서 내게 이걸 주고 갔어. 그날보다 불과 열흘 전에 그는 내게 말하며 울었다. 꼬깃꼬깃한 지폐 몇 장과 깐 마늘과 고춧가루와 깨소금과 간장과 참기름과 고추장 따위가 조금씩 조금씩 비닐봉지에 싸여 놓인 방 한가운데에서 그는, 민영은 울다 웃다 그랬었다. 원숭이 흉내를 끼끼끼끼, 끔찍하게 잘 내던 자식, 공부를 안 하는 것 같으면서도 성적은 항상 상위였던 자식, 홀어머니를 서울로 모시고 올라올 것을 꿈꾸던 자식. 자유란 땅같이 수평으로 누워 있는 게 아니라 탑같이 의지를 갖고 세워나가는 수직의 개념이라고 조숙한 발언을 하곤 하던 자식, 민영이. 그 민영이가 햇빛만 남은 빌딩 옆구리에 쓰러져 있었다.

민영아, 자식아, 정신 좀 차려. 날 봐. 이 상우가 보이니.

총소리가 점점 더 가까워지고 있었다. 내게는 그를 업고 갈 힘이 남아 있지 않았다. 나는 무릎이 부서져 있었다. 민영아, 이 자식아. 나는 울부짖으며 그를 안고 누웠다. 내가 할 수 있는 일은 그것뿐이었다.

그때, 형님이 왔지요.

나는 말했다. 민영의 묘지 위에 햇빛은 여전하였다. 해마다 그날이면 누구를 이끌고 올라와 자식의 묘지에서 하루종일 엎드려 울던 자식의 어머니는 오 년 전부터 보이지 않았다. 가슴앓이로 죽었다는 소문을 나는 들었다. 나는 처음에 자네를 붙잡아 일으켰었지. 민영은 죽은 걸로 생각했어. 그랬었다. 누군가 나를 껴안아 일으켰다. 3학년 선배였고, 우리 학교 학생회장이던 임지운, 그가 내 겨드랑이에 두 손을 찔러 안고 있었다. 내가 아니에요, 형님. 나는 소리쳤다. 민영이를 구해주세요. 이 자식을 좀 구해주세요. 그 순간, 민영이가 낮았지만 힘차게 외쳤다.

눈부셔. 눈부셔. 오오, 눈부셔, 라고.

배가 이쪽 나루에 도착했을 때 땅콩밭 너머에 마이크로버스가
나타났다. 사공은 늙수그레한 남자였다. 입을 벌리자 삐드러져
난 앞니가 있는 대로 다 드러났다.

"젠장할."

사내가 오토바이를 배에 싣고 욕지거리부터 내갈겼다.

"무슨 놈의 낮잠을 그렇게 퍼질러 잔담. 아까 건너갔으면 진즉
에 돌아왔을 텐데."

"버스를 기다렸지."

삐드렁니 사공은 심드렁하게 대답하였다. 황혼이었다. 마이크
로버스가 뿜어올리는 먼지 기둥은 흰빛이 아니었다. 붉은 물감
이 그 먼지 기둥에 담뿍 얹혀 있었다.

"아니, 저게 누구야."

농사꾼 차림의 남자가 내리고 나자 학생복이 보였다. 쑥색 바
지에 흰 반팔 셔츠를 입고 학생모까지 얌전히 쓰고 있었다. 고등
학교 2학년 표시가 셔츠 칼라에 보였다.

"임사장 큰아들이야. 농아 학교에 다니지. 귀가 캄캄절벽이거
든."

사내가 재빨리 설명했다.

임지운은 그날, 수유리 묘지에서 만났을 때 가족관계에 대해

서 한마디도 하지 않았다. 고향 근처에서 산다는 말뿐이었다. 농사지으십니까. 내가 물었다. 가축을 좀 키우지. 목장을 하시는군요. 뭐 목장이랄 것도 없고…… 임지운은 말끝을 흐렸다. 그럴 것이다, 하고 나는 그때 생각했다. 임지운 형은 가전제품 회사의 영업부장을 하는 친구나 아파트 관리소장을 하는 선배하곤 사는 방법 자체가 다를 것이다. 형은 1960년 햇빛도 잊지 않은 사람이니까.

나는 1960년 4월, 학생회장을 하고 있던 임지운의 모습을 선연히 기억하고 있었다. 교단 위에 올라서서 두 주먹을 불끈 쥔 그의 이글이글 불타던 눈빛. 젊음을 저 음습한 독재의 그늘에 그냥 버려둘 것입니까, 하고 부르짖던 격앙된 목소리. 교문 앞 바리케이드를 앞장서서 뛰어넘던 사자 같은 몸짓. 그런 그가 시골 구석에 처박혀 목장을 경영한다는 게 얼핏 어울려 보이지 않았지만, 그러나 나는 이해할 수 있을 것 같았다. 가전제품 회사의 영업부장이나 아파트 관리소장이나 혹은 모모한 우리들 세대의 대부분 사람들은 이해하지 못할 터였다. 이해하지 못하고, 자네가 기껏 시골뜨기로 목장이라니 사람 팔자 알 수 없군, 하며 모멸의 웃음을 날릴 것이다. 그렇지만 나는 알고 있었다. 그는 타협하지 않기 위해, 소나 말이나 돼지나 닭이나 개를 그의 이웃으로 삼지 않을 수 없었다는 걸. 저 1960년 햇빛을 잊지 않기 위해.

타협의 폭이라는 것을 그 무렵 나는 생각하고 있었다.

십오 년이 넘도록 내가 한 일은 편지들을 전국 각지로 분리하는 일이었다. 내 앞엔 수많은 지역의 우편함들이 입을 벌리고 벌집처럼 진열된 채 누워 있었다. 나는 우편번호의 머릿숫자를 보고, 그 수많은 우편함 중의 한 곳을 골라 편지를 분류, 집어넣으면 되었다. 눈을 감고도 나는 내가 원하는 우편함 아가리에 내 손의 편지들을 종이비행기같이 날려 집어넣을 수가 있었다. 그건 단조로운 작업이었다. 타협이란 내 손의 편지와 그 편지가 날아가 꽂힐 우편함과의 거리 측정이 전부였다.

그러나 특별한 이유도 없이 나는 권고사직을 당했다.

말이 권고사직이지 강제 사직이나 다름없었다. 나는 결국 직장에서 쫓겨났다. 실업자가 되고 만나본 많은 우리들 세대 가운데 1960년에 그들이 가졌던 빛나는 이상을 기억하고 있는 사람은 하나도 없었다. 그들의 가슴과 눈과 뇌는 놀랍게도 거의 금속화되어 있었다. 그래서 그들은 햇빛 따위에는 아무도 감동하지 않았다. 그들 중에는 저명한 대학교수도, 언론인도 있었다. 그들은 지금이 어느 때인데, 하고 모든 말들을 시작했다. 어느 때냐. 불경기라고 했다. 최악의 불경기를 맞아서 그걸 이겨내는 데 젊은 학생들도 협력할 필요가 있다는 것이었다. 거기엔 물론 나도 동감하였다. 내 나이 이제 서른여덟, 경기가 우리들 생존과 무관

할 수 없다는 데 나도 나름대로 많은 이해를 갖고 있었다.

그러나, 어째서 그들은 햇빛에 대해선 말하지 않는가.

서민영의 백골이 그들의 불경기에 재라도 뿌린단 말인가. 재를 뿌린다고 해도 그렇다. 그들이 진실로 사회계층에서 핵심적인 위치에 있고자 원한다면 전 생애를 통해 잊어야 할 일과 잊지 않아야 할 일의 기본적인 구별은 있어야 할 것이다. 그런데도 그들은 아무런 분별도 갖고 있지 않은 것 같았다.

임지운만이 1960년 햇빛을 잊지 않은 유일한 사람이었다.

나는 그를 찾아 나서는 일에 조금도 주저하지 않았다. 그는 최소한 나를, 취직자리나 밥값을 구걸하러 온 사람쯤으로 취급하진 않을 거라고 나는 생각했다. 그는 나를 따뜻하게 맞이해줄 것이고 더불어 소나 말이나 돼지나 닭이나 개와 함께 사랑하면서 사는 길을 보여줄 거라고 믿었다.

당신은 결국 사람들에게서 도망칠 작정을 했군요.

아내는 가방을 챙겨든 나에게 그렇게 말했다. 나는 부정하지 않았다. 많은 부분에서 그건 사실이었다. 짝짝이 다리를 가진 나는 성한 다리를 가진 사람들과 맞지 않는 것 같았다. 나는 지쳐 있었다. 실직하고 몇 달이 몇 년처럼 느껴졌다. 아내도 아이들도 내게 휴식을 주지 못했다. 그들은 내 무능함을 확인시키는 데 열심이었다. 엊저녁만 해도 그랬다. 초등학교 5학년짜리 큰녀석이 그림을 그리다가 말했다. 파란색이 없어요. 바다를 칠해야 할 텐데 파란색 크레파스가 없다구요. 분홍색으로 칠하렴. 아내가 대답했다. 분홍색 바다가 어땠어요? 왜 없니. 황혼의 바다는 붉단다. 선생님께 황혼녘의 바다라고 설명하려무나. 씨, 엉터리. 아이는 그러고 나서 붉은 바다를 그리며 덧붙여 말했다. 다른 애들은 스물네 가지 색깔의 크레파스를 쓴단 말야. 난 기껏 열두 가지 색깔인데도 없어진 크레파스가 한두 개가 아냐. 바다뿐만이 아니라고. 하늘도 나무도 난 그릴 수 없어. 내가 그릴 수 있는 건 황혼뿐이란 말야.

그때, 나는 나의 입장을 똑바로 알았다.

나도 아이와 마찬가지였다. 인생이라는 화판에 나는 다양한 그림을 그리고 싶었지만 내게 주어진 크레파스는 붉은 것뿐이었다. 황혼만을 그릴 수밖에 없었다. 황혼만을. 그때 불현듯 임지운이 떠올랐다. 그는 어쩜 내게 스물네 가지 크레파스를 준비해 줄는지도 모른다는 기대도 있었다. 신세 지겠다는 게 아니라, 잊지 않아야 할 것을 잊지 않고 사는 방법을 내게 가르쳐줄 것이라는 기대였다.

학생이 올라타자 배가 두둥실, 강물에 떴다.

서편으로 길게 휘돌아져간 강의 수면은 수많은 선홍빛 비늘들을 매달고 있었다. 강은 변신하고 있었다. 햇빛이 스러지자 강도

스러지고 그 자리에서 새로운 강이 태어나는 셈이었다. 한낮과 달리, 강은 이제 아름다웠다.

"인사드리게."

사내가 귀머거리 학생의 어깨를 치며 말했다.

"아버지 친구분이시네."

학생이 내 편을 향해 고개를 까딱해 보였다. 아주 수려한 얼굴이었다. 눈빛이 차갑고 날카로웠다. 깨끗한 피부에다 이목구비까지 뚜렷하여 어느 구석이든지 귀머거리 소년 같지가 않았다. 아깝다는 생각이 들었다. 혹 임지운 형의 가정이 생각보다 불우한 것은 아닐까 하는 예감도 들었다.

"말하는 입모습을 보고 알아듣기는 해. 하지만 조심해서 다루어야 하지. 잘못함 물어뜯기니까."

사내가 낮은 목소리로 설명했다. 학생은 어느새 고개를 돌려 강의 서편 끝을 바라보고 있었다. 배 한 척이 강심에 떠 있었다.

"물어뜯기다니요?"

"성질이 사나워. 제 맘에 맞지 않으면 셰퍼드처럼 덤벼들어요. 나하곤 사이가 별로 좋지 않지."

"이름이 뭡니까?"

"영민이라던가."

"영민……"

서민영의 눈부셔, 하던 모습이 반짝하고 살아났다.

민영을 거꾸로 하면 영민이 된다. 우연일는지 모르지만 내겐 그것이 우연으로 보이지 않았다. 지운 형은 큰아들을 낳고 서민영을 생각했을 것이었다. 서민영을 잊어선 안 된다고 생각했을 수도 있었다. 그래서 그의 이름을 뒤집어서 아들에게 이어받도록 했다고 생각하자 감동이 왔다. 영민이 귀머거리가 되고 나서 지운 형은 얼마나 마음 아팠을까. 혹 죽은 서민영의 귀가 막힌 것처럼 여기진 않았을까.

"날 미워해. 제가 귀머거리 된 게 내 탓이라고 생각하는지 어쩐지."

"어째서 그렇게 생각한단 말인가요?"

"뭐 어째서라기보다도."

사내는 어물어물했다. 나는 사내가 자신과의 관계를 설명하기 전에도 이미 영민이 사내를 별로 달가워하지 않는다는 걸 눈치 채고 있었다. 뭐랄까, 영민은 사내에게 일종의 적의를 갖고 있는 듯했다. 사내가 내민 손조차 그는 잡지 않고 배에 올랐었다. 아니 사내뿐만이 아니라 모든 사람에게 그는 배타적인 태도를 보였다.

배는 천천히 강을 건넜다.

선홍빛 수면은 점점 암갈색으로 변색되고 있었다. 사공은 말

없이 뱃삯을 받았다. 나는 사내와, 사내의 오토바이와, 나와, 학생인 영민의 뱃삯을 계산했다. 그런데 그때였다. 갑자기 영민이 고개를 가로저으며 나를 향해 두 눈을 부릅떴다.

"자기 뱃삯을 당신이 내준 게 마음에 안 든다 이거야."

사내가 속삭였다.

"괜찮아. 나는 자네 부친을 찾아가는 길일세. 그까짓 뱃삯 좀 내가 냈기로서니 어떤가."

나는 영민에게 성의 있게 설명하려고 했다. 하지만 쓸데없는 노력이었다. 영민은 끝까지 내 친절을 거부했다. 적의가 담긴 반뜩이는 시선으로 나를 쏘아보는 품이 절대로 지지 않겠다는 기세였다.

"알겠네. 그렇담 자네가 내게."

나는 별수없이 영민 몫의 뱃삯을 되돌려 받았다.

우리는 배에서 내려섰다. 거기서부턴 다시 자갈길이 시작되고 있었다. 보리밭이 좌우에 있었지만 메마르기론 땅콩밭과 하나 다를 바 없었다. 보리들은 제대로 열매를 맺지 못하고 거뭇거뭇, 죽어 있었다.

"타라고."

오토바이 시동을 건 사내가 내게 말했다. 나는 영민을 바라보았다. 그는 벌써 등을 이편으로 하고 이미 해거름이 지고 있는 보리밭 사이로 걸어들어가고 있었다.

"바라봐봤자 소용없어. 고집불통이야. 절대로 내 오토바이에
빌붙을 친구가 아니지."

"얼마나 가야 합니까?"

"십 리쯤. 저기 군부대가 보이잖나. 그 옆이 임사장 목장일
세."

부대 막사의 지붕과 블록으로 둘러쳐진 희끄무레한 담장이 보
였다. 포플러가 그 담장을 둘러싸고 있었다.

"십 리라면 걸을 만하구만요."

사내의 허리를 부둥켜안으며 나는 말했다. 오토바이가 떠났
다. 영민의 곁을 지나친 뒤 뒤돌아보니까 그는 고개를 숙이고 있
었다.

"언제부터 귀가 먹었습니까?"

내가 물었다. 사내는 그러나 오토바이의 엔진 소리 때문에 내
말을 제대로 듣지 못한 모양이었다. 악을 쓰듯 반문했다.

"뭐라고?"

"언제부터 귀가 먹었느냐고요?"

"한 오륙 년 됐지. 저 녀석이 초등학교 5학년 때인가."

"그럼 말은 할 수 있겠군요?"

"할 수 있겠지만 안 해. 귀머거리 된 뒤론 말하는 걸 본 적이

없어."

"어쩌다 그리됐습니까. 귀앓이를 했나요?"

"……찔렀지."

"네?"

"찔렀단 말야. 제 귀를 제가 찔렀어."

"뭘로요?"

"아까…… 내 가방 속에서 쇠꼬챙이 같은 것 봤지?"

반지르르하게 손때로 닦인, 어딘가 모르게 보는 사람을 섬뜩하게 하던 쇠꼬챙이가 환히 보였다. 나는 조급하게 소리질렀다.

"그걸로 제 귀를 찔렀다 그 말인가요?"

"그런 셈이야, 한쪽 귀는."

"세워보세요!"

"뭐?"

"오토바이를 세워보라고요!"

오토바이가 금속성의 브레이크 소리를 내면서 자갈길에 섰다.

"왜 세우래?"

"어째서……"

나는 오토바이 위에 앉은 채 이번엔 낮은 목소리로 물었다. 낮았지만 악을 쓸 때에 비해 내 목소리는 사뭇 떨리고 있었다.

"어째서 제 귀를 제 스스로 찔렀다는 겁니까?"

"그야, 모르지 뭐. 장난하다 잘못한 건지 어쩐 건지."

사내는 다시 오토바이를 몰았다. 하지만 나는 사내의 말을 믿지 않았다. 사내는 무언가를 숨기고 있음에 틀림없었다. 무엇을 숨기려는 것일까.

부대 앞을 우리는 지나갔다.

입초 헌병이 사내를 향해 손을 번쩍 들어 인사했다. 블록 담장과 담장 위의 가시철망이 인상적이었다. 미루나무에 둘러싸인 부대의 외양은 아주 평화스러워 보였다.

"임사장 밥줄이지."

사내가 갑자기 소리질렀다.

"부대가 말입니까?"

"짬밥이 나오거든. 짬밥 없으면 개 키우기도 사료 때문에 수지가 맞지 않아. 사룟값이 좀 비싸야 말이지."

"임선배가 주로 개를 키우는가보군요."

"주로 그렇지. 더구나 요즘 같은 복중이야 수요가 좀 많은가."

임지운이 주로 개를 키운다는 건 의외였다. 나는 물어보지는 않았지만 돼지가 주종인 줄 알았었다. 풀밭이 없다고 해서 젖소를 기르는 목장이 아닌 건 진작에 짐작했지만, 그렇다고 개를 생각하진 못했다. 보신탕 잡수시겠어요? 그날 묘지에서 나와 점심을 먹자고 식당을 찾아 나섰다가 마침 보신탕집 앞에서 내가 물었을 때, 임지운은 완강히 도리질을 했었다. 난 개는 못 먹네. 다른 고긴 뭐든지 좋아하는데 개고기만은 입에 안 맞아. 중국 음식이 어떻겠나.

오토바이는 부대의 담벼락을 왼편으로 끼고돌았다.

인가가 없어서인지 부대의 왼편은 담벼락이 없고 철조망뿐이었다. 똑같은 구조로 된 군대 막사들이 철조망 사이로 훤히 들여다보였다. 철조망 옆 초소에 서 있던 병사가 우리를 향해 휘익, 휘파람 소리를 냈다. 임지운의 목장은 부대의 정문과는 정반대편에 철조망 하나를 사이에 두고 붙어 있었다. 목장 자체도 철조망 울타리에서 얼핏 보면 목장이 곧 부대의 일부분인 듯 보였다. 마을은 그곳에서 들을 지난 산비탈에 자리잡고 있었다.

나는 목장 입구에 내려서서 잠시 멍하니 서 있었다.

그곳을 목장이라고 불러야 한다는 데 나는 심한 당혹감을 느꼈다. 그곳은 너무 황량하고 살풍경했다. 너른 풀밭과 한가롭게 풀을 뜯는 젖소와 지붕이 넓은 그림 같은 집 따위를 예상했던 것은 물론 아니었다. 하지만 설마 임지운 형이 운영하고 있는 목장이란 것이 슬레이트 지붕의 축사 몇 동뿐 나무 한 그루 없으리라곤 상상하지 못했다. 그곳은 목장이라기보다는 급조된 일종의 강제 수용소 같았다. 마당조차 발 디딜 틈 없이 쓰레기가 널려 있었고, 그리고 휘이익, 시커먼 쥐들이 내 앞을 가로질러갔다.

악취가 코를 찔렀다. 가축의 분뇨에서 나는 정겨운 단내가 아니라 살肉이 타고 있는 듯한 노리치근한 냄새였다. 나는 두어 번 헛구역질을 했다. 가슴이 사뭇 두근거리기 시작했다. 살풍경하다거나 냄새 때문이 아니었다. 내가 갑자기 불안해진 건 무엇보다도 오토바이 엔진이 꺼지고 난 뒤 일시에 찾아온 고요 탓이라고 할 수 있었다. 아무 소리도, 심지어는 풀벌레 소리조차 들려오지 않았다. 개를 키운다면 수십 마리의 개들이 울부짖는 소리가 고막을 찢을 듯이 들렸어야 옳을 일이었다. 그러나 개 짖는 소리는 들리지 않았다. 축사 뒤편에서 캥캥대는 소리가 간헐적으로 들리긴 했으나 짐작하건대, 그것은 아직도 어린 강아지 소리였다. 불빛 한 점, 그쪽에서 빛나고 있었다.

"거기 누구?"

축사에 가려 사람은 보이지 않고 소리만 퉁명스럽게 건너왔다. 임지운의 목소리임에 틀림없었다.

"나요, 김덕팔!"

사내가 내게 한쪽 눈을 찡긋해 보이고 이내 축사 사이로 걸어 들어갔다. 강아지들이 낑낑대는 소리가 또 들려왔다. 강아지들이 아픈 게군. 어렸을 적 나는 쥐약을 발라놓은 보리알을 먹은 강아지를 본 적이 있었다. 눈을 허옇게 뒤집어 까고 입에 거품을 문 채 강아지는 처절하게 미쳐 날뛰었다. 내가 불러도, 아버지가

붙잡으려고 해도 소용없었다. 날뛰고 날뛰다가 나중에 강아지
는 마루 밑 깊은 곳에 들어가 숨넘어가는 소리로 한동안 울부짖
었다. 강아지를 좀 어떻게 해주세요, 아버지. 울부짖기로는 나도
마찬가지였다. 내 손에 강아지가 붙잡혔다면 어떡하든 단숨에
죽였을 터였다. 놈의 고통을 도저히 그냥 보고만 있을 수는 없었
기 때문이다.

나는 사내의 뒤를 따라 축사 사이로 들어갔다.

축사 안은 어두웠다. 어쩐지 기분이 좋지 않았다. 쥐약을 먹고
죽은 강아지 생각 때문일까. 다리가 후들후들 떨리는 것 같았다.
나는 두어 번 주먹으로 가슴을 두들기고는 성냥불을 켜서 철망
이 쳐진 축사 안으로 들이밀었다. 개들이 불빛 아래 보였다. 그
렇다. 아아, 개들이 보였다. 어떻게 그때의 내 충격을 설명할 것
인가. 개들은 일부 누워 있고 일부 서 있었다. 아주 살찐 개들이
었다. 그것들은 전혀 짖지 않았다. 짖지 않을 뿐만 아니라 그것
들은 또 경계의 눈빛조차 보내지 않았다. 그저 멀거니 낯선 나를
올려다볼 뿐이었다. 살아 있는 개라기보다는 개의 유령 같았다.

"자네가 여길 오다니……"

누군가 내 어깨를 쳤다. 돌아다보자 임지운과 사내가 서 있었
다. 인사치레를 나는 잊어버렸다. 사내가 들고 있는 플래시를 빼
앗아 들자 좀더 똑똑히 개들이 보였다. 앉은 놈, 선 놈이 보였다.

좁은 축사 안에 개들이 꽉 들어차 있었다. 공포와도 같은 침묵 속에서.

"어떻게 된 겁니까, 형님."

"자네가 예까지 올 줄은 몰랐네."

"어떻게 된 거냐구요. 저 개들은 지금 살아 있습니까?"

"살아 있지."

대답은 사내가 했다. 사내는 뭣 때문에 흥분하냐 하는 무심한 표정으로 또박또박 말했다.

"살아 있고말고. 단지 짖지 못할 뿐이야. 내가 이 녀석들을 수술했지."

"수술이라고요?"

"이걸로 말이야."

불쑥 사내가 쇠꼬챙이를 내밀었다. 쇠꼬챙이는 플래시 불빛을 날카롭게 가르며 내 목을 겨냥하고 있었다. 오싹, 소름이 끼쳤다.

"성대를 절제했다 그 말입니까?"

"뭐 성대를 절제할 것까지야 있나. 그러려면 수술도 복잡하고 돈도 많이 들고……"

나루에서 본 영민이 떠올랐다. 제 귀를 제가 찔렀지. 사내가 설명했었다. 나는 현기증을 느끼고 축사 기둥을 붙잡았다.

"그렇다면…… 그렇다면 그것으로 귀를……"

내 가슴속에 남아 있던 정갈한 햇빛은 이미 박살나고 있었다.

"이제 말귀를 알아듣는구먼. 새끼 때 고막을 터뜨리고 항생제나 주사하면 되는 거지 뭐."

사내가 빙글빙글 웃고 있었다.

"정말입니까, 형님?"

처음엔 두려움이, 다음엔 절망이, 마지막으로 분노가 끓어올랐다. 나는 적의에 가득차서 임지운을 똑바로 노려보며 물었다. 임지운이 내 시선을 피해 돌아섰다.

"좌우간 들어가세."

"정말이냐고요, 형님!"

"……들어가재도."

어느 방향에선가 아주 멀리서 총소리가 들려왔다. 부대 안에서 난 것도 같고, 혹은 실제로는 총소리가 나지 않았는데 나 혼자만 들은, 저 1960년도 4월의 총소리인 것도 같았다.

방안으로 들어와 앉고 나서도 임지운은 여전히 말이 없었다.

우리는 묵묵히 소주를 마셨다. 뒤늦게 돌아온 영민은 제 아비한테마저 내게 했듯 묵례만 한 번 해 보이곤 윗방으로 넘어가 기척도 내지 않았다. 단말마의 비명처럼 간간이 강아지가 깨갱거리는 소리가 들려왔다. 등에 식은땀이 흘렀다. 사내가 밖에서 무슨 짓을 하고 있는지 나는 보지 않아도 환히 알고 있었다. 비정한 쇠꼬챙이에 찢길 강아지의 여린 고막이 눈앞에 보이는 듯하였다.

소주를 두 병쯤 비웠을 때 사내가 방으로 들어왔다.

"아무래도 늦어서……"

사내는 히죽 웃더니 대뜸 임지운 앞에 놓인 소주잔을 입안에 털어넣었다. 나는 소주병을 들어 사내를 내리치고 싶은 것을 간신히 참았다.

"한 잔만 더 하시고 윗방에 가 주무슈."

임지운이 말했다.

"윗방엔 영민이가 있을 텐데. 날 싫어한다구."

"걔도 피곤해서 잠들었을 거요."

더 오래 앉아 술을 마시고 싶은 눈치였지만 내 기분을 생각했는지 지운 형이 억지로 사내를 윗방으로 보냈다. 밤이 깊어가고 있었다. 소주를 세 병이나 땄어도 취기가 올라오지 않았다.

"밤마다 소주 두 병씩을 비워야 잠이 오지."

지운이 네 병째 소주병을 들어 마개를 입으로 땄다.

불면증은 나도 마찬가지였다. 우체국을 그만두고부터 불면증이 생겼다. 안됐지만, 하고 말하던 우체국장의 모습이 늘 천장에 떠 있었다. 안됐지만 나도 어쩔 수가 없었네. 워낙 경기가 나쁘니 공무원이라고 뭐 신분 보장이 되는 세상인가. 무언가 이보다 더 나은 일이 있을 걸세. 나는 무사안일형으로 찍혀 있었다. 그건 사실이었다. 편지나 분류하는 단조로운 업무를 십 몇 년 반복해오면서 어떻게 삶의 긴장을 유지할 수 있을 것인가. 나는 결근과 지각이 많아졌고, 그것은 결국 새로운 시대의 바람이 불면서, 무사안일의 철퇴에 두들겨맞는 결정적인 화근이 되었다. 무사안일이란 말이 근거 없진 않았구먼요. 몇 개월을 방구석에 처박혀 자기의 눈치나 살피는 나를 아내도 막판엔 코너에 집어넣고 늘씬 두들겨 팼다. 무능하다고 하지 않고 그나마 무사안일하다고 한 건 아내로서의 선심이라 할 수 있었다.

아내는 무사안일하지 않기 위해 내가 실직하자, 대뜸 보험회사 외무 사원으로 취직을 했다. 아내는 눈에 띄게 맹렬 여성으로 변신하고 있었다. 가전제품 회사의 영업부장 말대로 아내는 아마 실적을 올리는 데나 고객에게나 초전 박살의 비법을 터득하여 활용하고 있는 것 같았다. 새벽같이 나가선 어두운 다음에나 돌아왔다. 돌아와선 세수하고 밥 먹고 마사지하고, 그러곤 아주 건강하게 잠들었다. 잠든 아내의 얼굴을 내려다보면 내가 실직하기 전에 비해 훨씬 더 피부가 윤택해진 듯했다. 전에 없이 코를 쌕쌕 골 때도 있었다. 나는 밤마다 잠을 이루지 못하고 어둠 속에 누워 아내의 숨소리를 하나, 둘 하고 헤아리는 게 일이었다. 어쩌다 불을 켜면 아내가 잠자다가도 용하게 알고 짜증을 냈으므로, 내 불면의 밤들은 허구한 날 어둠뿐이었다. 어디에 밝은 햇빛이 있을까. 밤마다 나는 궁리했다. 임지운 형이 생각난 것도 그런 어둠 속에서였다.

소주가 다섯 병째, 김치 한 종지뿐인 술상에 올라왔다. 비로소 취기가 돌았다. 임지운은 양반다리를 한 채 아까부터 눈을 감고 있었다.

"서민영을 들쳐업고 대학 병원까지 형님이 뛰어가는 데 시간이 얼마나 걸린 줄 아십니까."

시비 걸듯이 불쑥 내가 물었다.

"내가 기억하기론 말예요. 십 분도 채 걸리지 않았어요. 기적 같은 힘이었지요. 민영을 살리겠다는 일념은 상상도 못할 힘을 발휘했던 겁니다. 지금도 맹렬히 뛰어가는 형님의 뒷모습이 눈에 선해요."

내 목소리가 울먹울먹해졌다. 임지운은 여전히 눈을 감고 미동도 하지 않았다. 모기떼들이 극성스럽게 달려들고 있었다.

"민영의 묘지에서 만났을 때……"

나는 앞에 놓인 소주잔을 들어 훌쩍 마셨다.

"그때 형님은 햇빛에 대해서 말했어요. 그날의 찬란했던 햇빛 말예요. 그런데 이게 뭡니까. 어떻게 형님이 저 개들을 저렇게 만들 수가 있단 말입니까. 좋아요. 형님이 생계를 위하여 보신탕 집에 댈 개들을 사육할 수밖에 없었다면, 그건 좋다고 합시다. 하지만, 하지만 형님, 어떻게 그럴 수가……"

"첨엔 개를 키우지 않았네."

마침내 임지운이 말머리를 풀었다.

"처음엔 젖소를 길렀지. 강변에 나가면 풀이 무성하던 시절이었으니까. 내가 맨 처음에 자리잡았던 곳은 저편 강안의 야산이었어. 헌데, 언제부턴가 강안의 풀들이 말라죽기 시작했어. 말을 들으니까, 시 위쪽에 공단이 자리잡아 그렇다더군. 풀은 죽고 강안의 야산도 메말랐지. 거기다가 설상가상으로 젖소들이 이곳저곳에서 쓰러졌어. 전염병까지 돌았던 거야. 죽지 않은 소들도 젖이 나오질 않았네. 그것들은 오염된 강물을 마시고 말라붙은 풀을 뜯어야 했으니까 영양실조였던 게지. 목장을 꿈꾸던 내 이상은 무참히 무너졌어. 서울로 올라갔지. 많은 일들을 했었네. 안 해본 게 없었어. 친구들도 동창도 더러 만났지만, 그들의 기민한 삶의 방식에 도저히 정을 붙일 수가 없더군. 육 년 만에 다시 맨손으로 낙향했어. 돼지도 닭도 길러보았어. 하지만 돼지를 길러 놓으면 돼지고깃값이 떨어지고 닭을 키우면 계란값이 말이 아닌, 비운의 숨바꼭질이 계속되었네. 변덕 많은 농수산부 정책 믿다가 그나마 거덜이 났던 거야. 난 지치고 외로웠네. 재기할 힘조차 없었단 말일세. 정의가 도대체 뭐란 말인가. 4·19가 뭐란 말인가. 그런 생각들을 하기 시작했어. 이 사람아, 나도 남들처럼 비리와 권모술수를 나 스스로 용서하고 받아들일 수 있었다면, 진즉, 서울에서 떵떵거리며 살게 되었을 거야. 하지만 말일세, 자네가 믿지 않을는지 모르지만 난 잊지 않고 지냈어. 불과 오 년 전까지만 해도 말이야. 햇빛, 1960년 우리들이 달려가던 아스팔트에 넘치던 햇빛, 정의로운 햇빛, 자유로운 햇빛, 순수한 햇빛…… 자넨 그런 것을 잊지 않는 사람이 남보다 더 나은 생활을 할 수 있으리라 생각하나? 정의, 자유, 순수가 어떻게 우리들 각자의 삶을 부수어버리는지 자넨 모를 거야. 그것들은 내 삶에선 일종의 독소로 작용했네. 정의로운 빵이 아니면 먹지 않겠다는 내 의식이 얼마나 우스운가 하는 걸 나는 어느 날 깨달았지. 나도 변모했던 거야. 요사스러운 긴 세월이었어. 세월엔 못 당하겠더군. 정의로운 빵이 따로 없다는 걸 나는 세월에서 배웠네. 누군가 개를 길러보라 하더군. 밑천이 적게 드는 장사였어. 군부대가 있는 이쪽으로 옮겨왔지. 짬밥을 얻어내지 않으면 사룟값이 비싸 그것도 하기 어려웠으니까. 이것저것 조건부였지만 결국 부대장의 허가를 따냈어. 한 가지 문제만 남았네……"

임지운은 말을 끊고 술잔을 비웠다. 그의 표정이 말하면서 점점 더 침통해졌다는 것을 나는 어렴풋이 알아차렸다. 마치 말을 함으로써 말을 한 것만큼 그가 더욱 불행해지고 있는 것 같았다.

"개 짖는 소리 말일세. 밤마다 한꺼번에 여러 마리의 개들이 짖는 소리가 문제가 되었던 거야. 자네도 보았듯이, 부대와 우리 집은 철조망 하나를 사이에 둔 한통속이나 다름없지 않은가. 장병들의 수면에 지장이 있다는 말이 들렸어. 짬밥을 계속 얻어내기 위해선 그런 불만 요소를 없앨 수밖에."

임지운은 그러고 나서 말을 다시 멈췄다. 창백하게 질린 이마에 땀방울이 송송 맺혀 있었다. 내가 그를 고문했구나. 나는 생각하였다. 사내가 넘어 들어간 윗방에서 여전히 아무런 기척도 들리지 않았다. 영민이도 사내도 잠이 들었는가보았다. 침묵이 한동안 계속되었다. 불편한 침묵이었다. 내가 그를 고문할 자격이 있을까. 내게 침묵이 불편한 까닭은 그런 자문 때문이었다.

"개 때문에……"

이윽고 그가 눈을 들어 나를 바라보았다. 충혈된 눈이었다.

"나는 많은 것을 잃었네."

그의 말투는 다분히 자조적인 데가 있었다. 그 대신 '잃었'다는 낱말을 사용하면서부터 그의 표정은 묘하게도 아까의 비통함에서 벗어나기 시작했다.

"정의나 순수 따위를 잃었다는 그럴듯한 표현을 쓰고 싶진 않아. 나는 뭣보다 먼저 가족을 잃었어. 가족들은 나를 개처럼 봐.

내가 개를 보듯이 그들은 나를 그렇게 보는 거야. 안 그런 척들을 하지만 난 알지. 마누라하고 애들은 G읍에 살고 있네. 혼자이 지경으로 산 게 삼 년은 넘었어. 내가 쫓아 보냈지. 왜 쫓아 보낸 줄 아나. 가족들을 좀더 사람 살 만한 동네에서 살도록 하기 위함이 아닐세. 살해하기 위해서지. 편하게 나 혼자 죽이기 위해서야. 어떤 때 나는 그것들을 죽이는 재미로 살아가고 있는 것 같은 느낌을 받아."

"그것이라니 무얼 말하는 겁니까?"

"뭐긴 뭐겠나. 개들이지. 산 개를 사 가는 사람도 있지만 잡아서 주길 바라는 보신탕집이 훨씬 많아. 요즘 같은 복중엔 하루에도 열 마리 스무 마리 잡을 때가 있어. 산 채로 나는 놈들을 목매다는 수법을 쓰지. 그래야 고기맛이 낫다니깐. 목매단 밧줄을 움켜잡고 버둥거리는 놈들과 최후로 눈을 맞추는 그때, 내가 살아 있다는 실감이 와. 나하고 눈이 맞으면 놈들은 대개 곧장 죽어버려, 나에게 순종하기 때문이지. 하지만 어쩌다 나와 시선을 마주치고도 오래오래 버둥대는 질긴 놈들도 있긴 있어. 놈은 나한테 저항하는 거야. 그때마다 난 생각하지. 저항이 소용없다는 것을 저 어리석은 개들한테 어떻게 일러줄까 하고 말일세. 그건 쉬운 문제가 아냐."

처음 이곳에 도착했을 때 내 코를 찌르던 노리치근한 냄새가 뭐였는지를 나는 비로소 알았다. 그것은 개들을 그슬린 살의 냄새였던 것이다. 나는 어깨를 한차례 파르르 떨었다. 임지운의 충혈된 두 눈에 빛나는 노기를 그때 나는 보았다. 놀랍게도 그는 처음 말머리를 풀 때와는 정반대로 아주 당당해져 있었다. 적군을 무찌르고 돌아온 상이용사 같았다. 벼랑으로 한 발자국 한 발자국 밀리고 있는 건 그가 아니라 이제 내 편이었다. 그는 담배를 물고 지이익, 거칠게 성냥을 그어 불을 붙였다.

순간, 총소리가 타앙 하면서 내 고막을 울리기 시작했다.

아스팔트엔 햇빛이 쏟아지고 있었다. 눈부셔, 아, 눈부셔. 서민영은 그러나 죽어가고 있었다. 나는 머리를 세차게 흔들며 귀를 틀어막았다. 저항해야 한다. 저항해야 한다. 땀을 흘리며 부르짖었다. 그의 개들 중에서 '어리석은 놈'이 그에게 저항했듯이, 나는 끙끙거리면서 머리를 쥐어짰다. 어떻게 저항할 것인가. 저 기고만장하고 당당해진 표정을 단숨에 두들겨 부술 마법의 칼은 없을까. 빙그르르, 영민의 모습이 떠올랐다. 학생모를 단정히 쓰고 차갑게 강을 바라보던 귀머거리 소년의 적의에 가득찬 얼굴을 나는 생각했다.

"영민은 어떡하다가 귀머거리가 됐나요?"

나는 그에게 칼을 내밀었다.

"서민영을 잊지 못해 큰아들을 영민이라 이름 지은 건 알겠어요. 영민이 귀머거리가 된 건 우연한 실수 때문이었나요?"

내 공격은 너무 충동적이고 야비했다. 임지운은 한번 두 눈을 무섭게 부릅떴다가 이내 술병들 사이로 타악 쓰러져버렸다. 탈진한 사람처럼 보였다.

"불을 꺼주게."

그가 헐떡이는 목소리로 말했다. 나는 불을 끄고 역시 그의 곁에 쓰러져 누웠다. 소주병들이 함부로 쓰러지는 소리가 났다.

"오 년 전이야."

그의 말이 아주 먼 곳에서 울려오는 것처럼 들렸다.

"지금과 같은 방법으로 개의 고막을 막 터뜨리기 시작했을 때였지. 저애가 여러 번 나한테 울면서 애원하더군. 제발 개를 귀머거리로 만들지 말아달라고. 쇠꼬챙이를 고막에 쑤셔박는 걸 봤던 거지. 어린 마음에 충격이 컸겠지. 특히 저 녀석은 무엇보다도 개들을 좋아했거든. 개들도 저 녀석을 제일 따랐고. 밤중에 자다가도 헛소리를 하고 그러더군. 그럴 때마다 난 녀석의 뺨을 후려갈겼지. 그까짓 것쯤 무심히 보아 넘기는 아이로 난 키우고 싶었어. 그런데 어느 날, 녀석이 기어코 일을 저질렀네. 비명 소리가 나서 뛰어가봤더니, 저 녀석이 개집에 들어가 개처럼 앉았는데, 귓구멍에서 피가 철철 흘러나오지 않겠나. 참혹했었지."

어둠은 서리서리 깊었다. 나는 두 눈을 부릅떠보았지만 어둠

이외엔 아무것도 보이지 않았다. 임지운의 목소리가 떨면서 내 터지지 않은 고막에 날아와 부딪혔다.

"쇠꼬챙이로 장난하다 실수한 거라고 사람들은 말하지만 난 아네. 저 녀석은 내게…… 저항했던 거야. 목매단 개들 중에서 어떤 어리석은 놈이 그렇듯이. 참 대단한 항거였어. 지금도 봐. 저놈은 읍내로 안 가고 여기에서 살거든. 그 고집을 어찌 말리겠나. 역시 나에게 항거하기 위해서야."

잠이 밀려왔다. 사실 나는 너무 취해 있었다. 의식이 가물가물해지는데 타앙 또 그놈의 총성이 들렸다. 나는 겁에 질린 온몸을 토끼처럼 오그려붙이고 왈칵 돌아누웠다. 빈 술병들이 쨍그랑쨍그랑 부딪치는 소리를 나는 마지막으로 들었다.

새벽이었다. 비명 소리에 나는 놀라 일어났다. 나보다 먼저 일어난 임지운이 전등 스위치를 비틀었다. 윗방과 아랫방이 통하는 문턱 위에 사내가 허리를 걸치고 버둥거리고 있었다. 귀를 움켜잡고 있었는데 손가락 사이로 검붉은 피가 흘러나왔다.

"귀를…… 내 귀를 영민이가……"

사내의 비명 사이로 마당을 뛰어가는 영민의 다급한 발소리가 들렸다. 그때, 나는 보았다. 한끝에 피를 묻히고 문턱 아래 나자빠져 반질거리는 쇠꼬챙이. 그것은 무기물의 금속에 불과했지만 내겐 살아서 숨쉬는 잔혹한 그 무엇 같았다.

부르르, 나는 온몸을 떨면서 눈을 감았다.

—

흉기 4
—못과 망치

1

범상한 일이 아닌 게 확실했다.

교사들은 한 사람도 빠짐없이 제자리에 앉아 있었다. 여느 때와 달리 밀린 지도안을 정리하거나 옆 사람과 뭐라고 귀엣말을 나누거나 성적 통계를 내거나 하는 사람도 없었다. 모두가 꼿꼿이 앉아 있었다. 특히 교감의 자세가 그랬다. 도수 높은 안경을 쓴 교감은 직원회의가 소집된 후 줄곧 미동조차 하지 않았다. 움직이는 것은 안경알 뒤의 눈빛뿐이었다. 교감의 눈빛이 닿을 때마다 교사들은 새삼 척추를 펴고 고개를 들었다. 그것은 흔한 일이 아니었다. 어느 편이냐 하면 교감은 참을성이 부족한 성격이었다. 회의가 길어지면 정서 불안한 아이들처럼 제일 먼저 콧구 멍을 파기도 하고 관자놀이를 눌러대기도 하고 손가락 마디를 부러뜨리기도 하는 게 교감이었는데 오늘만은 달랐다. 자세가 시종여일했다. 무엇 때문인지는 몰라도 몹시 긴장하고 있음에 틀림없었다. 그리고 그 긴장감이 삼십 분도 지나지 않아 모든 교 사들에게 전이되었고, 그래서 시간이 지날수록 교무실은 팽팽히 감긴 현弦과도 같은 분위기에 휩싸였다.

여느 때와 다른 건 교감만이 아니었다.

직원회의가 갑작스럽게 소집된 것은 퇴근 준비를 서두를 무렵 이었다. 그러잖아도 다른 학교보다 한 시간이 늦은 퇴근 시간이 었기 때문에 회의가 소집됐을 땐 벌써 교정이 어두워진 다음이 었다. 그러나 교사들은 그때만 해도 특별한 감정을 나타내지 않 았다. 퇴근 시간에 맞춰 직원회의가 소집되는 일은 이 학교에선 흔했다. 폐품 수집 실적이 저조하다거나 학생들의 복도 통행 방 식이 잘못되었다거나 하는 사소한 의제를 가지고도 교장은 서슴 없이 교사들의 퇴근 시간을 잡아 묶었다. 어떤 땐 교장이 심술을 부리는 것처럼 생각되기도 할 정도였다. 그런데 오늘은 그런 사 소한 의제가 아닌 듯했다. 회의를 소집해놓고도 오랜 시간이 지 날 때까지 교장은 교무실에 얼굴을 보이지 않고 있었다. 주임 교 사들만 교장실로 불려가고 그대로 꿩 구워먹은 소식이었다. 교감은 그러므로 교장이 올 때까지 교사들을 지키는 사냥개의 역할을 맡았나보았다.

나는 시계를 보았다.

일곱시 삼십분이 넘고 있었다. 미경이와 약속한 시간이 일곱시 삼십분이었으므로, 이제 전화라도 걸어줘야 할 판이었다. 교환대를 거치도록 되어 있는 전화기는 교감 책상과 사환 책상 위에 있었다. 그러나 나는 도저히 일어나 전화를 걸 용기가 나지 않았다. 더구나 회의가 소집되고 나서 한 번도 전화벨이 울리지 않는 걸 보면 교장은 교무실로 연결된 전화코드를 빼라고 교환대에 일러두었는지도 모를 일이었다. 기다리다 지치면 미경이개가 연락하겠지. 학교 사정을 누구보다 잘 아는 애니까 교환 아가씨한테 개별적으로 메모를 부탁할는지도 몰라. 나는 막막한 기분으로 창밖을 바라보았다. 어둠침침한 운동장과 수은등에 윤곽만 밝혀진 교문과 교문 너머의 컴컴한 돌산이 내다보였다. 그것들은 갑옷을 입은 장군의 동상처럼 어딘지 모르게 완강하고 배타적인 듯한 분위기를 갖고 있었다.

발소리가 교장실이 있는 복도 끝에서부터 들려온 것은 그때였다.

한 사람의 발소리가 아니었다. 주임 교사들이 돌아오는가보았다. 발소리가 점점 가까워질수록 교무실에는 새로운 긴장감이 감돌았다. 제일 먼저 얼굴을 보인 것은 교장의 조카사위인 교무주임이었다. 연구주임과 새마을주임이 교무주임의 뒤를 이었고, 그다음 학생주임이 나타났는데 학생주임은 타블로이드판인 신문 몇 장을 오른손에 들고 있었다. 주임들의 표정은 한결같이 무겁고 딱딱했다.

교장은 잠시 후에 들어왔다.

단회색 치마저고리를 교장은 입고 있었다. 육순이 지났어도 평생 처녀로 늙어온 교장은 이제 막 쉰 살을 넘긴 듯했다. 키가 작았고 어깨는 넓었다. 아주 못생긴 얼굴은 아니었으나 그렇다고 평범한, 보통 여자 같은 그런 얼굴이라곤 할 수 없었다. 전체적으로 질기고 차가운 기운이 감돌았다.

"직원회의를 시작하겠습니다."

교무주임이 말했다. 교사들이 그 말에 따라 우르르 일어섰고 교무주임이 곧이어 차렷 경례, 하고 구령을 붙였다. 교장과의 맞절이 바로 직원회의의 시작이었다.

"오늘 긴급회의를 소집한 것은 교육 관계의 한 신문이 우리 학교를 무고하게 비난한 기사를 게재했기 때문입니다. 먼저 학생주임 선생님이 문제의 신문 기사를 낭독하도록 하겠습니다."

예상 밖의 일이었다. 교사들은 허를 찔린 듯한 표정이 되었다.

학생주임이 타블로이드판 신문을 들고 일어났다. 교장의 손에 낯익은 작은 쇠망치가 들려 있는 걸 그 순간 나는 보았다. 언제 그것을 꺼내들었는지는 알 수 없었다. 교장실에서부터 들고 들어왔는데 그제야 내 눈에 띈 것인지도 몰랐다. 앙증맞아 보이는 작은 쇠망치였다. 교장은 그것을 지휘봉인 양 들고 있었다. 치마저고리를 입었음에도 쇠망치를 들자 교장은 야전군 사령관처럼 보였다.

내 손이 저절로 책상 서랍 속을 더듬었다.

교장이 쇠망치를 든 걸 볼 때마다 내가 바로 교장에게서 받은 똑같은 쇠망치를 확인해보는 것은 이 학교에 부임해 온 봄부터의 한결같은 버릇이었다. 쇠망치를 든 교장을 보고 있으면 공연히 숨이 가빠졌는데, 숨가빠지는 나 자신을 다스리는 데는 역시 교장의 쇠망치와 똑같은 내 쇠망치가 약이었다. 쇠망치를 찾아 교장처럼 쥐고 나서야 비로소 감정이 평형을 유지하는 거였다. 그런데 어머, 쇠망치가 없었다. 언제나 맨 위의 서랍 오른쪽에 쇠망치를 두는데 쇠망치의 자리에 쇠망치가 없었다. 난감한 일이었다. 교장은 똑바로 이편을 바라보고 있었다.

내가 준 망치를 감히 잃어버렸단 말이오?

교장이 묻고 있는 것 같았다. 나는 황급히 두번째 서랍을 열려다가 멈칫했다. 아무래도 삐익 하는 소리를 내면서 서랍을 열 엄두가 나지 않았다. 교무실은 숨소리 하나 나지 않았다.

"……심지어는 조퇴한 경우에도 결근과 똑같이 취급하여 봉급의 삼십분의 일을 깎을 뿐만 아니라 임신한 여교사에게 분만 휴가를 열흘만 허용, 부당하게 사직하도록 압력을 넣고 있다……"

학생주임은 꽤 격앙된 목소리로 주간신문 『교육논단』을 읽어 내려가고 있었다. 나는 깜짝 놀라서 쇠망치를 찾는 걸 포기하고 양손을 앞으로 모아 잡았다. 쇠망치를 찾느라 기사의 앞부분을 듣지 못했지만 그 부분만 들어도 나머지 내용을 짐작하는 건 조금도 어렵지 않았다.

기사는 그 외에도 우리 D여중고에서 일어나고 있는 몇 가지의 비리를 더 지적했다.

날카롭고 패기만만하게 느껴지는 문장이었다. 취재는 성실하고 정확했다. 기사의 내용은 조금도 과장되지 않은 사실 그대로였다. 결근한 교사에게서 결근 일수만큼 봉급을 제한다는 것도 사실이었고, 분만 휴가를 열흘 이상 주지 않는다는 것도 사실이었고, 납부금의 최종 납기를 넘긴 학생이 담임 반에 있을 땐 담임교사가 그 미납금만큼 대체해 입금하도록 학교에서 요구하는 것도 사실이었고, 퇴근 시간, 출근 시간이 법으로 정해진 것보다 한 시간 늦고 한 시간 빠른 것도 사실이었다. 내규란 말을 교장은 썼다. 내규에 의해 모든 교사들은 그렇게 해야 된다는 주장이었는데 그 내규라는 것 자체가 교장 혼자 임의로 생각하고 임의로 정한 것들이었다. 하긴 D여중고에서는 교장이 곧 하늘이고 땅이라고 할 수 있었다. 이사장이 있었으나 이사장은 교장이 이름만 올려놓은 허수아비에 불과했다. 사립학교법은 학교 경영의 실질적인 권한을 이사장보다 학교장에게 더 주었다. 이사장을 해야 할 교장이, 이사장이 아니라 학교장을 군이 하고 있는 것도 따져보면 바로 이 법 때문이었다.

학생주임이 기사를 다 읽고 나서 자리에 앉았다.

교무실엔 여전히 물을 끼얹은 듯한 긴장된 고요만 감돌고 있었다. 나는 가슴에 찌르르한 통증을 느꼈고 통증을 느끼자 곧 손으로 앞가슴을 찍어 눌렀다. 그 동통이 사실은 고통이 아니라 쾌감이라는 걸 깨달은 것은 다음 순간의 일이었다. 나는 목을 움츠렸다. 교장이 행여 내 쾌감을 눈치챌까봐 이마를 한껏 찡그리며 나는 심각한 체했다.

교장이 일어서고 있었다.

교장은 아직도 망치를 든 채였다. 내 쇠망치가 어디로 갔을까? 나는 역시 망치가 제자리에 없는 게 불안하였다. 망치는 언제나 제자리에 있었다. 그것은 부임 첫날 교장이 선물한 것이었다. 선물을 준비했지요, 교장은 그렇게 말했다. 첫 출근 해서 인사차 교감의 안내로 교장실에 들렀을 때였다. 그때 받은 감동은 지금까지도 쉽게 잊히지 않았다. 교장은 책상 위에 네 개의 서류 봉투를 올려놓았다. 나와 함께 나란히 서 있던 중학교의 신임 교사는 네 사람이었다. 김인호 선생은 수학과였고, 젊은이답지 않게 머리가 짧은 정동구 선생은 과학과였으며, 미경이가 음악과, 내가 국어과였다. 교장은 우리들 각자에게 각각 '선물'을 준비해놓고 있었다.

"펴보세요, 여러분."

교장이 미소 지으며 서류 봉투를 향해 턱짓을 했다.

미경이와 내 시선이 잠깐 마주쳤다. 선물이라니 이상하다, 얘. 미경이의 눈빛이 그런 말을 하고 있었다. 말은 선물이라고 하면서 사실은 함정이 있는 수수께끼를 낸 사람 같은 표정을 교장이 하고 있었기 때문에 미경이의 눈빛이 더욱 그랬을 것이다. 미경이와 나는 고등학교 동기 동창이었다. D여중고의 교사 모집 광고를 신문에서 보고 이력서를 내러 왔다가 나는 역시 이력서를 내러 온 미경이를 만났다. 우린 고등학교 때 꽤 친한 친구였다. 고등학교를 졸업한 뒤 그앤 음악대학 기악과로 갔고, 나는 집안 형편이 어려워 사범대학 국어교육과를 지망했다. 학교와 학과가 달라서인지 우린 대학 시절 거의 만나지 못했다. 아니 설령 같은 대학이었다고 하더라도 자주 만나지 못하긴 매한가지였을 터였다. 그앤 부잣집 외동딸이었고 나는 홀어머니 밑에서 자란 가난

뱅이 큰딸이었다. 고등학교 시절의 나는 인간관계에 있어 그런 것들이 별로 중요하지 않다는 생각을 갖고 있었다. 하지만 대학에 들어와서 이곳저곳 아르바이트감을 쫓아다니며 나는 그 생각을 일부 수정했다. 세상은 단순하지 않았다. 세상은 내가 상상했던 것보다 훨씬 많은 횡포와 잘못된 구조에 의해 움직여지고 있었다. 미경이를 D여중고 이력서 창구에서 만난 것은 그러므로 나에겐 그렇게 유쾌한 일이 아니었다. 만난 순간 뭔가 부끄러운 짓을 하다가 그애한테 들킨 것 같은 기분을 느꼈으니까.

"뭣들 하고 있어요?"

선뜻 서류 봉투를 집어들지 못하는 우리를 교감이 재촉했다. 우리는 각자 하나씩 서류 봉투를 들고 그 안을 들여다보았다. 놀랍게도 서류 봉투 속엔 작은 쇠망치와 못 한줌이 들어 있었다. 실망했나요? 교장이 빤히 이편을 건너다보았다. 아, 아닙니다. 대답한 것은 짧은 머리의 과학과 정동구 선생이었다. 교장이 만족스럽다는 듯 고개를 끄덕거렸다.

"교육이라는 걸 무슨 거창한 일로 생각하면 안 됩니다. 우주의 법칙이나 인생의 본질을 가르치려고 하지 마세요. 작은 일부터 성의 있게 가르치는 게 중요합니다. 예컨대 못 한 개라도 똑똑하게 박도록 가르치는 게 좋습니다. 그리고 이 학교는 여러 선생님과 학생의 학교입니다. 그래서 우리 학교에선 낡은 교단 교탁이

나 비뚤어진 창틀 하나까지, 고칠 수 있다면 교사들 스스로 고칩니다. 우리 학교는 청소부도 목수도 없습니다. 그걸 난 자랑스럽게 여깁니다. 교육적 환경이란 값비싼 교재나 넓은 교정만을 가리키는 게 아닙니다. 교사들 스스로 튀어나온 못 하나라도 일일이 성의를 다해 박는 자세, 그것이 자라는 아이들에겐 모두 훌륭한 교육적 환경입니다. 선생님들에게 못과 망치를 선물하는 건 그런 뜻입니다. 우리 학교에선 모든 교사가 이런 망치를 갖고 있습니다. 잃어버리지 말고 늘 사용하도록 하세요. 달리 말하자면 이 망치는 우리 학교에선 사표師表의 상징입니다. 보세요. 여러분과 똑같은 망치를 나도 갖고 있습니다. 교장실의 비품이 고장난 게 있으면 나는 이 망치와 톱과 끌과 대패를 이용, 내가 직접 고칩니다."

낮고 감정의 파장이 거의 느껴지지 않는 말투였으나 열변이었다.

나는 교장의 말을 들으면서 비로소 교육 현장에 내가 왔다는 걸 절실히 느꼈고 동시에 훌륭한 교사란 어떤 사람인가 하는 것도 선연히 집히는 것 같았다. 대학 사 년 동안에 배운 어려운 교육 이론보다 교장이 건네준 망치 하나가 더 많은 걸 내게 가르쳐주는 기분이었다.

"……선생님들도 알다시피"

교장이 말하고 있었다.

"내가 결근 하루에도 봉급을 그만큼 깎는 게 어디 나 개인의 치부를 위해섭니까. 나는 맨주먹으로 이 학교를 세우다시피 했어요. 내 손엔 지금도 공이가 박혀 있습니다. 이곳은 나의, 그리고 여러분의 성전과 다름없다 그 말이에요. 그런데 감히 이따위 신문에서 교권 운운하며 이 성전에 재를 뿌리다니……"

교장은 노기가 대단했다.

망치로 그녀는 여러 번 책상을 두들겼다. 나는 참지 못하고 책상 두번째 서랍을 열어보았다. 망치 소리 때문에 다행히도 서랍 소리는 크게 나지 않았다. 내 망치는 두번째 서랍에도 없었다. 교장은 그 불같은 노기에 비하면 말을 많이 하지 않았다. 말을 절제하려는 노력이 교장에게선 엿보였다. 그녀는 『교육논단』의 기사가 교권을 위한 기사라곤 절대로 할 수 없으며 '단지 우리 학교를 중상모략할 의도'로 쓰여진 기사라고 못박고 '기사 자료의 제공자는 우리와 가까운 데 있을 것'이라고 덧붙인 뒤 곧바로 자리를 떴다. 교장의 마지막 말이 시사하는 게 무엇인지 처음에 나는 짐작하지 못하였다. 내 신경은 온통 잃어버린 망치에 가 있었다. 종례 시간에 액자가 떨어진 걸 바로 달기 위해 그 망치를 사용했다. 액자가 원래 걸려 있던 자리는 내 키보다도 훨씬 높았으므로 나는 책상을 두 개나 포개놓고 그 위에 올라가 작업을 하지 않으면 안 되었다. 아이들이 붙잡고 있었으나 흔들흔들하는 게 불안해서 못 하나 박는 데 나는 식은땀을 다 흘렸다.

그렇다면, 망치를 교실에 놓고 왔을까?

나는 그러나 이내 고개를 가로저었다. 그럴 리가 없었다. 망치를 함부로 그냥 두고 오다니 천만의 말씀이었다. 교무 수첩을 잃고 올망정 망치를 잃고 태연히 교무실로 돌아올 만큼 나는 무신경하지 않았다. 나는 비교적 예민한 성격이었다. 더구나 쇠망치를 생각하면 더욱 그랬다. 쇠망치는 처음에 내게 감동을 주었고, 근무한 지 한 달쯤 지나자 내게 공포감을 주었으며, 여섯 달을 넘기면서부터는 아예 내가 망치에 의해서 움직이고 있는 듯한 기분을 강력하게 느끼게 했다. 망치와 함께 있는 건 교장과 함께 있는 것이었다. 망치를 들고 교실로 가면 비록 혼자 있어도 교장과 함께 있는 것과 똑같이 나는 부자유스러웠다. 망치는 나의 주인이었다. 교육은 망치가 했다. 나는 그저 쇠망치의 꼭두각시에 지나지 않았다.

교무실엔 침묵이 흘렀다.

교장이 노기 띤 표정으로 교무실을 나간 뒤에도 누구 하나 선불리 움직이려는 사람은 없었다. 교감과 교무주임과 학생주임이 잠시 귀엣말을 나눈 것이 유일한 움직임이었다. 세 사람이 귀엣말을 나눈 뒤 머뭇머뭇 자리에서 일어선 것은 학생주임이었다.

학생주임은 '불독'과 '자베르'라는 두 가지 별명을 갖고 있었다. 생김새로 보아선 '불독', 성격으로 보아선 장발장을 뒤쫓는 끈질긴 형사 '자베르' 경감과 딱 어울렸다. 도난 사건이 일어난 반에선 보통 학생주임을 모셔다가 일을 해결하는 게 상례였다. 학생주임은 손버릇 나쁜 아이를 놀랄 만큼 잘도 찾아내었다. 회유와 공포감과 밀고심리와 비정한 함정수사의 방법을 그는 속속들이 알고 있었다. 손버릇 나쁜 애를 찾아내는 데 그는 끈질긴 성격 그대로 그 모든 물리적 심리적 방법을 반복해 사용함으로써 언제나 성공을 거두었다. 학생주임이 자리에서 일어나는 걸 보며 괜히 내 가슴이 덜커덕 내려앉은 것은 그의 그런 성격 탓이었다.

학생주임은 마치 내가 쇠망치를 잃어버렸다는 사실을 밝히려고 일어선 것 같았다.

"교장 선생님께서 진짜로 화가 나신 건 기사 때문만이 아닙니다. 교장 선생님은 우리 교사들 중에 누군가 의도적으로 기사 자료를 『교육논단』에 보내 밀고했다고 생각하고 계십니다. 배반당했다고 교장 선생님은 말씀하셨습니다. 그거야 상식적으로 생각해도 그렇지 않습니까. 공식적인 취재를 나온 바도 없었는데 『교육논단』 기자가 어떻게 이런 사실을 알았겠습니까? 의도적이었든 아니었든 간에, 우리들 중의 누군가가 기사 자료를 제공했다는 건 쉽게 짐작할 수 있는 일입니다. 교장 선생님은 주임들에게

'무서운 일'이라고 탄식하시길 여러 번이었습니다. 우리 모두가 이 학교의 교사입니다. 교장 선생님이 평소에 늘 강조하셨듯이, 우리의 학교올시다. 우리는 이 학교를 지키고 발전시켜나갈 의무가 있습니다. 기사 내용을 이루고 있는 여러 가지를 우리가 내규로 받아들이고 자진하여 지키는 것도 다 우리의 이런 의무를 성의 있게 완수해보자는 데 그 뜻이 있다 하겠습니다. 그런데, 그 뜻을 저버리고 기사 내용을 신문에 제공한 장본인이 우리 중에 있다면…… 슬픈 일이 아닐 수 없습니다……"

학생 주임은 웅변 대회에 나온 설익은 출연자 같았다. 그는 말하면서 연방 교무주임과 교감 쪽을 곁눈질하곤 했는데, 그걸로 보아 교사들보다 교무주임과 교감이 자신의 말을 어떻게 생각할까 더 신경을 쓰고 있음에 틀림없었다.

"물론."

학생주임은 계속 말했다.

"의도적으로가 아니라 어쩌다보니까 정보 제공자가 된 경우도 충분히 있으리라 봅니다. 『교육논단』의 기자하고 인척이나 친구가 된다든가, 아니면 『교육논단』의 기자가 신분을 위장, 여러 선생님들의 어느 분에게 근무 조건 따위를 물었을 수도 있습니다. 교장 선생님은 그런 경우라면 설령 장본인이 나타나도 불문에 부칠 거라고 하셨습니다. 그 대신 정직한 고백이 있어야 할 것입니다. 지금…… 여러분에게 백지 한 장씩을 나누어드리겠습니다. 백지에다 나는 결코 『교육논단』에 기사 자료를 직접적이든 간접적이든 제공한 바 없다는 각서를 써주십시오. 그리고…… 만약 본의 아니게 기사 자료를 제공한 바가 있는 선생님은 오늘 고백해오는 경우는 아까도 말씀드렸습니다만, 불문에 부치겠다고 약속하셨습니다. 어차피 취재 경로를 신문사에 따져 물으면 드러날 일입니다. 솔직하게 고백하셔서 교장 선생님의 너그러운 용서를 얻으심이 현명한 처사가 될 것입니다."

백지가 왔다.

각서, 라고 나는 백지에 썼다. 『교육논단』의 기사를 들으면서 가슴에 통증으로까지 느껴지던 쾌감은 조금도 남아 있지 않았다. 피로감을 나는 느꼈다. 시간은 여덟시 삼십오분이었다. 미경이와의 약속 시간에서 벌써 한 시간이나 비켜난 시각이었다. 그 앤 아직까지도 기다리고 있을까? 학교에 전화를 걸어 회의중이라는 얘기를 들었다면 기다리고 있을 터였다. 아니, 회의중이라는 얘기를 듣지 않아도, 그 앤 여섯 달이나 이 학교에서 근무해봤으니까, 내가 나가지 않으면 시답잖은 의제로 교장이 또 직원회의를 열게 했구나 짐작할 것이었다.

각서라고 쓰고 나서 나는 좀 서둘렀다.

각서를 일찍 써낸다고 남보다 일찍 퇴근하는 건 아니지만 미경이를 생각하니까 그거라도 빨리 써내야 할 것 같았다. 본인은 간접적이든 직접적이든 『교육논단』에 우리 학교에 관한 여하한 이야기도 한 바 없으므로…… 나는 거기까지 단숨에 썼다. 만약 차후에 내 말에 틀림이 있다면 어떤 처벌도 감수하겠다는 내용을 써야 할 차례였다. 그런데, 나는 감전된 듯이, 써내려가던 손길을 한순간 딱 정지시켰다.

미경의 얼굴이 내 시야에 클로즈업되어 떠올랐다.

열흘쯤 전이던가, 찻집에서 만나 학교 근무가 힘들다는 내 넋두리를 듣다가 불쑥, 두들겨 부수어야 돼, 하고 어떤 결의에 차서 말하던 순간의 미경이 얼굴이었다. 그것은 스톱모션으로, 쓰다 만 각서 위에 머물러 있었다.

그애다.

나는 부르짖었다.

뚜렷한 근거는 없었으나 스톱모션으로 떠오른 그애의 얼굴과 맞닥뜨린 순간, 나는 『교육논단』에 기사 자료를 제공한 장본인이 바로 그애라는 걸 조금도 의심하지 않았다. 가슴이 두근거리기 시작했다. 그애가 기사 자료를 제공했다면 그것은 결과적으로 내가 제공한 거나 마찬가지라고 할 수 있었다. 함정이 내 눈에 보였다. 깊고 어두운 함정이었다. 나는 함정에 발을 내디디지 않으려고 뒤로 버텨보았다. 발은 말을 잘 듣지 않았다.

"쓰신 분 접어서 제출해주세요."

학생주임의 말소리가 고막을 울렸다.

나는 엉겁결에 각서의 나머지를 쓰고 도장을 눌렀다. 식은땀이 등을 적셨다는 걸 나는 각서를 써낸 다음에 알았다.

2

못은 교실 전면의 오른편 공간에 박혀 있었다.

거울을 걸어놓았던 자리였다. 교내 환경 미화 심사에서 거울을 건 위치가 바람직하지 못하다는 지적을 받은 건 바로 어제였다. 어제 곧 거울을 옮겨 걸어야 할 일이었으나 심사 후엔 밤늦게까지 직원회의가 열렸으므로 틈이 없어 오늘 시작한 참이었다. 못은 시멘트 못이었다. 거울을 옮겨 걸었으니까 당연히 이 못은 빼버려야 하는데, 오래전에 박은 듯 장도리를 걸고 잡아당겨봐도 이놈은 도무지 끄떡도 않는 것이었다. 부러뜨리는 게 낫겠군. 나는 생각했다. 나는 장도리 끝으로 못대가리를 가볍게 쳤다. 그러나 가볍게만 두들겨도 못이 쉽게 부러질 것이라고 여겼던 건 잘못이었다. 못은 장도리를 향해 꿋꿋이 버티고 있었다. 나는 짜증이 나서 이번엔 장도리를 한껏 뒤로 젖혔다. 누군가의 발소리가 등뒤에서 들린 건 그때였다. 장도리를 치켜든 채 나는 뒤를 돌아다보았다. 교장이 서 있었다. 나는 깜짝 놀라서 얼른 몸가짐을 바로 했다.

"뭐하고 있는 겁니까?"

눈빛을 날카롭게 굴리며 교장이 짐짓 물었다. 교내를 순시중이었던 듯했다. 교장의 손엔 예의 쇠망치가 들려 있었다.

"저, 저, 못을 부러뜨리려고……"

"부러뜨려요?"

"빠지지가 않아서……"

나는 내 손에 들린 게 교장에게서 선물 받은 쇠망치가 아니라 장도리라는 점 때문에 처음부터 기가 잔뜩 죽어 있었다. 쇠망치는 아직까지 찾아내지 못했다. 똑같은 쇠망치를 사려고 해도 시장에 들를 시간이 없었다.

『교육논단』에 기사가 실린 후 일주일 동안, 퇴근 시간이면 하루도 빠짐없이 직원회의가 소집됐다. 교장은 취재원을 찾는 데 일단 실패했으나 그렇다고 쉽게 포기하진 않았다. 똑같은 내용의 각서를 모든 교사들은 매일매일 써내야 했다. 기사 자료를 제공한 '미지의 배신자'에 대해 교사들의 원망은 그래서 극도에 달했다. 기사가 실린 걸 안 첫날만 해도 말은 피차 하지 않았으나 많은 교사들이 내가 그랬듯 쾌재를 불렀을 터였다. 『교육논단』의 기사 때문에 불쾌하고 비정한 근무 조건은 확연히 개선되리라고 교사들은 기대했다.

그러나, 예상은 빗나갔다.

근무 조건이 개선될 기미는 조금도 보이지 않았다. 『교육논단』의 기사 따위에 굴복할 교장이 아니라는 걸 교사들은 이내 깨달았다. 굴복은커녕 근무 조건은 더 강화되고 있었다. 매일 여덟 시나 아홉시까지 지루하게 계속되는 직원회의만 해도 교사들에겐 견디기 힘든 고통이었다. 교사들은 누구나 혐의자 취급을 받았다. 아무도 믿을 수 없다는 불신감만 팽배했다. 가까운 사람과 얘기하다가도 불현듯, 이 사람이 기사 자료를 제공한 장본인은 아닐까 하고 생각하는 경우도 있었다. 근무는 그래서 더욱 고되고 피곤했다. '미지의 배신자'가 어서 드러나기를 바라는 건 이제 교장만이 아니었다. 모든 교사들의 심정이 다 그랬다.

"부러뜨리면 못의 일부는 그대로 벽 속에 남는다는 걸 모르세요? 더구나 부러진 못은 다시 쓸 수도 없을 터이고……"

교장이 말하고 있었다.

나는 죄인처럼 고개를 숙였다. 교장의 어조는 어쨌든 매우 부드러웠다. 너무 부드러워서 선입감 없이 듣는다면 자애로운 할머니의 꾸중을 듣는 것 같았을 것이다.

"어디 좀 봅시다."

교장이 내 장도리를 빼앗아갔다.

장도리 사이에 그녀는 못대가리를 끼웠다. 그리고 서서히 지렛대를 누르듯 장도리 손잡이를 아래로 눌렀는데 한순간 쑥, 못이 빠지지 않는가.

"박을 때나 뺄 때나 다 다루기 나름이에요. 힘들이지 않아도 못이 박힌 길을 따라 빼니까 이렇게 간단한걸."

교장이 뺀 못을 건네며 만족스럽게 미소 지었다.

나는 장도리와 못을 받고 나서 얼굴을 붉혔다. 솔직히, 부끄러워서 고개를 들 수가 없었다. 예순을 넘긴 교장이었다. 힘으로 말하면 아무래도 이십대인 내가 교장보다 훨씬 나을 터였다. 게다가 못을 빼는 거야 전문적인 기술이 필요한 것도 아니었다. 그런데, 내가 여러 차례 끙끙대면서도 별수없었던 못이 어떻게 교장에겐 저항 한번 하지 않고 고스란히 굴복한단 말인가.

확실히, 교장은 뭐가 달라도 다른 사람이었다.

어느 누구라도 교장에게 반역한다는 건 불가능하다는 걸 나는 진실로 선연히 깨달았다. 못 하나의 문제가 아니었다. 못 하나의 문제가 아닌데도 교장은 못 하나로 내게 그 점을 확고히 인식시켰다. 교장 앞에서 나는, 아니 모든 교사들은 그저 하나의 못일 뿐이었다. 교장은 우리들을 자유롭게 박을 수도 있고 뺄 수도 있었다. 우리들은 교장의 망치질에 따라 움직일 수밖에 없는, 망치질에 정직한 반응을 나타내 보이는 하나의 사물이었다. 삐뚤어지게 박고 싶으면 교장은 우리를 삐뚤어지게 박을 수 있었다. 우리가 설령 바로 박히고 싶어도 교장이 바로 박고 싶지 않으면 불가능한 일이었다. 바로 박히든 삐뚤어지게 박히든, 교장의 망치질에 따라 박히고 나면 그것으로 우리의 운명은 결정되는 것이다.

"망치는 없나요?"

교장이 등을 보이고 걸어나가다가 갑자기 생각났다는 듯 물었다.

"망, 망치요?"

나는 당황하여 반문했다.

"장도리만 갖고 있어서……"

"저, 교무실에 있습니다만."

"서랍 속에 있는 망치는 이미 망치가 아니에요, 이선생. 유용하게 사용할 때 망치는 망치가 되는 겁니다."

"죄송합니다. 교장 선생님."

진심으로 나는 말했다.

교장은 아무 일 없었다는 듯 차분한 슬리퍼 소리를 내며 교실을 나갔다. 나는 쓰러지듯 앞자리의 의자에 앉았다. 이마에 땀이 배어 있었다. 서랍 속에 있는 망치는 이미 망치가 아니에요, 이선생. 교장의 말이 고막에 달라붙었다.

한 치도 빈틈이 없는 명쾌한 명제였다.

정직하게 고백하자면, 지난여름과 가을에 나는, 교장에게 맞서지 못하는 나 자신에게 맹렬한 저항감을 느끼며 지냈다. 미경이가 퉤퉤, 침을 뱉는 듯한 자세로 학교를 그만둔 뒤엔 더욱 그랬다. 나는 그애한테 부끄럽고 부끄러웠다. 나는 도대체 어떻게 생겨먹은 애인가. 젊은 이십대에 벌써 이렇게 용기 없고 왜소하다면 내 앞으로의 인생은 얼마나 누더기 같을 것인가. 명색이 그래도 대학을 졸업한 지식인이 아닌가. 불의와 타협하지 말라고 가르쳐야 하는 교사가 아닌가. 수치스럽고 참담한 자문은 끝없이 계속되었다.『교육논단』의 사건이 일어났을 때만 해도 그랬었다. 그런데, 교장은 못 한 개로, 명제 하나로 이 순간 그동안의 내 모든 자문이 부질없음을 일러주었다. 나는 다시 말하거니와 못이었다. 부질없는 자문 때문에 괴로워할 필요도 없었다.

직원회의의 소집을 알리는 차임벨이 울렸다.

똑같은 내용의 각서를 또 쓰게 할 작정인가보았다. 나는 그러나 이제부턴 기꺼이 각서를 써내리라 생각했다. 버려져 있는 나를 나는 보았다. 내 손엔 녹슨 시멘트 못이 쥐어져 있었다. 그것은 무용지물이었고 아무런 저항도 하지 않았다. 나의 분신을 나는 그것에서 충분히 본 듯했다. 갈등을 겪고 부끄러워하는 비겁한 양심가는 되지 않겠다, 라고 나는 중얼거렸다. 차라리 부끄러움조차도 없는 못이 되겠다, 라고. 나는 두드리는 대로 박힐 것이다, 라고. 그리고 패배자라고 해도 상관하지 않겠다, 라고. 패배하지 않음으로써 사람들은 인생이라는 강에서 무엇을 건지는가.

아버지를 나는 기억했다.

아버지는 공무원이었다. 아버진 스스로 강한 사람이라는 자부심을 갖고 있었고, 그래서 가장 유혹이 많은 자리에 앉아 오랫동안 그 비리의 유혹에 물들지 않고 지냈다. 청렴결백하다는 건 자랑이 아니라고 아버진 말했다. 아버진 당신이 청렴결백한 것은 밥을 먹을 때 숟가락을 사용하는 것처럼 당연하다고 생각했다. 그러나 아버진 바로 그 청렴결백함 때문에 당신이 사실은 청렴결백하지 못한 사람으로 취급되리라는 걸 모르고 있었다. 결단코 타협하지 않는 아버지를 몰아낼 필요는 아버지를 그 자리에 앉도록 한 임명권자나 그 자리를 통해 이권을 확보해야 할 청부업자들이나 똑같이 갖고 있었다. 적을 너무 많이 만든 것은 인간으로서의 아버지가 아니라 아버지의 정직성과 신념이었는데, 아버지의 적들은 정직성과 신념보다 먼저 아버지 자신을 무너뜨렸다. 아버진 한 청부업자의 모략에 의해 결국 해임되었고 해임된 후 당신의 떳떳함을 밝히는 데 모든 재산과 삼 년이라는 시간을 썼다. 아버진 끈질기게 투쟁했으며 투쟁의 보람이 있어 삼 년 후 복직되었는데, 복직된 직위로 여섯 달을 채 근무하지도 못하고 삼 년간의 법정 싸움에서 얻은 병으로 사망했다. 아버진 결국 자신의 정직성과 떳떳함을 밝히는 데 그의 목숨을 바친 셈이었다.

아버진 돌아가시면서도 자신이 패배했다곤 생각하지 않았을 사람이었다. 아버진 이겼다, 라고 말했을 것이었다. 하지만 아, 아버진 패배하지 않음으로써 인생의 강에서 대체 무엇을 건져 가졌던가. 아버지의 정직성과 지조는 아버지와 아버지의 가족들에게 무엇을 어떻게 남겼던가.

나는.

교무실을 향하여 나는 중얼거렸다.

아버지처럼 어리석게 살진 않겠다. 나는 현실을 존중할 거야.

직원회의가 시작됐다. 여느 때와 달리 교장이 불참한 회의였다. 교장이 불참한 사실에 대해 나는 가벼운 불안감을 느꼈다. 혹시 교장은 『교육논단』 기자에게 기사 자료를 제공한 장본인이 미경이라는 걸 알아내진 않았을까?

미경이를 마지막으로 만난 건 닷새 전이었다.

여덟시에 직원회의가 끝나고 파김치가 되어 집으로 돌아왔는데 그애가 와 있었다. 그앤 『교육논단』에 대해 말했다. 아는 기자가 있어서 D여중고에서 받았던 월급봉투까지 갖다주며 자료를 제공했다고 그앤 고백했다. 그앤 조금도 내 기분을 고려하지 않는 듯한 말투를 썼다. 그앤 내가 잘했다고 격려라도 해줄 걸 기대하고 있는 것 같았다. 나는 그러나 짜증부터 부렸다. 아무것도 달라진 것 없어. 나는 소리쳤다. 죽어나는 건 우리 선생들뿐이야. 저녁마다 직원회의가 열리고 있어. 기삿거리를 빼돌린 사람을 찾아내느라 교장은 혈안이 돼 있단 말이야. 이유 없이 똑같은 내용의 각서를 써내야 하는 사람들 입장을 넌 생각해봤어? 미경이는 내 짜증에 충격을 받은 듯했다. 그앤 그것 때문에 교사들이 더 불편을 당하리라는 걸 예상하지 못했노라고 한참 후에 시인했다. 그앤 근무 조건에 불만을 표시하고 학교를 과감히 그만둘 만큼 용기가 있었지만, 그렇다고 비정한 면이 있다든가 자기 주장 때문에 다른 사람이 불편을 당해도 상관없다고 생각한다든가 할 사람은 아니었다.

굳이 말하자면 그앤 대쪽처럼 명쾌하고 단단한 구석과 풀같이 여리고 맑은 면을 함께 가진 애였다. 고등학교 땐 몰랐는데 함께 학교에서 만나 생활하다보니까 그앤 겉보기와 영 딴판이었다. 월급을 받아 동생들 학비에 보태야 하는 내 처지를 그애 앞에서 쳐들 순 없었다. 부잣집 외동딸이었으나 나와 똑같이 그애도 대학 때 계속 아르바이트를 해서 스스로 학비를 조달했다는 걸 나는 나중에 알았다. 과장한다면 그앤 자신이 부잣집 외동딸이라는 걸 모르고 있는 듯했다. 그런 면에서는 편견이 조금도 없는 애였다. 감히 말하지만 D여중고에 와서 소득이 있었다면, 그애를 다시 만나고 그애를 다시 발견했다는 기쁨일 것이라고까지 한때 나는 생각했다. 그애는 일종의 빛과 같아서 그애와 만나고 있으면 이편의 어둡고 구린 부분이 뚜렷이 떠올랐다.

그날만 해도 그렇지 않았던가.

미안해, 하고 그애는 내 손을 잡았다. 나는 그 기사 때문에 선생님들이 좀더 인간다운 대접을 받을 줄 알았어. 선생님들이 오히려 더 불편하게 됐다니 정말 뜻밖이야. 어떡하지? 진짜로 이걸 어떡하지? 나는 얼굴을 붉히지 않을 수가 없었다. 미안해, 하고 부끄러워할 사람은 그애가 아니라 나, 나와 같은 신분의 교사들이라는 걸 내가 왜 모르고 있었겠는가. 나도 알 건 다 알고 있었다. 대학을 졸업하고 채 일 년도 지나지 않았다. 상아탑에서 배운 진리의 명제들이 아직도 내 가슴엔 새 신발처럼 남아 있었다. 하지만 나는 그애와 달리 아무 말도 하지 않았다. 미안해, 라고 말해선 안 된다고, 또다른 내가 속삭였다. 나는 또다른 나의 말을 들었다.

교무주임이 낯익은 『교육논단』을 배부해주고 있었다.

또 각서를 쓰리라는 예상은 빗나갔다. 배부된 『교육논단』은 어제 날짜로 발행된 것이었다. 교무주임은 모든 교사들에게 『교육논단』을 배부해주고 나서 교감을 바라보았다. 교감은 헛기침부터 했다. 말하기 어려운 얘기를 꺼낼 때 헛기침부터 하는 것은 그의 독특한 버릇이었다. 헛기침을 하고 나서 교감은 힐끗, 비어 있는 교장의 책상을 돌아다보았는데, 놀랍게도 그 책상 위엔 교장 대신 교장의 쇠망치가 놓여 있었다. 교장이 깜빡 잊고 쇠망치를 거기에 두었는지, 아니면 의도적으로 거기에 놔뒀는지 그것은 분명하지 않았다. 그렇지만 쇠망치가 거기 놓여 있는 걸 보았을 때, 나는 교장이 거기 앉아 있는 것과 똑같다는 느낌을 받았다. 결코 교장이 불참한 직원회의가 아니었다.

"나눠드린 신문의 일 면을 좀 보아주십시오."

교감이 말했다.

일 면 하단에 있는 이 단짜리 작은 기사가 내 시선을 끌었다. 가슴이 철렁 내려앉았다. 교감이 그 기사 내용을 설명하고 있었으나 내 귀엔 그 설명이 잘 들어오지 않았다. 설명을 듣고 자시고 할 것도 없었다. 다분히 기사를 쓴 사람의 흥분하기 좋아하는 다혈질적인 성격이 엿보이는 문장이었다. 지난주의 기사에 이어 속보 형식으로 쓰인 그 기사는, 주로 이번 일주일 동안 우리 학교 전 교사들이 지난주의 그 폭로 기사 때문에 얼마나 곤욕을 치르고 있는가 하는 점을 상세히 보도하고 있었다. 매일 열리는 직원회의며, 매일 똑같은 내용으로 써내야 하는 각서 내용까지도. '보복 조치'라는 낱말을 기자는 썼다. 기사에 대한 교장의 보복 조치가 엉뚱하게 교사들에게 자행되고 있는 것은 안타깝기 그지없다는 논리였다.

미경이가 빙글, 신문 뒤에 떠올랐다.

나는 맹렬한 적개심을 느꼈다. 나는 그동안 그애한테 부채감을 느끼고 있었다. 게다가 나는 그애를 좋아하였고 또 믿었다. 선생님들이 더 불편하게 됐다니 정말 뜻밖이야. 어떡하지? 그렇게 말할 수 있는 애를 믿지 않을 수가 있을까. 그런데, 이 기사 내용은 무엇이냐. 내겐 그렇게 말하고 기자에게 달려가선 내가 말한 이러저러한 사실들을 또 폭로하도록 사주했을 그애. 적개심을 그 순간 느낀 건 바로 그런 점에서의 배반감 때문이었다.

"어제 교장 선생님께서 이 기사를 읽으셨습니다."

교감이 말했다.

"교장 선생님께선 여러 선생님들께 구태여 이 기사 내용을 자세히 알릴 필요가 없다 하셨습니다. 하지만 교장 선생님을 모시고 있는 우리들의 입장은 좀 다른 것이 아니겠습니까. 솔직히 말해, 이 교무실에서 일어나고 있는 사건들이 어떻게 『교육논단』의 햇병아리 기자에게 정확히 전해지는지에 대해 교감인 나로서도 면구스럽기 그지없습니다. 이번주의 기사를 읽으시곤 교장 선생님께서는 지난번처럼 화를 내거나 하지 않았습니다. 교장 선생님께선 빙그레 웃으시며 '나에 대한 도전'이라 말씀하셨습니다. 교장 선생님께서 도전받았다고 느끼셨다면 우리 모두 도전받았다고 느끼는 게 당연하다고 난 생각합니다. 여러분도 알다시

피 교장 선생님께선 그분의 인생 전체를 우리 학교에 바치셨습니다. 교육계에서도 교장 선생님을 남다른 분으로 평가하는 것은 그런 까닭입니다. 사회에 나와 일 년도 안 된, 천방지축 철모르고 날뛰는 햇병아리 기자가 교육계의 원로이신 교장 선생님께 도전장을 낸다는 건 어불성설입니다. 그래서 주임 교사들과 상의한 결과 『교육논단』사와 담당 기자를 걸어 명예훼손으로 고소하자는 방안이 강구되었습니다."

교감은 잠시 말을 끊었다.

선생님들의 반응을 살피자는 것 같았는데 그러나, 반응은 전무했다. 교감이 다시 한번 힐끔, 교장의 빈 책상 위에 놓여 있는 쇠망치를 바라보았다. 그의 표정은 강경한 말투와 달리 매우 지친 듯 보였다.

"문제는 교장 선생님을 받들어 모시고 있는 우리 모든 교사들의 자세에 달려 있다고 봅니다. 여러 선생님 중에 명예훼손으로 고소할 것을 반대하는 분이 계신다면 참작하겠습니다. 물론 여러 선생님들도 교감인 나와 심정이 같으리라고 봅니다만, 민주적 절차를 따르는 것이 교육자로서 당연한 자세이므로 묻는 것입니다. 이것은 교장 선생님의 뜻이기도 합니다. 철모르는 햇병아리 기자의 불쾌한 도전에 대해 법 절차를 밟아 명예훼손으로 응전하는 데 반대하는 분 있습니까?"

반대할 사람이 있을 턱이 없었다.

교감의 말은 근래에 드문 명연설이었다. 감동까진 몰라도 어쨌든 듣는 사람을 꼼짝 못하게 얽어매는 정교한 화법을 교감은 구사했다. 그러잖아도 교사들은 『교육논단』에 대해 아무런 신뢰도 느끼지 못하고 있던 판이었다. 도대체가 영향력이 없는 신문이었다.

"좋습니다. 만장일치로 알고 내일 아침 고소장을 제출하겠습니다. 선생님들은 이미 알고 계시겠지만, 노파심에서 말씀드리자면 명예훼손의 근거는 사실무근한 허위 기사라는 데 있습니다. 지난 일주일간 매일매일 같은 내용의 각서를 교사들로 하여금 써내게 했다는 것도 그렇고, 『교육논단』의 기사 때문에 여러 차례 직원회의를 열었다는 것도 그렇습니다. 보복 운운은 말도 안 됩니다. 우리는 한 번도, 그래요, 한 번도 각서를 써낸 바가 없는 겁니다. 『교육논단』 관계로 회의를 소집한 적도 없는 겁니다. 선생님들 각자의 처신을 슬기롭게 해가시기 바랍니다."

교감이 이마의 땀을 닦으며 앉았다.

직원회의는 그것으로 끝이었다. 교장은 회의가 끝날 때까지 얼굴을 보이지 않았다. 퇴근하면서 뒤돌아보니까 교장실엔 불이 환하게 켜져 있었다. 주임 교사들과 교감에게서 회의 결과를 보고받고 교장이 만족해하리라곤 상상되지 않았다. 교장은 그분이

늘 강조하듯 바른 교육, 실천해가는 교육을 위해 그의 시간을 외롭게 바치고 있을 거라고 나는 생각했다.

3

　결단을 내릴 때가 왔다는 것을 나는 알았다. 결과는 자명할 것이었다. 내가 바란 결과가 아니었다. 이런 결과를 피해가기 위해 나는 노력했다고 생각하고 있었다. 그러나 나의 노력은 도로에 그치고 말았다. 나는 백지를 꺼내 책상 위에 올려놓고 한숨을 쉬었다. 내가 백지에 써야 할 단 두 줄의 문장이 절망적으로 떠오르고 있었다.

　미경이를 원망할 계제도 아니었다.

　미경이가 원망스러웠던 것도 어젯밤까지였다. 어젯밤 미경이가 왔었다. 학교에서 『교육논단』의 담당 기자를 걸어 명예훼손으로 고소한 후 엿새 동안에 미경이를 직접 만난 건 어젯밤이 처음이었다. 하루에도 몇 차례씩의 전화가 왔었지만 나는 한사코 미경이를 피하며 만나주지 않았다. 집에는 늘 밤늦게 돌아갔다.

　"미경이가 왔었구나. 요즘 너희들 사이에 무슨 일이 있는 거냐."

보험회사 외판 직원인 어머니는 말했다. 나는 아무 대답도 하지 않았다. 어머니에게 이번 사건의 자초지종을 설명하는 건 미경이를 만나는 일보다 더 어려울 것 같았다. 그러나 미경이는 내가 자신을 만나주지 않고 피한다고 해서 포기하진 않았다. 날 만나줘. 네가 나를 피하는 심정은 알아. 그치만 만나야 사죄하든 설명하든 할 것 아니니. 미경이는 사정사정했다. 일이 바빠. 나중에 틈내서 내가 전화할게. 나는 말했다.

그렇게 미경이를 피하고 있을 때 『교육논단』에 문제의 기사를 쓴 그 기자를 본 적이 있었다. 기자는 교사들과 개별 접촉을 시도하고 다닌다고 했다. 개별 접촉이 되면 기자는 애가 타서 사정할 것이 틀림없었다. 사실을 사실대로만 시인해주세요. 선생님들이 제가 쓴 기사 때문에 괴로움을 당한 건 사실이지 않습니까. 각서를 써낸 것도 사실이지 않습니까. 어느 분이든 한 분이라도 그걸 증언해주면 됩니다. 그러면 교장은 손들 거예요. 도와주십시오, 선생님. 왜들 하나같이 사실이 아니라고 하십니까. 침묵이 곧 비리와의 야합이라는 걸 모르십니까. 제가 명예훼손으로 유죄 판결을 받아 징역살이할 걸 두려워한다고 생각하지 마십시오. 까짓것, 젊어 한땐데 징역살이는 두렵지 않습니다. 그렇지만 진실이 허위로 취급받고 허위가 진실로 행사되는 걸, 기자인 나와, 교육자인 선생님께서 눈감아버린다면 우리에게 남은 희망은 무엇입니까? 기자는 그렇게 말할 것이었다.

내가 그를 보았을 때 그는 막 교문을 빠져나가고 있는 중이었다.

저치가 문제의 기자래요. 똥줄이 타나봐요. 정동구 선생이 내게 그 기자를 일러주었다. 내가 본 것은 기자의 뒷모습뿐이었다. 지친 듯한 걸음걸이였다. 때마침 황혼이었는데 황혼을 등에 지고 가는 그의 모습은 매우 힘겨워 보였다. 황혼이 맷돌같이 무거울 수도 있다는 걸 나는 그때 처음 느꼈다. 그런 판에, 미경이를 만나서 나는 어쩔 것인가. 그애는 틀림없이 내게 『교육논단』 기자 편에 서서 '사실을 사실대로' 증언하라고 요구할 터였다. 하지만, 나는 그럴 수 없었다. 나는 아버지가 아니었다. 나는 불안하고 두려웠지만 피해갈 수만 있다면 피해가고 싶었다. 그리고 미경이를 어젯밤 만나기 전까지만 해도 나는 어리석게도 그것이 가능하리라 믿고 있었다. 그것이 불가능하다는 걸 깨우쳐준 것은 미경이었다. 밤 열한시에 그애는 우리집에 왔다. 그애를 피할 방법이 내겐 없었다. 들어오라고, 대문간에서 나는 말했다. 어색하고 서먹서먹하긴 피차 마찬가지였다. 고통의 짐을 그애가 갖고 왔다고 나는 느꼈다. 나는 초조하고 두렵고, 그리고 그 초조함과 두려움에서 강하게 달아나고 싶었다.

"나를 그 일에 끼워넣지 말아줘. 난 너하곤 달라. 난 용기 없는 형편없는 애야."

내가 성급하게 말했다.

"그 사람하고 난 결혼할까 해. 진실한 사람이야. 넌 본 적이 없지?"

미경이가 밑도 끝도 없이 물었다. 그애가 『교육논단』의 '철없는 햇병아리 기자' 얘기를 한다는 걸 나는 알았다. 나는 놀라지 않았다. 보고 싶지 않아! 나는 칼로 머리를 자르듯 딱 잘라 말했다. 그애가 잠깐 슬픈 표정이 됐다. 그애의 그 표정을 보자 나는 평생을 살아도 다 갚지 못할 빚을 그애한테 그 순간 지고 있다는 느낌이 들었다.

그애가 말했다.

"나도 널 끼워넣고 싶지 않아. 네 입장을 알고 있어. 내가 굳이 널 만나려고 한 것은 널 끼워넣기 위해서가 아냐. 그 사람을 도와달라고 하진 않겠어. 그 사람은 지금 고통당하고 있지만, 괜찮아. 나는 그 사람이 그것쯤은 이겨갈 수 있다고 믿고 있어. 많은 걸 나는 생각했어. 우리가 비리를 처단하기 위해서는, 혹은 타협하지 않고 어두운 현실을 밝게 개선하기 위해서는 희생이 필요하다고 사람들은 알고 있어. 그 사람도 그래. 그 사람은 교장을 부숴뜨리기 위해선 현직 교사의 희생이 필요하다고 생각해. 경우에 따라선 희생을 강요할 수도 있는 거라고 그 사람은 믿고 있어. 그 사람은 그런 점에선 혁명가다워. 하지만, 난 그 점을 그렇

414

게 명쾌하게 판단할 수 없었어. 그 사람이 희생되는 건 상관없어. 그 사람이 스스로 선택한 희생이니까 말이야. 그치만 자기가 어떤 진실을 위해 희생했다고 모든 이에게 그 짓을 강요하고, 강요할 자격이 있다고 한다면 문제가 돼. 난 그 점을 그 사람에게 말했어. 희생은 희생될 자가 선택해야 한다고 난 생각했던 거야. 네 문제를 나는 그런 차원에서 고민했어. 네가 선택하지 않았는데 네가 희생되는 걸 나는 원하지 않아. 고민은 바로 거기에 있어. 명예훼손으로 재판이 걸리면 수사기관에서도 움직일 거야. 매일 교사들이 각서를 썼다는 기사 내용을 어디서 얻어냈는지, 취재원에 대해 조사하겠지. 그 사람 뒤에 내가 있고 내 뒤에 네가 있었다는 사실적인 정보 라인이 밝혀지면 간단해. 그러나 그것은 네 희생을 전제하고서야. 내가 고통받는 건 바로 이 점이야. 네게 이런 문제를 상의해보고 싶었어. 나는 물론 노력할 생각이지만."

미경이의 말은 모호한 데가 많았다.

미경이는 갈등을 겪고 있었다. 그것은 틀림없는 사실이었다. 나는 미경이가 돌아가고 난 뒤 미경이의 갈등이 빚어낼 앞으로의 사태에 대해 밤새 생각했다. 미경이는 노력해보겠다고 말했다. 내가 희생되지 않도록 최선을 다하겠다는 뜻이었다. 그러나 나는 그 말을 그대로 믿을 만큼 어리석진 않았다. 설령 미경이를 믿을 수 있다고 하더라도 그렇다. 『교육논단』의 기자를 어떻게 믿을 수 있겠는가. 혁명가다운 데가 있다고 미경이는 설명했다. 그 사람은 그 혁명가다운 주관으로 기꺼이 나를 법정에 끄집어내어 희생의 제물로 삼으려 할 터였다. 미경이가 말린대도 할 수 있는 일이다. 결혼할 사람이라고 미경이는 말했다. 그 사람은 나를 이미 알고 있을 것이다. 결혼을 생각할 만큼 가까운 사이인데 미경이가 기사 자료를 제공하면서 그것이 바로 나한테서 나온 정보라는 걸 밝히지 않았을 리 없었다.

결론은 자명했다.

결국은 내가 법정 증언대에 나가 서지 않으면 안 된다는 것이 내가 얻은 결론이었다. 나는 밤새도록 잠 한숨 못 자고 번민하고 또 번민했다. 학교에서 내쫓기기까지 기다릴 것인가. 아니면 나 스스로 물러날 것인가. 내 번민의 초점은 이제 피해가자는 게 아니었다. 피해갈 길은 전무하다는 걸 불행히도 나는 인정하지 않을 도리가 없었다.

백지가 내 손길을 기다리고 있었다.

사직서라고, 나는 백지에 썼다. 일신상의 형편으로 사직하고자 하오니 허락해주시기 바랍니다. 나는 도장을 찍었다. 간밤에 한숨도 못 잤기 때문에 내 머릿속은 안개가 낀 것처럼 흐리멍덩했다. 잠을 자고 싶다고 나는 생각했다. 나는 준비한 봉투에 사직서를 넣고 나서 교감 책상을 바라보았다. 교감 책상은 비어 있었다. 좀 전에도 있었으니까 퇴근한 건 아닐 터였다. 나는 빈 책상을 향해 재빨리 다가가 사직서 봉투를 올려놓았다.

황혼이었다.

황혼을 지고 나는 천천히 운동장을 가로질러 나왔다.

버스들이 줄지어 달려왔다. 어디로 갈까. 집으로 돌아가고 싶진 않았다. 잠을 자고 싶었지만 잠을 자기 위해 집으로 간다는 건 마음에 들지 않았다. 미경이를 나는 생각했다. 그래, 그애를 만나자. 만나서 내가 사직했다는 걸 말해주자. 하지만 그애나 『교육논단』의 기자를 위해서 내가 사직한 것은 절대 아니었다. 내가 사직한 건 두려움을 이길 수 없었기 때문이다. 『교육논단』이나 미경이보단 교장이 훨씬 힘있다는 걸 나는 믿고 있었다. 교장을 이긴다는 것은 불가능한 일이었다. 나는 미경이를 만나면 그 점을 설명하리라고 마음먹었다.

이길 수 없는 자에게 팔매질을 한다는 것처럼 부질없는 짓이 어디 있겠는가.

나는 핸드백을 열고 손을 집어넣었다. 엊그제 시장에 가서 새로 산 작은 망치가 차갑게 만져졌다. 교장이 선물한 것과 똑같은 망치였다. 못이 저항한들 망치를 이길 순 없다는 걸 미경이는 어째서 모르고 있을까. 나는 회심의 미소를 지었다. 미경이에 대한 이상야릇한 복수심이 나를 재촉하고 있었다. 나는 그애 앞에서 말할 것이었다. 사악한 마녀처럼 속삭일 것이었다. 넌 질 거야. 증언대에 서도 나는 각서를 쓴 바가 있다고 절대로 말하지 않겠어. 나는 아버지처럼 세상을 살고 싶진 않아. 나는 편안해지고 싶어.

그러나 이상야릇한 복수심에 불타며 내가 그애 집으로 찾아갔을 때 그애는 또 한차례 내 기대를 배반하였다. 그애는 나에 대해 처음으로 화를 냈다. 전에 그애가 그처럼 화를 낸 것을 본 적이 없었다. 그애는 의자를 박차고 일어났다.

"사표를 냈다고?"

그앤 소리쳤다.

"나한테 한마디 말도 없이 사표를 내? 단지 불안한 걸 못 이겨서, 진실을 진실대로 밝힐 작정도 아니면서 사표를 내던졌단 말야? 어쩜, 어쩜 그럴 수가 있니, 넌? 진실을 밝히려는 일과, 친구를 결코 다치게 할 수도 없다는 문제 사이에서 내가 얼마나 고통을 받고 있었는지 눈곱만큼도 생각해보지 않았단 말이니?"

계속 소리치며 그애가 울기 시작했다. 나는 심한 어지럼증을 느꼈다.

"그 사람한테까지…… 나는…… 학교에서 일어난 일들을 네가 말해줬다는 걸 감추고 있었어. 사랑하는 사람이야. 그 사람이 다치게 되리라는 걸 알면서도 나는…… 나는 너를 구하기 위해 입을 다물고 있었어. 매일매일 피를 흘리는 기분으로 지내왔단 말야. 솔로몬의 지혜를 달라고…… 믿지도 않는 하나님께 빌고 빌면서 말야. 그래서…… 이제…… 언론중재위원회가 나서서 간신히 타협을 보게 되었는데, 너 스스로 겁에 질려 내가 범인이오 하고 사표를 내다니. 내가 그렇게…… 힘들게 지키려고 했던 사표를 나한테 한마디 말도 없이 내고 오다니…… 그리고 뭐 망치가 어때? 못이 어때? 자청하여 못이 되려는 너 같은 애들이 사실은 또다른 사람에겐 쇠망치가 된다는 걸 모르겠니? 못이 없으면 망치도 힘을 못 쓰는 거야, 이 바보야. 이제…… 똑똑히 알겠어. 그 사람 주장이 옳은 거야. 너 같은 앤 희생의 제물로 써도 돼. 너 같은 앤 보호할 가치도 없어. 나가! 돌아가줘. 나는 쓸모없는 못과 말하고 싶지 않아."

나는 그애의 말에 순종했다.

한마디도 대꾸하지 않고 그애의 집을 나는 나왔다. 밤이었다. 첫눈인가, 희끗희끗 눈발이 뿌리고 있었다. 나는 눈발 속을 오버도 없이 걸었다. 술에 취한 것처럼 발을 자주 헛디뎠다. 그 사람한테까지 네가 말해줬다는 걸 감추고 있었어. 그애의 말이 나를 따라왔다. 나는 쫓기는 것처럼 걸음을 빨리했다. 너 같은 애들이 사실은 또다른 사람에겐 쇠망치가 된다는 걸 모르겠니? 도망쳐도 헛일이었다. 그애의 말이 한순간 비수가 되어 내 가슴에 박혔다.

피를 흘리며 나는 걸었다.

작가의 말

　두번째 소설집은 『덫』이라는 제목으로 1981년 은애출판사에서 처음 나왔고 세계사에서 재출간한 바 있다. 이번 책은 대체로 『덫』 초간본을 따랐으나 일부 다르게 편집된 것도 있어 제목을 『흉기』로 바꾸었다. 「흉기 1, 2」가 최근 영화로 만들어지고 있는 점도 고려했다. 1970, 80년대에 발표한 이 소설들의 교정을 보면서 느낀 것은 세상이 옷만 갈아입을 뿐 그 숨긴 구조는 여전히 변하지 않고 있다는 것이었다. 이 점 역시 제목을 『흉기』로 삼은 이유의 한 가지가 되었다. 여기 실린 작품들을 발표하고 나는 한동안 단편을 쓰지 않았다. 장편 중심의 연재소설에 매여 살았기 때문이다.

2015년 10월

박범신

1946년   8월 24일 충남 논산군 연무읍 봉동리 242번지(당시 전북 익산군

           봉동리 두화부락)에서 아버지 박원용과 어머니 임부귀의 1남 4녀

           중 막내(외아들)로 태어남.

1959년   황북초등학교 졸업. 아버지는 강경 읍내에서 포목점을 하고 있

           어 일주일에 한 번꼴로 집에 들름. 남편 없이 자식들을 키워야

           했던 어머니와 네 누이들의 불화를 지켜보며 성장. 원초적 고독

           과 비극적 세계관이 이때 형성됨.

1960년   강경읍 채산동으로 이사.

1962년   강경중학교 졸업.

1965년   남성고등학교 졸업. 고등학교 2학년 때 수학여행비로 『사상계』

           를 정기구독. 쇼펜하우어 등 염세주의 철학자들의 영향을 크게

           받음. 3학년 때부터 시 습작을 시작함. 오로지 독서와 영화에 탐

           닉. 염세주의에 깊이 빠져 두 차례 수면제로 자살을 시도함. 가정

           형편상 전주교육대학 진학. 교내 문학동아리 '지하수'에서 활동.

           '남천교'라는 필명으로 대학신문에 콩트를 게재. 실존주의에 영

           향을 받아 실존주의 작품들과 철학서들을 두루 탐독.

1967년   전주교육대학 졸업. 무주 괴목초등학교 교사로 부임. 데뷔작

「여름의 잔해」의 초고인 「이 음산한 빛의 잔해」를 이곳에서 처음 씀.

1968년   무주 내도초등학교로 전임. 시와 소설을 습작. 『새교육』 『교육논단』 등에 시 발표.

1969년   교사직 사임하고 무작정 상경. 모래내 판자촌 큰누나 집, 신교동 친구네 다락방, 왕십리, 마장동 판자촌 등을 전전함. 버스 계수원, 중국집 주방 보조를 거쳐 월간 『청춘』 『민주여론』 등에서 잡지기자 일을 함. 치열한 생존경쟁 속에서 착취와 가난, 불평등한 부의 분배 등 인간을 소외시키는 도시의 생태를 이때 절실히 체감함. 원광대학교 국문학과로 편입.

1971년   염세적 세계관과 부조리한 세상에 대한 반항심으로 여관에서 동맥을 끊고 자살을 시도, 병원에서 깨어남. 원광대학교 국문학과 졸업. 상경하여 광고회사 스크립터, 『법률신문』 기자 등 여러 직업을 전전함.

1972년   강경여자중학교 국어 교사. 대학 1년 후배 황정원과 결혼함.

1973년   중앙일보 신춘문예에 단편 「여름의 잔해」가 당선되어 등단함. 원래의 제목은 「이 음산한 빛의 잔해」였음. 정릉동에 방 한 칸을 마련해서 아내와 함께 서울로 이사. 서울 문영여자중학교 국어 교사로 근무. 고려대학교 교육대학원 석사과정에 입학. 단편 「호우주의보」 「토끼와 잠수함」 발표.

1974년   단편 「아버지의 평화」 「논산댁」 발표. 장남 병수 출생.

1975년   단편 「우리들의 장례식」 「청운의 꿈」 발표.

1976년 단편 「안개 속의 보행」 「우화 작법」 「겨울 아이」 「식구」 「취중 경기」 등 발표. 장녀 아름 출생.

1977년 단편 「겨울 환상」 「염소 목도리」 「열아홉 살의 겨울」 등 발표.

1978년 소설집 『토끼와 잠수함』(홍성사), 『아침에 날린 풍선』(윤진문화 사) 출간. 중편 「시진읍」, 단편 「역신疫神의 축제」 「말뚝과 굴렁 쇠」 「정직한 변신」 등 발표. 교사직 사임. 여성지 『엘레강스』에 첫 장편 『죽음보다 깊은 잠』 연재, 당시 큰 인기를 얻어 연재중 에 여타의 원고 청탁이 밀려들기 시작함.

1979년 『죽음보다 깊은 잠』(문학예술사) 출간, 베스트셀러가 됨. 중편 「읍내 떡뻥이」, 단편 「흉기 1」 「단검—흉기 2」 「밤열차」 등 발 표. 중앙일보에 장편 『풀잎처럼 눕다』 연재 시작. 이 작품으로 독자들의 큰 사랑을 받게 됨. 『깨소금과 옥떨메』(여학생사), 『미 지의 흰새』(동평사), 콩트집 『쪼다 파티』(풀빛출판사) 출간. 차 남 병일 출생.

1980년 장편 『밤을 달리는 아이』(여학생사), 장편 『풀잎처럼 눕다』(금화 출판사) 출간. 고려대학교 교육대학원 졸업(석사논문 『이익상 소 설연구』).

1981년 소설집 『덫』(은애출판사), 장편 『돌아눕는 혼』(주부생활사), 『겨 울江 하늬바람』(중앙일보사), 산문집 『무엇이 죽어 새가 되는 가』(행림출판사) 출간. 장편 『겨울江 하늬바람』으로 대한민국문 학상 신인부문 수상. 우울증이 깊어서 다시금 동맥을 끊고 자살 을 시도, 입원치료 받음.

1982년	콩트집『아내의 남자친구』(행림출판사), 중편선집『그들은 그렇게 잊었다』(오상출판사), 장편『형장의 신』(행림출판사) 출간.
1983년	장편『태양제』(행림출판사. 1991년 서울문화사에서『태양의 房』으로 제목을 바꿔 재출간),『불꽃놀이』(청한문화사),『밀월』(소설문학사),『촛불의 집』(학원출판사. 1990년 인의출판사에서『바람, 촛불 그리고 스무 살』로 제목 바꿔 재출간. 단편선집『식구食口』(나남출판사) 출간.
1984년	소설선집『도시의 이끼』(마당문고) 출간.
1985년	장편『숲은 잠들지 않는다』(중앙일보사),『꿈길밖에 길이 없어』(여학생사. 1990년 햇빛출판사에서『사랑이 우리를 변화시킨다』로 제목을 바꿔 재출간) 출간.
1986년	장편『꿈과 쇠못』(주부생활사),『우리들 뜨거운 노래』(청한문화사), 산문집『나의 사랑 나의 결별』(청한문화사) 출간. 오리지널 희곡『그래도 우리는 볍씨를 뿌린다』공연(극단 광장).
1987년	장편『불의 나라』(평민사),『수요일의 도적』(중앙일보사. 1991년 행림출판사에서『수요일은 모차르트를 듣는다』로 제목을 바꿔 재출간), 중편소설『시진읍』(고려원 소설문고) 출간.
1988년	장편『물의 나라』(행림출판사) 출간.
1989년	장편『잠들면 타인』(청한문화사) 출간. 장편『틀』을 가도가와출판사角川書店에서 일어판으로 먼저 번역 출간.
1990년	연작소설집『흉기』(현대문학사. 장편『틀』의 일어판 출간 직후 월간『현대문학』에 발표된 한국어판 원고를 함께 수록), 장편『황야』

(청한문화사) 출간.

1991년 콩트집 『있잖아, 난 슬픈 이야길 좋아해』(푸른숲) 출간. 명지대학교 문예창작학과 객원교수, 문화일보 객원논설위원.

1992년 장편 『마지막 연인』(자유문학사), 『잃은 꿈 남은 시간』(중앙일보사. 1997년 해냄에서 『킬리만자로의 눈꽃』으로 제목을 바꿔 재출간) 출간.

1993년 장편 『틀』(세계사)의 한국어판 출간. 명지대학교 문예창작학과 교수로 부임. 문화일보에 장편 『외등』을 연재중 소설에 대한 깊은 고민으로 절필 선언. 이후 3년 동안 용인 외딴집에 은거하며 어떤 글도 쓰지 않고 침묵.

1994년 장편 『개뿔』(세계사), 산문집 『적게 소유하는 자가 자유롭다』(자유문학사) 출간.

1996년 산문집 『숙에게 보내는 서른여섯 통의 편지』(자유문학사) 출간. 『문학동네』 가을호에 중편 「흰 소가 끄는 수레」를 발표하며 작품활동 재개.

1997년 3년 침묵 기간의 경험을 토대로 한 자전적 연작소설집 『흰 소가 끄는 수레』(창작과비평사) 출간.

1998년 문화일보에 장편 『신생의 폭설』 연재 시작. 단편 「가라앉는 불빛」(『작가세계』 여름호), 「내 기타는 죄가 많아요, 어머니」(『창작과비평』 여름호) 발표.

1999년 계간 『시와 함께』 봄호에 「놀」 외 19편의 시를 발표. 이후 『작가세계』 『문학동네』 『문학과 의식』 등에 연달아 시를 발표함. 문화일보 연재소설 『신생의 폭설』을 『침묵의 집』으로 제목을 바꿔 문학동네에서 출간. 단편 「별똥별」(『문학과 의식』 봄호), 「세상의 바깥」(『현대문학』 8월호), 「그해 가장 길었던 하루—들길 1」(『창작과비평』 가을호) 발표.

2000년   단편 「소음」(『문학동네』 봄호) 발표. 소설집 『토끼와 잠수함』을 제1권, 장편 『죽음보다 깊은 잠 1·2』(장편 『죽음보다 깊은 잠』을 『죽음보다 깊은 잠 1』로, 장편 『꿈과 쇠못』을 『죽음보다 깊은 잠 2』로 제목을 바꿔)를 제2·3권으로 '박범신 문학전집'(세계사) 출간 시작. 단편 「향기로운 우물 이야기」(『현대문학』 8월호), 「손님—들길 2」(『작가세계』 가을호) 발표. 소설집 『향기로운 우물 이야기』(창작과비평사) 출간.

2001년   오디오북 육성낭송소설 『바이칼 그 높고 깊은』(소리공화국)을 두 장의 CD와 테이프에 담아 출간. 장편 『외등』(이룸) 출간. 단편 「빈방」(『문학사상』 7월호) 발표. 박범신 문학전집 제4·5권 장편 『풀잎처럼 눕다 1·2』(세계사) 출간. 『작가세계』 가을호에 장편 『내 책상 네 개의 영혼』 연재 시작. 소설집 『향기로운 우물 이야기』로 제4회 김동리문학상 수상.

2002년   산문집 『젊은 사슴에 관한 은유』(깊은강) 출간. 박범신 문학전집 제6권 장편 『겨울강 하늬바람』(세계사) 출간.

2003년   박범신 문학전집 제7권 소설집 『덫』, 제8·9권 장편 『숲은 잠들지 않는다 1·2』(세계사) 출간. 단편 「괜찮아, 정말 괜찮아」(『실천문학』 겨울호), 「항아리야 항아리야」(『창작과비평』 가을호) 발표. 문화일보에 연재한 산문을 중심으로 엮은 산문집 『사람으로 아름답게 사는 일』(이룸)을 딸 아름의 그림 작업을 곁들여 출간. 첫 시집 『산이 움직이고 물은 머문다』(문학동네) 출간. 『작가세계』에 연재한 장편 『내 책상 네 개의 영혼』을 『더러운 책상』으로 제목을 바꿔 문학동네에서 출간. 이 작품으로 제18회 만해문학상 수상. 민족문학작가회의 이사, 한국소설가협회 운영위원, KBS 이사 등으로 활동.

2004년   소설에 전념하겠다는 이유로 명지대 교수 사임. 소설집 『빈방』(이룸) 출간.

2005년   한겨레신문에 연재한 장편 『나마스테』(한겨레신문사) 출간. 박범신 문학전집 제10·11·12권 장편 『불의 나라 1·2·3』, 제13·14권 장편 『물의 나라 1·2』(세계사) 출간. 산문집 『남자들, 쓸쓸하다』(푸른숲) 출간. 『나마스테』로 제11회 한무숙문학상 수상. 소설선집 『제비나비의 꿈』(민음사) 출간.

2006년   산문집 『비우니 향기롭다』(랜덤하우스중앙) 출간. 장편 『침묵의 집』(문학동네)을 개작하여 『주름』(랜덤하우스중앙) 출간. 『수요일은 모차르트를 듣는다』(세계사, 박범신 문학전집 제15권) 출간. 명지대 문예창작학과 교수로 복귀.

2007년   『킬리만자로의 눈꽃』(세계사, 박범신 문학전집 제16권) 출간. 딸이 그림을 그린 산문집 『맘 먹은 대로 살아요』(생각의나무) 출간. 여행 산문집 『카일라스 가는 길』(문이당) 출간. 젊은 작가들과의 대담집 『박범신이 읽는 젊은 작가들』(문학동네) 출간. 서

울문화재단 이사장 취임. 네이버에서『촐라체』연재 시작.

2008년   장편『촐라체』(푸른숲) 출간.

2009년   장편『고산자』(문학동네) 출간. 이 작품으로 대산문학상 수상.
『깨소금과 옥떨메』(이룸) 재출간.『틀』(세계사, 박범신 문학전집
제17권) 출간.

2010년   장편『은교』(문학동네) 출간. 종이책과 전자책을 동시에 출간
함. 갈망 3부작(『촐라체』『고산자』『은교』) 완성. 장편『비즈니
스』를 계간지『자음과모음』과 중국의 문학지『소설계』에 동시
에 연재한 후 한국과 중국에서 동시 출간(한국어판은 자음과모
음). 이후 차례로 장편소설 8권이 중국어로 번역 출간됨. 산문
집『산다는 것은』(한겨레출판) 출간.

2011년   장편『나의 손은 말굽으로 변하고』(문예중앙) 출간.『외등』(자음
과모음) 개정판 출간.『빈방』(자음과모음) 개정판 출간. 명지대
문예창작학과 교수직에서 정년퇴임 후 논산으로 낙향.

2012년   스마트폰으로 원고지 900매 분량의 글을 써서 산문집『나의 사
랑은 아직 끝나지 않았다』(은행나무) 출간. 상명대학교 석좌교
수로 부임.

2013년   마흔번째 장편소설『소금』(한겨레출판) 출간. 여행 산문집『그
리운 내가 온다』(맹그로브숲) 출간.『은교』대만어판 출간.

2014년   장편『소소한 풍경』(자음과모음) 출간. 산문집『힐링』(열림원)
출간. 상명대 문화기술대학원 소설창작학과 개설에 참여.『더
러운 책상』프랑스어판 출간.

2015년   장편『주름』(한겨레출판) 개정판 출간.『졸라체』(문학동네) 개정
           판 출간. 건양대학교에서 제1회 와초문학포럼 개최. 논산 탑정
           호집필관에서 제3회 와초 박범신문학제 개최. 문학동네에서 장
           편『당신—꽃잎보다 붉던』, 문학앨범『작가 이름, 박범신』, '박
           범신 중단편전집'(전7권) 출간.

* 이 연보는『수요일은 모차르트를 듣는다』(세계사, 2006)에 실린 '작가 · 작품 연
보'와 1993년『작가세계』겨울호에 실린 김외곤의「고독과의 허무주의적 대결에서
깊고 넓은 현실통찰로」를 참고, 추가 · 보강하여 작성되었습니다.

박범신

중앙일보 신춘문예에 단편 「여름의 잔해」가 당선되며 작품활동을 시작했다. 소설집 『토
끼와 잠수함』 『흉기』 『흰 소가 끄는 수레』 『향기로운 우물 이야기』 『빈방』, 장편소설 『죽
음보다 깊은 잠』 『풀잎처럼 눕다』 『불의 나라』 『더러운 책상』 『나마스테』 『촐라체』 『고
산자』 『은교』 『외등』 『나의 손은 말굽으로 변하고』 『소금』 『소소한 풍경』 『주름』 등 다수
가 있다. 대한민국문학상, 김동리문학상, 만해문학상, 한무숙문학상, 대산문학상 등을
수상했다. 현재 상명대학교 석좌교수로 있다.

박범신 중단편전집 2
흉기
ⓒ 박범신 2015

초판인쇄 2015년 10월 12일
초판발행 2015년 10월 22일

지은이 박범신
펴낸이 강병선
책임편집 강윤정 | 편집 김형균 | 모니터링 이희연 | 디자인 고은이 유현아
마케팅 정민호 나해진 이동엽 김철민 | 홍보 김희숙 김상만 한수진 이천희
제작 강신은 김동욱 임현식 | 제작처 한영문화사(인쇄) 신안문화사(제본)

펴낸곳 (주)문학동네
출판등록 1993년 10월 22일 제406-2003-000045호
주소 10881 경기도 파주시 회동길 210
전자우편 editor@munhak.com | 대표전화 031) 955-8888 | 팩스 031) 955-8855
문의전화 031) 955-3576(마케팅) 031) 955-2678(편집)
문학동네카페 http://cafe.naver.com/mhdn | 트위터 @munhakdongne

ISBN 978-89-546-3788-6 04810
      978-89-546-3786-2 (세트)
* 이 책의 판권은 지은이와 문학동네에 있습니다.
  이 책 내용의 전부 또는 일부를 재사용하려면 반드시 양측의 서면 동의를 받아야 합니다.
* 이 도서의 국립중앙도서관 출판예정도서목록(CIP)은 서지정보유통지원시스템 홈페이지
  (http://seoji.nl.go.kr)와 국가자료공동목록시스템(http://www.nl.go.kr/kolisnet)에서
  이용하실 수 있습니다.(CIP 제어번호 : CIP2015026230)

www.munhak.com